Los amigos fieles

LA TRAMA

Los amigos fieles

Javier Rovira

Papel certificado por el Forest Stewardship Council®

Primera edición: febrero de 2025

© 2025, Javier Rovira
Autor representado por Antonia Kerrigan Agencia Literaria
© 2025, Penguin Random House Grupo Editorial, S. A. U.
Travessera de Gràcia, 47-49. 08021 Barcelona

Penguin Random House Grupo Editorial apoya la protección de la propiedad intelectual. La propiedad intelectual estimula la creatividad, defiende la diversidad en el ámbito de las ideas y el conocimiento, promueve la libre expresión y favorece una cultura viva. Gracias por comprar una edición autorizada de este libro y por respetar las leyes de propiedad intelectual al no reproducir ni distribuir ninguna parte de esta obra por ningún medio sin permiso. Al hacerlo está respaldando a los autores y permitiendo que PRHGE continúe publicando libros para todos los lectores. De conformidad con lo dispuesto en el artículo 67.3 del Real Decreto Ley 24/2021, de 2 de noviembre, PRHGE se reserva expresamente los derechos de reproducción y de uso de esta obra y de todos sus elementos mediante medios de lectura mecánica y otros medios adecuados a tal fin. Diríjase a CEDRO (Centro Español de Derechos Reprográficos, http://www.cedro.org) si necesita reproducir algún fragmento de esta obra.

Printed in Spain – Impreso en España

ISBN: 978-84-666-8101-8
Depósito legal: B-21.183-2024

Compuesto en Llibresimes

Impreso en Rotoprint by Domingo S. L.
Castellar del Vallès (Barcelona)

Toda una vida, [...] y creo que no sé lo que es no tener un amigo. Siempre han estado cerca, siempre han estado allí. Y puede que mi vida, nuestras vidas, se hayan enriquecido gracias a ellos.

Canciones de amor a quemarropa,
NICKOLAS BUTLER

No me imagino cómo podré estar sin ti.

ENRIQUE URQUIJO

A otros salvad, arrebatándolos del fuego.

JUDAS, 1:23

Índice

LOS CHICOS Y LAS CHICAS Y LOS MANIQUÍS

1. **Tanta agua sosegada** 13
   DOCE DÍAS ANTES DEL RAPTO
   BRILLANTINA (1981)
2. **Dime que no está pasando** 42
   ONCE DÍAS ANTES DEL RAPTO
   LA NUEVA (1981)
3. **La luna tiene un cerco** 70
   DIEZ DÍAS ANTES DEL RAPTO
   EL FLORIDA (1981)

DIVINA ESTÁS

4. **Cinco bares de carretera** 101
   NUEVE DÍAS ANTES DEL RAPTO
   OZ (1982)
5. **De amigas y pelucas** 138
   OCHO DÍAS ANTES DEL RAPTO
   EN RUTA (1983)

6. Quien esté libre de culpa 172
   SIETE DÍAS ANTES DEL RAPTO
   GENOVESES (1984)

MUCHACHITA

7. Una forma de bondad 215
   SEIS DÍAS ANTES DEL RAPTO
   ESCUETO (1987)
8. *Onye mere nwa n'ebe akwa* 247
   CINCO DÍAS ANTES DEL RAPTO
   O'DONNELL (1995)
9. Apetitos feroces 279
   CUATRO DÍAS ANTES DEL RAPTO
   LA ZURZA (2000)

TREPIDACIÓN

10. Ojo por ojo, diente por diente 313
    TRES DÍAS ANTES DEL RAPTO
    EL EMBARCADERO (2012)
11. Un verde esperanza 340
    DOS DÍAS ANTES DEL RAPTO
    EL NO LUGAR (2012)
12. J'adore 370
    UN DÍA ANTES DEL RAPTO
    LA CHICA MAZAPÁN (2012)

A TU LADO (2024) 399

Agradecimientos 411

LOS CHICOS Y LAS CHICAS
Y LOS MANIQUÍS

1

Tanta agua sosegada

Jueves, 30 de agosto de 2012, 19.30 h

Observémoslos bien porque ahí están, haciendo el amor en una cala perdida del Cabo de Gata. Nadie los ve —o eso creen ellos—, nadie sabe nada, nadie en la casa sospecha que se han saltado todas las normas y sus vidas son un puro desvarío. Es la carne. La carne y el deseo. El deseo se impone cuando menos lo esperas y luego no hay nada que hacer, nada que lo atempere o lo encauce. Se han acoplado con una naturalidad pasmosa, como fieras, como si aparearse de ese modo fuera lo único que da sentido a todo lo demás. Ella está sentada encima y gime y no piensa que él es casi un niño; y él, que no es un niño, tampoco es capaz de pensar. El esplendor de ese atardecer de final de agosto no es más que un decorado prescindible: en otro sitio, en cualquier otro sitio, sus cuerpos reproducirían los mismos movimientos, lo que aquí ocurre, la maravilla de sentir que el mundo entero es solo eso; solamente eso.

Por situarnos, diremos que la cala es casi una terraza privada en plena costa, una costa indómita que hoy ofrece su cara amable. La brisa es leve, el mar está en calma y el atardecer baña las cosas con una luz azulada. La playita no tiene más de cuarenta metros cuadrados de chinarros y arena dura, rocas extrañas a ambos lados y una orilla tan empedrada y hostil que es imposible bañarse allí sin escarpines. Koldo la descubrió a la semana de llegar, cuando todo empezó a enredarse. Antes de eso, pasaba las mañanas disfrutando de las playas cercanas a la casa, en San José, un antiguo pueblo pesquero rodeado de colinas peladas y mar deslumbrante que, a pesar de haber entregado su alma al turismo, todavía conserva su encanto y su agradable desorden, su desenfado de isla griega. Por las tardes, en cambio, cuando el sol caía y el calor daba un respiro, Koldo cogía una de las bicicletas de montaña que encontraron Dani y él en el garaje y juntos recorrían senderos y pistas, coronaban cerros desnudos con vistas increíbles o descendían a trompicones por ramblas que desembocaban en playas solitarias. Hasta que, bajando por una de esas ramblas, la rueda delantera de la bici de su amigo falló y Dani cayó de bruces y se hizo un esguince, y tuvo que abandonar las excursiones. Pobrecillo, ahí sigue, postrado en la hamaca de la piscina con el tobillo vendado, sin quejarse, leyendo revistas de moda para matar el aburrimiento mientras el resto de los habitantes de esa mansión alquilada vive en un ajetreo continuo. Ay, Dani, si tú supieras. Apenas dos horas antes, con cara de mascota abandonada y la venda amarilleando en los bordes, Dani le había dicho entre bromas que se lo pasara bien y que tuviera cuidado, que igual alguien lo veía así de solo e intentaba violarlo.

—Me vuelves loca, niñato.

¿Violar? No, no es el caso. De hecho, en este instante preciso, Koldo anda bien contento y muy entregado a lo suyo. A ella la boca le sabe a sal, y tiene los ojos cerrados y el pelo revuelto, y él mueve las caderas a empellones mientras hace un supremo esfuerzo para no correrse antes de lo debido. Ella se arquea hacia delante y le echa el aliento en el cuello, y repite esas palabras, «me vuelves loca», una y otra vez.

Están solos, pero el riesgo existe y los dos lo saben; el acceso a esa cala es mucho más sencillo de lo que parece. Ni ramblas escarpadas ni caminatas eternas entre chumberas y escarabajos: basta llegar por carretera a la playa de El Embarcadero, sortear a los pocos bañistas que se desperdigan por esa orilla de pedruscos y cantos rodados y atravesar de un salto la grieta que hay en la formación rocosa de la derecha. En la guía que compró nada más llegar, Koldo leyó que El Embarcadero era uno de los mejores sitios para hacer *snorkel* de todo el cabo, y hasta allí pedaleó la tarde siguiente al percance de Dani. Los más de siete kilómetros que lo separaban de San José por el sendero de repechos y cortados que bordea la costa no fueron fáciles, pero mereció la pena: un cielo puro, una tierra sin adornos, un cuartel abandonado coronando un monte y una insólita cantera de zeolitas extendida y blanca como una sábana recién lavada. Al llegar, se zambulló desnudo en un agua cristalina e intentó disfrutar de las praderas de posidonia, de los cientos de peces de lomo dorado y de un sorprendente banco de barracudas. No lo consiguió. La locura en la que se encuentra inmerso ya había comenzado y le provocaba dudas, y también una pizca de inquietud, aunque de ninguna manera iba a pararla. Buceó y nadó durante casi dos horas y acabó rodeando un islote oscuro con forma de submarino. Al otro lado descubrió la cala en la que están ahora, encajonada entre rocas de formas fantasiosas y tan escondida que se le antojó perfecta para sus muy recientes necesidades. Y desde entonces, y con el de hoy van cinco días, cada final de tarde se ven allí.

Koldo necesita un respiro y propone cambiar de postura. La breve pausa le permitirá reajustarse, poner el cuentakilómetros a cero y poder continuar. Si sigue así acabará pronto y ella empezará a quejarse, a burlarse incluso, y no sería la primera vez que eso sucede. Con diecinueve años recién cumplidos y la ufana certeza de ser un experto en ese tipo de cuestiones, ahora comprende lo mucho que le queda aún por aprender. La idea no le desagrada, más bien al contrario; el futuro es inmenso y caprichoso y toda forma de conocimiento es siempre bienvenida. ¿El futuro?, se pregunta. El futuro no existe para ellos. Qué ocurrencias tiene a veces, ¿de dónde las sacará? Ni siquiera han hablado de lo que sucederá cuando todo vuelva, o no, al lugar que corresponde. Porque el domingo regresarán a Madrid después de unas vacaciones muy largas y quizá demasiado intensas. Qué idea tan loca. Dos familias amigas instaladas en la misma casa durante una interminable quincena. Una casa extraordinaria, de acuerdo, la mejor y más grande que pueda uno imaginar; pero en ninguna casa, por grande que sea, cabe un campo de batalla. Cuando Dani lo invitó, no se lo pensó dos veces: vacaciones pagadas y llenas de posibilidades en un territorio exótico que tenía muchas ganas de conocer, mañanas al sol en playas vírgenes, siestas y noches jugosas y tardes de exploración y buceo. Ay, Dani, quién iba a imaginar todo esto.

El pulso y la respiración se aceleran y Koldo siente que lo arrastran. Ella no ha querido ponerse debajo y está emprendiendo la recta final, sin miramientos, arrollándolo todo a su paso. Y al mismo tiempo, justo cuando falta muy poco para que sus cuerpos estallen, un viento sur se levanta acompañado de un ruido inoportuno, un redoble, un tamborileo que los obliga a detenerse y volver la vista al mar para ver qué ocurre.

—¡Joder! —maldice ella descabalgándolo y poniéndose de pie—. ¿Se puede saber qué es eso?

En el agua, mecida por el oleaje que el viento ha levantado

en apenas unos segundos, hay una barca de aspecto maltrecho encallada en ese fondo de rocas que casi rozan la superficie. La proa avanza y retrocede al compás de las olas como un tartamudeo, como un pez enfrentado a un cristal. El repiquetear de la quilla provoca un sonido bronco que se expande y enrarece el aire, y lo hace de tal modo que la cala deja de ser un paraíso y se transforma en otra cosa, en algo poco amigable, en un espacio difícil de manejar o definir.

—Se va a partir en dos —señala ella mientras se viste con prisas.

—Voy a echar un ojo. —Koldo se levanta y a la vez suelta un pequeño bufido, su erección se repliega—. Puede que alguien necesite ayuda.

—¡Ni se te ocurra! Cualquiera sabe lo que hay ahí.

Koldo desobedece y se mete en el agua. La semana anterior presenció el desembarco de una patera desde la cima de un cerro y su reacción consistió en salir huyendo, y hoy no piensa hacer lo mismo. La orilla es un campo de minas y le hace tropezar varias veces. Con el cuerpo a ras de superficie y ayudándose de las manos como si fuera un reptil, llega hasta la barca mientras ella le grita que vuelva, mientras el viento arrecia y el oleaje se encabrita y el futuro inmediato va de mal en peor. Antes de incorporarse, tantea a ciegas para evitar los muchos erizos que tapizan el fondo. Una ola se le echa encima y él se agarra con fuerza a la barca. La madera gruñe y la pintura cuarteada que la recubre se le adhiere a los dedos. Koldo está en forma y no le cuesta subir a pulso e instalarse de pie sobre las rocas, soportando el embate de las olas bien sujeto a la borda. Entonces, lo ve.

—¡Haz el favor de volver aquí!

En la orilla, ella se ha encaramado a un peñasco y le grita desde la distancia.

—¡No mires! —ordena Koldo.

—¿Cómo?

—¡¡Que no mires!!

Koldo se ha colocado de espaldas a la orilla y ha levantado una mano para que haga de pantalla. Es mejor que no lo vea, antes necesita pensar.

—Me estás asustando.

—Vamos, ¡hazme caso y pide ayuda! —Es él quien grita ahora—. Busca un sitio con cobertura y avisa a quien haga falta.

Su voz es tan imperiosa, tan apremiante, que ella vuelve a la arena y recoge a toda velocidad sus trastos: la cesta de mimbre, la ropa esparcida de cualquier forma, el pareo sobre el que hasta hace pocos minutos todavía retozaban. Koldo la observa marcharse mientras decide qué hacer. No debería quedarse en el agua mucho más tiempo porque empieza a ser peligroso. Sin embargo, en cuanto el oleaje da un respiro, Koldo no se lo piensa y comienza a tirar de la proa. La distancia hasta la orilla no supera los seis metros, pero la tarea es hercúlea. La quilla se engancha a cada poco y Koldo tropieza y traga agua y sus manos arden y luego sangran y sus pies no van mucho mejor. A pesar de todo, lo consigue, y es que el maniquí que hay dentro de esa barca tiene una mirada tan reconocible que él no se siente capaz de dejarlo ahí, abandonado a merced de las olas.

Minutos después, exhausto, Koldo se tumba en la arena con los brazos extendidos. El corazón le golpea con fuerza y todos sus músculos tiemblan. Debería serenarse, se dice, respirar despacio y pensar con calma. Para empezar, ¿de dónde lo habrán sacado? El parecido es evidente y el bañador lo corrobora. Porque el maniquí lleva puesto un Speedo inconfundible y sus ojos parecen humanos, y el pelo de polietileno le cae sobre la ceja derecha y las facciones son casi las mismas. Lo han colocado además de la manera más natural posible, como si ese cuerpo espigado y ambiguo estuviera tomando el sol. Cuando consigue centrarse, Koldo se levanta, se acerca a la barca y lo examina de nuevo. Parece mentira. ¿Qué querrá decir esto?

Consulta el reloj y decide echar un vistazo a la zona de aparcamiento; quienquiera que haya recibido la llamada de auxilio estará a punto de aparecer. En el otro lado y a lo lejos, sobre la pista de tierra en la que confluyen el sendero de la costa y la carretera, Koldo advierte que casi no quedan vehículos: dos o tres coches cubiertos de polvo, media docena de autocaravanas con todas las puertas abiertas y una furgoneta pintarrajeada con dibujos de insectos estacionada justo al lado de donde ella aparcó su coche hace apenas media hora. Maldiciendo, se pone las mallas, se calza y corre hasta la furgoneta. La pareja que la ocupa está sentada en dos sillas plegables, colocadas cara al mar junto a una mesa de camping. La mujer lleva el pelo rapado y no para de comer pipas, y el hombre, pura fibra, va tatuado hasta el cuello y se está fumando un porro con forma de trombón.

—Perdonad, ¿acabáis de llegar? —les pregunta.

La mujer alza los hombros y los deja caer, sin la menor intención de dar una respuesta.

—¿Sabéis si hace mucho que se ha ido? —continúa preguntando de manera atropellada, mientras dos perros se le acercan y comienzan a olisquearlo—. Me... me refiero al Audi que estaba justo aquí.

Koldo señala el espacio vacío de la derecha y el tipo lo mira con cara de a mí no me jodas.

—El Audi se fue, sí. Y también la tía que lo conducía. Parecía tener prisa, si te digo la verdad.

Koldo asiente a la vez que intenta quitarse a los perros de encima.

—No te preocupes, que no muerden.

La mujer deposita su bolsa de pipas sobre la mesa y se queda mirándolo. Los dibujos de la furgoneta no son insectos, sino arañas. Es repugnante. Hay dos muy gordas y peludas, y el bicho que hay en el centro parece un escorpión.

—Te dejó tirado, ¿a que sí? —pregunta con marcado acento gallego—. Qué hija de puta. Eso para que aprendas: cuanto más pijas, peor.

—No, qué va, yo he venido en bici —explica él sin motivo alguno—. La tengo en la cala de ahí detrás.

—Así que te van maduritas, ¿eh, chavalote? —dice el hombre, y después suelta una carcajada. Lleva días sin afeitarse, le faltan varios dientes y tiene la mirada sucia. No le gusta ese tipo.

—No le hagas ni caso, está fumadísimo —dice la mujer—. Me llamo Nati, y ese que se ríe de ti es Julián. —Coge de nuevo la bolsa y ahora se la ofrece, pero él, con un gesto, la rechaza—. Como tú veas, pero que sepas que están bien ricas; un poco saladas, pero ricas. —Fija un momento la vista en el mar y después vuelve a la carga—. Oye, estás nervioso, ¿verdad? Se te nota mucho. Por nosotros, todo guay. Y si quieres pasar la noche aquí y no te molestan los perros —añade señalando el interior de la furgoneta—, te hacemos sitio sin problema. ¿A que sí, Julián? —Mientras pregunta, estira el pie, y con la punta del dedo gordo comienza a rascarle el pubis a la tía en pelotas que Julián lleva tatuada en el muslo—. ¿A que le haríamos un sitio a este chico tan guapo?

Todavía confuso, Koldo da las gracias y se aleja, su cabeza va a toda velocidad. La risa del tal Julián resuena a su espalda y él masculla la palabra «imbécil», aunque el insulto va dirigido más bien a sí mismo. Está muy claro, parece mentira que haya tardado tanto en entenderlo: ha salido despavorida sin avisar a nadie y sin molestarse en saber qué pasa porque, sencillamente, ella no puede estar allí. Koldo recapacita y asume su propia desmesura. ¿Avisar a alguien? ¿A quién? ¿A Salvamento Marítimo? ¿A la Guardia Civil? ¿A los mismísimos geos? ¿Montar un circo por la llegada de una barca a la costa mientras ellos follaban alegremente? La mujer de la furgoneta tenía razón: sí, se ha puesto nervioso, pero ahora ya está tranquilo. Él tampoco va a contarle a nadie por qué estaba ahí hace un rato, y mucho menos con quién. Lo mejor es tomar nota y comportarse de la manera más natural posible, piensa, seguir la corriente o seguir su ejemplo, qué importa cómo llamarlo; a fin de cuentas, lo que hay en esa barca no es más que un triste maniquí.

De nuevo en la cala, Koldo guarda su toalla en la mochila y coge la bici con la intención de marcharse, aunque la curiosidad le puede y decide mirar otra vez. La cara es tan similar que da grima, y el bañador es de color rosa, y hay un sospechoso anillo de plata engarzado en el pulgar. Decide hacerle una foto con el teléfono y también llevarse esas dos prendas para mostrárselas mañana, para que ella entienda por qué se puso así. Muy poco después, cuando levanta a pulso el maniquí para desnudarlo y le desliza el bañador por las pantorrillas, vuelve a quedarse pasmado: esa venda amarillenta atada al tobillo izquierdo es todo un alarde de meticulosidad.

DOCE DÍAS ANTES DEL RAPTO

Ana se acaba de derrumbar sobre un enorme sillón azul índigo y lo ha hecho de lado, con la intención de apoyar la cabeza en uno de los reposabrazos y las corvas en el otro, sumergirse en su mundo con los pies colgando y dejar que esas dos locas furiosas sigan matándose vivas. Ana también está enfadada, y mucho: por culpa del viaje, se ha perdido la fiesta de cumple de su mejor amiga, y, que ella sepa, no se cumplen quince años así como así. Lo cierto es que en cuestión de fiestas y sus consecuentes regalos, nacer en mitad de agosto es una desgracia gordísima, quién se atrevería a negarlo. Para colmo de males, su amiga Olivia ha suspendido tantas asignaturas que sus padres la han condenado a pasar el verano en Madrid, así que esta tarde, pobrecita, estará atiborrándose de merengue y soplando velas más sola que la una mientras ella ha ido a parar al fin del mundo con su madre y su tía Cata, la cual, bueno, la cual no es en verdad su tía, pero por alguna razón que desconoce siempre la ha llamado así. Su tía Cata, de hecho, ahora mismo está dándole unas voces terribles al teléfono móvil, sudando la gota gorda porque el aire acondicionado no funciona y recorriendo el salón de punta a punta como una fiera enjaulada.

—¡¿Me está diciendo que hasta la semana que viene no lo

arreglan?! —Échate a temblar, piensa Ana, seas quien seas al otro lado de la línea—. No me estará queriendo decir usted eso, ¿verdad?

Su madre y Cata han conducido desde primera hora de la mañana durante más de seis horas, alternándose al volante entre parada y parada, chismorreando y haciendo planes absurdos para la quincena venidera. Mientras tanto, en el asiento de atrás, Ana se ha dedicado a maldecir su suerte, enviarle inflamados mensajes de aliento a Olivia con el recién instalado WhatsApp (nada le puede gustar más que una aplicación novedosa) y dormitar recostada cuando las dos cotorras que iban delante tenían a bien cerrar el pico. Adelantar un día el viaje ha sido idea de Cata. En realidad, casi todas las ideas son de Cata, y aunque frente a tanta inventiva su madre protesta un poco, al final suele dejarse llevar. En teoría, las dos familias iban a salir el domingo muy temprano, con la sensata intención de instalarse durante la tarde en esos cuatrocientos metros cuadrados con vistas y empezar a disfrutar del merecido descanso a partir del lunes. Pero Cata, siempre urdiendo novedades, pensó que podrían ir las tres de avanzadilla, echarle un ojo a la casa y dejar todo más o menos preparado para cuando llegasen los demás.

—Un día de chicas, ¿eh, Analía? ¿Qué me dices? ¿No es un plan fantástico?

Cata es la única persona de este mundo a la que permite llamarla así. Ni siquiera su madre (su madre adoptiva, siendo precisa) tiene ese derecho. Sin embargo, cuando Cata apareció ayer proponiendo y manipulando, decidiendo por todas y fastidiándole a ella la tarde de cumpleaños, no le hizo ni pizca de gracia oír su nombre de pila (que al completo es Analía Lucero Madonna, detalle que nadie tiene por qué saber) y decidió embestir:

—¿De chicas? ¿A quién te refieres? Aparte de mí, yo no veo ninguna chica por aquí cerca.

Cata ni se inmutó. Hizo un gesto con la mano, como si espantara una mosca, y después siguió aturdiendo a su madre con el cambio de planes.

—He llamado a la agencia y resulta que la casa está libre desde primeros de agosto —expuso con su voz más persuasiva—, lo cual no me extraña. Entre tú y yo, Lucía, menudo dineral. ¿No saben que la crisis sigue ahí y que el país se va al garete? Desde que empezó dos mil doce no se habla de otra cosa, de lo jodidos que estamos y de que nadie puede gastar como antes. En cambio, esta gente a lo suyo, pidiendo el oro y el moro por una triste quincena. No sé tú, pero yo doy gracias al cielo cada mañana por lo afortunadas que somos.

Su madre levantó las cejas, miró a Cata de medio lado y dibujó una sonrisa amarga.

—Ni das gracias al cielo ni somos afortunadas —sentenció después—. La afortunada eres tú, que te lo puedes permitir y, además, lo pagas.

Cata hizo el mismo gesto de antes, el de la mosca, dijo que no quería escuchar más bobadas y que al día siguiente las recogería con su coche a las nueve en punto como muy tarde, para aprovechar bien el día.

En cuanto se quedaron solas, Ana empezó a protestar y a esgrimir argumentos sólidos: la amistad inquebrantable, el compromiso adquirido, la tristeza de unas velas encendidas a solas después de un largo día de apuntes y aburridísimas clases particulares. Luego, asumiendo que la batalla estaba perdida, se fue a su cuarto, abrió el armario y se puso a doblar primorosamente el quintal de ropa que quería llevarse a la playa. Le habría gustado invitar a Olivia unos días, estrenar modelitos con ella a orillas del mar y, como a menudo hacían, ligarse entre las dos al mismo chico (secreto que, tras un acuerdo muy serio, han prometido llevarse a la tumba). Pero su madre había sido muy clara al respecto: que ni se le ocurriera proponerlo, que las vacaciones las pagaban Cata y Martín, y que bastante hacían ya por ellos como para pedirles que cargasen con una convidada extra. Porque lo de este año no es ninguna novedad. No es la primera vez que Cata aparece en casa y anuncia a bombo y platillo que los invita a pasar unos días en algún lugar de ensueño. Y allá que se van todos, a mesa puesta, servicio doméstico contratado de antemano y casas alquiladas que parecen hoteles de lujo. A pesar del enfado, Ana debe reconocer que las vacaciones con Cata son siempre mejores que cuando va sola con sus padres, más que nada porque, en esas ocasiones, las casas lujosas son sustituidas por apartamentos de medio pelo y porque por allí no aparece nadie de buen corazón que les limpie y les planche y les cocine. Según tiene entendido, Cata se aburre como una ostra cuando viaja en pareja y, además, le gusta mucho compartir el éxito de su empresa con sus mejores amigos. «Más que amigos, para mí sois familia —afirma siempre—. No concibo disfrutar de la vida sin vosotros». En cualquier caso, lo suyo sí que es ser afortunada, se dice Ana, todavía incrustada en el sillón azul. ¿O no lo es? Ha nacido en La Zurza, el barrio más mísero de Santo Domingo, y ahora, gracias a la generosidad de su tía Catalina (así la llama cuando no la soporta), pasa semanas enteras en chalets a pie de playa cerca de Zahara de los Atunes o en algún rincón de Lanzarote, en casas de campo de Formentera o, como este año, en la costa de Almería.

—Pensaba que no llegaríamos nunca.

Hace tan solo un par de horas, Cata anunciaba así el fin del viaje. Desde que entraron en la provincia, su madre había dejado de hablar y el ambiente dentro del coche se había ido enrareciendo a la misma velocidad que el paisaje exterior se convertía en algo similar a la piel de un dinosaurio. ¿Habría dragones por allí, volando y echando fuego en ese cielo limpísimo? El desierto Dothraki se transformó luego en un manto de invernaderos de aspecto inquietante, y más tarde, tras un cartel donde podía leerse bien clarito que a partir de ese punto concreto más valía andarse con cuidado, porque aquello era un parque natural, el panorama se volvió aún más estrambótico: colinas con forma de cono dispuestas como recortables pegados al cielo, casitas blancas y chumberas por aquí y por allá, alguna palmera a lo lejos y unos cactus alargados, o lo que fuese aquello, que parecían esqueletos de racimos de uvas puestos del revés. En fin, una cosa extrañísima.

Poco después han atravesado el pueblo de la discordia siguiendo las indicaciones del GPS y han ido a parar a un laberinto de callejuelas en cuesta, a una curva sin quitamiedos que parecía empujar el coche al mar y, finalmente, a la base de un promontorio desde cuya cima colgaban varias casas.

—Creo que es ahí arriba —ha dicho Cata sin ocultar su estupor frente al tramo en pendiente que tenían delante—. He de admitir que de fácil acceso, no es.

—No te apures, tú puedes con todo.

La frase, pronunciada por su madre después de unos noventa minutos de sordo silencio, ha sonado como el gatillo de un revólver: «Te estoy apuntando, grandísima hija de perra, vuélvete y mírame».

—Vale ya, Lucía —ha protestado Cata—. Te he pedido perdón varias veces, no puedo hacer más. Intentemos disfrutar de esto, ¿vale? ¿O es que piensas estar de morros hasta que nos vayamos?

Ana no alcanza a comprender ahora el motivo por el que han discutido de esa forma. Qué exageradas. Dos adultas hechas y derechas hablándose a grito limpio porque la casa a la que se dirigían no estaba en Los Alcázares, el destino previsto en la mejor zona de La Manga del Mar Menor, sino en San José, el pueblo más grande y turístico del Cabo de Gata. Los gritos y las pullas comenzaron cuando Cata, una vez dejaron atrás el desvío a Cartagena, soltó sin previo aviso la noticia; y continuaron entre silencios tensos y ráfagas violentas mientras recorrían, dirección sur, el resto de la Región de Murcia. Tampoco era para tanto, ¿no? ¿Qué más daría un lugar u otro? ¿Había piscina en la casa, paseo marítimo para lucirse y una bonita playa cerca? Pues listo, no se necesita mucho más. Estuvo a punto de decirlo para intentar calmarlas cuando Cata, con esa voz tan melosa que pone si quiere, tomó la palabra y aseguró que había surgido un problema en la villa contratada, unos okupas de mala muerte, Lucía, es impresionante las cosas que pueden llegar a pasar, y que la agencia les había buscado una solución en menos de veinticuatro horas y en pleno mes de agosto, algo del mismo rango, ya me conoces, y sí, Lucía, es verdad, por supuesto que hay más sitios en el mundo, por supuesto que lo pensé, lo pensé tanto que temí que no vinieras si te lo decía esta mañana, y yo quiero que pasemos estos días juntas, como casi siempre hacemos, ¿tú me entiendes, Lucía?, ¿tú me entiendes o no me entiendes?

Mucho antes de que Cata terminara de hablar, su madre le había colocado una mano delante de la boca para que la dejase tranquila, para que se callase de una vez. Y se calló, vaya si lo hizo: Cata ha conducido con la boquita cerrada durante más de una hora y solo la ha abierto, y de par en par, al ver la empinadísima cuesta a la que debía enfrentarse. Aunque eso pasó hace ya un rato, porque ahora, ahora no hay quien la calle.

—¿Sabe lo que le digo? —Cata continúa al teléfono, con el inservible mando a distancia del aire en la mano izquierda y la garganta surcada por venas amoratadas a punto de reventar—. Que esto es una tomadura de pelo y que los responsables de su mierda de agencia me van a oír, eso ni lo dude. Para empezar, no me parece a mí que dejar la llave debajo de una piedra sea la mejor manera de recibir a unos clientes. […] Sí, sí, ya sé, ya sé que nuestra llegada estaba prevista mañana. Pero, vamos a ver, ¡de ahí a tratarnos como si hubiésemos alquilado un bungalow! Y otra cosa… […] No, no me interrumpa. ¿Quiere saber a cuántos grados estamos ahora mismo? ¿Eh? ¿Le gustaría saberlo? […] Muy bien, pues fíjese: treinta y cuatro grados de nada, aquí, en mitad del salón. ¿Qué le parece? ¿No se les ha ocurrido venir esta mañana y ventilar un poco? Habría sido un detalle, desde luego que lo habría sido. Hemos abierto todas las ventanas y, por si fuera poco, no corre una gota de aire. —Cata resopla con fuerza y Ana, que sigue pendiente de ella, teme que los ojos se le salgan de donde deben estar—. ¿Cómo? ¿Cómo dice? ¿Acaso me está dando lecciones? Mire, hemos abierto todas las ventanas porque nos ha dado la gana y porque esto parecía un horno crematorio; y no, aquí no entendemos de corrientes, ni falta que nos hace. ¿Y sabe por qué? Pues porque hemos alquilado a precio de oro una casa equipada con todo lo necesario justamente para eso, para no pensar en corrientes ni tener que aguantar a estúpidas como usted.

Y clac. Ahí te quedas. A Cata solo le ha faltado acercarse a la ventana y lanzar el teléfono a la bahía de aguas turquesas que tienen justo debajo. Ana la mira un segundo con ojos perplejos y las dos empiezan a reírse, a desternillarse más bien, no es la primera vez que les pasa. La conexión que existe entre ellas se manifiesta a menudo así, con miradas cómplices y ataques de risa que, por algún motivo misterioso, a su madre no le hacen ninguna gracia. Y es que a Ana, a pesar de ese viaje impuesto y de un sinfín de otras molestias, su tía Cata le chifla: siempre alegre, siempre volcánica, tan sobreactuada como una actriz. Ahí está ahora, instalada en el otro sillón azul índigo, con su vestido vaporoso y sus sandalias, su carita vivísima y su endiablado humor. Para Ana, Olivia ostenta el cargo de mejor amiga indiscutible, pero su tía también podría ocuparlo si la diferencia de edad lo permitiese. El momento más importante de su vida, por poner un ejemplo significativo, lo vivió con ella, con ella y con nadie más. Ana tenía solo seis años cuando las arpías del parvulario le abrieron los ojos y le inocularon la duda de lo que hoy resulta evidente, porque no hace falta ser un lince para suponer algo así: basta mirar a su madre, tan rubia y etérea como una princesa Disney, o el aspecto de Edward Cullen que tiene su querido padre, para intuir que ella no vino de París colgada del pico de una cigüeña, sino más bien en avión y desde un lugar menos glamuroso, y bastante más cálido. Pero cuando una es todavía una niña angelical y el mundo se circunscribe al papel floreado de tu habitación, a las bondadosas caras de papá y mamá y a las paredes protectoras de tu casa, ese tipo de pensamientos no brotan en tu cabeza espontáneamente, por muy morenita que seas. Para salir de dudas, la pregunta que le hizo a su tía a los pocos días fue muy sencilla, tan directa como un dardo: «A mí me adoptaron, ¿verdad?»; y la respuesta, más clara que el agua: «Analía, cielo, eso pregúntaselo a tu madre, que sabrá responderte mejor». Después de aquello, su madre le retiró la palabra a Cata durante varias semanas.

—¿Por qué no bajas y hablas con ella? —le dice Cata desde el sillón, mientras se mira las uñas con una atención extrema y flexiona los empeines para librarse de las sandalias—. Seguro que así se le pasa. Y pregúntale también si ha hablado con Fer…, bueno, con tu padre, quería decir.

Su padre se llama Fernando, sí, y ella no piensa preguntar nada.

—A mí no me metas. Son cosas vuestras.

—De acuerdo, son cosas nuestras, pero una manita tuya tampoco vendría mal.

—¿Y qué quieres que le diga? ¿Que has fastidiado mi superplán de esta tarde para traernos a un pueblo que al parecer detesta?

Cata se queda callada, olvida sus uñas y repasa con la vista el parquet recién pulido y las carísimas alfombras de ese salón inabarcable.

—No, no creo que lo deteste. —Se ha puesto pensativa. Hasta su tono de voz ha cambiado. Es raro verla así—. Es solo que... Eso, Analía, lo que tú has dicho: cosas nuestras.

Luego Cata se levanta y sale a la terraza, una terraza del tamaño de una pista de despegue. La gran pérgola y la vegetación que la cubre dan una sombra relativa. Más allá, en la parte que queda a la intemperie, el sol cae a plomo y la luz es cegadora. La casa está encastrada en un cerro y, sería injusto no decirlo, es espectacular. La terraza planea sobre el mar, a lo lejos pueden verse esos montes tan raros que parecen dibujos y a sus pies todo el pueblo. Del lado derecho, por si fuera poco, hay otra bahía aún más grande y más bonita, Cata ha mencionado el nombre al llegar. Y es que Cata lo sabe todo y todo lo soluciona, lo cual está muy bien, aunque a veces carga un poco que sea tan listorra y desenvuelta.

Ana se incorpora y observa con curiosidad a su tía. ¿Qué hará en el extremo de la terraza, contemplando el horizonte bajo ese calor despiadado? Viéndola así, vestida de blanco y bañada en luz, le está empezando a dar pena. De acuerdo, bajará y hablará con su madre, le dirá que la casa le gusta mucho y que allí estarán bien. Ana es práctica, siempre lo ha sido, y acaba de reparar en el sinsentido de pasar la tarde peleadas unas con otras en vez de acomodarse con calma, darse un baño en la piscina y después ir de compras y cenar algo rico por ahí. Un día de chicas, ¿no era ese el plan?

Las escaleras descienden desde el salón a la zona de la piscina y luego al resto de las habitaciones. La casa, en vez de asentarse sobre tierra firme y tener una forma más o menos normal, parece una pieza de tetris que cae en cascada por la loma: cuatro plantas escalonadas provistas de otras tantas terrazas, unos seis cuartos de baño e infinitas comodidades. Debajo de la terraza de la piscina están las dos suites que han ocupado Cata y su madre, y todavía más abajo, su dormitorio y el de los chicos. Qué injusticia y qué mal hecho está el mundo: ella no puede venir con Olivia, su íntima de toda la vida, pero Dani sí, Dani puede invitar a quien quiera, incluso a ese tal Koldo, el nuevo amigote que acaba casi de conocer.

Se asoma a la habitación de su tía y sonríe al ver el desorden: maletas abiertas, neceseres repletos de cosméticos, ristras de sandalias y deportivas de mil colores todavía sin colocar. En la de su madre, en cambio, solo falta un sarcófago.

—Qué calor hace aquí, ¿no? —le dice con voz alentadora y la secreta intención de animarla—. ¿Por qué no abres?

Su madre no contesta. Está de pie junto a la ventana cerrada a cal y canto, con los brazos cruzados y la vista fija en el mismo horizonte que, un poco más arriba, mira su tía Cata. Ana la observa en silencio y siente una punzada de envidia. Es una sensación que a veces se apodera de ella y no le gusta, pero que no puede evitar. ¿Por qué le pasará eso? ¿Será porque su madre es menuda, delgada y elegante? ¿Porque tiene el pelo liso y dorado y podría protagonizar todavía alguna de sus series favoritas? ¿Porque Lucía es un nombre precioso y mucho más cotizado que el suyo? Tiene alguna pregunta más en la recámara, pero decide parar; no es bonito ni justo pensar de esa forma.

—¿No deshaces el equipaje? —le pregunta a su amantísima

madre antes de tumbarse en la cama *king size* y estirarse cuan grande es. Porque ella es grande, y rotunda, nada que ver con la doble de Grace Kelly que tiene ahí delante.

—Ana, dime, ¿tú te quieres quedar?

Su madre no se ha movido un milímetro. El infinito, o lo que haya al otro lado de la ventana, le interesa mucho más que su hija.

—Claro que sí. Parece bonito todo esto, y diferente; yo creo que lo podemos pasar bien.

Mientras habla, Ana le envía a su madre mensajes telepáticos que a todas luces no llegan a su destino: «Anda, mamá, vuélvete y mírame. Has adoptado a la sobrina de Rihanna y debes aceptarlo».

—Eso seguro. Siempre lo pasamos bien cuando está tu tía.

No le ve la cara, pero sabe que su madre ha torcido la boca y ha entornado los ojos como el icono malo del WhatsApp, así que decide no hacerle ni caso.

—Te ayudo con las maletas, ¿vale? —le propone.

—No te preocupes. Ya lo hago yo.

Ana abandona la cama y observa cómo su madre mira el mar, ese mar color cielo, y que lo mira con ojos brillantes.

—Me encanta deshacer maletas —insiste.

—No seas mentirosa.

—¿Quieres que baje mi supermeganueva tablet y ponga esa canción que tanto nos gusta? Así te alegras un poco, ¿no?, que parece que hayamos venido a un entierro.

Su madre se gira al fin y le sonríe, le pasa la mano por la mejilla y le revuelve el pelo.

—Déjate de canciones, cariño. —Le da la espalda otra vez y fija de nuevo la vista en esa playa tan grande que tienen a un lado—. Hoy la música me pondría muy triste, y más en este sitio.

BRILLANTINA

1981

Por más que lo intentó, y Dios sabe que lo hizo, Lucía no consiguió aprenderse esa maldita letra en inglés. Aquella mañana estuvo repitiendo la primera estrofa desde muy temprano y no hubo manera. No la hubo. Ni siquiera la primera estrofa. Qué angustia. Sus amigos llegarían dentro de un rato suponiendo que se la sabía y que la iba a poder cantar. Cuánto lamentaba haberlo propuesto en la comisión, hacía tan solo una semana. Allí estaban todos, los tres profesores más enrollados del claustro y una decena de alumnos sonrientes, entusiasmados con la idea. La función de fin de curso brillaría con luz propia, dijeron, y sentaría las bases de lo que quería ser el instituto: un centro abierto, moderno, pegado a la actualidad y a los intereses reales del alumnado. Así que nada de *Entremeses* de Cervantes o números de zarzuela. Alguien, Lucía no recordaba quién, propuso montar la *Mazurca de las sombrillas* con sonido pregrabado. ¿Se podía ser más rancio? El instituto era nuevo, nuevo en todos los sentidos, lo habían inaugurado ese curso y con él había llegado un aire fresco a la colonia.

—Lucía, están llamando. —Su madre, enfadadísima como

cada sábado porque no colaboraba, le hablaba a gritos desde abajo–. ¿Abres tú? ¿O prefieres que avise al mayordomo?

Ellos. Ya. Maldita sea. Cuando se trataba de ensayos, tenían la mala costumbre de presentarse en su casa media hora antes de lo acordado, para preparar con calma, para afinar y entonar los instrumentos, para fastidiar.

Lucía se miró en el espejo y, una vez dado el visto bueno a la imagen que tenía enfrente, se guardó la cuartilla con la letra en uno de los bolsillos de su pantalón vaquero y abrió la puerta de su habitación. El olor a pan recién horneado solía inundar la casa desde mucho antes de que el sol se asomara, y aunque era casi mediodía, todavía quedaba un tufillo por ahí. También olía a chocolate en polvo, a la vainilla de los buñuelos y al anís de los pestiños, a aceite de churros, a cruasán. Era el día grande de la semana y la panadería iba a toda máquina. Las familias de El Tercio Terol, una colonia obrera del sur de Madrid que no gastaba mucho en el día a día, se volvían locas cuando llegaba el sábado y les daba por comprar y engullir. Sus hermanos estaban abajo ayudando y ella debería hacer lo mismo, qué pesadumbre, pero un ensayo era un ensayo y su padre, por suerte, lo entendía a la perfección. De joven, según contaba cada vez que podía, él también hizo sus pinitos e incluso se presentó a un concurso de nuevos talentos en Radio Nacional de España. No lo ganó, pero se le quedó esa espina clavada y luego, travesuras de los genes, resultó que su hija mediana también sabía cantar.

—Joder, qué rico huele aquí siempre.

Martín fue el primero en llegar aquel día y lo hizo con el mástil de su guitarra eléctrica asomando por detrás de la espalda, vestido de negro riguroso, la raya del ojo pintada de cualquier forma y el pelo cardado a lo Robert Smith.

—¿De verdad lo piensas? —repuso Lucía—. A mí me empalaga tanto dulce, a veces me entran ganas de vomitar.

—No, si no lo decía por los pasteles, lo decía por ti.

Lucía sonrió sin ganas porque ella no podría afirmar lo mismo. Desde que se enteró de que el padre de Martín trabajaba en el matadero, cada vez que lo veía imaginaba su casa llena de cuchillos ensangrentados y restos de vísceras, fría como una nevera y apestando a carne cruda. Martín siempre había vivido en los bloques del perímetro sur de la colonia, a dos pasos de su propia casa; sin embargo, hasta que empezó aquel curso, nunca se habían cruzado. «El Tercio es así —solía decir su madre—, cada uno en su casa y Dios en la de todos». Antes de eso, Martín había cursado Formación Profesional en San Roque y ella primero de BUP en San Isidro, como Fer, y el pasado septiembre coincidieron los tres en el nuevo instituto de Las Pavas. Los bloques donde vivía Martín estaban peor considerados que el resto de las viviendas del barrio, porque allí se amontonaban demasiadas familias por planta y porque esas mismas familias habían convertido el patio comunitario trasero en un espacio sucio y lleno de trastos. Y Martín lo sabía, y le dolía, se le notaba en la cara cada vez que iba a ensayar. Qué culpa tendría ella. Su casa, como la mayoría de las de la colonia, fue concebida para una sola familia y tenía detrás un patio individual que algunos habían transformado en huerto. En el suyo, su padre había plantado dos limoneros y construido un cobertizo que le servía de almacén, y era ahí donde ensayaban desde hacía cuatro o cinco sábados. Se suponía que estaba aislado y que allí no molestarían; pero sí molestaban, y mucho, a su madre se le torcía el gesto cada vez que veía a los chicos llegar.

—¿Qué? ¿Ya venís a dar la lata? —La cara de malas pulgas de su madre apareció al otro lado de la puerta que comunicaba la casa con la panadería—. Y encima con esas pintas. Virgen santísima, vais a acabar espantándome a las clientas.

—Muy simpática tu madre —dijo después Martín, mientras atravesaban el patio y entraban en el cobertizo.

—Ni caso. Ayúdame con esto, anda.

Lucía señaló la cama plegable que usaban cuando venía algún familiar, los pesados sacos de harina que había en el suelo y la jaula vacía del periquito, que había muerto hacía un par de semanas. La batería de Fer estaba al fondo, cubierta por un jergón de color rojo.

—¿Es para que no pase frío? —preguntó Martín.

—Es para que no se llene de polvo, ya sabes cómo es Fer.

Fernando vivía en su misma calle, la de los comerciantes, una calle ancha rodeada de casas unifamiliares de tres plantas, las superiores para la vivienda y la de abajo para el negocio. El del padre de Fer era una especie de carpintería donde arreglaban camas y muebles viejos. Les iba mal, lo sabía todo el barrio, pero les tocó un pellizco en la lotería de hacía dos navidades y con el dinero compraron una licencia de taxi para el mayor de los hijos, que andaba metido en drogas, y también la batería.

—Sí, claro que lo sé: Fer es un melindroso y un pamplinas.

Martín había cogido uno de los sacos y a duras penas conseguía arrastrarlo, y Lucía, al verlo, pensó que debería hacer más deporte en vez de tanto criticar.

—Y también muy buen chico y mejor estudiante —le dijo un poco molesta—. Y esta batería está aquí por todo eso, así que no te metas más con él.

—Has empezado tú.

La batería estaba ahí porque su patio tenía cobertizo y porque su padre, qué suerte la suya, sabía de sobra lo que era sentir la música corriendo a mil por hora por las venas. Fer y Lucía se conocían desde muy pequeños, y aunque sus familias no eran amigas, ellos siempre se llevaron bien. La idea de montar un grupo surgió hace ya bastante tiempo. Los viernes por la tarde se juntaban allí para hacer los deberes, ponían la radio a todo trapo y escuchaban a Joaquín Luqui en *Los 40 principales,* bailaban con los Tequila o los Burning y soñaban con que ellos, algún día, también tendrían una banda. Y, de repente, la tenían. Una banda capaz de adaptarse a las necesidades y adecuarse al estilo que conviniese en cada momento. Versatilidad, lo llamó ella. Los pulsos que mantenía con Martín casi siempre eran por lo mismo: la pureza, lo auténtico, la basura pestilente que era el pop. Qué pesado y sabiondo se ponía a veces. El cambio al nuevo instituto había tenido sus ventajas, por supuesto, y allí habían conocido a Martín, que se las daba de gótico y alternativo y tocaba fatal, aunque al menos tenía guitarra y también muchas ideas.

—Lucía, le he estado dando vueltas a lo de fin de curso y la verdad es que no lo veo. —Martín acababa de apartar el último de los sacos y se estaba sacudiendo la harina adherida a su disfraz de gran estrella discográfica—. Ese tema es una basura, por mucho que digan. Y tal y como yo lo entiendo, no es esa la imagen que queremos proyectar.

—¿Y eso qué importa? —El cobertizo era tan diminuto que debían seguir moviendo trastos, plegar la cama donde había dormido uno de sus tíos durante el último mes y sacar fuera la jaula del periquito—. No empieces otra vez, ¿vale? Y aparta esa butaca, por favor. Nos va a escuchar todo el instituto, ¿te parece poco?

La idea fue de Fer, aunque más tarde, menudo traidor, se empeñara en negarlo. Desde que estrenaron *Brillantina* hacía dos años, Fer no había parado de decirle que se parecía a Sandy y de mirarla con cara de bobo, una cara que a ella la ponía muy nerviosa porque estaba segura de que escondía algo, algo impreciso, una especie de equívoco, algo que no podía traer nada bueno.

—Uf, cómo pesa esto. —Martín, entre jadeos, arrastró la butaca de la abuela y la puso contra la pared, junto a la estantería del azúcar y los botes de especias.

—Casi hemos terminado.

—Oye, ¿te puedo hacer una pregunta? —Martín la estaba mirando de arriba abajo y ella sintió frío, y una vez más pensó que sus mejores amigos no deberían mirarla de esa forma tan rara.

—Dispara.

—¿Te vas a vestir con cuero negro y tacones como pasa al final de la peli o vas a ir así, a lo Marisol en *Ha llegado un ángel*?

—Muy gracioso. Voy a ir como me dé la gana. Y la canción que cantamos no es la del final, sino la de los títulos de crédito. Lo sabes de sobra.

Grease is the Word, cuya letra no conseguía aprenderse ni a tiros, fue su aclamada propuesta. Para su desgracia, en la comisión la aceptaron entre aplausos. 1981 avanzaba a pasos agigantados y cada semana las discográficas lanzaban decenas de sencillos, y si dos años más tarde ese tema seguía sonando en todos los diales, por algo sería. Era disco, era fresco, era divertido, y Martín un cenizo que se creía más moderno que nadie porque era capaz de sisar a su propia madre para irse después al Madrid Rock de la calle San Martín a comprar lo último de The Cure, y luego, claro, poder contarlo. Bien, pues su banda no era The Cure ni nada que se le pareciese. ¿Dónde estaba el problema?

—¿Y sabes ya quién hará el saxo? —Para asombro de Lucía, Martín, repantigado en la butaca y con los pies apoyados en la balda más baja de la estantería, había empezado a sobarse la entrepierna sin ningún disimulo—. Porque hay un saxo y nosotros no tenemos saxo. Ni bajo tampoco. Somos un grupo de mierda, eso es lo que somos. No tenemos amplis, ni nombre ni temas propios, llevamos cuatro o cinco ensayos y ahora, a las primeras de cambio, nos vendemos al enemigo.

Lucía apartó la vista y pensó en el problema del amplificador. Hasta la fecha, se habían apañado conectando la guitarra a una de las entradas del radiocasete, pero no podían seguir así: el resultado, una vez descontado el efecto Martín y su cuestionable virtuosismo, era espeluznante.

—Fer viene hoy con uno de su clase, un tal Juanfra que vive cerca del cine Florida, su padre trabaja ahí —expuso frente a la atenta mirada de Martín, que acababa de dejar de hacer lo que hacía y la observaba con ojos líquidos—. El caso es que toca el bajo, y al parecer bastante bien. Y para las intervenciones del saxo he pensado usar mi armónica; total, no creo que nadie note el cambio. He escuchado la canción más de mil veces estos días y yo creo que lo vamos a conseguir. Lo que me preocupa es la letra.

—Claro, Lucía, claro que lo vamos a conseguir. Eso seguro. Tú y yo juntos podemos conseguir lo que queramos.

A los pocos segundos, el silencio se paseaba por el cobertizo como un miembro más de la banda. Martín le clavó los ojos y se mordió el labio inferior, y Lucía, con uno de esos gestos que no lograba abandonar del todo, se pasó los mechones rebeldes de su melenita rubia por detrás de las orejas. Luego, sin saber muy bien por qué, se despegó del pecho la camiseta verde pálido que llevaba aquel día y, como si buscase una coraza, se cruzó de brazos y apoyó la espalda en el mueble cargado de especias que tenía detrás.

—Sí que tardan, ¿no? —dijo más tarde, porque era necesario decir algo—. Seguro que es por Juanfra. Según Fer, además del bajo también tiene un amplificador, y digo yo que a lo mejor lo trae. —Se le estaban enredando las frases—. Estaría bien, ¿no crees? Un problema menos. Y si lo trae, pues por eso tardan, ¿verdad? Porque supongo que un trasto así pesará mucho y…

—Qué poderío tenéis todos —interrumpió Martín, que había empezado a tocarse otra vez mientras deslizaba la mirada desde su camiseta verde hasta la parte superior de la estantería—. Yo también seré rico, ya lo verás.

—Anda ya, aquí nadie es rico. Qué más quisiéramos.

Entonces Martín hizo un movimiento con la pierna, como un espasmo o algo así, y el efecto fue tan parecido a darle una ligera patada al mueble que los frascos de especias se tambalearon y algunos cayeron al suelo. La mayoría cerrados, menos mal.

—¿Tú estás fatal de la cabeza o qué te pasa? —Lucía se agachó al instante para recoger el estropicio y guardar los bastones de vainilla que se habían desperdigado—. ¿Tienes idea del dineral que cuestan?

—No, no la tengo. ¿Y sabes qué? Que por un momento te he imaginado cubierta de canela en polvo, y que yo después te lamía, pero me ha salido mal la estrategia.

Lucía se quedó muy quieta. Martín tenía las pupilas negrísimas y los labios brillantes, y la estaba mirando de lado, la estaba mirando mal. Luego volvió a empujar la estantería con un segundo golpe de pierna y, como si fuera confeti, una lluvia de anís estrellado le cayó a Lucía sobre los hombros, sobre su melena dorada, sobre su camiseta.

—Ahora, sí.

Martín acababa de abandonar la butaca, se había agachado también y se había acercado a ella mucho más de lo necesario. Lucía seguía paralizada, y Martín sacó de sus labios una lengua encarnada y viscosa que le restregó, lenta y morosamente, a lo largo del cuello. El movimiento fue tan inesperado que Lucía no reaccionó, pero la sensación, lo supo al instante, no la olvidaría en la vida.

—Me encanta —murmuró Martín con la boca entreabierta, una boca que olía a tuétano, a tripas, a carne sin cocinar—. Me recuerda al carajillo que toma mi padre antes de irse al matadero.

—Oye, tío, ¿se puede saber qué haces?

Era Fer, que había aparecido en la puerta del cobertizo y desde allí formulaba esa pregunta con su tez pálida como la cera y sus ojeras de vampiro. Junto a Fer había un chico alto y desgarbado que llevaba la bolsa del preciado amplificador colgada del hombro, y un bajo a la espalda. Fer se lanzó a por Martín y, en ese suelo cubierto de anís y restos de harina, los dos se enzarzaron y se cubrieron de insultos y puñetazos. Entretanto, Juanfra y ella se miraron, y sonrieron, y Lucía comprendió que su mundo acababa de cambiar y que a partir de ese instante solo viviría para hacer eso: mirar a Juanfra y esperar que él sonriera, cantarle algún tema bonito para así conquistarlo y sonreírle a su vez.

2

Dime que no está pasando

Viernes, 31 de agosto de 2012, 01.30 h

Dani acaba de abrir los ojos, pero sigue aturdido, y esa música ratonera que llega desde algún sitio se le incrusta en el cerebro y no lo deja pensar. Dani no es tonto, es un chico que piensa, aunque lo que le espera es tan extraño que quizá no reaccione o lo haga de ese modo tan suyo, tan ajeno a cualquier expectativa, tan loco y desacostumbrado. La oscuridad que lo envuelve se rompe en el resplandor del fondo, un hilo de luz de apenas un metro que parpadea al compás de la música y cambia del amarillo al azul, luego al fucsia, al verde y vuelta a empezar. Sonido y color, el oído y la vista, sus sentidos se despiertan y aceleran las sinapsis. ¿Estará soñando? Un sueño lo explicaría todo, y evitaría además que germinara esa semilla de miedo e incertidumbre que acaba de surgir en algún rincón de su mente. ¿Qué ha pasado? ¿Por qué suena esa música horrible? ¿Dónde está? Las nuevas preguntas se encadenan solas y tienen otro tipo de peso, otro cariz. El tacto y el olfato son ahora los nuevos medidores y están registrando datos, y la inquietud que generan no para de aumentar. La pared que hay a su lado es rugosa, demasiado quizá, y el colchón sin sábanas que palpa bajo su cuerpo tampoco es el que debería. Luego está ese olor punzante, una mezcla indefinible de amoniaco y friegasuelos, perfume, ambientador de saldo. No, no es ese el olor adecuado, no es así como huele su mundo, su familia, su casa. Extiende la mano y confirma que el colchón está extendido en el suelo. Enfrente y como a espasmos, ahora lo entiende, el hilo de luz atraviesa el borde inferior de una puerta cerrada.

Una vez ubicado, o al menos despierto, Dani intenta moverse y repara en que está desnudo. Su cabeza se acelera, las ideas entrechocan y sus ojos quieren cerrarse. Si se durmiera otra vez, se dice, quizá el despertar sería más dulce y la visión se convertiría en lo que tiene que ser: Koldo en la cama de al lado, el sol entrando por los ventanales que dan a la bahía, Salma irrumpiendo en el dormitorio para decirles que el desayuno está listo y que el café se les va a enfriar. La imagen de su madre también aparece: qué pensaría si lo viese ahora, qué sería capaz de hacer. Intenta recordar qué ha sucedido y no lo consigue. Solo ve la piscina y la agradable luz de la tarde derramándose sobre su hamaca, los demás en la playa y Koldo diciéndole que él también se marchaba, que cogía la bicicleta, que quedaban muy pocos días de vacaciones y quería bucear un rato en una de esas calas desiertas que habían ido encontrando por ahí. Tenía sed cuando se quedó solo, eso también lo recuerda. Pero no basta, necesita saber más y decide repasar todo el proceso: de la piscina a las luces, de la hamaca al colchón, y lo que quiera que haya en medio será lo que dé sentido a esto que ahora ocurre.

Está en ello todavía cuando la puerta se abre y se vuelve a cerrar. La acción es tan rápida como un aleteo, pero no evita que el bum-bum de unos bafles llegue hasta su camastro y que el espacio se ilumine durante un par de segundos. La visión es fugaz, apenas el tiempo de un fotograma, si bien le permite registrar otro dato extraordinario: hay más colchones como el suyo, pegados también a la pared y colocados en fila, y todos están vacíos. Entonces ¿por qué el frío y los sudores? ¿Por qué ese reguero de hormigas correteándole por la espalda? Es el miedo. La semilla ha germinado. La puerta se abrió y ahora él tiene la certeza de que ya no está solo, y querría no moverse, y dejar de respirar de esa manera.

—Así que lo llevamos arriba.

—Es lo que ha dicho, ¿no?

—Y arriba..., ¿dónde? ¿A la oficina?

—Va a la seis, la del final del pasillo. Y no hagas tantas preguntas. Tú obedece y ya está.

Dani tiene los puños apretados y también los párpados. Si sigue así, se empeña en pensar, logrará dormirse y al despertar verá por fin a Koldo, y le pedirá que le dé golpes con la almohada como hace algunas mañanas en el internado para que no duerma más, que le haga cosquillas por lo mismo, que le diga que nada de esto está pasando.

—Vamos, ricura, mueve ese culín que tienes y vístete.

Varias prendas caen muy cerca mientras un dedo de luz le hiere los párpados. No quiere abrirlos, pero una mano áspera lo zarandea, tira con fuerza de su brazo y lo obliga a incorporarse.

—No seas bruta, recuerda que es un chico delicado.

—¿Te vistes o prefieres pasearte en cueros por ahí? —La luz sale de la linterna de un móvil y está recorriendo su rostro, le taladra los ojos y después se detiene—. Aunque ahora que lo pienso, igual así pescas algo. Feo no eres.

Dani ha dejado de ser analítico, y la displicencia de antes se ha esfumado también. Está tan aterrorizado que no reacciona, y ni siquiera se atreve a hablar. La mujer tiene un acento raro y su boca apesta a Jägermeister. Intenta verle la cara, pero la linterna lo deslumbra y solo distingue su silueta y los dedos como garras que sujetan el teléfono. Al fondo, junto al resplandor de la puerta, el hombre que habla con ella acaba de encender un cigarro.

—O te pones eso ya mismo o te lo pongo yo a hostias —dice después de dar un par de caladas.

Sobre el colchón hay un pantalón de chándal, una vieja camiseta interior y un par de esas chanclas espantosas con rayas blancas y azules sobre el empeine.

—¿Qué? ¿No te gustan? —El hombre chasquea la lengua—. No te preocupes, que mañana iremos los tres de compras a algún sitio fino de por ahí.

Él no contesta y empieza a vestirse. La puerta se abre y el estruendo de lo que haya afuera irrumpe en la habitación.

—Arriba, pimpollo —dice la mujer después de vendarle los ojos y cogerlo de un brazo—, que te toca traslado a la suite nupcial.

Dani no quiere darles facilidades y finge que le cuesta mucho levantarse, y que luego se marea y pierde el equilibrio hasta caer hecho un ovillo. Al fin y al cabo se hizo un esguince, para algo bueno tenía que servir. Luego siente las garras de la mujer bajo las axilas, tirando hacia arriba sin ningún éxito. Porque él no va a cooperar, su cuerpo ha enraizado en el suelo y nada ni nadie va a moverlo.

—Déjame a mí. —La voz del hombre es desabrida y suena ahora muy cerca—. Joder, qué bien le ha sentado. Vaya colocón de puta madre lleva el cabrón.

Entre los dos sí que lo logran, lo sostienen por los hombros y lo sacan de allí. Fuera, la música retumba y las luces siguen parpadeando detrás de la venda.

—Ahora vamos a subir al primer piso. —A lo lejos se oyen voces, risas, gente que aplaude mientras la mujer habla—. Son unos cuantos escalones, así que tendrás que poner de tu parte. ¿Me has entendido?

Una vez arriba, tras el chasquido de una cerradura y dentro ya de donde hayan querido llevarlo, un grifo se abre y alguien le quita la venda. Y luego hay agua, mucha agua, agua que le estalla en la cara.

—A ver si con esto espabilas.

Dani la recibe con alegría. Está fresca, y limpia, y le gustaría recibir más.

—¿Me podríais decir dónde estoy? —se atreve a preguntar al fin, justo cuando suena el portazo, cuando se vuelve a quedar solo.

La música llega ahora amortiguada a ese nuevo espacio insólito, aunque nada de lo que hay alrededor le interesa lo más mínimo. Él solo quiere agua, agua y nada más. Cojeando, busca el grifo y encuentra un lavabo detrás de un biombo decorado con motivos chinos, junto a un váter roñoso y un bidé. El lavabo es tan pequeño que el agua se desborda y salpica la moqueta. Bebe con ansia y después se mira en el espejo que hay encima. ¿Quién eres? ¿Qué has hecho para que te traigan a este sitio? Su tobillo palpita por el esfuerzo y él, agotado, se tiende ahí mismo y se queda quieto, paralizado sobre esa moqueta parda, con la cabeza llena de preguntas y la vista fija en las manchas que oscurecen la loza del bidé. Un poco más tarde, sin previo aviso y sin redoble de tambores, la verdadera función comienza.

—¡Pero mira tú qué ratoncito más lindo tenemos aquí!

Es tan grande que asusta, y tiene una voz de trueno. Desde el suelo él puede ver sus tacones altísimos, las uñas de sus pies pintadas de púrpura, sus piernas sin fin. Más arriba lleva una minifalda dorada y un top verde flúor, aunque lo que más llama la atención es su pelo, una exuberancia de rizos espesos teñidos de rojo que brillan como dalias cubiertas de rocío.

Dani se sienta, flexiona las piernas y se las abraza. Está fascinado. No es la primera vez que ve mujeres de ese tipo, pero esta es distinta, esta es una diosa, un ser superior, y desprende una fuerza de la que es muy difícil zafarse. La observa en silencio y ve que no para de hacer cosas: ha plegado el biombo y ha estirado la cama revuelta que hay detrás, se ha lavado las manos, ha depositado sobre las sábanas la bolsa de deporte que traía y que ahora acaba de abrir.

—¿Dónde estamos? —le pregunta—. Dímelo, por favor.

—Estás en el cielo, cariño, en el puto Heaven estás.

—¿Y quién eres tú?

—¿Yo? Yo soy lo que tú necesites: tu hada madrina, tu mejor amiga, tu angelote de la guarda. —Da un tirón a la cremallera de la bolsa y deja escapar un grito—. Mierda, me acabo de romper una uña.

—Tengo que irme —afirma él con la mayor inocencia, convencido de que esa mujer, en efecto, es una especie de ángel—, mi familia andará preocupada. Estábamos de vacaciones y… no sé, no sé qué hago aquí. ¿Tú sabes por qué estoy aquí?

—Ya tú quieres que te responda a demasiadas cuestiones y yo no vine acá para eso, ratón, yo vine para otra cosa. —Le guiña un ojo, se chupa la uña rota haciendo más ruido del necesario y después se acerca a la única silla que se ve por allí. Luego, con movimientos precisos, la coloca frente al lavabo, vuelve a por la bolsa de deporte y saca de allí una toalla, un par de tijeras y una maquinilla de afeitar—. Me llamo Dalia, por si no lo sabías.

—Venga ya, ¿en serio? He pensado en esa flor cuando te he visto.

—Oy, oy, oy, me muero de amor. —Con la toalla y el resto de los adminículos en la mano, se acerca a la silla y se sitúa detrás—. ¿Quieres que te diga una cosa? Creo que tú y yo estamos conectados. Soy bien cubana y bien bruja y lo he sabido todo al entrar; te tengo caladísimo.

A pesar del peligro evidente, Dani debe admitir que hay algo allí que lo hipnotiza. Siempre le han atraído los mundos desconocidos, los que están en el envés, los que poco o nada tienen que ver con el suyo. Ser raro, tan raro como afirma su padre que es cada vez que puede, no deja de ser una ventaja y también una excusa, un muro de contención frente a los juicios de quienes lo rodean, personas cercanas y entrometidas que no paran de opinar.

—Vamos, ponte aquí —ordena Dalia—. No tengo mucho tiempo.

—Qué vas a hacer.

—Afeitarte esa maraña de pelo que llevas. ¿No te previnieron? Desde luego, vaya par de bichos.

—Qué quieres decir con afeitarme.

—Lo que has oído. —Dalia ha conectado la maquinilla a un enchufe y está dando palmaditas en el respaldo de la silla, invitándolo con impaciencia a sentarse—. Bonito tupé, cariño, y ahora hazme caso y despídete de él.

—No entiendo a qué viene todo esto. Es absurdo. Y no pienso dejar que me afeites.

—Claro, y yo sigo siendo virgen por delante y por detrás. —Le hace un gesto con la cabeza para que se acerque y después se pone muy seria—. Oye, son las dos de la mañana y me queda un buen rato de trabajo todavía, así que no me toques mucho la tota.

En el complejo cerebro de Dani, en la parte baja de su sistema límbico concretamente, una nueva alerta ha saltado y ha puesto su cuerpo a la defensiva: lo del corte de pelo son palabras mayores, es su imagen, su seña de identidad.

—Ni se te ocurra tocarme —le dice mientras se sujeta el flequillo.

Dalia lo mira, deja escapar una carcajada que hace temblar las paredes y después se le acerca.

—Ratón, voy a serte sincera: no te voy a cortar ese tupé tan relindo que llevas, lo que voy a hacer es raparte al cero. —Está agachada junto a él, pronunciando con mucha calma esas frases delirantes—. Te voy a dejar la cabeza como un hueso de aguacate, ya verás qué fresquito vas a estar. —Se le acerca más todavía. Los rizos rojos le rozan los hombros y Dani reconoce el perfume al instante: J'adore; su madre también lo usa—. Son las normas, es lo que hay. Yo no soy más que una mandada.

—De qué normas hablas.

Muy a su pesar, Dani nota que podría romper a llorar de un momento a otro. No es el tupé, ha sido el perfume, su madre, lo que daría por seguir en la piscina, por aburrirse en la casa, como ayer mismo, como todos los días. Pero no, no va a llorar. Nunca lo ha hecho. Ni bajo tortura lo haría.

—Liendres, mi amor, piojos como los del colegio; llámalos como prefieras. No es la primera vez que nos pasa y luego figúrate tú la que se monta. Aquí llega de todo, y más vale prevenir. Por cierto, ya tú puedes darte con un canto en los dientes, porque no me han dicho nada de que te trasquile también la minipinga esa que escondes bajo el chándal, como vienes aquí de señorito...

Entonces Dalia lo levanta del suelo como si fuese una pluma y lo instala en la silla, le coloca los brazos detrás del respaldo y lo obliga a que entrelace las manos.

—¿Hace falta que te ate? Tengo un cinturón en la bolsa,

pero mejor como amigos, ¿no crees? —Le pasa los dedos a contrapelo desde la nuca a la frente y luego le pellizca la nariz con suavidad—. Siempre es mejor como amigos.

La maquinilla es cruel y los mechones van cayendo en la moqueta. De su pelo castaño, del tupé que tanto cuida, en pocos minutos no queda ni rastro.

—Pues fíjate tú, yo diría que has mejorado bastante. Se te ha quitado la cara de mosquita muerta que traías.

—Es horrible. —Dani ha sacado las manos de detrás del respaldo y ahora se cubre la cara—. Todo esto es horrible. Es como una pesadilla.

—Qué exagerado, de verdad. Es la vida, nada más que la vida. —Dalia le da un golpe suave en la nuca y luego se la acaricia—. Y ahora atiende a esto, para que veas.

Se aleja unos metros, levanta los brazos al cielo como si fuese una *vedette* y gira sobre sí misma. La pirueta le sale impecable y después, con un gesto altivo, se coloca las dos manos detrás del cuello y tira con fuerza de la encendida peluca que hasta ese momento llevaba puesta. Mientras tanto, a Dani se le han abierto mucho los ojos, y la sonrisa que se ha ido dibujando en su cara es como algo ajeno a sí mismo, una anomalía, una mueca inapropiada que no consigue controlar.

—¿Contento? —pregunta Dalia señalándose la cabeza con expresión distraída—. Ya te he dicho que aquí todas lo hacemos. No me preguntes por qué, pero creo que no es solo por las liendres, sino porque a la jefa le gusta. Digamos que es la marca de la casa.

Dani observa a Dalia y después la peluca, y mientras lo hace comprende que la codicia acaba de invadir su cuerpo, que sus ojos y sus manos se han llenado de avidez. Está tan hechizado que por un momento se olvida de todo, de la habitación, de su cabeza afeitada, de lo que haya podido llevarlo hasta allí. Pero el momento es muy breve, porque, casi a la par, una ristra de enunciados contundentes quiere también imponerse: «esa mujer no es tu amiga», «esa mujer no te va a ayudar», «esa mujer pertenece a este sitio y este sitio es peligroso». Sus pensamientos son contradictorios y luchan entre sí como gallos de pelea. Sin embargo, las palabras pueden con todo, las palabras quieren salir de su boca y al final siempre lo logran, ojalá consiga dominarlas algún día:

—¿Me la puedo probar?

—¿El qué? ¿Esto? —Dalia está otra vez detrás de la silla y, a unos metros, en ese espejo desportillado que hay sobre el lavabo, sus miradas se cruzan—. Claro, bebé, claro que puedes. Ya imaginé yo nada más verte que más que ratón eras perrita. Una perrita preciosa —añade con voz muy suave mientras le coloca la peluca y se la ajusta—, de esas que tanto gustan por aquí.

ONCE DÍAS ANTES DEL RAPTO

Desde su mesa de despacho, con la mirada fija en el horizonte y el sol de media mañana entrando a raudales por doquier, Martín puede ver la elegante explanada del Templo de Debod, la inmensidad de la Casa de Campo con su lago y sus encinas, los suaves perfiles de Pozuelo y Somosaguas y, por el rabillo del ojo, incluso una esquina del Palacio Real. Madrid a sus pies. Madrid es suyo y él siempre lo supo. Siempre supo que lo conseguiría. Puestos a elegir, lo que más le gusta mirar desde su silla Aeron (Herman Miller, Pellicle Graphite, un puto dineral) son los edificios colmena de Aluche y Campamento, desperdigados como piezas de Lego a ambos lados de la A-5: «Que os jodan, panolis, no habéis tenido cojones y ahí seguís». A veces, no sin cierta y desasosegante melancolía, Martín gira el cuello unos veinticinco grados a la izquierda, dirección sur, y entre los pliegues de la famosa boina de gases tóxicos, con buenas dosis de imaginación y una voluntad férrea, divisa a lo lejos los cipreses de San Isidro, Carabanchel al completo o, ya puestos, la meseta donde se asienta la Colonia del Tercio y Terol, su viejo barrio de mala muerte. Qué curiosa es la vida, piensa, qué juguetona y extraordinaria. En 1960, mientras sus padres recién casados entraban en el piso de treinta y cinco metros cuadrados que el Instituto Nacional de Vivienda les acababa de arrendar en los bloques de la calle El Tercio, la Compañía Inmobiliaria Metropolitana entregaba en una esquina de la Plaza de España las llaves de unos apartamentos de lujo que muy pronto se pondrían de moda entre artistas estrafalarios y gente moderna y pudiente, los de la Torre de Madrid, el emblemático rascacielos donde ahora, sobre una silla ergonómica implementada con PostureFit SL y medio siglo más tarde, Martín Gómez Casares tiene instalado su muy blanco y gordo culo.

Frente a la tentación de dejarse arrastrar por los recuerdos y no apreciar en su justa medida las delicias del aquí y el ahora, Martín abre y estira las piernas por debajo de su escritorio de alta gama (otro porrón de euros, otro despilfarro, y eso sin contar los honorarios y las comisiones varias de aquel decorador mariquita que le sacó el tuétano cuando, a principios de este bendito año de 2012, Cata y él compraron ese piso tan caro para usarlo como oficina y, de paso, también como picadero). Con sus piernas reacomodadas y dichosas, Martín suspira, jadea casi, echa un vistazo al montoncito de coca que hay junto al teléfono móvil y piensa en *La noche blanca*, uno de los temas del último álbum de Loquillo. ¡Loquillo, joder! ¡El mismísimo Dios vivió en el ático de ese edificio durante aquellos años en los que todo era posible! Qué deleite, mmm, qué delicia. Como viene siendo habitual, al pensar en el tiempo y sus inusitados vaivenes, Martín se relame: saborear las mieles del éxito es uno de sus pasatiempos favoritos, y comprobar que ahora es él quien está ahí, apenas cinco pisos por debajo de donde vivía uno de sus ídolos, se la pone reventona y dura hasta decir basta.

—Eso es —murmura—, dale así. Así es como me gusta.

La canción de Loquillo se le enreda dentro la cabeza en

plan dale que dale y dale más, de modo que decide buscarla en Spotify. Bendita tecnología, ¿cómo podían vivir antes sin la ayuda de tanto artilugio y tanta aplicación? Mientras suenan los primeros acordes en el iPhone, recuerda que en su momento leyó el libreto del CD de cabo a rabo y descubrió que la letra de *La noche blanca* es el poema de un tipo que fue secretario de Estado con Aznar, y que la canción se iba a titular *Cocaína*. Cocaína precisamente; vaya, nada es casual en esta vida. Mola la letra y mola seguirles la pista a los ídolos de juventud a pesar de tener cuarenta y siete palos como cuarenta y siete soles, los párpados siempre hinchados y el colesterol por las nubes, por no hablar del contorno de zepelín y un sobrepeso que nadie habría imaginado en el alfeñique resentido y rijoso que alguna vez fue. *Los viejos rockeros nunca mueren*, otro gran tema; luego lo pondrá.

Volviendo a Loquillo y a la noche, el poema le habla de un espejo cubierto de nieve, de festín y de furia y de sonidos de amor, justo lo que él piensa hacer ahora mismo: disfrutar del festín todavía, todavía un poquito más. Su noche de sábado está siendo muy larga y a quién puede importarle. En realidad, es domingo, son casi las once de la mañana y ahí tenemos el espejo de las celebraciones, así canta Loquillo, beatifiquemos besos y canonicemos abrazos. Es la hostia, vaya tela con el secretario de Estado, menudo perla tuvo que ser.

Se mete un buen tocho con la yema del dedo meñique y sorbe y después gime. Qué gusto, por Dios, qué gusto le está dando. Echa la cabeza hacia atrás y cierra un momento los ojos. ¿Otra puntita? Así es él, pura ansiedad, pura ambición, una herida abierta que quiere comérselo todo. Desde pequeño tiene la lección bien aprendida: oveja que bala, bocado que pierde. Su madre se instaló en la colonia ya preñada y desde entonces hasta el 65, el año en que él llegó a este mundo, no dejó de parir. Qué bárbaro. Una criatura cada doce o trece meses. Cata y él tuvieron a Dani después de un esfuerzo ímprobo y la experiencia fue tan retorcida y estremecedora que todavía le cuesta recordarla. No repitieron, obvio, Dani ha dado más guerra que todo un ejército y no parece que a corto plazo tenga prevista una tregua. En su caso, él era el último, y ser el benjamín teniendo delante a cuatro alimañas despiadadas y hambrientas es la mejor escuela que uno puede tener en la vida. Aprendió pronto a salir adelante. En cuestión de comida, por ejemplo, bastaba con entrar en la cocina cuando su madre estaba sola, ronronear suavemente y, pegado a sus faldas enharinadas, poner ojillos de pena. Siempre caía algo, un trozo de oreja guisada, una espiral de gallinejas, algún entresijo. La casquería y las berzas eran de consumo diario en aquella casa y, al menos en parte, tan sofisticado menú tenía su explicación y su fundamento: su padre traía esos despojos del matadero y su madre, con toda la razón del mundo, los cocinaba después refunfuñando (dispuesto como estaba a robar, ¿por qué no robaba filetes?). La abundancia de berzas, en cambio, siempre estuvo rodeada de un halo de misterio.

Recordar aquellos sabores, aquel olor, le suele provocar arcadas y los primeros síntomas de un cuadro depresivo que no está dispuesto a sufrir, así que se centra en lo que ahora acontece mientras se pasa la lengua por el labio inferior y después se lo mordisquea. Qué lejos queda ahora todo y qué bien que sea así, el barrio, su madre enterrada, los conciertos, los sueños. A tomar por saco. El mundo sigue girando y la prueba la tiene bajo la mesa o bien ahí cerca, en ese dormitorio del que salen gemidos y risas, la vida misma, ese socio que tiene desde hace doce años es negro como la pez y está hecho un mozalbete. La reunión de anoche salió mejor de lo esperado y había que celebrarlo a lo grande. ¿Y qué mejor modo que irse de pesca entre los riachuelos y las arboledas del cercano Parque del Oeste? El nigeriano eligió y él hizo lo propio, se vinieron a la oficina con todo lo necesario y luego la noche se complicó, se alargó más bien, y por eso el pelma de Fer ha dado tanto la lata con sus llamaditas y sus mensajes de hace unas horas: «Martín, son las ocho y media pasadas, te estamos esperando». Caso omiso. Acababa de llegar el camello para reponer y él debía atenderlo como merecía. «Martín, son ya las nueve. Te he llamado y no coges el teléfono. ¿Ocurre algo?». De acuerdo, no le faltaba razón, una cita es una cita y tenían por delante un largo viaje hasta Almería, así que él le ha contestado rogándole que lo perdonase y explicándole después que no podría viajar hoy, que tenía agendada una reunión importante esta misma mañana y que se acababa de dar cuenta.

Respuesta esperable de Fer: «Qué reunión ni qué pollas. Hoy es domingo y se supone que nos vamos de vacaciones».

Respuesta real de Fer, esa alma cándida: «Qué putada, Martín. ¿Y qué hacemos? ¿Nos vamos nosotros?».

Qué majo es Fer, qué buen amigo, y qué grandísimo invento esto de la mensajería instantánea. En un momentito, y con solo dos dedos, se ha quitado a Fer de encima después de escribirle que se fuera, que se fueran los tres con viento fresco, que se llevase a Dani y a su colega y que mañana llegaría él sin falta, y que muchísimas gracias por el favor. Fer, como siempre, comprensivo hasta la náusea y solícito de más, ha contestado al segundo: «Qué cosas tienes, Martín. Ya hemos cargado las maletas y van ahí detrás tan contentos. Estábamos preocupados porque no lo cogías. Buena reunión y buen viaje mañana».

El plan previsto era ir en dos coches y parar a medio camino a desayunar juntos. Fer viajaría solo, y Martín con su hijo Dani y ese amigo nuevo que tiene nombre de terrorista. Dani lo invitó a última hora y Cata dio el visto bueno, así que ella sabrá. Las chicas (las chicas entre comillas, porque así es como ellas se autodenominan a pesar de que juntas suman más de cien años) viajaron ayer y de momento no ha tenido noticias. Mal rollo seguro, como si lo viese: Lucía estará hecha una fiera desde que descubrió el sitio al que ha ido a parar. Aunque él no debería pensar en eso ahora si de verdad quiere aprovechar el momento, no hay nada como los seres queridos para echar a perder una erección.

Para colmo, suena otra vez el teléfono, no el pitido de un mensaje sino el ring ring de toda la vida. Fer estará en algún lugar de La Mancha y, por la razón que sea, quiere comunicarse con él al modo antiguo.

—Dime.

—Hola, Martín, espero no interrumpir tu reunión.

—No, no te preocupes, acabamos de terminar. —Bajo la mesa, el universo se desinfla a pasos agigantados, una pena—. Imagino que vosotros ya en ruta. ¿Por dónde vais?

—Puerto Lápice. Hemos parado a repostar y hacer pis. Los chicos están en el baño.

—Muy bien, me parece estupendo. Aunque supongo que no me llamas para contármelo.

—No, claro, claro que no. Es…, es por Lucía… Está muy disgustada y, bueno, no sé, Martín, quizá deberíamos haberlo sabido antes.

—¿Sabido? —Bien, llegó el momento—. ¿Qué necesitabais saber?

—Lo del alquiler de la casa. Está en el Cabo de Gata, y además en ese pueblo. ¿Cómo se os ha ocurrido? San José no es un lugar cualquiera, ni para Lucía ni para nadie, ¿o no es así? Ella no lo entiende y, si te digo la verdad, yo tampoco.

—Ya…, ya veo. Oye, ¿has hablado con Cata? Porque hay una explicación, y tiene toda su lógica.

—No, no he hablado con ella, pero Lucía me ha puesto al corriente: lo de los okupas en La Manga y tal. —Fer carraspea y después tose, como hace siempre que debe enfrentarse a algo que lo supera—. De acuerdo, es una faena que hayan okupado la casa, eso no te lo discuto, pero si lo llegamos a saber antes… Quizá, no sé, quizá habríamos cambiado de planes.

—¿Sí? No me digas. ¿Y qué opciones barajabais? ¿Alguna isla privada en las Maldivas?

—No te burles, ¿vale? Creo que el asunto es serio. Lucía dice que no sabe si se quiere quedar.

—Pues intenta convencerla, seguro que lo consigues. Cata se llevaría un disgusto, y Ana y Dani, también. Hace mil años de aquello, Fer, no creo que sea para tanto. Yo lo tengo olvidadísimo y seguro que a ti te pasa lo mismo. ¿A que sí, Fer? ¿A que lo tienes más que olvidado? Hay momentos de la vida que no gusta recordar.

Fer no contesta, su silencio se instala en la línea mucho más tiempo del necesario y Martín se muere de ganas de terminar la conversación. Pulgar sobre círculo rojo y adiós, Fer, la vas a convencer y lo sabes, a mí no me vengáis ahora con vuestras mierdas. Es lo único que faltaba, piensa Martín, problemas con la neurótica de Lucía. No. Problemas, no. Él ya sabía que ese sitio levantaría ampollas y por eso le dijo a Cata que, en esta ocasión, era mejor viajar solos, como casi siempre hacen cuando van a controlar alguna remesa importante. La que llegará estos días es de órdago y deben estar muy pendientes y mantener la cabeza fría, así que cuanta menos gente haya cerca, mejor. Pero Cata, con esas retorcidas ideas que tiene de vez en cuando, se ha empeñado en llevarlos a todos porque le parecía maravilloso volver allí juntos después de tantísimo tiempo, y hasta se ha inventado la historia de La Manga y los okupas para ocultar que, desde principios de julio, sabía perfectamente adónde irían en realidad, y evitar de esa manera que Lucía y Fer se negasen a acompañarlos. Una encerrona, una encerrona en toda regla, aunque ahora que esos dos han caído en la trampa, les va a ser difícil escaparse porque por lo visto la casa es la hostia y a nadie le amarga un dulce, y más si sale gratis.

—Haré lo que pueda —dice Fer antes de colgar—. Pero no te prometo nada, igual mañana estamos de vuelta.

A Martín le encantaría que lo hiciesen, que regresasen a Madrid mañana mismo y que lo dejasen a él en paz, aunque lo duda mucho: llega una ola de calor, la prima de riesgo ronda estos días los quinientos puntos y ese par de gorrones, que apenas tienen donde caerse muertos, ni de coña van a renunciar a unas vacaciones a tutiplén, como si no los conociera. Y todo por Cata, por Cata la caprichosa. A veces no llega a entenderla y eso lo desconcierta, aunque, cuando la entiende, es aún peor.

Pasado un rato, con el teléfono todavía en la mano y la duda entre buscar en Spotify al viejo roquero de Miguel Ríos o hincarse otra loncha de coca, Martín empieza a notar la comezón de la envidia serpenteando por sus muy infartables venas: el nigeriano no para, y mientras que todo lo suyo se ha ido a pique de manera inexorable, los gemidos que surgen de la habitación de al lado empiezan a ser un escándalo. Visto desde una perspectiva antropológica, que desde hace más de tres horas y en tu propio dormitorio, un pastor evangélico color azabache se esté follando a una trans del copón no deja de ser un síntoma de modernidad, del enrevesado devenir del mundo y de que las cosas van por el camino adecuado. Prejuicios, los mínimos. Y, además, ¿no es ese pastor de almas perdidas y nombre impronunciable el verdadero motor del negocio de su vida? Pues que se divierta y que lo haga con quien quiera, claro que sí.

Martín sigue reflexionando sobre esa y otras profundas cuestiones hasta que, muy poco después, los gemidos dan paso a un silencio ensordecedor, la puerta del dormitorio se abre y la lituana (porque además de estar buenísima es lituana, según dijo ella misma cuando hablaron en el parque), con sus verdes ojos desencajados y el pintalabios corrido, sale vistiéndose a toda prisa y diciéndole a la compañera que hay debajo del escritorio que se tienen que ir ya mismo. La interpelada, que ha acabado exhausta y dormida sobre el rollizo muslo de Martín, tarda tanto en reaccionar que obliga a la otra a acuclillarse y darle una buena colleja. Lo más chocante de todo es que se marchan sin pedir nada, sin cobrar un servicio de más de seis horas y dejando tras de sí varias prendas de ropa y un rastro inconfundible de perfume almibarado. Martín se levanta y se sube los pantalones, entra en el dormitorio y al instante comprende que esas dos se han largado así por algo, y que, me cago en Dios, a él le acaba de surgir un problema: sobre la cama, bocarriba y con un empalme de narices, el nigeriano tiene las fosas nasales repletas de polvo blanco y los ojos fijos en el techo, y está muy quieto el cabrón, demasiado quieto quizá.

LA NUEVA

1981

Acomodado entre el público que llenaba las gradas, con su camisa negra abotonada hasta el cuello y la cara blanquísima, a Fer le costaba mucho creer que fuera cierto lo que había y lo que pasaba en esa pista polideportiva reconvertida para la ocasión en escenario. A un lado tenía a Juanfra, que también miraba boquiabierto, y al otro a Lucía, vestida con una camiseta de los Talking Heads, vaqueros cortos deshilachados y unas John Smith que le subían hasta el tobillo. El curso acababa y hacía un día radiante, y todo el mundo alrededor sonreía feliz. Ellos, en cambio, no tanto. O no del todo. Porque la visión de lo que tenían a escasos metros era como una esquirla diminuta instalada en el ojo, una molestia que parecía soportable y no lo era, algo de lo que los tres necesitaban desprenderse cuanto antes.

La molestia y las tensiones llegaron, precisamente, de la mano de esa cochambre de escenario. Hacia el final del segundo trimestre y con la organización de la función ya en marcha, el equipo directivo les adelantó que el presupuesto del curso había sido ínfimo y que no podrían alquilar ni siquiera una tarima. Una tarima, se dijo Fer sin poder creérselo, qué menos que una tarima para dignificar el esfuerzo de tantos alumnos implicados. La solución que propusieron no podía ser más ramplona: tablones de aglomerado a palo seco, pegados unos a otros con cinta americana e instalados sobre arena esparcida para que no dañasen el pavimento. Las protestas iniciales dieron paso muy pronto a una claudicación general: dos dúos de heavy metal que sonaban como el culo, los capullos pospunk de tercero B, el *Romancero gitano* de Lorca teatralizado por los pocos alumnos de primero que todavía no se habían maleado del todo, seis chalados disfrazados de los Village People y una imitadora de María Jiménez que acababa de cantar *Se acabó* con una fuerza y un poderío aplastantes. El broche de oro eran ellos, la aristocracia musical del instituto: Lucía tenía una voz preciosa y una presencia muy especial, Juanfra era muy bueno con el bajo, y él empezaba a hacer filigranas con la batería y también a tocar el saxo. Y luego estaba Martín, cómo no. Martín rascando la guitarra como si tuviera un eccema en la tripa y dando lecciones de historia del rock a diestro y siniestro, interrumpiendo los ensayos para protestar por todo y negándose en redondo a actuar sobre unos míseros tablones de aglomerado:

—Si no nos valoramos nosotros, nadie lo hará nunca —les dijo aquella mañana de finales de marzo. Salían de una última reunión con el vicedirector y les había quedado muy claro que la opción de la tarima era inviable—. ¿No lo entendéis? Imaginad que viene algún productor y nos ve así, mezclados con toda esa bazofia y en unas condiciones infames.

—Tú alucinas, chaval. —Se habían instalado en las gradas, como siempre, y Fer se burlaba con ganas desde el peldaño de abajo—. ¿Quién piensas que va a venir? ¿George Martin?

A Fer no le gustaban las fantasías ni los castillos en el aire, él procuraba ser realista, y práctico, lo cual no quería decir que se desentendiese de las necesidades del grupo, ni muchísimo menos. Y como ejemplo, el saxo: después de insistir en casa y a cambio de pasar las tardes de los viernes reparando cajones y encolando patas de cama en el negocio familiar, había conseguido que su padre le comprara un saxo de segunda o tercera mano solo para eso, para que Lucía cantara *Grease* a sus anchas y que el grupo brillase como ningún otro en la mañana de fin de curso, para adquirir experiencia y soltura frente al público, para empezar la andadura desde ahí.

—Nunca se sabe. —Martín se había tumbado, les hablaba mirando al cielo y, de paso y como al descuido, movía de un lado a otro los *boogies* con el empeine violeta que se acababa de comprar, mientras Fer se preguntaba de dónde sacaba ese muerto de hambre el dinero para tanto capricho—. Por cierto, mi padre conoce a un cliente del matadero que le sirve la carne al director general de Hispavox.

—¿Hispavox? ¿Estás seguro? ¿No será al presidente del Gobierno? ¿A la reina de Inglaterra? ¿Al jefe de la NASA?

—Cómeme el rabo, Fer.

—Chicos, que haya paz. —Lucía levantó las manos, pidiendo calma—. Qué pena que no esté Juanfra aquí hoy, porque su opinión también cuenta.

Juanfra no había podido asistir a la reunión y Fer no lo echaba en falta. Desde el día del lamentable episodio de los botes de especias, Juanfra había entrado en sus vidas con fuerza y ahora, tanto en el grupo como en la pandilla, era uno más. Las miradas que le lanzaba a Lucía durante los ensayos provocaban, entre otras cosas, que a Fer se le aflojaran las manos y se le cayeran las baquetas, que perdiera el ritmo, que le entraran unas ganas enormes de parar y decirle que ya valía, que por qué la miraba así, que como siguiese le daría una hostia. Si no lo hacía era porque no había motivos: esos dos se miraban y nada más. Juanfra pasaba los fines de semana leyendo o ayudando a su padre en el cine, tocando el bajo en su cuarto o escuchando a solas Radio 3, y en ninguna de esas actividades tan sesudas había espacio para las chicas.

—Yo creo que si nos negamos a actuar en esas condiciones, nos haremos más famosos que si al final cedemos. —Martín, con toda la cara dura del mundo, había sacado la china que llevaba escondida en los *boogies* y allí mismo la quemaba.

—Sí, Martín. Lo que tú digas.

—Déjalo hablar, Fer.

—Me explico: se ha corrido la voz de que no lo hacemos mal y ahora todos esperan oírnos, para ponernos a caldo seguramente, pero la expectación está ahí y debemos aprovecharla. Pues bien, si de repente nosotros decimos que no, que no vamos a participar en ese espectáculo basura y que por quién nos han tomado, se va a hablar de nosotros más todavía.

—No lo dudo —ironizó Fer—. Y preferiría no averiguar qué es lo que dicen.

—Bien, hasta ahí estamos de acuerdo entonces. —Martín se incorporó, terminó de liar el porro y, después de encenderlo, le dio una calada larguísima—. Y ahora, escuchad esto: nos olvidamos de esa cursilada de *Grease* y, desde ya mismo, nos centramos en preparar algo que sea un bombazo cuando llegue septiembre. Nada de versiones, nada de canciones manidas, ¿entendéis? Será un concierto completo con temas nuestros, con letras y sonido nuestro, bueno o malo, pero nuestro. Lo presentamos en algún garito de los muchos que hay por Carabanchel y de ahí saltamos a la ciudad, y luego buscamos representante o discográfica o lo que surja; lo de mi padre y el de Hispavox no era mentira.

—Genial. Me encanta tu versión *new wave* del cuento de

la lechera. Y una cosita —Fer señaló el cigarro—, aquí no se puede fumar eso.

—¿Ya estamos con las normas? ¿Sabes lo que te digo, Fer? Que eres un pringado y lo serás toda tu vida. —Martín dio una calada aún más profunda y después quiso pasarlo—. Y ahora, ¿me dejas terminar?

Fer se levantó, con la intención de marcharse.

—Tranquilo, ¿vale? —Lucía siempre llamaba a la calma—. No le hagas ni caso.

—Si lo pillan aquí fumando esa mierda lo pagamos todos. No es por nada, pero huele que apesta.

—Exacto: todos —repitió Lucía—. To-dos. ¿No es una bonita palabra? Todos a una, como los mosqueteros. Anda, Martín, dame un poco, que nunca lo he probado.

Martín le pasó el canuto a Lucía y luego siguió hablando. Hablaba mucho Martín.

—Mirad, aquí cada cual puede aportar algo, ahora se trata de coordinarnos y organizarnos bien. Juanfra tiene varias letras escritas, porque tu enamorado es poeta y además compone —miró a Lucía un momento y le guiñó un ojo, y después se dirigió a Fer—. Y tú, tontolculo, tú sabes mucho de música, así que podrías encargarte de los arreglos y de dirigir los ensayos. Pero dirigirlos de verdad, nada del gallinero que liamos siempre. Lucía pone la voz y su carita de muñeca y yo me ocuparé de la promoción. ¿Qué os parece?

Se quedaron callados. Lucía hizo un gesto por si alguien quería fumar y Fer negó con la cabeza. Ella insistió, mirándolo a los ojos, y él no pudo resistirse a esa mirada.

—Y de practicar un poco, ¿no? —le dijo a Martín después de dar un par de caladas—. Porque tu guitarra suena como el motor de una Lambretta, supongo que ya lo sabes.

—Tenemos también que decidir un nombre —Martín siguió con lo suyo—, y crearnos una imagen potente. Yo pienso en los tres muy *dark* y en medio Lucía como una azafata gótica del *Un, dos tres*: minifalda de cuero y cadenas, gafotas, uñas y labios negros. Puede ser la polla.

—Venga, un nombre —lanzó Lucía—. Algo de azafatas o del concurso: ¿Seguridad Aérea?

—¿Amigos y Residentes?

—¿Diez Respuestas Acertadas?

—¿Me Gusta tu Culo? —soltó Fer sin pensarlo.

Las carcajadas sonaron un buen rato en las gradas.

—Tu culo me gusta —repitió, con los ojos fijos en Lucía—. Me gusta mucho.

—¿Y por qué no os vais a la mierda? —dijo después Martín.

—¿De verdad? ¿Así quieres que nos llamemos?

Se troncharon de risa todavía un buen rato y luego llegó el silencio. Había pasado algo entre broma y broma, algo no previsto y quizá no del todo agradable. Fer temía haber metido la pata y decidió volver a lo que allí los reunía: ¿y por qué no? ¿Por qué no lanzarse y crear esa banda con la que tanto habían soñado? Martín tenía razón, nada de imitaciones ni funciones de fin de curso, una banda de verdad, con temas propios, con un sonido identificable, con un estilo. Puede que costara al principio, pero así empezaban todos, ¿o no era así? Miró a Lucía buscando una respuesta y descubrió que ella estaba en lo mismo, dejándose llevar y pensando en conciertos, en locales, en temas.

—¿Lo has hablado ya con Juanfra? —le preguntó a Martín—. Porque se diría que lo tienes más que atado.

—Lo he hablado, sí, pero nada serio. Ese tío vive en su mundo y cualquier cosa le parece bien.

—¿Lucía?

—Bien, yo también lo veo bien. Lo que me da rabia es todo el tiempo que he perdido estudiando esa letra.

—Sonabas como un ángel —susurró Fer con delicadeza.

—No mientas. Pero aprenderé, os lo juro. Acabaré hablando inglés mejor que Margaret Thatcher.

—¿Inglés? Nadie ha dicho que vayamos a cantar en inglés. —Martín se recolocaba el pelo a lo Smith mientras hablaba—. No seamos paletos.

—¡Eh, vosotros! ¿Nos podéis decir por dónde se entra a ese edificio?

Iban ya tan volados que ni se habían dado cuenta de que alguien se acercaba. Se giraron para ver quién preguntaba y vieron a una mujer disfrazada de Farrah Fawcett junto a una chica idéntica a la ratona Minnie. Increíble. La misma cara entre asombrada y pizpireta a la que solo le faltaba el lazo sobre la frente, porque hasta las mallas y el tul eran exactos.

—¡Jo-der! —exclamó Martín, y luego se puso en pie de un salto y señaló el camino con el dedo—. Hay que rodearlo y entrar por la segunda puerta. Esto es la parte de atrás. Si queréis, os acompaño.

Se dieron la vuelta sin contestar ni dar las gracias y se fueron taconeando sobre la resina verde, y por lo visto carísima, de la pista deportiva.

—Joder, joder, joder —repitió Martín mientras las observaba marcharse. Luego, nervioso, empezó a golpear la grada con los *boogies* a toda velocidad, como si pedalease en una de las barcas del Retiro—. No sé cuál me gusta más, si la hija o la madre.

—Así que aquí aterriza —dijo Lucía entre dientes.

—¿Qué pasa? ¿Las conoces?

—No tengo el gusto. Pero mi madre habló de ellas en casa el otro día. Por las pintas que llevan, estoy segura de que son las mismas. Al parecer, vienen de unas cuevas de por ahí y un fulano con influencias les ha conseguido casa en la colonia. La mujer se dedica a…, en fin, a eso, ya me entendéis. La chica es de nuestra edad y en cuanto al padre, bueno, digamos que el padre no existe.

—¿Tu madre es pitonisa?

—No. Mi madre tiene una panadería, que es casi lo mismo. No hay chisme en el barrio que no pase por allí.

Al día siguiente supieron que su nombre era Catalina Expósito y que acabaría el curso con ellos. Según les contó Lucía días más tarde, su entrada en el aula no fue menos gloriosa que la de las gradas: no iba de Minnie sino de niña pija, Amarras y Adidas; nadie en todo el instituto podía, ni quería, comprar esas marcas tan caras. No tardaron en saber también que se hacía llamar Cata y que era simpática, que no le costaba hacer amigos ni desbaratarlo todo, y que había venido a este mundo para ser popular.

De manera que tres meses más tarde, con la banda en plena crisis y el concepto de amistad en cuarentena, Fer seguía instalado en la misma grada, estupefacto y furioso junto a Juanfra y Lucía. En cuanto a Cata, ella volvía también a estar en la pista, pero embutida en unos pitillos de cuero, un top mínimo y una cazadora negra que debía de costar una fortuna. La música enlatada retumbaba en el patio mientras Cata fumaba y caminaba con cara de perdonavidas sobre el tablón de aglomerado. Después se rozó los dientes con la punta de la lengua y observó a Martín, esa sabandija inmunda que se acababa de tirar al suelo y parecía dispuesto a lamerle los zapatos. Cata se quitó la cazadora, aplastó la colilla con la suela frente a los morros de Martín y luego se dio la vuelta. Nada nuevo. *You're the One That I Want*. Quién no conocía hasta el último detalle de esa coreografía. A Fer le dolía lo indecible que a la gente le gustara tanto el espectáculo y que chillase y aplaudiese de esa forma, porque esos dos se contorsionaban mientras boqueaban como peces, abrían la boca y la cerraban y la volvían a abrir, pero cantar, lo que se dice cantar, allí no cantaba nadie.

—¿Nos vamos? —propuso Juanfra—. Es mucho peor de lo que pensaba.

—Nos vamos —secundó Fer, que acababa de ver a Cata mirar hacia ellos mientras bailaba sobre los tablones y hacerles a la vez un gesto muy feo con el dedo corazón—. Se me están revolviendo las tripas.

—No —dijo Lucía con la vista fija en Cata—, mejor nos quedamos hasta que terminen. No quiero darle ese gusto.

3

La luna tiene un cerco

Viernes, 31 de agosto de 2012, 07.50 h

Son casi las ocho de la mañana y Cata está en la terraza, vestida todavía con la ropa de la cena. No es algo habitual en ella. Hace años, demasiados quizá, semejante incongruencia ocurría casi todos los fines de semana, pero ahora acaba de cumplir cuarenta y siete y hace tiempo que no trasnocha. Y es que Cata es una mujer seria, es una mujer cabal, a pesar de las apariencias. No obstante, lo que ha pasado estos días, en este sitio, la ha trastornado más de lo esperado, y lo que ocurre ahora mismo, o lo que no ocurre, va a terminar de volverla loca.

—¿Señora?... Señora, ¿se encuentra bien?

Es Salma, la asistenta que llega todos los días a esa hora tan temprana para que la casa esté preparada cuando ellos se levanten. Los chicos duermen hasta tarde, pero a Lucía y Fer les gustó siempre madrugar y a ella, de un tiempo a esta parte, también. Martín, que ha pasado en San José solamente cuatro días, está de nuevo en Madrid. Un contratiempo más, porque hoy sí que lo necesita.

—Todo bien, Salma, no te preocupes. Padezco de insomnio y esta noche me ha atacado fuerte.

Cata entra en la casa y se sienta en uno de los sillones que miran a la terraza y la bahía, a ese cielo que se descompone y poco a poco se vuelve cárdeno, ocre, naranja extremo. Sobre el reposabrazos está su teléfono móvil y Cata lo mira una vez más. Nada. Ninguna señal todavía.

—Si desea cualquier cosa, señora, estaré en la cocina.

Salma es discreta, eficiente, atenta. Uno de esos seres de luz que a veces llegan a nuestra vida para hacerla más completa y feliz. La envió la misma agencia que les facilitó el alquiler de la casa, no ha faltado un solo día desde entonces y su presencia silenciosa es como la de un hada que todo lo cuida, que todo lo soluciona y previene.

—Un momento, Salma, sí que necesito algo: que hagas café y que me contestes a un par de preguntas.

—Por supuesto, dígame.

Salma baja la mirada y la deja fija en el suelo.

—¿A qué hora te fuiste ayer de aquí?

—A la de siempre, señora, a las siete y media. Ya sabe que trabajo unas doce horas.

—Sí, claro que lo sé. —En los bondadosos ojos de Salma no cabe ningún reproche—. Y, dime, ¿viste o notaste algo raro?

—¿Raro? No, nada especial. Su hijo estaba en la piscina, el amigo se había marchado hacía un rato y los demás, también; al igual que usted misma.

—¿Hablaste con Dani antes de irte? —Debería tomar aire y exhalarlo despacio, le está temblando la voz más de lo que ella querría.

—Me pidió agua y le llevé un vaso.

—Está bien, Salma, nada más.

—Perdone, pero..., ¿ocurre algo?

—No, nada, no te preocupes. —Cata mira a Salma un momento y le sonríe—. Ah, y prepárame el café un poco más cargado que de costumbre, por favor.

Salma asiente y ella la observa marcharse. Doce horas, ningún día libre, y no parece descontenta. ¿Cuánto le pagará la agencia por estas dos semanas de esclavitud? Su sueldo, junto al del chico que se ocupa del mantenimiento general, va incluido en el precio del alquiler y Cata lo desconoce. Son detalles que no le interesan, detalles que, en condiciones normales, es mejor no saber. Si se hace esa pregunta es porque nada es normal esta mañana, como tampoco lo era ayer en la playa ni lo ha sido desde hace ya unos cuantos días. Su vida se ha vuelto del revés y ahora esto. *Esto*. Ni siquiera sabe cómo nombrarlo. Calma, se dice, lo más importante es mantener la calma. Está segura de que, más tarde o más temprano, llamarán.

Si piensa en la cala y en la llegada de la barca, el cúmulo de remordimientos y malos presagios que la atormentan desde anoche se transforma en algo demasiado pesado, demasiado abrumador. No es la primera aventura que tiene, y no será la última, pero es una aventura tan anómala que la ha colocado en otro sitio, en un ámbito nuevo e inesperado. Su matrimonio con Martín siempre ha funcionado de un modo muy particular, y así funciona todavía, sin preguntas incómodas ni explicaciones, sin reproches, con las dosis justas de afecto y poco más. La suya, su dosis, es escasa, una cantidad mínima pero suficiente para continuar juntos; la de Martín, un misterio. Aunque ahí está, rondándola en la distancia, mirándola de reojo cuando cree que ella se distrae; sí, ahí sigue Martín. Por encima de todo, son socios, socios prósperos y bien avenidos, no les va mal de esa forma y no deberían cambiarla. Sin embargo, durante estos días, la aparición de ese chico tan guapo, y tan joven, ha hecho que se tambaleen los cimientos, y si algo detesta Cata es que el suelo que pisa resbale o se mueva de un lado a otro. Porque Koldo ha sido el regalo del verano, de acuerdo, pero un regalo arriesgado y complejo. Que sea el amigo de Dani ha engendrado cierto vértigo, la certeza de estar yendo demasiado lejos y también, por qué no admitirlo, un halago. El cortejo imprevisto, la propuesta indecente, las escapadas a la cala y las mentiras que ha tenido que contar se han convertido en la sal y la pimienta de estos últimos días, el cóctel perfecto para disfrutar de las vacaciones como nunca lo había hecho: diversión, peligro, vanidad satisfecha. ¿Se puede pedir más? El problema es que Koldo, tan torpe al principio, ha aprendido rápido y ha activado en ella una especie de alumbramiento, un ardor, un rescoldo que parecía apagado y que ahora crepita y voltea su cuerpo como si fuera un calcetín. El cuerpo a veces nos la puede jugar, opina Cata, conectar sin pedir permiso con la persona inadecuada y dejarnos después a la deriva. Ha sido el caso. Incluso ahora, a pesar del momento, de la angustia y la incertidumbre, pensar en ese chico le provoca un leve estremecimiento, un delicioso malestar.

—Su café, señora. ¿Quiere que le prepare algo de comer?

Salma ha vuelto de la cocina como un fantasma, ¿o es ella quien se diluye? Sí, es eso, es ella quien flota envuelta en una maraña de pensamientos inoportunos, ajenos por completo a la no situación, a lo que está por venir y no viene, a lo que no pasa.

—No, Salma, nada más. Muchas gracias.

El sol ya ha salido y por el ventanal de la terraza entra el aire fresco de la mañana, la brisa, la promesa de un nuevo día. Es agradable, aunque esta paz momentánea pueda dar paso en breve a otro día ventoso o quizá asfixiante. Quién sabe. Este lugar es así, una tierra de extremos. Cata bebe su café a pequeños sorbos mientras, por tercera o cuarta vez a lo largo de estas horas interminables, ordena de nuevo las piezas en busca de alguna grieta, de algún detalle que se le haya podido escapar.

Abandonó la cala, huyó más bien, sabiendo que no iba a llamar a nadie. ¿Qué iba a decir? ¿Que una patera había llegado a la costa mientras ella maullaba y se retorcía? ¿Que follaba allí cada tarde con el mejor amigo de su hijo? ¿Que le llevaba casi treinta años y le gustaba más de lo conveniente? Se alejó tropezando, arañándose con los palmitos y las matas de esparragueras y valorando si merecía la pena tanto riesgo. Se montó en el coche y arrancó bajo la mirada de ese tipo malencarado que fumaba delante de una furgoneta. Al llegar a San José, todo se aceleró, y es ahí, justo ahí, donde anida el problema. ¿Podrá perdonárselo cuando *esto* pase? Se ha perdonado muchas cosas en la vida, pero ¿podrá perdonarse esto también? Porque entretanto, entre idas y venidas a la cala, daban ya las ocho y media de la tarde y tenían reservada una mesa en el primer turno del restaurante más cercano a ese cerro urbanizado en el que viven. Lucía le había escrito un mensaje para decirle que ellos irían allí directamente: habían pasado la tarde visitando Níjar, se habían descuidado con la hora y no les daba tiempo a cambiarse. De modo que cuando entró en la casa, todavía atribulada y con la cabeza convertida en un torbellino, bajó a su cuarto sin saludar siquiera ni buscar a Dani en la piscina o en su habitación de la planta baja, intentando pasar desapercibida para evitar cualquier asomo de conversación: «Qué tal, mamá, ¿de dónde sales?». Qué espanto, la piel se le eriza al imaginarlo, porque ¿cuál sería la respuesta adecuada a una pregunta de tal magnitud? Por la mañana, Dani les había dicho que no contasen con él para la cena, el tobillo se le hinchaba cada vez que salía y prefería quedarse en casa, después le pidió a Salma que preparase algo fácil de calentar y programó una noche de tele y videojuegos en su cuarto. Con Koldo, claro. Con quién si no. Desde que empezó todo, a Cata le cuesta mucho estar con los dos juntos, o verlos en la piscina riendo como criaturas y hablando en voz baja de las grandes y trascendentales preocupaciones que cualquiera ha tenido a esa edad. Una cena sin ellos significaba por lo tanto un alivio, así que se duchó y se vistió y salió de la casa como huyendo, cruzando los dedos para no tropezar con Dani en el salón o en la escalera que baja a los dormitorios. Después, en el restaurante y durante un par de horas, el recuerdo de la tarde se difuminó entre el vino blanco y las gambas, los róbalos a la plancha y las frituras, los chupitos que les sirvieron al final.

—Es un pueblo con mucho encanto —exponía Fer en aquel momento—. El casco histórico es precioso y en las afueras hay un vivero de cactus que deberías visitar con Martín.

—Perdona, ¿cómo dices? —Habían terminado de cenar y los camareros se movían alrededor para que dejasen la mesa libre, y Koldo le acababa de enviar un mensaje, y luego otro, y luego otro más.

—Níjar, Cata, te hablaba de Níjar —aclaró Fer—. Es la capital de la comarca, todos los pueblos del cabo son solo pedanías, San José incluido. En el vivero, además de la tienda hay un jardín escalonado repleto de cactus de todo tipo. Te aseguro que merece la pena; y el pueblo, también: paredes encaladas, callejuelas, macetas con flores...

—Te están escribiendo —interrumpió Lucía, que parecía vivir al acecho desde que empezaron las vacaciones—. ¿No vas a contestar?

Eran tantos los mensajes que decidió no leerlos y apagar el teléfono: ese chico podía ponerse muy apasionado en ocasiones. Lo imaginaba de vuelta y ya con Dani, atiborrándose de las delicias que hubiese preparado Salma y empezando su partida en la Play mientras le escribía a hurtadillas mensajes subidos de tono. Y tan subidos. Pura pornografía si, como sucedía a veces, ella le seguía el juego. No. No era el momento.

—Martín con algún lío, como si lo viese. —Bajo la mesa, pulsó el botón de apagado—. Luego lo llamaré, no quiero que me amargue la noche con problemas irresolubles. Nos queda tan poco tiempo aquí… Qué pena, ¿verdad?

Lucía la miró un momento y luego regañó a Analía, que llevaba toda la noche inmersa en su teléfono, sin apenas comer nada y sin hacerle a nadie el menor caso. Fer se ocupó de la cuenta y después la velada se alargó porque ella misma, todavía alterada, propuso ir a tomar un helado al paseo marítimo, en el extremo opuesto del pueblo. Deambularon por allí con los cucuruchos en la mano y sin hablar de nada en especial, curioseando en los puestos de bisutería y baratijas que inundaban el paseo, soportando a los acordeonistas rumanos, aburriéndose entre la muchedumbre.

—¿Recordabais esto tan turístico? —preguntó Fer.

Ninguna de las dos contestó. Desde el segundo día, de forma tácita y en aras de la convivencia general, ambas decidieron no recordar nada o, al menos, no hablar de recuerdos. Cata clavó los ojos en Fer y él, obediente, se calló.

Hacia la medianoche, regresaron a casa. Analía desapareció escalera abajo, dispuesta probablemente a encerrarse en su cuarto y chatear durante horas con sus más íntimas amigas, y Fer entró en el baño de arriba y Lucía en la cocina, el helado le había provocado mucha sed. ¿Es necesario recordar ahora lo del helado? ¿A Fer en el cuarto de baño? ¿El chat interminable de una adolescente malcriada? Cada detalle. Cata necesita reconstruir lo sucedido y cada detalle puede ser importante. En la terraza estaba Koldo, contemplando la bahía iluminada o, cómo saberlo, las embarcaciones que llegaban al puerto, las calles lejanas y bulliciosas, el rielar de la luna. Llevaba puesto un pantalón corto y nada más, y la visión de esa espalda, ancha, joven y desnuda, desencadenó en Cata una zozobra conocida.

—No está —dijo Koldo cuando, al oír ruido, se dio la vuelta y la vio.

—Que no está el qué.

—Dani. Dani no está.

—¿De qué hablas? ¿Otra vez has fumado?

—¡Hazme caso, joder! Dani no está en su cuarto ni en ningún otro sitio. Lo he llamado y su teléfono ha empezado a sonar en la hamaca de la piscina.

—Cata, ¿pasa algo? —Lucía acababa de entrar la terraza.

—No, nada —mintió. Si algo había aprendido en la vida era a no precipitarse—. Los críos estos, que al parecer han discutido. —Lucía la miraba a los ojos y ella apartó la vista—. Ya sabes cómo se ponen cuando juegan con esos aparatejos.

—De acuerdo, nosotros nos acostamos. Fer ha previsto otra excursión a no sé dónde mañana a primera hora. Creo que pretende acabar conmigo. Si te apetece apuntarte, serás bienvenida.

Esperó a que se marchara con la mano extendida frente a la boca de Koldo, no quería que pronunciara una palabra más hasta estar segura de que se habían quedado solos.

—¿Discutir? —dijo él después—. ¿Estás loca o qué te pasa? Aquí no ha discutido nadie, más que nada porque en esta casa no había ni Dios hasta hace un rato. Se me ha hecho de noche en el camino y he tardado muchísimo en volver, y mientras tanto se lo han llevado. ¿No lo entiendes? Porque él solo no se ha ido, eso seguro. Casi no puede andar, y además, en la cala…

—Cálmate, por favor te lo pido. Y no hables tan alto.

—Me calmo, me calmo, aunque lo que deberíamos estar haciendo ahora mismo es llamar al 112.

Nadie iba a llamar a semejante número, faltaría más: los Gómez Expósito y las fuerzas del orden nunca hicieron buenas migas. Luego escuchó la historia de la barca, el maniquí recostado en el fondo, la venda, el bañador.

—¡Hasta el flequillo, me cago en la puta! ¡Hasta el flequillo ese tan raro que lleva Dani era igual! Y si no me crees, mira esto.

Koldo cogió su móvil y le mostró la fotografía. El parecido era escalofriante, sin duda alguna; aun así, ella no perdió el control.

—Está bien —dijo con una serenidad impostada. Empezaba a entender lo que estaba pasando, y lo que estaba pasando asustaría a cualquiera—. Borra esa fotografía y escúchame con atención, porque lo que te voy a decir es muy importante: déjame a mí, ¿de acuerdo? Yo me ocuparé de todo. Baja a tu habitación e intenta dormir un poco. Si quieres, te doy una pastilla, pero necesito que duermas y que mañana, pase lo que pase y veas lo que veas, no cuentes nada a nadie. ¿Me has entendido?

—Es Dani, Cata, es tu hijo. Me sorprende todo lo que me dices. Alguien se lo ha llevado y tú te quedas tan tranquila.

—¿Eso crees? ¿Que estoy tranquila?

—Es lo que parece.

—No pienso darte explicaciones, y que conste que lo hago por tu bien. Cuanto menos sepas, mejor.

Koldo se quedó pensando y, al cabo de unos segundos, asintió. Entonces ella le acarició el pelo y miró sus ojos oscuros, sus cejas anchas, su nariz prominente y ligeramente torcida. Quien le había enviado ese maniquí sabía muy bien lo que hacía y, sobre todo, dónde hacerlo. Solo tenía que esperar a que llamasen, porque, estaba segura, en las próximas horas alguien la iba a llamar.

Ahora, con los primeros rayos de sol inundando la terraza y el viento cogiendo fuerza, Cata empieza a tener serias dudas. Debería bajar a cambiarse, se dice. Lucía y Fer aparecerán de un momento a otro y le preguntarán qué hace así, vestida con la ropa de la cena. En la mano lleva todavía el bañador que le dio Koldo antes de obedecer y acostarse. La idea es absurda, pero decide comprobar la talla y le da la vuelta a la prenda para mirar la etiqueta. Una S, en efecto, Dani es delgado y tiene aún cuerpo de niño. Sin embargo, hay algo en esa etiqueta que la confunde, que se aleja de lo que *esto* debería ser: con rotulador rojo y entre las equivalencias de tallaje y los datos de registro, alguien se ha molestado en anotar una ristra de mayúsculas y números, un código podría decirse, una sucesión de signos que Cata conoce muy bien.

DIEZ DÍAS ANTES DEL RAPTO

Es lunes, hace un calor de mil demonios y Ana, que lleva unas cuarenta y ocho en el Cabo de Gata y todavía no sabe si le gusta realmente, está a punto de despeñarse. Ese tío, Koldo, está medio loco. Son más de las doce, la mañana se está convirtiendo en una pesadilla por su culpa y no parece o no quiere darse cuenta. Si ella llega a saber que en vez de en una playa iban a bañarse en doscientas, se habría quedado en la piscina con su madre y la tía Cata. Esas dos pájaras sí que son listas. Allí estarán, tomando un cóctel tras otro a la sombra de la pérgola y haciendo por fin las paces.

—¡Que no es por ahí! —le está gritando Koldo ahora mismo—. ¿Me oyes? Vamos, media vuelta.

—A mí no me des órdenes —replica Ana.

—¿Eres tonta o qué te pasa? ¿No ves que te vas a matar?

Koldo se ha hecho con el mando desde que desayunaron, y Dani, que también va en la excursión, le dice que sí a todo, ignorándola a ella por completo o más bien tratándola como si fuese idiota. Pero ¿qué se habrán creído? Los dos llegaron ayer domingo a media tarde, y hoy, a muy primera hora, ya la estaban incordiando. Desde su cama, Ana ha oído a Dani protestar porque no quería levantarse y al otro entrar en el baño del pasillo y orinar sin molestarse (como si lo viera) en subir el asiento. Ella, faltaría más, el sábado eligió la mejor habitación, la más grande y con mejores vistas, la de la cama de uno cincuenta, la que tiene baño. Para eso llegó antes y se perdió el cumpleaños de su amiga Olivia, ¿no? Pues ya está. ¿Qué? ¿Algún problema? El cuarto de enfrente no tiene vistas y se ha quedado vacío, y Dani se ha instalado con Koldo en el del fondo, en dos camas gemelas. Vaya par. Se han conocido hace unos meses en ese internado del que tanto presumen y se comportan como si fuesen amigos desde la más tierna infancia.

—¡Ana! ¡Ayúdame!

Dani ha entrado esta mañana en su dormitorio gritando eso antes de zamparse en su cama. Detrás iba Koldo, muerto de risa y persiguiéndolo, sacudiéndole con una almohada para darle su merecido. El forcejeo ha sido rápido y ella ha pillado algún que otro almohadazo, pero sus inmediatas protestas no han servido de mucho porque Dani se le ha echado encima y ha empezado a hacerle cosquillas. No debería pasar eso, piensa ahora Ana, mientras observa el precipicio que tiene a sus pies; apenas llevaban ropa y ya no son ningunos niños para juegos de ese tipo. Koldo los miraba, tentado él también (está segura) de unirse bajo las sábanas.

Ha pasado una noche de perros. El aire acondicionado sigue estropeado y en esa casa, por muy cara que sea, no se puede vivir. Los de la agencia le prometieron a la tía Cata que hoy, a las ocho en punto, llegaría el chico de mantenimiento para repararlo. Sin embargo, a las nueve y cuarto estaban todos desayunado y, salvo la señora que ayer se incorporó al servicio y esta mañana no paraba de exprimir naranjas, tostar rebanadas de pan y cocinar huevos revueltos, allí no había nadie que pudiera socorrerlos.

A poco que lo piense, Ana diría que ha sido ahí, en el desayuno, cuando ha empezado a fijarse. Porque es guapo Koldo, guapo a su manera, aunque lo que más llama la atención es lo bueno que está. Debe de tener algún tipo de síndrome o un leve trastorno, porque tanta actividad desde que abrió el ojo no puede ser saludable. Por lo visto, ha aprovechado el tiempo muerto entre los almohadazos y el desayuno para entrenar un buen rato en la terraza de la piscina, lo ha contado él mismo mientras se ponía tibio de fiambre y huevos: doscientas flexiones en tandas de veinticinco, cincuenta dominadas colgado de la pérgola y luego diez minutos sin pausa de *jump squats*. Claro, así cualquiera. El caso es que no ha parado de hablar mientras Cata y sus padres se hidrataban con zumos variados y lo miraban atónitos. Luego ha bajado a su cuarto a por el plano y la guía que compró nada más llegar y después ha ido enumerando senderos y rutas y miradores y fauna y flora curiosa y fondos marinos de ensueño y todas y cada una las playas que hay que visitar. Uf. Qué fatiga. Koldo el Explorador. Menudo plasta.

Así que ahí está ella, mirando a Koldo y luego el despeñadero donde ha ido a parar y también la apetecible playa desierta en forma de cuña que hay abajo, la arena oscura, el agua que resplandece; un bello lugar para morir. La visión la empujó hace un ratito a emitir un grito de terror y a agarrarse con ahínco a las piedras ardientes que tiene detrás, y ahora Koldo (todo un caballero, eso nadie se lo podrá negar nunca) acaba de extender el brazo y flexionar varias veces los dedos hacia adentro. Un gesto inequívoco: «Vamos, acércate de una puta vez y sigamos».

—Anda, dame la mano —dice Koldo con suavidad.

—No, no puedo, en serio —murmura ella con la espalda pegada a la roca cruda—. ¡No me puedo mover!

Casi en la cumbre del cerro, a unos diez metros por encima

de Koldo y sin prestarle a la escena la más mínima atención, está Dani, contemplando la lejanía con sus gafas de sol puestas y su gorrita de visera. Qué gusarapo desaprensivo. ¿No ve que está a punto de morir despeñada?

—Tranquila, ¿vale? —sigue susurrando Koldo—. No va a pasarte nada malo. Estoy aquí. Respira despacio y tranquilízate.

Koldo se acerca mientras le habla con esa dulzura tan rica. Así me gusta, se dice Ana, eso está mucho mejor. Siendo sincera, sincera con el mundo y consigo misma, resulta muy poco creíble que una piense en tantísimas cosas dispares cuando está a punto de perder la vida: las cosquillas, las flexiones, los huevos. La explicación a tamaña incoherencia es bastante natural y sobre todo humana, porque, aunque solo tiene quince años, es lista como una ardilla y sabe que las cabezas humanas funcionan así. Dicho de otro modo: esos dos energúmenos no le estaban haciendo el menor caso desde que salieron y ella ha decidido jugar sus cartas, esto es, sacar de la mochila esas armas de mujer que están hoy tan denostadas y emplearlas sin miramientos: «Soy rubia natural y me he despistado un segundo. Lo que parecía un sendero conduce al abismo y allá que voy. ¡Socorro! ¡Ayudadme! ¡Me equivoqué!».

—¿Estás seguro? —pregunta Ana entre pensamiento y pensamiento.

—¿Seguro de qué?

—De que no me va a pasar nada.

—Tú dame la mano y se acabará el problema.

El aplomo de Koldo, las cosas como son, es el que una espera en circunstancias como esa, así que Ana alarga sus dedos en pleno éxtasis, emulando a Adán frente al buen Dios, y Koldo le roza las yemas y luego le apresa la mano, decidido a salvarla. El movimiento siguiente es pura danza, un paso de merengue, de bachata. Koldo tira con firmeza y ella gira sobre sí misma y se enrolla en su brazo como si fuera un canelón, y finaliza, como quien no quiere la cosa, con el hombro izquierdo encajado entre dos turgentes pectorales. Maravilla absoluta. Lo que parecía una excursión interminable se acaba de convertir en otra cosa y, si vuelve la vista atrás, se da cuenta de que la mañana ha sido preciosa y de que ella es una exigente y sobre todo una ingrata. Pero el arrepentimiento y la rectificación forman parte de la vida, de manera que, si se lo propone, ahora mismo podría mirarlo todo con ojos nuevos y sabría apreciar en su justa medida el paisaje que tiene delante, la paz que desprende, su belleza desnuda y poderosa.

Bien, se dice, revisemos pues.

Tras el desayuno se han embadurnado de crema solar, y con los bañadores puestos y las gorras encasquetadas han emprendido un camino que empieza muy cerca de la casa, bordea la montaña pelona en la que habitan y llega hasta esa playa virgen que ven desde el lado derecho de la terraza: Genoveses, una ensenada amplia y serena rodeada de arena fina, colinas color granate y un pequeño bosque de eucaliptos. Y nada más. Aparte del agua, la tierra y el cielo, allí no hay nada. Ni paseo marítimo ni duchas ni puestos de almendras garrapiñadas y refrescos, por mencionar unas cuantas necesidades al tuntún. Era pronto y se han estado bañando un buen rato, y el agua estaba límpida y hacía glup-glup sobre la piel. Luego, en las toallas, Koldo ha liado un cigarrillo de maría y lo ha compartido con Dani, sin ofrecerle a ella ni una mísera migaja.

—Esto se está poniendo hasta arriba —ha dicho Koldo poco después, cuando Ana ya daba por supuesto que pasarían la mañana así, del agua a la arena y vuelta a empezar, o sea, lo que se suele entender por ir a la playa. Pero a Koldo se le habían dilatado mucho las pupilas y de repente anunciaba que tenía otros planes—: Será mejor que nos movamos.

Tenía razón. La playa, para ellos solos hasta hacía un rato, estaba siendo tomada por un ejército de sombrillas, hordas de familias, neveras de colores chillones y niños que corrían gritando entre los eucaliptos y el rompeolas. Desde ahí han caminado por la orilla (y es larga esa orilla, vaya si lo es), han sorteado un promontorio y, al otro lado, el panorama se ha transformado en una sucesión de pequeñas extensiones de arena alternadas con recovecos calizos donde parecía de muy mal gusto llevar puesto el bañador. Koldo iba delante, así que no podía verle la cara, pero Dani caminaba a su lado y al muy pillín se le iban los ojos hacia partes muy concretas de ciertos cuerpos humanos. Lo que realmente la ha indignado es que Koldo siguiera andando sin contar con la opinión de nadie. Porque la ensenada tenía su fin, pero Koldo ha dejado a un lado el peñón morado y blanco que la delimita y ha emprendido un nuevo camino, un camino de arena incomodísimo donde cantaban las cigarras y los matorrales estaban tan secos que chascaban y se deshacían en polvo conforme los iban pisando. Maldiciendo su suerte, ha llegado exhausta al borde de un cortado bajo el cual, sorpresa, había otra playa, una calita con forma de concha de vieira y casi vacía. No era de extrañar, ¿quién va a querer pegarse semejante paliza para llegar hasta allí? El camino de cabras por el que han bajado para bañarse oscilaba entre varios tonos de ocre y lo recordará mientras viva, como tampoco olvidará que, después del baño, tenían que seguir.

—Esta se llama Los Amarillos y hay cinco o seis más antes de Mónsul, la más famosa —ha anunciado Koldo—. Son todavía las doce. Si nos damos prisa, podemos ver casi todas antes de comer.

Hacía un buen rato que el sol apretaba y que allí nadie se preocupaba por su integridad física. De hecho, cuando reemprendieron la marcha, la dejaron atrás como si fuese la porteadora mientras ellos continuaban subiendo y bajando crestas a pesar de la hora y del considerable calor. Ha sido entonces cuando se ha puesto en jarras diciéndose que ya estaba bien, que qué se habían creído esos payasos y que había llegado el momento de tomar cartas en el asunto. Lo que no esperaba era un desenlace tan coreográfico, ese paso de baile, ese número hollywoodiano ejecutado a la perfección: Fred Astaire con su chistera socorriendo a una chica asustada en mitad de un secarral.

—Oye, Koldo, ¿puedes venir? —interrumpe Dani justo cuando Ana, todavía enredada entre dos brazos y un sinfín de reflexiones, habría apostado su vida a que Koldo estaba a punto de besarla—. Ahí está pasando algo raro.

Koldo la libera y los dos suben corriendo hasta la cima. Mucho más abajo, en la vertiente contraria a su abismo de pacotilla, una cuarta playa se derrama entre la duna que cae desde la ladera de enfrente y una serie de formaciones rocosas que parecen máscaras africanas, tubos de órgano, carbones gigantes desprendidos. Esta vez, en cambio, no están solos. Casi en la orilla, hay una especie de cayuco y dos tipos que ponen orden entre el gentío que salta de la embarcación. El barranco genera eco y se oyen gritos, un bebé que llora, el alarido de una mujer.

—Madre mía, pobre gente —dice Dani—. ¿Qué hacemos? ¿Bajamos a ayudarlos?

Antes de que alguien conteste, el aleteo de un helicóptero irrumpe a lo lejos y provoca en la orilla una estampida. Ana está paralizada, esta vez de verdad. El breve flirteo con Koldo ya no importa lo más mínimo porque lo que ahora siente fluctúa entre el miedo y la consternación: los de abajo han dejado un rastro de ropa sobre la arena y se dispersan como un enjambre por los cerros desnudos que rodean la cala.

—Será mejor que nos vayamos —dice Koldo.

—¿No deberíamos hacer algo? —insiste Dani.

—Sí, correr. —La mirada de Koldo se ha vuelto tan gélida que provoca en Ana un ligero escalofrío—. Allá cada cual con sus problemas; y además, tengo hambre.

Antes de marcharse, Ana acierta a distinguir sus caras y repara en que todas son mujeres. Una de ellas sube en avanzadilla hacia allí, con una niñita negra en brazos. La niña lleva el pelo recogido en trenzas diminutas pegadas al cráneo, engarzadas con cuentas de color verde. La mujer tiene una cicatriz en la cara y extiende la mano pidiendo ayuda, pero los chicos ya se han ido y Ana sabe que debe seguirlos. Dani la llama para que se dé prisa y ella echa a andar a paso ligero. La luz es cegadora. Se ha levantado viento y las ráfagas empiezan a ser molestas. Los senderos suben y bajan en mitad de la nada.

Un poco más tarde, aturdida y casi sin aliento, Ana vuelve a pensar en lo afortunada que es, en su desconocida madre de La Zurza y en lo buena que es con ella Lucía, su madre de aquí. La idea es como un ronroneo, una caricia, algo que la empuja a sentirse segura y a salvo. Sin embargo, no es tan fácil: la carita de la niña se le ha quedado grabada y, por mucho que se esfuerza, no consigue borrarla. Cuando lo intenta otra vez, ya es tarde, porque ese paisaje extraño se ha cargado de significados y ahora le es imposible vaciarlo. Quizá haya sido el azote del viento inoportuno, o el calor, o quizá el mar de sombrillas que distingue a lo lejos y la mucha felicidad que alberga; no está segura, pero, entre unas cosas y otras, los contornos de los montes se desdibujan mientras sus ojos se empañan.

EL FLORIDA

1981

Lucía ya sabía que no era uno de esos cines refrigerados de la Gran Vía ni tampoco un cine de estreno, sino un entrañable cine de barrio que solía cerrar sus puertas durante un mes en verano, cuando apretaba el calor. Estaba en una esquina de General Ricardos, muy cerca de la colonia El Tercio, y lo de entrañable era quizá decir mucho porque, según contaba Juanfra, desde hacía tres años solía proyectar películas guarras y él se moría de vergüenza cada vez que salía del portal de su casa y veía enfrente los carteles con esos títulos grotescos, las actrices medio desnudas, los letreros en amarillo chillón y la cola de hombres solitarios que miraban al suelo para no delatarse y hora y media más tarde huían igual, escondidos entre las solapas levantadas de un anorak viejo o de un abrigo.

—¿Crees que es una buena idea? —le preguntó a Juanfra—. No me apetece estar sola en una sala de casi novecientas butacas.

Era final de julio, el cine llevaba dos semanas cerrado y Lucía no estaba segura de si el plan le gustaba del todo. La pregunta que le había hecho a Juanfra no tenía una respuesta fácil porque la idea era claramente descabellada, aunque, por otra parte, desprendía un aroma de transgresión que en cierta manera la atraía.

—Vas a ver la película más flipante del mundo —argumentó Juanfra—. Y yo estaré en la cabina, no tienes por qué tener miedo.

Lo tenía hasta cierto punto, y no tanto por lo insólito de la situación como por la posibilidad de que los descubrieran. Porque la posibilidad existía, por muy remota que fuese: el padre de Juanfra podría despertar de su siesta en cualquier momento, preguntarse quién le habría cogido sin permiso las llaves del cine y aparecer de repente en la sala en plena proyección.

—Deberías haber invitado a los demás —protestó Lucía, convencida de que la vergüenza y el susto serían más llevaderos si se repartían entre los amigos.

—De eso nada —Juanfra la agarró por la cintura y se acercó para besarla—, lo de hoy es solo para nosotros dos. Además, tengo algo importante que proponerte.

Las cosas habían cambiado mucho en el último mes, y lo habían hecho de la forma más adecuada para todos. Un toma y daca, como quien dice, porque aunque no lo pareciese, Lucía sabía negociar muy bien. A veces, cuando pensaba en Cata y en la función de fin de curso, se le seguían revolviendo las tripas, pero la rabia pasaba rápido puesto que las ventajas de lo que vino a continuación fueron grandes y, además, a los pocos días Juanfra y ella empezaron a salir juntos por fin. El amor todo lo cura. El amor y también la música, ya que en torno a la música llegó el perdón. Después de aquel *playback* vergonzante, con Martín haciendo el ridículo disfrazado de Danny Zuko y Cata provocando un revuelo asqueroso entre el colectivo masculino del instituto, Lucía estaba furiosa, e indignada, pero mientras abandonaba las gradas dando saltos se convenció de que disimularlo podría tener también sus ventajas.

—¿Se puede saber adónde vas? —le preguntó Fer cuando la vio dirigirse como una flecha al escenario de tablones.

—A felicitarlos.

Juanfra y Fer se quedaron pasmados, pero la siguieron.

—No hay quien te entienda —le dijo Fer mientras la gente aplaudía a rabiar y Cata y Martín, como dos babosos, saludaban—. Nos han traicionado, han hecho justo lo que juraron que jamás harían y nosotros hemos quedado como unos estirados delante de todo el instituto por no querer actuar ahí.

—Vale, llevamos una semana hablando de lo mismo y estamos los tres más que de acuerdo —admitió ella—. Pero ahora, escuchadme bien: lo del concierto del martes no me lo pienso perder por nada del mundo, así que hacedme el favor de callaros y venid conmigo a rendirle pleitesía a ese par de ratas.

Entre las muchas mentiras que contaba Martín y la vergüenza ajena que provocaban sus aires de grandeza, había un detalle que acabó resultando cierto, y que se presentaba como una oportunidad extraordinaria que debían aprovechar. Y es que era verdad que el padre de Martín había conocido en el matadero a alguien relacionado con Hispavox, y que ese conocido, siempre según Martín, les facilitaría el contacto con algún pez gordo de la discográfica para una posible audición en otoño. Por si fuera poco, el tipo era aficionado al punk y le había regalado a su padre cinco entradas para el concierto de Iggy Pop, porque él y unos amigos, por motivos inexplicables, no podrían asistir. Ni Juanfra ni Fer terminaban de creérselo, porque fácil de creer no era, pero las entradas existían, Lucía las había visto muy bien cuando Martín se presentó en su casa para ofrecérselas: cinco entradas para la sala Rock-Ola el 21 de junio, en la sesión de las siete, con Iggy Pop presentando *Party*, su nuevo álbum. Ni por todas las Catas del universo Lucía se lo iba a perder.

—¿Sabes que nos estamos vendiendo? —le dijo Juanfra en voz muy baja mientras se acercaban a los tablones.

—Lo sé —admitió ella—, pero así funciona el mundo.

Ella no conocía Rock-Ola ni ninguna otra sala, no iba a conciertos, ni siquiera la dejaron ir el año anterior al de los Ramones en la cercana plaza de toros de Vistalegre; su madre dijo entonces que esos melenudos salvajes no cantaban para chicas de su edad. Así que, a cambio de una experiencia que podría cambiar su vida, bien podía perdonarle a Martín que mandara al traste lo de *Grease* y a Cata que hubiese llegado al barrio dispuesta a quedarse con todo: con su popularidad en el instituto, con su banda en ciernes, con sus colegas.

—¡Allá vamos! —exclamó de repente Juanfra desde la cabina.

La pantalla del Florida se acababa de iluminar y Lucía se sobresaltó. Llevaba un rato pensando en los cambios recientes y por un momento se había olvidado de dónde estaba y lo que allí hacía, a saber: ser la única espectadora de la película que le había prestado a Juanfra el dueño de uno de los cineclubes que frecuentaba. Juanfra era así. Un chico reservado y algo tímido, pero lleno también de cultura y sorpresas. Quería ser bajista, escritor, cineasta, un cúmulo de inquietudes a las que se entregaba con afán. Leía a Gerardo Diego y estaba al tanto de las últimas tendencias y novedades musicales, de las películas de culto que había que ver al menos una vez en la vida, de los grandes novelistas a los que quería emular. ¿Qué le propondría cuando terminase la proyección? Eso sí que la intrigaba. Algo de sexo, Lucía estaba segura, todavía no lo habían hecho y Juanfra era tan formal, tan reflexivo y protocolario, que era muy capaz de pedírselo así, con cita previa y como si rellenase una instancia. Después de meses de miradas lánguidas, alguna frase ambigua y poco más, Juanfra se animó por fin a besarla en medio de ese concierto inolvidable, arrebatado por lo que allí sucedía. Iggy Pop apareció sin un par de dientes y maquillado como si alguien le hubiese arreado en un ojo antes de salir al escenario. Fue un concierto salvaje. Rock durísimo, poses frenéticas, una locura descontrolada que acabó electrizándolos. Los grupos que tanto admiraba formaban parte del público y se diría que allí todos se conocían. Y luego estaba el ambiente, el calor y el olor a costo, las crestas, los maquillajes de espectros, de muñequitas antiguas, de extraterrestres afeminados; todo valía.

—Si sigues pensando en lo de la banda —le dijo Cata al oído en algún momento de la noche—, tendrás que cambiar de imagen. ¿O es que piensas hacerte famosa vestida con esa ropa?

Desde que apareció junto a su madre en las gradas allá por el mes de marzo, Cata se había adueñado de la clase, o del instituto al completo más bien, y por supuesto de la pandilla. Con fórmulas de estratega, logró hacerse una amiga el primer día, amiga a la que abandonó a la semana siguiente para conquistar a otra, y luego a otra más, y todas fueron cayendo en sus redes mientras ella las agrupaba o las separaba según su antojo, eligiendo favorita como si de una corte se tratase y haciendo llorar a más de una cuando la dejaba de lado para tocar con su varita mágica a la nueva afortunada. Con los chicos procedió de forma similar y el resultado fue muy parecido, a todos les gustaba y con casi todos tuvo lío, aunque su preferido, curiosamente, desde el principio fue Martín. Y Martín, que era y será siempre un gusano, callaba y consentía, porque no solo soportaba unos cuernos morrocotudos, sino que desarticuló la banda y se prestó al penoso espectáculo de los tablones solo para que Cata se luciera. A Lucía le costó reconocerlo, pero Cata tenía algo, un atractivo indescifrable, un potente magnetismo con el que lograba que te sintieras especial cuando posaba en ti su atención. De su madre se contaban cosas terribles, que si había conseguido casa en la colonia porque estaba liada con un padre de familia del barrio de Salamanca, que si bebía más de la cuenta y muchas noches volvía a casa dando tumbos, que si no tenía oficio ni beneficio, pero había que ver lo que gastaba.

—Llevo ropa normal y corriente —contestó Lucía casi a gritos porque los alaridos de Iggy iban de mal en peor, y luego se miró consternada los vaqueros desteñidos que se había puesto esa tarde y la camiseta morada y negra, tan vista, tan vulgar. Se comparó con ese público colorido y extravagante y se sintió ridícula, y dolida, así que atacó por donde pudo—. ¿Sabes, Cata? Mi familia no tiene tanto dinero para ropa como el que parece ser que gana tu madre.

—No seas tonta. ¿Estás ciega o qué te pasa? ¿Tú crees que esta gente es rica? —Barrió la sala con la punta del dedo y después siguió hablando—. Todos esos que ves ahí se visten en el Rastro con lo primero que pillan y luego cuentan que lo traen de Londres, no sé a quién quieren engañar. Así que este domingo nos vamos allí las dos juntas y nos ponemos más modernas que nadie. Tú déjame a mí.

Los chicos, sus amigos, bailaban muy cerca en trance total, dando botes furiosos y disfrutando de aquella catarsis. Y entonces, sin poder evitarlo, Lucía se imaginó en ese mismo escenario, triunfando también, con ellos tocando alrededor. No era tan difícil, lo acababa de leer en los carteles de la entrada: había sesiones programadas para grupos nuevos algunos martes de cada mes. ¿Y por qué no ellos? ¿Por qué no tener una oportunidad y ver qué pasaba? Si para eso había que aceptar a Cata haciendo los coros y mangoneando con el vestuario, se la aceptaba y listo. Martín se lo había advertido cuando fue a buscarla a la panadería para ofrecerle las entradas: «Con esto hacemos las paces, recuperamos la banda y mi padre nos enchufa con el de Hispavox, pero Cata tiene que estar dentro; o eso, o nada».

La mañana de domingo en el Rastro fue divertidísima. Compraron ropa de los años sesenta estampada con figuras geométricas, zapatos de plataforma que pintaron al día siguiente con Titanlux, cadenas de perro y cinturones de tachuelas para los chicos, dos pelucas verdes y cuatro botes de laca en una tienda que vendía productos de peluquería al por mayor, y también collares y pendientes de plástico que parecían diseñados para una muñeca Nancy. Pagó todo Cata y acabaron tomando una Mirinda en La Bobia, rodeadas de rockers y mods que se miraban de reojo, señoras de La Latina, pandillas de la nueva ola vestidas a la última y alguna que otra familia despistada. Allí hablaron de chicos y de lo que pasaba con ellos, asuntos que inquietaban mucho a Lucía y en los que Cata, saltaba a la vista, tenía gran experiencia: «No me puedo creer que todavía seas virgen —dijo en algún momento—, eso lo tenemos que solucionar ya mismo». Luego, volviendo en «La Terola», la línea 119 de autobús que los del barrio llamaban así porque partía de Atocha y finalizaba en plena colonia, organizaron cómo combinar tanto trapo y maquinaron mil planes y estilismos. Por la tarde, entre bromas y de nuevo en ese mundo de casitas amarillas y blancas, pobreza solemne y clase obrera, la ocurrente de Cata acabó bautizando el grupo, SALIDAS DE EMERGENCIA, un nombre que tenía su chispa, su gracia, y el entusiasmo de Cata fue tan contagioso y su risa tan sana que Lucía entendió por fin por qué todos se rendían, por qué era tan fácil adorarla.

Aquel domingo se hicieron amigas, así de simple, la amistad no siempre surge de premisas encomiables, y de la noche a la mañana los temas que Fer y Juanfra habían compuesto antes del cisma empezaron a sonar bien en los ensayos, y no había discusiones ni peleas y Martín ya no tocaba tan mal, y hasta Fer parecía aceptar que ella prefiriera a Juanfra. Por eso le habría gustado tanto compartir con la banda esa sala vacía, esa película iniciática, un musical desvergonzado que, según le había contado Juanfra esa misma mañana, se estrenó en la discoteca Cerebro hacía tres años y ahora circulaba por los cineclubes como pieza de culto, algo exclusivo que no todo el mundo era capaz de apreciar.

Una vez la sala a oscuras y después de la conocida fanfarria de la Century Fox, la pantalla tornó al negro y, desde el fondo y al compás de una especie de balada con aire country, una boca de labios sensuales se fue acercando y empezó a cantar en inglés. La boca se acercó tanto, y los labios eran tan rojos y la lengua tan carnosa, que Lucía pensó por un momento que Juanfra la había encerrado allí para que viera una de esas películas calientes que él tanto criticaba. No podía ser. Juanfra no era así y ella no se lo habría perdonado nunca. Por si fuera poco, las letras del principio aparecían pintadas con sangre en un muro, sangre que se derramaba. Su desconcierto era cada vez mayor. Cuando Juanfra se lo propuso, ella dio por supuesto que ese chico soñador y sensible del que se había enamorado tantísimo quería mostrarle lo que él solía ver en los cines más selectos del centro: Tarkovsky, Kurosawa, Bergman..., nombres para ella enigmáticos que a él lo volvían loco de admiración. Otra opción era una tarde tierna, ver una historia bonita en la que, puestos a elegir, la protagonista sería elegante y delicada y se pasearía por la Quinta Avenida con un collar de perlas, y cantaría más tarde una canción preciosa en la ventana que daba a la escalera de incendios acompañándose con la guitarra. Nada de eso sucedió. *The Rocky Horror Picture Show* era un disparate que parodiaba el terror de serie B y lo mezclaba con el glam rock, a un científico travesti con un Frankenstein musculoso, a una gazmoña pareja de prometidos con un grupo de dieciocho transexuales que montaban números de cabaré delirantes y provenían de otra galaxia. Había también rayos láser, y algunos cuerpos desnudos, y el castillo donde todo ocurría salía volando hacia el firmamento en la escena final. Lucía no podía creérselo.

—¿Te ha gustado?

Juanfra había bajado al patio de butacas y se había sentado a su derecha, y ella, todavía desconcertada, no lo había oído llegar.

—Bueno…, sí… Supongo que me ha gustado. Aunque la verdad es que esperaba otra cosa.

—Y qué esperabas.

—No sé, algo más… ¿romántico?

—¿Romántico? Esto es rock, es pop, es punk, es todo junto y la puta locura. Un musical como ningún otro. Apuesto lo que quieras a que nunca verás nada igual.

Lucía intentaba compartir esa emoción, se esforzaba de veras, pero le costaba fingir.

—Es una gamberrada divertida y la música está muy bien —dijo—, pero a mí se me ha hecho un poco larga. No estoy acostumbrada a seguir los subtítulos y me perdía; y hace tanto calor…

Luego miró a Juanfra y en la penumbra de la sala distinguió su expresión triste, su rostro serio y decepcionado. En la pantalla había un globo terráqueo que brillaba junto a los créditos finales, y el rock and roll de la banda sonora inundaba el espacio y Lucía no sabía qué más decir.

—Me gustaría llevarte lejos.

Era Juanfra quien hablaba. La cinta llegaba al final.

—¿Y a dónde me llevarías? ¿Al planeta Transilvania?

—No seas mala.

—Venga, dime dónde iremos.

—Al mar, quiero que veas el mar.

—Estaría bien, y supongo que hará menos calor que aquí dentro.

—No estoy bromeando.

—Vale, llévame. Tengo dieciséis años y nunca he salido de Madrid, ni siquiera del barrio. —Le costaba no echarse a reír, reírse de Juanfra y de sí misma, no era esa la propuesta que esperaba—. Pero tendremos que ir todos, ¿no? Porque si no, mi madre seguro que no me deja.

El rostro de Juanfra había cambiado. Ya no estaba triste y sus ojos se iluminaban mirándola mientras la pantalla parpadeaba.

—Te llevaré a un sitio perdido del sur que casi nadie conoce, está en Almería, mi familia es de allí. Iremos juntos al fin del mundo y te haré el amor bajo la luna, en la orilla de la playa. ¿Me dejarás?

Lucía asintió, los últimos fotogramas chisporrotearon y en la pantalla blanquecina solo quedaron hilitos oscuros que giraban de un lado a otro, veloces como ascuas.

—Ay, Juanfra —le dijo ella después, mientras le acariciaba la sombra de la barba—. Juanfra, qué niño bobo.

DIVINA ESTÁS

4

Cinco bares de carretera

Viernes, 31 de agosto de 2012, 22.30 h

Es el quinto local que Koldo visita con Fer esta noche y la expedición empieza a dejar de tener sentido. En realidad, no lo ha tenido nunca, los dos lo saben, pero la falta de confianza entre ellos les ha impedido reconocerlo en voz alta. Fer es un hombre de pocas palabras y ha estado conduciendo ensimismado desde que salieron de San José, hace ya bastantes horas. Koldo tampoco ha hablado mucho, se ha limitado a buscar los negocios en internet, localizarlos con la ayuda Google Maps y darle después a Fer las indicaciones pertinentes.

—¿Por aquí entonces? —le pregunta otra vez Fer, como si no se fiara.

—Sí, luego hay que llegar a la segunda rotonda y coger la salida de la izquierda. Está a unos dos kilómetros.

Ha transcurrido todo un día desde que desapareció Dani y ellos llevan desde las siete de la tarde recorriendo la comarca de Níjar como pollos sin cabeza; Níjar y también buena parte de los términos municipales vecinos, Carboneras a un lado y Almería al otro. Ahora son más de las diez y empiezan a estar cansados, y ni siquiera se han tomado un respiro para cenar. En los locales que han visitado pidieron refrescos frente a las miradas suspicaces de las chicas, refrescos que ellas les servían a palo seco, mientras los miraban de reojo y cuchicheaban entre sí.

—Vamos a picar algo antes —propone Fer, señalando las dos gasolineras que ven desde la autovía y el hotel que preside el cruce—. ¿No tienes hambre?

—Lo que tengo es el estómago revuelto —confiesa Koldo.

—No me extraña. Menudo espectáculo.

El Mesón Hotel El 21 está en el kilómetro 21 de la Nacional 340, junto a la barriada El 21 y al lado de una estación de servicio BP denominada El 21. Koldo lo está comprobando todo en el smartphone que le regaló Dani en febrero y, a pesar de la tensión del momento, se le escapa una sonrisa. Si les sucediera cualquier cosa rara, no sería difícil ubicarlos.

—¿Caña y pincho de tortilla? —le pregunta Fer.

—Perfecto, cualquier cosa me vale. Voy al baño.

El mesón está casi vacío y, sin embargo, es a la vez muy ruidoso. Apoyados en la gran barra de madera con forma de ele, hay un grupo de hombretones que hablan a gritos y, en la otra esquina, una chica que mira la televisión muy concentrada. Los tertulianos de Tele 5 se matan vivos en la pantalla, la camarera da voces a quienquiera que esté en la cocina y en la máquina tragaperras de la entrada tintinea cada dos por tres una musiquilla de feria con pitidos y escalas chuscas. Koldo entra en el baño, baja la tapa de la taza y se sienta, los acontecimientos se encadenan demasiado rápido y necesita un poco de tranquilidad. Fer, para evitar silencios incómodos o por ocupar la cabeza con algo distinto a lo que los ha llevado hasta allí, no ha parado de poner música inglesa de los ochenta en el coche, como si estuvieran yendo de excursión o de fiesta en vez de andar buscando a Dani por los prostíbulos de la zona.

El aplomo de Cata es quizá lo más llamativo. Esta mañana, después de un sueño profundo gracias al fármaco que le suministró anoche para que se calmase y durmiera, Koldo se ha despertado tarde y la ha encontrado en el mismo sitio donde la dejó: en los sillones azules que miran a la terraza. Tenía todo el aspecto de haber pasado la noche en vela, examinaba la pantalla del teléfono cada dos minutos y todavía llevaba en la mano el bañador.

—¿Alguna noticia? —le ha preguntado él con la boca pastosa. La pastilla que le dio bien podría tumbar a un elefante.

—No hay noticias, pero estoy segura de por dónde van los tiros.

—Los tiros de quién.

—Ya te dije que no preguntaras tanto.

Luego Cata le ha dicho que los demás se habían ido a visitar unas minas de oro y él le ha pedido explicaciones al respecto, no podía entender cómo los había dejado irse de excursión con todo lo que está pasando.

—No los he dejado, más bien los he empujado a que se marchen. —El tono de Cata era marcial—. Lucía no tenía ganas de más excursiones y he tenido que convencerla. Comerán por ahí y luego irán a alguna playa, o eso espero; cuanta menos gente haya aquí hoy, mejor. Martín ya está avisado y vendrá en el vuelo de la tarde. Supongo que para entonces ya tendremos noticias.

No ha habido ninguna noticia salvo la de que el vuelo del padre de Dani, ese gordo seboso, se retrasaría más de una hora. Lucía y Fer, ajenos todavía a la crudeza de los hechos, llegaron hacia las seis no muy contentos porque a Ana le había picado una medusa en la tripa y la reacción había sido tan fuerte que tuvieron que buscar un ambulatorio. «Al final, todo ha quedado en un susto —contaba Fer—, pero se nos ha estropeado el día». Mientras hablaba, Cata lo miraba atónita, pensando probablemente en lo que era de verdad un día estropeado. Luego Lucía ha desaparecido con Ana para echarle crema en la picadura y Cata se ha llevado a Fer a la terraza, y ha estado hablando un buen rato con él. Desde el salón, Koldo los ha observado gesticular y mover mucho las manos, como si discutieran. Cuando han entrado en la casa, Cata ha dicho que se iba al aeropuerto para recoger a Martín, y Fer ha bajado a su cuarto. Unos quince minutos más tarde, Fer estaba de nuevo arriba, con la cara muy tensa y las llaves del coche en la mano, y entonces Koldo se ha atrevido a preguntar.

—¿Te lo ha contado?
—Sí.
—¿Y adónde vas ahora?
—A buscarlo.

Fer es un buen hombre, piensa Koldo mientras apaga en el borde del lavabo el medio cigarrillo de marihuana que se acaba de fumar allí mismo, y también un tipo peculiar. Han hablado muy poco, aunque lo suficiente como para saber que Cata le ha contado las cosas como ella ha querido, tergiversándolo todo y ocultando lo que no le conviene que salga a la luz. Si Koldo está ahora con él es porque se ha empeñado, porque se ha metido en el coche en cuanto lo ha visto abierto y no ha querido bajarse por mucho que Fer ha insistido. Dani es su amigo, y lo normal es que él también quiera buscarlo. Luego han estado moviéndose por cierto tipo de sitios sin que Fer diese explicación alguna sobre el porqué de esos bares, y así, con los semblantes serios y los grandes éxitos de Depeche Mode sonando en los altavoces, han peinado la autovía en ambas direcciones para acabar apoyados en barras acolchadas desde las que han hecho preguntas a las chicas, aunque de momento, y como era de esperar, no han conseguido nada.

—Sí que has tardado —le dice Fer, que se ha acabado su pincho de tortilla y se está bebiendo una segunda caña—. ¿Todo bien?

—Todo bien.

Fer lo mira a los ojos y Koldo imagina el aspecto de telaraña enrojecida que ahora mismo debe de tener su esclerótica. Es muy buena esa maría que le pasa Zaid, el chaval de mantenimiento con el que ha hecho tan buenas migas; y el polen que vende a precio de oro, mejor aún. Desde que lo vio el segundo día, encaramado en la azotea intentando arreglar el aire acondicionado, Koldo supo que se llevarían bien. Han pasado tantas cosas desde entonces que aquello parece otra vida.

—¿Te pido algo más? —pregunta Fer mientras él ataca su pincho y se bebe la cerveza de un trago.

—No, muchas gracias. Me doy por servido.

Salvo lo que le paga a Zaid por los cogollos, Koldo no ha gastado un solo céntimo desde que llegó. Al principio, durante esa primera semana en la que era el invitado de Dani y poco más, hubo momentos en los que se sintió abrumado por tanto lujo gratuito: los desayunos siempre a punto, las cenas en los mejores restaurantes de la zona, la casa impecable y la maravilla de encontrarse la cama hecha y el cuarto recogido al final de la tarde, cuando volvían de la playa. Luego, con el paso de los días y conforme su relación con la familia ha ido evolucionando y, digamos, alcanzando niveles de mayor proximidad, Koldo se ha dejado mimar sin poner reparos y ha disfrutado de lo que, por una vez, la vida le regala. Y le gusta. Le gusta mucho ese mundo al que hasta ahora él nunca ha tenido acceso. Para compensar, se ha mostrado atento y servicial con todos, ha organizado planes interesantes y, como no sabe estar quieto y se le da bien trastear con las manos, más de una vez le ha echado una mano a Zaid en las reparaciones de esto y de lo otro, en los trabajos de jardinería y hasta en la limpieza de la piscina, que amanece cada mañana perdida de hojitas secas de buganvilla.

—Voy al baño yo también —dice Fer mientras deja un billete en la barra—. Pide la cuenta y paga con esto. Salimos ya mismo.

La tortilla está tan seca que cuesta tragarla, pero la cerveza, en cambio, le ha sentado muy bien. Koldo pide otra a la camarera y piensa en todas las que le apetecería beberse, en todo lo que haría ahora mismo si la vida se lo permitiera. Otro prodigio de esa casa es poder abrir la nevera a cualquier hora y coger lo que a uno más le apetezca: refrescos, helados, botellas de champán que andan siempre medio llenas o latas de cerveza tan frías que los dedos se le agarrotan al tirar de la anilla. Él viene de otro mundo, de otro tipo de casa. Es el cuarto de nueve hermanos y, salvo él, todos en su familia viven por y para la Obra. Rectitud y ascetismo, esa es la norma general. Si ha pasado el invierno lejos de ellos es por ser la oveja descarriada, la mancha negra del apellido Azpeitia, un hijo del maligno y alguna perla más del mismo palo. Ninguno de esos calificativos le molesta, más bien lo contrario: a él le gusta ser así. Nunca entrará por el aro del Opus y de ahí la rebeldía y los suspensos, los colocones, las blasfemias. Ha pasado el curso interno en la Sagrada Familia de Sigüenza porque el año pasado lo expulsaron del Retamar, ese colegio carísimo donde van los niños ricos de la Obra y donde a él siempre lo han mirado por encima del hombro. Qué hijos de puta, venga a rezar y a proclamar que bienaventurados los pobres y allí estaban ellos, los ricos, poniéndose las botas y viviendo como Dios. Por desgracia, su familia no es rica, su familia no debería permitirse ese colegio, las penurias que pasan en casa para pagar las matrículas de toda la prole bien que lo demuestran. Las opciones más baratas nunca se han contemplado en esa resentida familia suya. Resentida y con aires de grandeza, la combinación fatal. «De desagradecidos está el infierno lleno —le dijo su padre tras la expulsión—. Nos matamos para que os relacionéis con los mejores y tú así lo aprovechas, avergonzándonos y arrojando nuestro honor por la borda». A pesar de la vergüenza y de todas esas palabras tan rimbombantes, sus padres le dieron otra oportunidad, la última, y a la calle iría si la desperdiciaba. Esa es su familia, basura humana de la que él, lo quiera o no, también ha aprendido algo. Hoy, un año más tarde y con la oportunidad hecha trizas, ha de reconocer que lo de la SAFA no ha estado tan mal: ha conocido a Dani, ha vivido experiencias inolvidables y hasta se ha decidido por fin a hacerse llamar de otra forma, para joder a su padre sobre todo y también porque su nombre de pila, en euskera, mola más.

—¿Has terminado? —Fer está otra vez a su derecha, inquieto, con ese gesto angustiado que lleva impreso en la cara desde que salieron.

—Me tomaría unas cuantas cervezas más, la verdad —confiesa—. Pero sí, he terminado.

En el exterior, las luces de la gasolinera BP que hay al lado bañan de verde manzana la explanada que rodea el mesón, el asfalto de la calzada y el par de vehículos que repostan bajo la marquesina. En vez por las escaleras, Fer decide bajar por la rampa de acceso para minusválidos, y Koldo lo sigue. A mitad de la rampa y atadas con cadenas a la barandilla de protección, hay dos bicicletas de montaña en un estado lamentable que le recuerdan a las que encontró con Dani en el garaje, y con las que tanto han disfrutado estos días. La visión del accidente de Dani surge en algún rincón de su cabeza e inmediatamente la aparta, es mejor no recrearse en cierto tipo de imágenes. Ya puestos, prefiere pensar en los paseos posteriores por esa pista sinuosa que sale de San José desde Cala Higuera, bordeando Loma Pelada. Cuántas cosas sabe ahora de este territorio. Si se lo pidieran, sería capaz de dibujar a mano alzada un plano de la costa y situar con exactitud un buen número de playas. De la pista que lleva a Los Escullos y a la calita escondida donde lo ha estado esperando Cata hasta ayer mismo, le fascina sobre todo ese cuartel abandonado y repleto de pintadas que encontró a medio camino, y que convirtió en su punto de descanso. Un lugar mágico, piensa, un lugar lleno de paz al que le gustaría volver algún día. Palmea el sillín cuarteado de una de esas bicis y se queda ahí quieto, hasta que el claxon del coche de Fer lo obliga a salir de su mundo y apresurarse.

—¿Siempre fumas tanto? —pregunta Fer mientras arranca.
—No estoy fumando, que yo sepa.

Fer sonríe.

—El baño apestaba, y todos conocemos muy bien ese olor. En la casa tampoco te has cortado mucho estos días.

Koldo no responde, qué va a decir, se limita a mirar su móvil para verificar la dirección del siguiente garito.

—A mí no me importa —continúa Fer—, aunque sí me gustaría saber si mi hija y Dani también lo hacen.
—Eso deberías preguntárselo a ellos.
—Vale, pero te lo estoy preguntando a ti.
—No fuman, y no tienes por qué preocuparte.
—Los hijos siempre preocupan, y mucho; supongo que lo sabes.

El cielo no está tan limpio como otras noches, incluso se diría que puede llover. La luna, casi llena, aparece a intervalos entre las nubes y su resplandor plateado les permite ver el paisaje que los rodea. Están a pocos kilómetros de la costa, pero la diferencia es abismal. El plástico que cubre los invernaderos lo tiñe todo de gris claro y a lo lejos se divisan siluetas de almacenes y alhóndigas, anuncios de semillas que prometen ser las más productivas de la galaxia, chabolas perdidas y chicos con chaleco reflectante que se mueven por allí en bicicleta y a los que podrían arrollar si Fer no condujese con tanto cuidado.

—¿No te parece raro el comportamiento de Cata? —Quizá hayan sido las cervezas, o las caladas, pero a Koldo le asalta esa pregunta desde ayer por la noche y ha llegado el momento de plantearla—. Dani puede estar en peligro, ella no hace nada en todo el día y luego se va al aeropuerto. Y mientras tanto, nosotros aquí, perdiendo un tiempo precioso.

Fer no contesta, o no lo hace de forma clara, se limita a asentir con un ligerísimo movimiento de cabeza y a girar el volante para entrar en lo que parece un rudimentario aparcamiento, un descampado lleno de coches más bien.

—Estarán llegando a casa —dice Fer después, cuando echa el freno de mano—, así que vamos a darnos prisa.

—¿Qué quieres decir?

—Puede que a Cata no le haga gracia que estemos haciendo esto.

—No jodas. Pensaba que te lo había pedido.

—Me ha pedido justo lo contrario, que no me mueva de San José.

—Ya veo... ¿Y por qué visitamos entonces estos sitios? ¿Qué sentido tiene?

—Lo que no tiene sentido es haber dejado que vinieras.

El portazo de Fer al salir del coche es contundente y da la conversación por terminada. Koldo no se lo piensa y lo sigue, y ambos entran en un local de apariencia muy distinta a los anteriores. Las dos plantas que lo forman nada tienen que ver la una con la otra, como si el agregado de ladrillo visto y tejas rojas que hay arriba hubiese llegado volando desde algún lugar lejano para instalarse ahí sin ningún motivo explicable. En la parte de abajo tampoco encuentran el lujo dorado y negro de El Topacio o la decoración a lo Alí Babá del penúltimo club, sino que se topan con un antiguo cortijo apenas remozado que aún conserva las paredes encaladas, cantareras y alacenas antiguas y hasta platos de cerámica y fotos familiares en color sepia colgadas por aquí y por allá. Los neones sí que son los habituales, pero el suelo, sorprendentemente, está cubierto de baldosas blancas y rojas, dispuestas como un tablero de ajedrez.

—Yo alucino, de verdad.

—No es para menos —grita Fer sobre la voz de Paulina Rubio, que canta *Boys Will Be Boys* a pleno pulmón—, parece un episodio de *Twin Peaks* en plan castizo.

Koldo no sabe de qué le habla y tampoco le importa. *Twin Peaks*. ¿Qué será eso? Alguna rareza más de ese tío. El espacio se divide en estancias pequeñas alrededor de una más grande, que sirve de pista de baile. Al fondo está la barra, y sobre ella hay dos chicas explosivas que se pasean entre los vasos de tubo casi en pelotas. La camarera no es menos imponente, debe superar el metro ochenta y su melena es tan roja como un carbón encendido.

—¡Holaaa! —Tiene la boca enorme y, tras el saludo, la deja unos segundos abierta de par en par—. Así que la noche se anima por fin. Dime qué tú tomas, guapetón. ¿Un roncito?

—Ponnos dos aguas —contesta Fer.

—Pufff, ¿venís juntos? —La cara de la camarera es un puro desencanto. Se da la vuelta, se agacha y vuelve con dos botellines de plástico que cuestan una fortuna—. Mira tú que invitarle a agua a un bocadito tan rico. Desde luego, qué tremendo tacañón eres y qué paliducho estás.

Fer no se inmuta y Koldo sonríe, la situación lo divierte.

—Nos preguntábamos si habías visto por casualidad a este chico —dice Fer.

Lleva así toda la noche, interpelando a diestro y siniestro como si fuera el sheriff del condado, sin introducción previa y sin pararse a pensar que ninguna de esas mujeres le va a decir que sí, aunque hayan visto a Dani hace cinco minutos pidiendo allí mismo una copa.

—Mmm... A ver, a ver. —La camarera se ha llevado a la punta de la nariz la foto de Dani que Fer lleva en la cartera—. En mi vida, cariño. No lo he visto en mi vida. Y que me aspen si miento.

—Que te aspen, dices.

—Exacto. ¿No es una expresión divina? A mí me suena a Hollywood. Si no te gusta, te la cambio por otra que empieza por «fo» y acaba por «llen». —A la vez que habla, lanza miradas significativas a la entrada del local, buscando sin duda al matón de turno para que la libere cuanto antes de ese pelma—. Aunque en ese caso, a lo mejor sí que te soltaba alguna que otra mentirijilla.

—Fer, será mejor que nos vayamos.

—Te voy a dejar mi número de teléfono, ¿de acuerdo? —insiste Fer señalando la foto—. Por si lo ves por aquí.

Ha hecho lo mismo en los cuatro bares previos, una estupidez a la altura de la de ir preguntando. Nadie en esos sitios quiere problemas, y la fotografía de un adolescente con cara de sirenita recién desvirgada huele a problemas que apesta. Koldo lo sabe y le sorprende que Fer sea tan inocente, ninguna de esas chicas lo va a llamar.

—¿Tu número?

Mientras Fer anota los dígitos en una servilleta, la camarera lo mira a él y le lanza un beso. Luego se echa hacia adelante, saca las tetas por encima de la barra y con una de sus manazas le pinza las mejillas.

—Aquí lo tienes —anuncia Fer con la servilleta de papel en ristre.

La camarera pone muy mala cara y al mismo tiempo frunce la nariz, como si alguien acabara de destapar el cubo de los desperdicios.

—Escucha, viejo verde, ¿no son demasiado jovencitos? —Se queda callada un momento, abre mucho los ojos y va descolgando muy poco a poco la mandíbula—. Ay, granujón, que acabo de descubrirte, lo que tú andas buscando es un trío, ¿a que sí? Qué ansioso. Yo no me puedo creer que con este bombón no te baste.

—Deja al chaval, ¿vale?

Más que dejarlo, lo que ella hace es acercarse y darle un pico en los labios. Contra todo lo esperable y ante la atenta mirada de Fer, Koldo va y se lo devuelve. Esos juegos. Esos juegos que tanto le gustan y para los que siempre está dispuesto. La camarera tiene los labios carnosos y huele igual que Cata. Ese perfume es un peligro, es la campana de Pávlov, y prueba de ello es que la boca se le acaba de llenar de saliva. Si no fuera por la cara que ha puesto Fer, igual se quedaba un rato.

Fer le da un tirón del brazo y los dos salen a la calle en silencio. Parece contrariado, piensa Koldo, y no cree que sea por el beso, sino por el evidente fracaso de la excursión. ¿Y qué esperaba? Esas mujeres no están para tonterías y tienen muy bien aprendido cómo quitarse de encima a los que no paran de hacer preguntas. En el primer local de la noche les tomaron el pelo de una manera muy similar a la de esa cubana guasona, y en el penúltimo, una vez formuladas las preguntas y al calor de las señas que la chica de turno le hacía a alguien, se les ha acercado un armario eslavo y les ha dicho que o se iban ya mismo o les partiría la crisma en el aparcamiento y después les quemaría el coche; y no tenía pinta de hablar en broma. Lo más asombroso de todo es que, después del susto, Fer ha querido seguir buscando.

—Ya han debido de llegar —dice cuando entran en el coche—. Tengo un par de llamadas perdidas de Cata.

Koldo mira su propio teléfono y ve los avisos. El número de llamadas y mensajes triplica el de Fer.

—¿Crees que ha merecido la pena? —pregunta algo molesto, mientras Fer pone el motor en marcha—. Estamos igual que hace cinco horas.

—Al menos lo hemos intentado, ¿no?

Son las doce menos cuarto de la noche y es viernes, y el descampado está hasta la bandera. Incluso en el desvío hay vehículos parados con el motor encendido, aguardando turno para entrar. No son coches baratos, se ve que la agricultura intensiva da mucho de sí. La cola es tan larga que llega a la carretera. El primero de la fila es un Mercedes tamaño tanque cuyo conductor los mira y sonríe cuando se cruzan, un saludo entre pillos, un «yo también vengo a follar», y detrás va una furgoneta roñosa que destaca como una mancha de betún entre tanta carrocería de alta gama.

—¿Nunca te cansas de oír esta música? —le pregunta a Fer en cuanto acceden a la vía principal. Los éxitos británicos de los ochenta siguen sonando en el coche.

—No, nunca; además me relaja mucho. Pero si te molesta, la quito.

—Por mí no lo hagas. Voy bien.

A los Pet Shop Boys les llega el turno nada más entrar en San José. Koldo va a decir algo con *Always on My Mind* de fondo, pero luego cambia de idea. Ni siquiera está seguro de lo que quiere decir. Se siente raro. Algo en esa fila de coches se le ha quedado en la retina y no logra averiguar qué es. Quizá Fer esté en lo cierto y no debería fumar tanto.

NUEVE DÍAS ANTES DEL RAPTO

La iglesia neopentecostal Alabanza, Prosperidad y Refugio, APR para los adeptos, bien podría ocupar el espacio de un garaje de diez plazas, una pescadería familiar o un 24 horas regentado por paquistaníes. Martín estuvo allí el domingo, cuando no tuvo más remedio que acercarse para comunicarle a Chidinma Bassey, la piadosa y vehemente esposa del pastor, que su marido había estirado la pata esa misma mañana en circunstancias no muy ejemplares. Hoy es martes y Martín, que por culpa de ese último acontecimiento todavía no ha viajado a Almería, ahí está de nuevo, en la entrada de la APR. Qué menos. El pastor era un buen socio además de un golfo de cuidado, y siempre se llevaron bien. Lo que sucedió en el apartamento de la Torre de Madrid fue algo que le puede pasar a cualquiera, a él mismo sin ir más lejos, y de ahí su empatía con la viuda y con esa comunidad fervorosa que de la noche a la mañana ha quedado a la deriva.

—¿Quién vive?
—¡Cristo! ¡Cristo!
—Y vivo está, ah, ah, ah.
—Sí, ¡vivo está! ¡Vivo por siempre y para siempre!
—Invoquemos el nombre de Yeshuá.

—¡De Yeshuá!

—¡¡¡De Yeshuááá!!!

Los cánticos llegan hasta la calle y Martín no sabe qué hacer. Son las seis de la tarde, lo de la ola de calor iba en serio y a buen seguro que dentro hará más fresco. Sin embargo, entrar ahí supone también un sacrilegio: esa gente es creyente, esos negros que cantan góspel con el corazón vibrando en la garganta están despidiendo a su pastor, tienen una fe a prueba de bomba y esperan que Dios los perdone y encauce sus vidas en breve; y él, siendo franco, lo que quiere encauzar es su negocio y atar cabos con Chidinma, hoy mismo a más tardar.

Aunque no es el caso, lo de la Teología de la Prosperidad sería la opción más cómoda y apetecible si se viese en el brete de tener que escoger una creencia. Desde luego, ese pastor pollatiesa era más listo que las ratas. Por lo poco que Martín sabe, la cosa consiste en que la prosperidad financiera y el bienestar físico dependen siempre de la voluntad de Dios, y que la fe, el discurso positivo y las donaciones a la iglesia tendrán a la larga un efecto bumerán y aumentarán la riqueza material de cada practicante. Las donaciones, ahí está una de las claves, y la otra es que la riqueza y el éxito son signos de bendición. ¿No es maravilloso? Su amigo se lo explicó en pocas palabras con esa manera de hablar tan suya, tan parecida a un redoble, al tarantarán de un tambor: «Dios te pone a prueba enviándote problemas, y si no haces algo para mostrarle tu fe ciega, tú luego vas y te los comes». Pues bien, para eso estaban ahí el pastor y Chidinma, los en verdad bendecidos, dispuestos a recibir el diezmo, gestionarlo de la manera más apropiada posible y conseguir, entre transferencias y rezos, que esos problemas se esfumasen.

Qué par de listos, qué binomio infernal. Martín nunca ha sabido a ciencia cierta quién de los dos llevaba la voz cantante, aunque tiene sus sospechas. Y es que Chidinma se portó como una leona el domingo, todo un ejemplo de entereza y *savoir faire*. Esa mañana, todavía muy arriba por culpa de los gramillos de coca que entre el pastor y él se habían pulido, Martín tuvo que hacer de tripas corazón, llamar a un taxi y presentarse en la misma esquina del barrio de Tetuán en la que está ahora mismo, aunque en aquel momento no se celebraba un funeral sino una *delivrance*, una ceremonia contra los malos espíritus que estaban arruinando la vida de tres mujeres y la salud de dos hombres.

—¡Fuego de Cristo, fuego de Cristo, fuego de Cristo!
—*In the name of Jesus!*
—Señor, ¡aquí estoy!
—*Come, come, Holy Ghost!*

La iglesia, que no visitaba desde hacía varios años, se había modernizado mucho y parecía más un plató televisivo que un lugar de oración. Además de las cámaras y la pantalla de plasma tamaño XXL, las cortinas azul eléctrico con cenefas y borlas doradas y el medio centenar de feligreses de piel oscura que miraban al techo con los brazos extendidos y las palmas hacia arriba como cristos de Corcovado, había también un escenario que le recordó a su lejana y exuberante juventud: focos y micros, batería Sonor de cinco piezas y teclado Yamaha, cables enredados por los rincones y una guitarra Fender junto a un bajo de la misma marca, ambos en posición erecta, con los clavijeros apoyados en la pared. Nadie tocaba, tan solo se oían cantos y gemidos y la voz implacable de Chidinma, que dirigía el cotarro mientras ungía a una joven llorosa y doblada hacia atrás en insólita posición de pino puente. A un lado, dos hombres con los ojos en blanco sufrían algo similar a un ataque epiléptico y a nadie parecía importarle lo más mínimo. Todo allí era clamor y súplica, ventiladores industriales que generaban una intensa ventolera, mujeres que se mecían como juncos agitados por la brisa y llantos y muecas tirando a raras. Martín quiso pasar inadvertido, pero ciento diez kilos no se esconden así como así y una de esas mujeres lo vio, lo agarró por las manos, musitó una especie de rezo y comenzó a girar a su alrededor con una sonrisa que daba miedo estampada en la cara. Chidinma también reparó en él, pero no le hizo el menor caso hasta que aquella locura se dio por finalizada y todos, colmados de amor y satisfechos, volvieron a sus casas.

—¿Qué haces tú aquí? —le preguntó desde el escenario mientras recogía sus adminículos—. ¿No deberías estar viajando? Te imaginaba ya en Almería.

—Debería, sí —repuso Martín con precaución, la noticia que iba a dar era un campanazo de los buenos—, pero antes tenemos que hablar. Ha ocurrido algo.

Le contó todo con pelos y señales, el problema era mayúsculo y Martín necesitaba ayuda, así que mentir no era la opción más adecuada. La reacción de Chidinma merecería un aplauso. A pesar del éxtasis colectivo que acababa de propiciar en su iglesia, de la noticia luctuosa y de las fealdades que en sí misma esa noticia entrañaba, ella se mantuvo serena y regia como una esfinge, dedicó un par de minutos a ordenar los datos y tomar decisiones, y luego los dos se pusieron en marcha.

Lo que vino después fue digno de una comedia a lo Monty Python, porque el pastor seguía empalmado sobre la cama de la Torre, y empaquetarlo con mantas y cuerdas en semejante estado, y sin partirse de risa, no fue fácil para Martín. Menos mal que Chidinma mantuvo el tipo. Allí estaba ella, envuelta en su majestuoso caftán estampado y tocada con un turbante color berenjena, empujando hacia el ombligo el descomunal pene de su marido para poder pegarlo con cinta aislante al abdomen y evitar así que sobresaliese. Que fuese la tercera semana de agosto y los termómetros marcasen cuarenta y dos grados ayudó también lo suyo, porque mientras cargaban el muerto hasta el ascensor no apareció ningún vecino curioso en el descansillo ni tampoco lo hubo en el aparcamiento del sótano, al que accedieron directamente desde la planta 28.

Media hora más tarde, ya en Tetuán y para evitar fisgones en las inmediaciones de la iglesia, Chidinma, que es muy lista, decidió meter el coche en ese garaje reconvertido en sede de alabanza, y desde ahí y con un considerable esfuerzo, subieron al pastor por la escalera que comunica el templo con la vivienda. Luego se impuso la posverdad, porque nada ni nadie en esa casa repleta de alfombras sintéticas y bibelots espantosos iba a poner en entredicho lo que acababa de acontecer: paro cardiaco en el lecho, durmiendo el sueño de Dios, el Señor lo ha llamado en mitad de la noche y lo ha acogido en sus brazos misericordiosos, alabado sea. «Por supuesto, Chidinma, lo que tú digas, ni mil palabras más».

Una vez concluido aquel trajín, Martín se fue a dormir su tremenda resaca y nada supo del pobre pastor hasta la llegada del mensaje que le escribió Chidinma ayer lunes, donde le comunicaba la hora del funeral y la necesidad de hablar del futuro inmediato con urgencia. Lo de Almería, por lo tanto, quedaba aplazado de momento: de ninguna manera podía Martín marcharse alegremente de vacaciones y hacerle un feo como ese a su difunto socio.

Si Martín lo piensa un poco, la llegada del pastor a su negocio en el año 2000 fue y será siempre el acontecimiento más importante de su vida. Pastor añorado, bendito seas. La empresa de servicio doméstico que por entonces regentaba con Cata funcionaba muy bien, pero nada que ver con lo que vino luego. Domestic Systems era en aquel momento un nombre de referencia en el sector: gestión y distribución de empleadas extranjeras, muy serviciales y fieles, que mantenían las casas como los chorros del oro y se ocupaban en silencio del bienestar de decenas de familias. Entraron en la empresa gracias al padrino de Cata. Porque Cata no tenía padre, pero sí padrino, un señor que infundía un respeto legendario y con el que Martín coincidió muy pocas veces. La figura del padrino rico tiene algo de telenovela y él nunca ha indagado mucho en ese asunto tan espinoso. La madre de Cata era, bueno, era como era, y su trágica muerte, allá por el 84, dejó a Cata sola en el mundo. Supuestamente. Porque el padrino apareció tras el fallecimiento como surgido de la nada y se ocupó de Cata y sus muchos gastos y también de que no perdiera la casita con patio de la colonia. Un hombre influyente. Un ángel. Un salvador. Para entonces, la banda se había disuelto, Juanfra había muerto también en trágicas circunstancias y, aunque eran todavía muy jóvenes, todos tenían la impresión de que las ilusiones y los sueños empezaban a quedar atrás. En Domestic Systems, Cata subió como la espuma y él fue a la zaga, y el ascenso fue tal que al poco tiempo se hicieron con el timón de un barco que resultó ser muy lucrativo. El padrino, claro, pon un padrino como ese en tu vida y verás qué bien te va. Los entresijos del negocio tenían sus más y sus menos, y cuando los conocieron a fondo, ninguno de los dos protestó. Total, alguien iba a hacerlo de todos modos, y no era culpa de ellos que el mundo estuviese mal hecho. Las chicas llegaban de lugares como Manila, Quito, Rabat, Asunción..., y lo hacían sin papeles y con una deuda pendiente por los gastos del viaje, la contratación y los trámites y todo aquello que a la empresa se le antojara. *Wow wow wow*. Dinerito dinerito dinerito. Ese padrino venerable sabía muy bien lo que hacía.

La aparición del pastor buscando auxilio, y tapadera, fue

el cartucho que los puso en órbita y, Dios lo tenga en su gloria, cuadruplicó las ganancias. La empresa del pastor en Madrid se parecía mucho a Domestic Systems, y las chicas que traían de Nigeria eran tan serviciales como la que más, aunque sus cometidos con la clientela eran, eso sí, un pelín diferentes. El problema residía en que tanto ingreso en una empresa recién creada, de dimensiones mínimas y con raíces en la más profunda de las Áfricas podría cantar como una gallina en un futuro no muy lejano, de manera que el muy pillo del pastor, después de mucho tantear, de mostrar y esconder la pata antes de proponer suavemente y de correr con los gastos de unas cuantas juergas memorables, acabó conquistando el corazón de Martín a la vez que sentando las bases de una sociedad de lo más jugosa.

—¿Se puede saber por qué no entras? —Chidinma está en la puerta y parece enfadada, y Chidinma, que también es pastora y tiene el don de las lenguas como todo neopentecostal que se precie, es una mujer a la que no conviene enfadar—. Aquí en la calle hace demasiado calor.

—¿Os queda mucho? —pregunta Martín con timidez.

—Casi hemos terminado, aunque puede que se alargue con los discursos de despedida. Están muy afectados.

A ella, en cambio, se la ve de una pieza. Va vestida con una túnica gris perla sobre la que ha añadido transparencias con encajes blancos. Curioso luto. En fin, cosas suyas. Los neopentecostales africanos son así.

—No he querido entrar por…, bueno…, por respeto, más que nada. Ya sabes que Jesucristo y yo rompimos hace años.

Chidinma lo mira con expresión indescifrable. Podría estar pensando tanto en lo desventurado que es por no haber sido bendecido con la virtud de la fe como cagándose en sus putas muelas.

—Sube a casa y espérame ahí —le ordena Chidinma—. He dejado el aire acondicionado puesto.

—Había pensado en ir con vosotros al cementerio, si te parece bien.

—No hay cementerio, lo hemos incinerado.

Muy bien, piensa Martín. Gente práctica. Como debe ser.

—¿Te espero arriba entonces? —pregunta mientras echa un vistazo a las ventanas del primer piso.

—Sí, toma las llaves. Ayer llegaron un par de chicas. No las molestes, ¿vale? Andan un poco asustadas.

Apenas entra en la casa, Martín oye pasos apresurados y una puerta al fondo que se cierra. La tentación de buscarlas es grande. Una persecución por las habitaciones en plan Tom y Jerry podría amenizarle el rato de espera, y si decide no emprender la cacería es porque él tiene un gran corazón que late bajo la espesa capa de carne, aunque en más de una ocasión lo disimule.

Más tarde, sentado en el sofá del saloncito y para no aburrirse, se dedica a examinar el mobiliario y la decoración de baratillo que atiborra el espacio. ¿Dónde meterán esos dos lo mucho que sacan? Porque allí no, eso salta a la vista, allí todo parece comprado en Cobo Calleja, el polígono de chinos más grande de España. Cata y él son de otra forma, Cata y él saben vivir: si se gana, se gasta, y a la mierda el ahorro. El pisazo que tienen en la plaza del Conde Valle Suchil, los dos coches de alta gama en el garaje o el apartamento de la Torre que acaban de comprar a tocateja son síntomas de que la vida les sonríe, y de que ellos han sabido aprovecharla. Y que dure, se dice Martín, que dure, la muerte de un pastor en plena follesca no tiene por qué arruinar tanta felicidad.

Hacia las ocho, la llegada de Chidinma lo saca de la modorra que a la larga lo ha vencido.

—¿No han salido? —pregunta, y Martín responde con un sencillo movimiento de cabeza—. Oye, ¿podrías ayudarme un momento con esto?

Chidinma le entrega una urna y él la recibe con aprensión.

—No me digas que es…

—Es, es.

—La verdad es que hoy pesa bastante menos.

—Muy gracioso. —Chidinma lo fulmina con la mirada, luego aparta del aparador dos candelabros dignos de Liberace y señala el espacio libre que dejan—. Ponlo ahí, anda.

Se arrodilla y se persigna, y como la situación lo violenta por lo que tiene de íntimo, Martín decide imitarla.

—No somos nadie —dice después, cuando el silencio empieza a pesar más de la cuenta—, hoy aquí y mañana en el otro barrio.

—No sufras, está en el mejor sitio imaginable. —La voz de Chidinma se ha llenado de ecos profundos y resonancias—. Está con Él. Porque así como en Adán todos mueren, así también en Cristo todos serán vivificados.

—Bonitas palabras.

—Corintios. ¿Nunca lees la Santa Biblia?

—No mucho.

—Deberías, todo está ahí.

Martín la ve levantarse y se pregunta, con no poca retranca, si lo que les espera a las dos chicas agazapadas en la habitación del fondo estará escrito también en algún versículo.

—Ahora necesito que me eches una mano con otra cosa —añade Chidinma.

—Faltaría más, aunque pensaba que íbamos a hablar del negocio.

—Lo que vamos a hacer *es* el negocio. De estos asuntos se encargaba mi marido, pero hoy te va a tocar a ti.

Chidinma va a la cocina y vuelve con una botella de whisky, unas tijeras menudas y una bandeja del Mercadona con dos pollos desplumados y crudos plegados sobre sí mismos en el interior.

—Toma, ve quitando el plástico y ponlos en una fuente. Luego espéranos ahí, en la habitación que hay en medio del pasillo. Y no te preocupes por ellas o por lo que hablemos entre nosotros, acaban de llegar vía Italia y no entienden una palabra de español.

En la habitación que le ha señalado Chidinma solo hay dos sillas de plástico apoyadas en la pared y, en el centro, una mesa rectangular cubierta con un paño. Las muñecas hechas con lana y las muchas velas apagadas que hay encima dan a esa mesa un aspecto de altar, y como Martín no encuentra otras opciones, allí mismo deposita los pollos. Se está preguntando qué demonios significará todo aquello cuando llega Chidinma seguida de dos chicas que rondarán los dieciséis años, no más. Son guapas, son delgadas, son negrísimas, y van casi desnudas y descalzas. Chidinma, que les está señalando ahora las sillas, ha cambiado su túnica gris por otra de un blanco inmaculado. Las chicas se sientan, Chidinma enciende las velas y empieza a murmurar algo en su lengua endiablada. El murmullo se transforma pronto en cántico, y luego en frases violentas y amenazadoras que llenan de pavor el rostro de las chicas.

—Por cierto, Martín, nuestra Mami de la zona está muy disgustada —dice después, mientras se arrodilla delante de la más joven y le abre las piernas—. Esperábamos a doce como estas y no ha llegado ninguna.

—Sí, lo sé. He hablado con mi mujer esta mañana. Pensaba que tu marido lo tenía todo atado.

El espectáculo es tan extraño que a Martín apenas le sale la voz. Chidinma le ha cortado a la chica un par de mechones del pubis, los ha guardado en una bolsita y ahora procede del mismo modo con las uñas de los pies.

—Lo tenía, por supuesto que lo tenía, mi marido era muy meticuloso. Sin embargo, como bien sabes, el domingo dejó de dar señales de vida y a Marruecos llegaron mensajes contradictorios que todavía no sé quién envió. Nuestros enlaces de Nador se pusieron nerviosos porque pensaban que estaban siendo vigilados y la embarcación zarpó esa misma noche, sin control alguno y cuando menos convenía.

—No nos avisaron.

—No avisaron a nadie, se las quitaron de encima y ya está. No querían retenerlas más tiempo y menos aún sin órdenes claras. ¿Lo vas entendiendo?

Su tono es de amenaza y, aunque velado, no difiere mucho del que emplea con las chicas. Martín recapacita y Chidinma repite la operación con la otra: pubis, uñas, bolsa, y después vuelve a los cánticos y a las frases perentorias.

—No, no lo entiendo del todo —dice él cuando la escena se calma—. Tú estuviste el domingo por la tarde conmigo y tampoco pensaste en lo que podría estar pasando en Nador. La situación era…, cómo decirte… ¿compleja?

—Sí, pero no te hagas el tonto. Mami se ha desvivido estos dos últimos meses, os ha buscado una buena casa y ha puesto todo de su parte para que las cosas salgan como tienen que salir. Y tú, en vez de estar donde debías, te dedicabas a divertirte y a conducir a mi esposo por la senda del pecado.

—¿Yo? ¿Del pecado? Chidinma, por favor, supongo que estás de broma.

—¿Tengo pinta de estarlo? Llegaron ayer a plena luz del día, desembarcaron sin que nadie de los nuestros estuviese allí para recibirlas y se escaparon. No, Martín, no estoy de broma.

Con las dos bolsitas en la mano, Chidinma se acerca a esa

especie de altar, las deposita junto a las velas después de recitar algo que suena horrible y luego coge uno de los pollos. El gesto siguiente es tan violento que Martín aparta la vista y se pega como un cromo a la pared. Chidinma ha introducido los dos pulgares en el culo del pollo, ha hecho palanca y lo ha abierto en canal, y ahora hurga en el interior con golpes y giros de muñeca, como un perro que escarba. Martín intenta no mirar, pero no puede evitarlo. Hay algo hipnótico en esa túnica salpicada de sangre, en la mano que se alza sosteniendo una víscera, en la letanía que vuelve a inundar el espacio mientras Chidinma abandona el altar y se coloca de nuevo frente a las chicas.

—¿Lo ves, Martín? —El corazón del pollo brilla a la luz de las velas como una ciruela recién cogida—. ¿Ves las cosas que tenemos que hacer para que estas chiquillas se comprometan a devolvernos lo que nos deben? ¿Para que no hablen más de la cuenta? ¿Para que no intenten escapar?

Martín está paralizado. Ha visto de todo en la vida, pero nada igual a eso. Chidinma ha ofrecido a una de las chicas un buen trago de whisky y después, a la vez que pronuncia algo en igbo con los ojos desorbitados, le acerca la mano a la boca.

—Es mucho esfuerzo, Martín, y mucho dinero —dice Chidinma mientras la muchacha llora, y mastica—. Cuarenta mil cada una, así que calcula tú mismo. Dime, ¿se te ocurre alguna forma de arreglarlo?

OZ

1982

Lucía conoció a la madre de Cata un sábado de finales de enero. Era media tarde, había estado viendo *Aplauso* en la tele y llegaba a esa casa de la que tanto se hablaba con la cabeza llena de pájaros. La cabeza y también la mochila que había sacado a escondidas de su habitación. Daban las seis y cuarto y, justo enfrente, el bar El Hogar se llenaba de hombres que acababan de despertarse de la siesta y se disponían a echar unos tragos y jugar un rato al mus con los amigos. Lucía pasó cerca y vio a su padre allí sentado, con las cartas en una mano y un cigarrillo en la otra, atento a las señas de su pareja de juego y muy concentrado en la partida. Luego recorrió los trescientos metros que la separaban de la calle Recesvinto, buscó el número que le había indicado Cata y, antes de llamar, abrió la mochila otra vez para comprobar que había cogido todo lo necesario.

—Llegas tarde. —Cata estaba ya maquillada.

—Es que me he entretenido. ¿No los has visto?

—A quién tenía que ver. —Llevaba una base de color blanco, los ojos y la boca perfilados con lápiz negro y los labios pintados de violeta.

—Soft Cell, han estado geniales. Oiría *Tainted Love* sin parar todos los días de mi vida.

—¿*Tainted Love*? A mí también me gusta mucho. Aunque para «amor contaminado», el que tengo yo aquí.

Cata señaló la puerta abierta que daba al cuarto de estar. Lucía se asomó y allí estaba la madre, sentada en un sillón con un vaso en una mano y un cigarro en la otra, el pelo enredado, vestida con camisón y bata y un aspecto decididamente mejorable.

—Buenas tardes, señora Expósito —dijo Lucía con sus mejores modales.

—No te molestes —cortó Cata—, está como una cuba. Se levantó a las dos y desde entonces no ha parado de beber. Anoche discutió con su hombre y ahí tienes el resultado. No es la primera vez que pasa esto.

—¿Su hombre?

—Así lo llama ella.

—Quizá deberíamos ayudarla.

—¿Y qué se te ocurre? ¿Salir a la calle a buscarle otro?

—No sé…, darle una ducha, llevarla a la cama…

—Catalina, tu amiga me gusta —interrumpió la madre, que acababa de salir de su letargo e intentaba levantarse—. Tiene pinta de buena chica.

—Calla y duerme la mona, que dormida estás mejor.

—Tesoro, a mí no me mandes callar. —Había conseguido ponerse de pie, pero tardó muy poco en desplomarse. Luego se irguió en el sillón, dio un buen trago a lo que había en el vaso y las miró de reojo—. Y otra cosa, ¿tu amiga sabe lo zorra y lo mala que eres? —preguntó con las palabras trabadas—. Oye, nena, escucha esto: ten cuidado con ella, ¿vale? Te la jugará en cuanto pueda; avisada estás. —Apagó el cigarrillo que llevaba entre los dedos y encendió otro—. ¿Tienes ya novio? Seguro que sí, eres bien guapa y más de dos te irán detrás. Pero ándate con ojo, ¿eh?, que esos meten la longaniza a las primeras de cambio y si te he visto no me acuerdo. —Miró a Cata un momento, dio una larga calada y luego escupió en el suelo una brizna de tabaco—. ¿Y sabes qué? Que los hijos cuestan una pasta y no traen más que disgustos. Y no diré más. Yo ahí lo dejo.

Cata intervino llamándola entre dientes «puta borracha», luego tiró de la puerta con furia y subió a su habitación. Lucía la siguió escaleras arriba con el corazón en un puño. Ni en su más oscura pesadilla podría imaginar en su casa, y con su madre, una escena similar.

—¿Prefieres que me vaya? —le preguntó cuando entró en el dormitorio—. Podemos ir a bailar cualquier otro sábado.

—Pero qué tonterías dices. ¿Y por qué no voy a salir yo hoy? ¿Por ella? —Cata buscó una taza vacía y puso dentro azúcar y unas gotas de agua, removió con una cuchara y obtuvo una pasta brillante y pringosa que observó con satisfacción—. Vamos, ayúdame con esta mierda.

Lucía cogió un poco de azúcar mojado, lo extendió entre sus propios dedos y luego por los mechones que Cata se iba pellizcando hasta lograr que el pelo se encrespase como ella quería para después rociarlo con litros de laca Nelly. Cuando llegó su turno, Lucía también cardó a fondo su melena rubia y la bañó con la misma laca de señora mayor, se blanqueó la cara con polvos Myrurgia y se pintó los labios de azul cobalto. De la mochila sacó las botas militares y las medias, el vestidito de plástico, las muñequeras metálicas y el collar de perlas falsas que hacía un rato había cogido sin permiso del armario de sus padres.

—Estás divina —le dijo Cata cuando terminó de cambiarse—. Tan divina como la canción.

—Me encanta Radio Futura.

—Y a mí. ¿Los ponemos? Tengo el disco por ahí.

Con la voz de Santiago Auserón de fondo, se colocaron frente al espejo y empezaron a posar con caras displicentes, a poner morritos y entrecerrar los ojos, a dibujar posturas extrañas con el cuerpo y después quedarse muy quietas, como si alguien las estuviera fotografiando para la portada de una revista o la carátula de su próximo sencillo.

—Oye, ¿y a estos tampoco los viste en *Aplauso*? —preguntó Lucía entre pose y pose—. Casi todos los grupos nuevos salen en ese programa.

—Y dale, te he dicho más de una vez que nunca pongo la tele.

La cultura musical de Lucía era un cajón de sastre donde casi todo tenía cabida. Escuchaba Onda 2, Radio Popular FM o *Los 40 principales*, recibía los boletines mensuales de Discoplay y leía el *Súper Pop* que compraba y devoraba un jueves sí y al otro no, a lo que sumaba todos los programas televisivos en los que aparecían tanto sus grupos favoritos como los que odiaba a muerte. Y se imaginaba allí, en la tele. ¿Y por qué no? Soñar no salía caro y las oportunidades iban llegando poco a poco. Para empezar, Salidas de Emergencia tenía ya tres temas terminados y un debut en la sala El Jardín previsto para mitad de marzo. A través de sus contactos en los cineclubes, Juanfra había conseguido que la banda pudiera subirse a ese escenario en el que habían debutado muchos. La ilusión era inmensa, aunque mejor ir con pies de plomo: el número de grupos y tendencias crecía a pasos agigantados y no todos sobrevivían. Algunos, los más, actuaban en algún garito puntero y después eran borrados del mapa. No les iba a pasar eso, se repetía Lucía después de cada ensayo: que se preparasen los modernillos sabelotodo del centro.

—Habrá que irse. —Cata se acababa de pintar las uñas con

esmalte negro y ahora se las soplaba—. Hemos quedado a las siete para tomar algo antes de entrar.

Los chicos llevaban toda la tarde en la calle, visitando tiendas de discos o bebiendo cerveza y fumeteando en el Dos de Mayo. La cita era en la plaza de los Cubos, donde compartirían algún litro más antes de bajar al Oz, la discoteca de las mil maravillas que había en los sótanos.

Antes de marcharse, Cata se asomó y comprobó que su madre, por fin, dormía. Había dejado el vaso vacío en el reposabrazos y de su mano derecha pendía un cigarro que había quedado sin fumar, con la ceniza grisácea y larga como una lombriz colgando de la colilla.

—Cuando está sobria es la monda —se excusó Cata sin razón alguna. Los adjetivos que le había dedicado a su madre flotaban en el aire—. De verdad, te mueres de risa con ella. A ver si otro día tienes más suerte.

Recorrieron la colonia con las cabezas gachas, y como no era viable esperar el autobús en la parada de El Hogar, caminaron con pasos rápidos hasta la boca de metro de Urgel, a unos quinientos metros de El Tercio. Hubo suerte y nadie las reconoció. Su padre le permitía casi todo si la música era la excusa, pero exponerse a que la viera así, vestida y peinada como un pájaro exótico, sería tentar a la suerte más de lo necesario.

—Cuánto odio esto —había dicho Cata señalando el barrio que dejaban atrás—. ¿Tú no?

—No, por qué iba a odiarlo. Llevo aquí toda mi vida.

—A mí me da asco tanta pobreza, y me fastidia mucho estar lejos. Mira, mira allí. —Al fondo, al final de General Ricardos y más allá del puente de Toledo, las luces de Madrid titilaban en la distancia—. ¿Ves? ¿Ves cómo brilla? Eso es lo que yo quiero para nosotras.

Lucía se quedó callada, qué iba a decirle, las alcahuetas de la panadería sí que sabrían contestar. Entraron en el metro y luego, cuando la Línea 5 las transportó en un suspiro a la turbulencia de la Gran Vía, alzaron con orgullo sus cabezas erizadas y recorrieron las aceras como dos diosas, conscientes de que había quien las miraba porque eran jóvenes y modernas, y porque tenían toda la vida por delante y era evidente que la iban a saber aprovechar.

—Aquí llegan —dijo Fer cuando las vio. Llevaba puesta su eterna camisa negra bajo la chupa, abrochada hasta el cuello y suelta por abajo—. Joder, vais brutales.

—¿Y Martín? —preguntó Cata extrañada. Era Martín quien organizaba las salidas, quien traía el costo, quien liaba los canutos y quien conseguía, gracias a un poder misterioso, chupitos gratis en la barra.

—Ha ido a buscar no sé qué y ahora viene. —Juanfra iba vestido con camisa y jersey de pico, sin ninguna pretensión—. No nos ha explicado mucho más.

—¿Os pinto los ojos? —propuso Cata—. Un poquito de tizne no os vendría mal. Y tengo laca en el bolso.

Juanfra no quería pintarse, pero Fer logró convencerlo.

—Anímate, tío —le dijo mientras Cata lo cardaba—, que pareces un cura. ¿Nos darás la bendición antes de entrar?

Juanfra era el ideólogo del grupo, el que ponía la nota culta y sofisticada en cada canción, y sus conocimientos musicales iban mucho más allá de lo que los demás habían ido aprendiendo como oyentes de radio y compradores de discos. Hacía muy poco les dijo que había pasado la tarde analizando la armonía de una sonata de Mozart, y nadie supo qué quería decir con eso o en qué podría ayudarlos como grupo semejante rareza. Así era Juanfra, y Lucía se moría por él. Les dibujaba gráficos con los que pretendía explicar sus canciones de forma visual o les pedía frases aisladas de todo contexto para combinarlas después al azar y componer, les decía, letras de estilo dadaísta. Uno de los temas que querían presentar en febrero estaba escrito así, sin demasiado sentido; y ni siquiera a ella le gustaba. De los otros, su preferido era el que había compuesto Fer: «Nereida es una chica / que huele a mazapán / y el tonto de su novio / es como Peter Pan». Comparado con los de Juanfra, aquello de sofisticado tenía muy poco, pero ella estaba convencida de que podía pegar fuerte. El único problema era que Fer se había empeñado en meter ahí un solo de saxo que no pegaba ni con cola. Para empezar, ¿quién llevaba saxo en una banda? La discusión fue acalorada en su momento y Juanfra, tan mesurado como siempre, decidió que se sometiera a votación. Ganó el sí y ahí seguía ese solo, cortando el tema en dos mitades mientras Cata, que hacía los coros y bailaba a su lado moviendo los brazos como un molino de viento, debía mirarla a ella en ese instante preciso y quedarse inmóvil, con la boca muy abierta y los ojos como platos. Y es que cada gesto, cada movimiento y cada trapo que compraban o reciclaban se estudiaba con suma atención, se le buscaban referencias que a todos convencieran y se le daban cien vueltas antes de declararlo definitivo. ¿No era maravilloso? Los sueños se cumplían por fin y lo hacían con tanta intensidad que, en los últimos meses, la música y los ensayos se habían convertido en el centro de sus vidas, porque lo demás, todo lo demás, los estudios o la familia o cualquier otro asunto que tuviera lugar fuera del cobertizo habían pasado a un segundo o tercer plano, a interrumpir más que otra cosa, a la categoría de mero trámite.

—Ya estoy aquí. —Martín acababa de aparecer en la plaza—. ¿Me echabais de menos? —Él sí que iba vestido para la ocasión, con abrigo hasta los pies, un grueso collar de pinchos alrededor del cuello y varias pulseras de las que colgaban cruces de diferentes tamaños.

—No mucho —dijo Fer.

—Ah, ¿no? —Martín levantó las cejas y luego cogió la litrona de Mahou que circulaba de mano en mano—. Entonces no te voy a enseñar lo que traigo.

Siempre igual, pensó Lucía, siempre con anuncios fantásticos que luego quedaban en nada. Se suponía que se estaba ocupando de la promoción del grupo, o eso prometió cuando se reconciliaron, pero Martín prometía mucho y hacía poco, y ella estaba harta, así que decidió preguntar.

—¿Y qué nos traes? ¿Noticias de Hispavox? Porque no es por nada, pero llevamos meses esperando.

—Hay que olvidarse de eso y buscar alternativas. ¿No os lo había dicho?

—No, no nos lo habías dicho, y me sorprende que lo sueltes así. Lo que dijiste fue que el cliente de tu padre iba a venir al concierto de marzo.

—Pues no va a venir.

—¿Y a ti no te da vergüenza?

Los demás la miraron sorprendidos. Ella no solía atacar ni generar polémicas, pero aquello era demasiado: Martín jugaba con las ilusiones de todos, con la suya especialmente, y se quedaba tan ancho.

—¿No eras tú fan de *Aplauso*? —La pregunta la descolocó—. Lo digo porque ese bonito programa es lo que nos ha jodido.

—Claro, Martín —dijo Fer, siempre dispuesto a ayudarla—. *Aplauso* y el MI6, que nos tiene vigilados.

—Reíros, reíros. —Martín era inmune a las burlas—. Mi padre se ha sentado a ver esa basura un par de sábados y ha flipado con los que salen ahí. Dice que si lo que queremos es amariconarnos, vestirnos de carnaval y bailar delante de toda España como si nos estuviese picando un enjambre de avispas en el culo, que no contemos con él ni con su amigo.

—Su amigo, por supuesto, su amigo invisible —insistió Fer—. Anda ya, Martín, que nos conocemos.

El silencio se impuso, no quedaba cerveza y se empezaba a hacer tarde. Lucía estaba indignada, pero a las once debía estar en casa y, a pesar del enfado, tenía ganas de bailar.

—¿Bajamos? —dijo Cata—. Porque lo de aquí ya no tiene arreglo.

—Abrid la boca y cerrad los ojos —dijo Martín antes de que abandonaran el escalón donde se habían instalado—, que con esto, me perdonáis seguro.

Lucía obedeció, como los demás, pero se fiaba tan poco de ese mentiroso que acabó separando los párpados y viendo cómo Martín depositaba un papelito coloreado en cada lengua. Cuando llegó su turno, estuvo a punto de apartar la cara, pero no lo hizo y luego la tarde de invierno estalló en mil colores, en destellos fugaces como cometas, en racimos de fuegos de artificio.

—¿Qué coño nos has dado? —preguntó Fer una vez dentro del Oz—. Me siento volar.

La discoteca, con aspecto de cueva y tan oscura como la música que allí pinchaban, se transformó por unas horas en un país encantado donde solo faltaba un camino de baldosas amarillas y un par de zapatos de rubíes. Lucía era Dorothy, pero una Dorothy engolfada, colocadísima, feliz. Bailaron *Boys Don't Cry* a grandes saltos rodeados de todas las modas y estéticas conocidas, porque en el Oz todo se mezclaba y todo estaba bien. Había nuevos románticos con sus pantalones bombachos, sus cintas en la frente y sus camisas de chorreras, mods que se negaban a quitarse el abrigo *crombie* a pesar del calor que hacía, chicos de pelo rapado y ademanes violentos, rockabillys de los de antes y mucho muerto viviente con la cara blanca y la ojera negra. A poco que prestabas atención en los momentos de respiro, oías hablar de bandas, del instrumento que alguno estaba aprendiendo a tocar o de lo malo que era este o aquel grupo. Bailaron *Hong Kong Garden* de Siouxsie and The Banshees, bailaron *Public Image* de PiL, bailaron *Autosuficiencia* de Parálisis Permanente y se volvieron locos del todo con el *Just Can't Get Enough* de Depeche. Entre canción y canción, Juanfra y ella se besaban por las esquinas y Martín hacía lo mismo con Cata; y Fer, que había pillado un subidón superior al del resto, flotaba por la pista con expresión mística y los brazos extendidos o se acercaba a las chicas que andaban solas para susurrarles al oído versos de San Juan de la Cruz.

—Ese de ahí nos va a ayudar, os apuesto lo que sea —les dijo Martín señalando a un tipo que destacaba en la barra por su pinta de carroza—. Lo acabo de conocer y ya somos íntimos. Se dedica a promocionar grupos nuevos y trabaja en la radio, y está aquí justo por eso, buscando savia fresca.

Fer y Juanfra sonrieron de medio lado y siguieron a lo suyo, hartos ya de tanta fantasmada. Sin embargo, a Cata sí que le interesó.

—¿Nos lo presentas?

—Claro, os va a encantar.

Entre tanto adolescente y veinteañero, alguien que superaba los treinta e iba vestido con cuello de cisne y americana cruzada llamaba mucho la atención, y despertaba suspicacias. El tipo debía de saberlo porque, para que ellas no desconfiaran, nada más conocerlas les entregó una tarjeta de visita en la que aparecían sus datos de contacto y sus muchos cargos en ese mundo que Salidas de Emergencia aspiraba a conquistar en breve. Cata no paró de hacer preguntas: posibilidades, salas, escenarios, giras, programas, comisiones, cachés. Lucía la escuchaba atenta y pensaba qué tía tan lista, cuánto sabe de todo y qué desenvuelta es siempre. Por si fuera poco, el papelito coloreado de Martín no parecía afectarla porque su hablar era lúcido; y su coqueteo, también.

—¿Os apetece una raya? —dijo más tarde Mario, porque aquel tipo se llamaba Mario y era verdad que promocionaba grupos, y también que, más pronto que tarde, los ayudaría.

Cata aceptó sin dudarlo, pero ella dijo que no y volvió a la pista. Sonaba otra vez The Cure y a ella los The Cure la trastornaban, y la cabeza le daba vueltas y solo quería bailar. Se tocó el pelo para comprobar si el peinado seguía en su sitio y buscó con la vista a Juanfra. Allí estaban, en un rincón los tres, balanceando las cabezas y moviéndose como androides.

—Deberíamos irnos, ¿no? —le dijo Fer—. Son ya las diez y media.

No era posible. El tiempo había galopado sin que Lucía fuera consciente. A las once en casa, le advertía cada sábado su madre, ni un minuto más. Juanfra se acercó y la besó con una pasión desconocida. No la había llevado al mar todavía ni había vuelto a mencionar ese lugar del sur donde le haría el amor en la playa. Pero no importaba. Desde septiembre lo hacían en cualquier sitio y a cualquier hora, en la cabina del Florida, en los baños del instituto, en el cobertizo de los ensayos. Fer pasó cerca, y mientras Juanfra la besaba, Lucía le cogió la mano y tiró de él con suavidad. ¿Por qué hacía eso?, se preguntó. ¿Tan mal iba?

—¿Buscas tú a Cata? —le dijo Martín, que estaba también a su lado, como rozándose quizá. ¿Estaba pasando algo sin que ella se diese cuenta? ¿Estaban todas esas bocas demasiado juntas? —. Es verdad que tenemos que irnos.

Le costó llegar al baño, la pista giraba sobre sí misma y la Tierra de Oz empezaba a oscurecerse. Ya no había baldosas ni zapatos rojos, solo el repiqueteo de la música, las luces que se mezclaban y los latidos golpeándole la sien. En el baño de chicos había cola, pero el otro estaba libre. Empujó la puerta y se encontró a Mario con la espalda apoyada en esa pared tan sucia, la boca entreabierta y los ojos clavados en el techo. A sus pies, y de rodillas, estaba Cata, y Lucía retrocedió.

—¿Se puede saber qué hacías? —le preguntó después, en el metro, con la cabeza invadida por una especie de globo que no paraba de hincharse.

—No preguntes tanto y siéntate, vas que te caes. —Cata la miraba impasible.

—Tú no vas mejor. —El vagón dio un tirón y Lucía tuvo que agarrarse del brazo de Cata; era verdad que se caía.

—No creas, no he tomado nada. —Cata se separó de ella, sin ocultar cierto desprecio.

—Eso es mentira —dijo Lucía.

—Lo he escupido. —Abrió la boca, levantó la lengua y se tocó la raíz con la punta del dedo índice—. ¿Ves? Lo guardas aquí y luego lo escupes. A ver si aprendes, no hay que tomarse todo lo que nos dan.

—Te he hecho una pregunta.

Muy cerca, los chicos daban saltitos y bailaban sin música, cantando cada uno un tema distinto con los ojos enrojecidos.

—Y dale, pero mira que eres pesada.

Los de Cata, en cambio, estaban claros, claros como el agua.

—¿No me vas a contestar?

—Me ocupaba de lo nuestro —dijo, y Lucía la miró en silencio—. ¿Qué? ¿Contenta?

5

De amigas y pelucas

Viernes, 31 de agosto de 2021, 23.00 h

Dani ha dormido durante tantas horas que ha perdido la poca noción que tenía del tiempo. El biombo y el bidé siguen ahí, recordándole que su situación no ha cambiado lo más mínimo, y el color del cielo al otro lado de la ventana enrejada le indica que vuelve a ser de noche. Algo es algo. En condiciones normales, las coordenadas espaciotemporales, el cronotopo, son más que suficientes para ubicarse en la vida. El problema es que las condiciones actuales son esencialmente anómalas, y por lo que Dani empieza a intuir, no van a variar a corto plazo.

Por si todavía quedara un resquicio para la posibilidad de un mal sueño, Dani se pasa una mano por la frente con la esperanza de colocarse el tupé, luego la desliza por el cráneo hasta llegar a la coronilla y la deja allí, con la palma abierta y las yemas de los dedos rozando la piel irritada y áspera, preguntándose una vez más por qué estará pasando esto. Después se pliega sobre sí mismo, con las rodillas abrazadas a la altura del pecho y los ojos cerrados con tanta fuerza que le empiezan a doler los párpados. Y es que ahí está de nuevo el hormigueo recorriéndole la espalda mientras las preguntas se suceden sin encontrar respuesta. ¿Qué más puede ocurrir ahora? ¿Cómo va a salir de allí? Esa mujer, Dalia, ayer se enfadó muchísimo, y aunque luego le hizo pasar un buen rato, también mostró a las claras que nunca lo iba a ayudar. Aun así, el momento de conexión, de locura más bien, le ha dejado a Dani un regusto en la boca no demasiado amargo. A veces, y no es la primera vez que le pasa, su naturaleza se descontrola y responde de manera insospechada. Estaba el miedo, sobre todo el miedo, pero también la peluca y la necesidad de olvidar lo que en verdad sucedía.

—Te queda perfecta —le dijo Dalia justo después de encasquetársela—. Si no fuera porque es mi preferida, te la regalaba.

Rizada, encendida y rutilante, la peluca brillaba con fulgor en el espejo del lavabo.

—¿Tienes por ahí algo de maquillaje? —se oyó decir él, como si un ente extraño y una voz que no le pertenecía se hubiesen adueñado de su cuerpo.

—¿Y tú qué crees? Tengo maquillaje hasta para el agujerito del culo. ¿Qué necesitas?

—Un poco de todo.

—Dame un minuto.

Dalia salió del cuarto dejando un vacío tan enorme como ella misma, y también un rastro de J'adore. Su madre. Pensar en su madre lo puso triste. Sin embargo, la tristeza pasó rápido. La perspectiva de travestirse junto a esa mujer dionisíaca era demasiado atrayente para su *otro yo*. Y ese otro yo se quitó el pantalón de chándal y la camiseta horrenda que le habían dado y cogió la sábana color caldera que cubría la cama. Con dos vueltas y un par de nudos, la convirtió en el atavío de una altiva patricia, de una *vedette* del Tropicana, de la princesa Leia de Alderaan; todo dependería de lo que hiciese Dalia con la sombra de ojos y el pintalabios.

—¡Ya estoy aquííí! —canturreó Dalia mirándolo envuelto en la sábana—. Pero mira tú qué apañadito eres, maricón. ¿Te maquillo yo o prefieres hacerlo tú mismo?

—Tú lo harás mejor seguro.

—No creas —y le hizo un guiño a la vez que abría el maletín que traía—, se te ve bien avispado.

Minutos más tarde, él era también una diosa. El trabajo de Dalia había sido tan fino que incluso llegó a pintarle las uñas de los pies del mismo púrpura que ella llevaba. Justo después, por desgracia, las cosas se torcieron.

—En lo que se te secan, te voy a dedicar un numerito —dijo Dalia—, que me has caído bien.

Trasteó en su teléfono móvil y *Moves Like Jagger* empezó a sonar en el cuarto. Dalia lo bailó como una poseída, como si el mundo entero se fuera a ir al garete en cuanto acabase la canción. Y mientras tanto, mientras Dalia improvisaba una coreografía tan perfecta que parecía haberla estado ensayando desde el principio de los tiempos, él no perdía de vista ese teléfono que había ido a parar a la moqueta con el volumen al máximo. Casi al final, cuando el estribillo se repetía y el «Uúuúuú» de Adam Levine subía y bajaba como por un tobogán, él saltó de la silla a pesar del esguince y atrapó el teléfono, se refugió en una esquina y marcó el único número que se sabe de memoria, el de su madre.

—¡¡A mí tú no me jodas!!

No le dio tiempo. Dalia reaccionó como una pantera, le arrebató el teléfono y canceló la llamada antes de que sonara el primer tono. La complicidad previa no evitó que Dalia le diese un tirón a la sábana y se la arrancara, que se la restregase por la cara como si fuera un estropajo, que le quitase también la peluca y que le propinase dos patadas en las piernas y otro par en las costillas. Desnudo, molido a golpes y con el tobillo palpitando, Dani se acurrucó en su esquina y esperó a que ella se marchase. Cuando se quedó solo, se levantó como pudo y se tumbó en la cama, confundido todavía por lo que acababa de pasar. Dalia volvió al cabo de un par de horas y lo encontró mirando el techo, sin quejarse, preguntándose dónde estaba y qué había hecho él de malo para que lo trataran así.

—Aunque no te lo mereces, te traje algo de comer —dijo Dalia con una bandeja en la mano y la peluca roja recolocada en su sitio.

—No tengo hambre.

—Y a mí qué. Te lo vas a comer tanto si quieres como si no, que para eso lo subí.

—Lo que necesito es hielo. Me duele mucho el tobillo.

—Vale, te lo traigo, pero tú cómete eso.

En la bandeja había un sándwich de pavo, dos onzas de chocolate y un vaso con zumo. Dalia se había molestado en tostar el pan y untarlo con mantequilla, y, por alguna razón extraña, ese detalle lo enterneció.

—Gracias —le dijo en voz baja cuando la vio entrar de nuevo—, y perdona lo de antes.

—Has echado a perder la fiesta, que lo sepas; pero estás perdonado.

Dalia se sentó en la cama y comenzó a frotarle el tobillo con hielo envuelto en un paño. El alivio fue inmediato.

—Estaba llamando a mi madre. Es que me quiero ir de aquí.

—Ah, ¿sí? No me digas.

—¿Me vas a hacer más daño? —Acababa de sentir un pinchazo de dolor en las costillas y, con toda la intención del mundo, no intentó disimularlo.

—Ay, ratón, perdóname tú a mí. —Dalia hizo un puchero que parecía de chiste, tiró el hielo a la moqueta y con dos dedos le pinzó la barbilla—. Aunque imagínate la que me cae si se enteran de que llamaste a tu mamacita con mi teléfono. —Y mientras hablaba apretaba, y apretaba tanto que dolía—. Así que espero que no se repita o me tendré que enfadar de verdad.

—Yo ya te he visto enfadada.

—Eso era un ensayo, y te advierto que estaba de buenas. A las malas te puedo machacar la cabeza con el tacón izquierdo mientras me rizo las pestañas. Por algo me llaman Dalia la Brava.

Dani la miró y, muy a su pesar, se le escapó una sonrisa. Había algo distinto en el ambiente, una ausencia más bien, y por mucho que se esforzó no pudo identificar qué era. Silencio, comprendió al rato, la música que venía de la planta de abajo había dado paso a un pesado silencio. Tras la ventana, amanecía.

—Me haces gracia —le dijo a Dalia.

—Y tú a mí, cariño. ¿Por qué tú crees si no que yo he subido? Vamos, tómate esto, así descansarás.

Dalia le dio una pastilla de ibuprofeno que él tragó con el zumo y luego otra más a la que no puso nombre.

—¿Qué es?

—Tú traga y calla, que con la boca cerrada estás más mona.

Dani tragó y calló, y el sueño inducido ha sido tan largo y profundo que ahora vuelve a ser de noche. En el rostro siente los restos resecos del maquillaje, y aunque la habitación está en penumbra, si mira hacia abajo puede distinguir dos moratones en el muslo y otro más a la altura del esternón. Sobre la bandeja que quedó en el suelo está el sándwich con dos moscas encima poniéndose las botas, y también las onzas de chocolate derretidas por el calor, bañando los bordes del pan de molde. Tiene hambre, pero lo que ve es tan poco apetecible que decide esperar, está seguro de que Dalia subirá en breve.

Mientras aguarda la aparición de Dalia, Dani aparta la sábana manchada de rímel y se sienta en el borde de la cama. El sueño le ha despejado la mente y pensar en el delirio de anoche le produce una especie de vértigo, y un poco de vergüenza también. ¿Qué hizo?, se pregunta. ¿Travestirse? ¿Pedirle al enemigo que lo maquillara? Es increíble: ¿qué clase de torbellino lleva dentro? ¿Nunca logrará cambiar?

Cuando apenas tenía once años, recuerda, las cosas empezaron ya a ponerse feas. La Salle San Rafael quedaba a pocas manzanas del piso que sus padres acababan de comprar en la plaza del Conde Valle Suchil, y allí lo matricularon tras la mudanza. «Un colegio de los de antes —sentenció su madre—, con sus valores y su capilla y sus misas preceptivas, pero también con un claustro laico y flexible». No le faltaba razón. La maestra lo acogió en su seno protector y durante las primeras semanas todo fue sobre ruedas. Sin embargo, su inmediata complicidad con las niñas de la clase y su desinterés por la liguilla de fútbol de los recreos lo colocaron muy pronto en el ojo del huracán, en el punto de mira para ser exactos. Tardó poco en acostumbrarse a los insultos, a los vacíos en el patio o los vestuarios, y a pesar de su apariencia quebradiza, aprendió también a no dejarse avasallar: estar seguro de uno mismo tiene innumerables ventajas. Más que humillarlo, las palabras malsonantes y los gestos obscenos le despertaban un orgullo muy profundo que, de un modo extraño y contradictorio, le hacían sentirse superior. ¿Conque esas tenemos?, pensaba, pues que os den, no me llegáis ni a la suela del zapato. Con uno de ellos, con el más pendenciero y machito, tuvo al año siguiente sus más y sus menos. Los *más* consistieron en las pajillas exprés que se hacían el uno al otro en los baños del sótano, y los *menos* en la expulsión fulminante después de que el padre Eulogio los pillara in fraganti, acoplados como el yin y el yang en el suelo del cuarto de la limpieza y practicando una húmeda exploración de colitas. En fin, son cosas que pasan, tampoco fue para poner el grito en el cielo. Lo que todavía le choca es que a sus modernísimos padres les costara tanto trabajo aceptarlo.

Para entonces, su muy querida Analía iba ya al Colegio Estudio, ese remanso de progresismo y buen rollo al que él fue también a parar. Allí, los problemas sufridos en La Salle se diluyeron como por arte de magia, porque el acoso y la maledicencia estaban penalizados con amplias condenas y, sobre todo, porque él aprendió a portarse bien. Duró poco. Al año siguiente se hizo íntimo de las dos tías más cojonudas de su curso y el número de suspensos y apercibimientos acabó superando cualquier temor o expectativa. Fue con ellas, con Gemma y Paloma, con quienes se puso por primera vez una minifalda y ya de paso se pintó las uñas. Estaban en casa de Gemma, fumando y bebiendo como divorciadas y poniéndose hasta el culo de las anfetas que robaba Paloma en la farmacia de su familia, cuando él vio la faldita colgada en el picaporte del armario y se la plantó sin avisar. Lo pasaron de miedo. Ellas a su alrededor maquillándolo y probándole *outfits* divinos y él dejándose hacer. El intento de trío lésbico al que se lanzaron acto seguido no fue lo que se dice un gran éxito, aunque tampoco importaba: se habían divertido como nunca y serían amigos por siempre y para siempre jamás. Como ninguno de los tres era una tumba, lo acontecido aquella tarde gloriosa se convirtió en el cotilleo preferido del colegio y acabó adquiriendo tal categoría de mito que, a las pocas semanas, ya había cuatro o cinco chicas de la clase de al lado acudiendo a la fiestecilla de Gemma. Estuvo bien, aunque a la larga el experimento se les acabó yendo de las manos. Más que nada porque poco después, y a cambio de un módico margen de beneficio, empezaron a distribuir entre las amigas del Estudio las fantásticas sustancias que ellos mismos consumían. Fue la hostia. La reunión que lo más granado del equipo directivo tuvo con sus padres algunas semanas más tarde se sigue recordando en la familia como una ignominia, un punto y aparte, un hasta aquí. Qué bochorno. Estaba tan avergonzado que, volviendo a casa desde Aravaca tras aquel juicio sumarísimo, se hizo el dormido en el coche para que sus padres no le dieran más la tabarra.

No se la dieron, la verdad es esa, pero la conversación que mantuvieron en los asientos delanteros cambió por completo el rumbo de su vida:

—Quién lo iba a pensar, ¿verdad? —iban diciendo—. Siempre tan…, tan modosito.

—Bueno, de casta le viene al galgo —puntualizó su madre.

—Cata, por favor, qué valor tienes. No me hagas reír. ¿De qué hablas? ¿De lo del palo y la astilla?

—Exacto. Y ahora puedes reírte todo lo que consideres oportuno, pero cuando termines de hacerlo recuerda que esto hay que cortarlo por lo sano.

Y vaya si lo cortaron. Lo cortaron tanto que lo mandaron de cabeza a Sigüenza. Su primer año en el internado, por resumir, pasó sin pena ni gloria. Llegaba con tan malas referencias que el marcaje de los cuidadores fue implacable. No lo dejaban tranquilo ni de día ni de noche, y solo respiraba un poco cuando volvía a casa la tarde de los viernes. Allí permanecía encerrado hasta el lunes porque el castigo alcanzaba también los fines de semana, y allí, por suerte, recibía las visitas de Analía y su amiga Olivia, que se apiadaban de él y pasaban a verlo los sábados para encargar pizzas de salami a troche y moche, ver pelis de terror gore o comedias románticas con los pies descalzos sobre los sofás y cotorrear durante horas de chicos y trapos.

Visto con distancia, ha de reconocer que la disciplina y el encierro tuvieron su efecto positivo, y aunque muerto de asco y aburridísimo, llegó limpio a junio. En este último curso, la cosa ha estado a punto de zozobrar, pero la sangre no ha llegado al río y eso es lo que cuenta. Ha sido el mejor año de su vida gracias a Koldo, ha disfrutado del verano como nunca y ahora, de repente, está aquí, en esta habitación enmoquetada. ¿Qué ha pasado mientras tanto? ¿Nadie se lo va a explicar? La espiral de preguntas arranca de nuevo justo cuando la puerta se abre.

—¿Dalia? ¿Eres tú?

No es Dalia y él lo sabe. No es ese su olor.

—¿Qué? ¿Ya te engatusó la cubana?

Son los otros, los que lo subieron vendado, Dani reconoce el acento de la mujer. Uno de los dos enciende la luz y él da un respingo, y se enfrenta por fin a sus caras. La mujer tiene también la cabeza rapada, y el tipo que la acompaña es compacto como un perro de caza y su camiseta sin mangas deja ver los tatuajes que le suben por los brazos, escalan por el cuello como tentáculos y le llegan a la barbilla. Ahí está, piensa Dani, ahí está el verdadero enemigo.

—¿Y qué fue de tu melenita, pimpollo? —dice la mujer—. Oye, llevas la cara hecha un cristo. ¿Te pasaron el cortacésped y te disfrazaron de zombi?

—A este lo han vestido de damisela, y él tan feliz. —El hombre ha apoyado la espalda en la pared y desde allí habla y examina a Dani. Sus ojos azul pálido brillan como canicas bañadas en aceite—. Míralo, no hay más que verle esos pies.

Las uñas pintadas de púrpura atraen la atención de la mujer y Dani, en un acto reflejo, encoge los dedos y cruza los tobillos bajo la cama.

—No los escondas —dice ella—. Tienes unos pies muy lindos. ¿A que sí, Julián? ¿No son preciosos? ¿A que te los comerías a mordiscos si yo te dejara?

El tal Julián suelta un escupitajo y luego dibuja una mueca de asco que deja al descubierto sus encías. Tiene la boca mellada, las pantorrillas como alambres y los pelajos de la barba le nacen más arriba del pómulo.

—Déjate de mordiscos y hagamos el trabajo —dice—, que Mami se ha puesto nerviosa con la visita y yo no quiero más líos.

—¿Dónde están tus chanclas? —pregunta la mujer.

—Qué chanclas —responde Dani con voz firme. Está aterrorizado, pero no quiere que lo noten.

—Las que te dimos anoche. Vamos, búscalas. Y luego lávate esa cara y vístete, que nos vamos.

Dani las ve junto al bidé, va a por ellas cojeando y después vuelve a la cama. ¿De qué trabajo hablan? ¿Quién es Mami? ¿Qué le va a pasar ahora?

—Nati, ¿tienes la venda? —pregunta Julián.

—Pensaba que la traías tú.

—Joder, me cago en Dios, y eso que tenemos prisa. Bajo a la furgo y vuelvo.

Dani se queda a solas con la mujer y enseguida el ambiente se distiende. Nati es menuda, enjuta, tiene la piel acartonada por culpa de tanto sol y unas manos de uñas largas y dobladas hacia adentro como garras de águila. No dispone de mucho tiempo y le gustaría encontrar la manera más rápida de ponerla de su parte. Él se maneja muy bien con las mujeres, siempre ha sido así. Sin apenas proponérselo, genera vínculos y conexiones subterráneas que florecen de forma espontánea. Ojalá sea el caso, aunque Nati parece dura de pelar.

—¿Dónde me lleváis? —le pregunta con voz dulce.

—Nada, te cambiamos de domicilio.

—Yo aquí estoy bien.

—Ajá. —Nati va hacia el lavabo, abre el grifo y, con la cabeza amorrada, se echa agua por el cuello—. Mierda de calor, no me acostumbraré nunca.

—Eres gallega, ¿verdad? Lo digo por el acento, me gusta mucho como hablas.

—Gallega, gallega —confirma Nati antes de ponerse a canturrear—: «Soy galleguiña, vengo de Lugo, / y traigo la gaita metida en el culo».

Dani no da crédito, pero ya está, las conexiones surgen donde menos lo esperas y a él esas salidas de tono lo descacharran. La intervención ha sido inigualable, así que los dos se miran boquiabiertos y se tronchan de risa un buen rato.

—Ay, qué bien sienta —dice ella cuando se calma—. Hacía tiempo que no me reía tanto.

—Oye, Nati. —Es el momento, es ahora o nunca—, ¿tú sabes por qué estoy aquí?

—Ni la menor idea. Pregúntaselo mejor a tu amiga Dalia y a ver qué te dice. Aquí quien manda es Mami, pero esa cubana con polla colgandera también corta su buena parte de bacalao.

Dani decide no insistir; cree que tiene a Nati en el bote y no quiere que se le escape.

—¿Y por qué me cambiáis de sitio? ¿Ha pasado algo?

—Ay, rapaz, qué pesadito te pones. Te instalamos aquí ayer porque Mami quería darte la mejor bienvenida posible, ella es así de considerada. Pero ahora tienes que ver mundo y hoy te toca visitar las caballerizas.

—Qué bien lo pasáis, ¿no? Se os oía reír desde la escalera.
—Julián acaba de entrar, y con él la complicidad desaparece—. Venga, vámonos de una puta vez. Huele a tormenta y no quiero meter la furgo entre barrizales.
—No puedo andar mucho —dice Dani en voz baja—. Es que me hice un esguince y...
—Lo sabemos, lo sabemos todo —le interrumpe Nati colocándose a su lado—. Tú agárrate fuerte de mi brazo y no rechistes cuando bajemos o acabarás pasándolo mal. Pero mal de verdad. Hazme caso.

Nati le venda los ojos y después el recorrido de anoche se repite en sentido inverso: los mismos escalones y la misma música, las mismas luces cambiantes tras la venda. En el exterior no corre el aire y la humedad es más pegajosa de lo habitual. Alguien abre las puertas de un vehículo y allí lo suben, y luego el motor arranca y al mismo tiempo se oye un grito.

—¡Un momento!

Es Dalia, está seguro.

—Qué coño quieres tú ahora —mascula Julián—. Tenemos prisa.

—¿A mí me lo vas a decir? Recuerda que fui yo quien dio el aviso.

Antes de que Julián acelere, una bocanada de J'adore inunda el asiento y él siente cómo la mano de Dalia aprieta un momento la suya y le deposita algo en las piernas.

—Llevas veinticuatro horas sin probar bocado, ratón. Ahora cuando llegues, haz el favor de comerte eso.

De acuerdo, se dice Dani, lo comerá, pero dónde lo llevan. Todos hablan como si lo que está sucediendo formara parte de una tarde más de veraneo, como si él saliese ahora mismo de excursión con Ana y Koldo en vez de estar retenido y arrastrado de un sitio a otro contra su voluntad.

—Qué bien te trata la cubana, ¿no? —dice Julián una vez en marcha—. Estarás contento, no creas que se porta así con cualquiera.

Dani no puede calcular el tiempo de viaje. ¿Quince minutos? ¿Treinta? Imposible saberlo. Cuando llegan adondequiera que hayan decidido llevarlo, Nati le tira del codo para que salga y él pone mucho cuidado en no olvidar el paquete de Dalia. No tiene hambre, pero en algún momento tendrá que comer.

Están en pleno campo, en un campo con cultivos, lo sabe por el tufillo a fertilizantes y porque la temperatura ha descendido unos grados. La humedad, sin embargo, sigue altísima. Dani tiene el cuerpo empapado y el miedo le oprime el pecho. A lo lejos ladran dos perros que parecen conversar entre sí. Julián lo coge por las axilas y lo traslada en volandas. Tiene que ser Julián, Nati es demasiado menuda para hacerlo. Sus bocas están muy cerca. El aliento de Julián huele a tabaco y a mala digestión. Luego oye que una puerta chirría, Julián le quita la venda y la historia de anoche vuelve a repetirse: un colchón en el suelo, paredes rugosas, oscuridad alrededor.

—Ahí se queda usted, damisela —dice Julián—. Descanse y pórtese bien.

Cierran con llave, la furgoneta se aleja y todo queda en calma. Pasado un rato, la desesperación sería soportable si no fuera por los murmullos, por los lamentos o lo que sea eso, por los pasos atribulados que oye al otro lado del muro. Dani tarda todavía un poco en acostumbrarse a la luz lechosa que entra a través de un ventanuco. El espacio está casi vacío, ocupado tan solo por una mesa de cocina cubierta con un hule, una banqueta roja y una nevera vieja cuyo motor arranca cada dos por tres para detenerse en seco a los pocos minutos. A la derecha de su camastro hay otra puerta y, cuando el rugir de la nevera da un respiro, Dani confirma que los sonidos vienen de ahí. Pronuncia un «hola» en voz alta y nadie responde, pero pronto comienza a oír más voces, frases incomprensibles, palabras sueltas que no logra entender. Sin moverse de donde está, estira la pierna y empuja la puerta con la punta del pie sano. La puerta cede y las frases se extinguen. El olor que sale de dentro es tan fuerte que le provoca una arcada. Se apoya en la pared para levantarse y finalmente se asoma, no puede quedarse ahí sin saber con quién comparte ese espacio.

No hay una, ni dos, ni tres. Son doce chicas de piel oscura y ojos negrísimos, instaladas como él sobre otros tantos jergones. Cuando consigue reaccionar, vuelve a decir «hola» y les pregunta si están bien, pero ninguna responde. Está a punto de preguntarlo otra vez cuando nota que algo le roza la pantorrilla. Su gesto al apartarla es brusco, podría ser una rata. Al mirar ve a una niña de unos dos o tres años que gatea, y que lo observa y le sonríe. La niña es preciosa, es como una muñeca. Lleva un vestidito sucio y el pelo recogido con trencillas diminutas pegadas al cráneo, engarzadas con cuentas de color verde.

OCHO DÍAS ANTES DEL RAPTO

A Mami no le gusta que la vida se acelere. Ella tiene paciencia, es la reina de la paciencia, porque forma parte de su carácter y porque sabe que un buen guiso estará mucho más rico si se cocina con calma. A fuego lento, los sabores serán más intensos, la carne más tierna y jugosa, se conservarán todos los nutrientes y se eliminarán las bacterias. Es así. Siempre ha sido así. Las prisas no traen nada bueno.

Después de un largo día de trabajo, Mami acaba de entrar en su despacho y se ha dejado caer en el sillón desde donde lleva las cuentas y el control de lo que pasa. Paciencia y control. Dos cualidades imprescindibles para llegar donde ha llegado. Una vez instalada frente al escritorio, echa la cabeza hacia atrás y cierra los ojos, porque hoy, por primera vez en muchísimo tiempo, se siente agotada. Las circunstancias la han obligado a tomar decisiones precipitadas que la incomodan y la enervan: ni estaba preparada aún, ni tenía perfilados los planes.

El respaldo del sillón es duro, el asiento se ha hundido y uno de los reposabrazos está a punto de descolgarse. Podría cambiarlo si quisiera, dinero no le falta y comprar algo más confortable le vendría muy bien a su espalda. Si no lo hace es porque piensa que las comodidades, como la impaciencia o la falta de control, no son compañeras fiables. Las comodidades ablandan el carácter, generan adicción y confunden, porque invitan a pensar que siempre estuvieron ahí. A ella no le pasa. Mami no olvida de dónde viene ni que nada de esto es un regalo. Cada mañana, después de la ducha y antes del desayuno que alguna de las chicas le prepara, se coloca delante del espejo y le recuerda un par de cosas a la extraña que envejece enfrente. Luego besa la fotografía de Djamila que tiene en la mesilla de noche y observa durante unos segundos el paisaje que cuelga de la pared: un atardecer encendido en las montañas de Askrem, en Argelia, al sur del Sáhara.

Volviendo a la cocina y sus secretos, Mami asume que el guiso, en efecto, se le ha arrebatado con las prisas, aunque ha conseguido salvarlo por los pelos y, de momento, no se ha pegado a la olla ningún trozo de carne. La suerte está de su lado, piensa, porque las noticias que el domingo llegaron de Madrid no podían ser más inquietantes: el pastor muerto de manera vergonzosa, Chidinma ocupada en salvar las apariencias delante de sus feligreses y, en Marruecos, la entrega huérfana de órdenes claras y por lo tanto en el aire. Rendijas imprevistas, se dice, oportunidades inesperadas que hay que saber reconducir. Hoy es miércoles, ayer incineraron al pastor y Chidinma, mucho más nerviosa que de costumbre, ha llamado esta tarde al trabajo para revisar la situación y tomar decisiones. No era el sitio, allí no se puede hablar con la tranquilidad necesaria, así que ella le ha pedido posponer la conversación para más tarde.

Mami mira el teléfono y piensa en dos cosas: en que Chidinma es ahora viuda y en que desde ayer mismo lleva las riendas del negocio. Lamenta su viudez y siente envidia por lo otro. No lo puede evitar. La amistad no está exenta de cierto tipo de mezquindades. ¿Amistad?, se pregunta. ¿Está segura? ¿Es esa la mejor manera de calificar lo que las une? Quizá el término sea excesivo, aunque algo fluye entre ellas, eso sí. ¿Aprecio? ¿Admiración? ¿Temor recíproco? Más o menos. Un recelo afectuoso sería la definición más acertada. Cuando se conocieron, hace ahora unos quince años, quién iba a suponer que acabarían así. Mami había recorrido un largo camino desde Tamanrasset, la ciudad del sur de Argelia donde nació y desde la que en el 92 vio partir a su hija. Cuando aceptó que Djamila nunca volvería, decidió intentarlo también ella. Se unió a los convoyes que venían de Agadez cargados con jóvenes nigerianas y acabó en Bolingo, un campamento marroquí situado al pie de un monte, a unos treinta kilómetros de la frontera. Mami no viajaba engañada, no pensaba que el trayecto sería fácil ni que la aguardara un mundo de color rosa. Tampoco esperaba que la sometieran como lo hicieron, que la violasen día tras día, que le negasen la intercesión de una *madame* porque, con treinta y tres años cumplidos, era demasiado mayor para el trabajo en Europa. Quedó atrapada en aquel infierno durante un tiempo ahora difícil de calcular, sin poder continuar su viaje ni tampoco volver a casa. Los hombres que pasaban por allí debían pagar por adelantado el trayecto a España porque nadie se fiaba de ellos, pero la mayoría de las mujeres viajaban a crédito, con una enorme deuda acumulada que saldarían vendiendo su cuerpo durante años. ¿Y cómo pensaba pagar ella si ni siquiera las *madames* la aceptaban? ¿Si ninguna estaba dispuesta a adelantar ni un céntimo? Un año más tarde, resignada y con un hijo en los brazos, empezó a ocuparse de que las chicas del campamento no sufrieran más de lo imprescindible. Fue allí donde se acostumbró a que la llamaran Mami. No fue fácil defenderlas. Más de una vez acabó con la cara rota en el intento.

—Yo te puedo ayudar —le dijo la mismísima Chidinma, que todavía viajaba a Marruecos de vez en cuando para marcar y controlar la mercancía—. Eres fuerte y las manejas bien, serías una buena *madame*, aunque tendrás que esforzarte.

La idea le revolvió las tripas, pobres niñas, jamás haría algo así. Sin embargo, la carga de ese bebé fruto de tantas violaciones tuvo pronto más peso que los principios, y, sin recursos y a falta de otras opciones, acabó aceptando. Debía captar chicas marroquíes, ofrecerles mejor vida y conducirlas a las zódiacs que las llevarían de cabeza al negocio. Se le daba bien convencerlas, su trato era afable y su manera de hablar infundía confianza. Las cicatrices del brazo prueban lo bien que lo hizo. Tres muescas, tres cortes con el machete certificaron el compromiso y la deuda. Con cada diez chicas saldaba una de esas muescas, y cuando consiguió saldar la tercera, pudo por fin ser *madame*.

—Bravo, no esperaba tanto y tan rápido. Estoy segura de que te va a ir muy bien por aquí.

A finales del 99, Chidinma la recogió en el aeropuerto con esas alentadoras palabras a modo de bienvenida. Le había arreglado los papeles un mes antes e incluso le había comprado el billete de avión a Madrid. Fue su último regalo. Al día siguiente le adjudicaron un grupo de la Colonia Marconi del que tendría que hacerse cargo, y solo de ella dependería lo que ganase o dejase de ganar para sí misma. Los miércoles a media tarde, Mami viajaba en metro hasta la iglesia-tapadera del barrio de Tetuán, esperaba a que el pastor acabase el oficio y luego entregaba a Chidinma el porcentaje semanal de lo que cada una de sus pupilas debía. Con el resto, mucho o poco, pagaba el alquiler y los gastos del piso donde vivían todas juntas, la compra del supermercado y la ropa de trabajo que había que ir renovando cada cierto tiempo. Si sobraba algo, se lo quedaba ella. Y algo solía sobrar. Todo era cuestión de ampliar los horarios hasta que cuadrasen las cuentas. Más trabajo y más hombres, de acuerdo, pero con cariño y buenas formas, todas sus chicas cedían.

En 2003 la enviaron a regentar un prostíbulo de Álava; primero uno y luego dos y luego dos más, hasta seis locales llegó a supervisar en el País Vasco. De ahí pasó a Castellón y luego a Murcia. Y hace ahora un par de años, la mandaron a Almería. Chidinma siempre le dice que tiene un don, algo especial que hace levantar los negocios. Los de por aquí, por ejemplo, estaban de capa caída y ahora van a toda vela.

Durante este tiempo, Mami ha aprendido a esperar. A esperar y a conocerse a sí misma. Hoy, por ejemplo, es muy consciente de que se ha convertido en una mujer dura, en una *madame* exigente que ya no habla con ternura a las chicas, que ni siquiera las trata bien. Como excusa, valdrían las experiencias vividas que acaban haciendo mella: el suicidio de su hija, el viaje infernal, las violaciones, la humillación de sentirse rechazada en aquel campamento y luego el contacto diario con la parte más sucia del mundo. Pero no es el trabajo ni el pasado lo que endurece, lo que endurece es el dinero. El dinero que ganan otras acaba llegando a sus manos como un maná y cada moneda, cada billete, enquista un trocito de su corazón y lo comprime hasta dejarlo inservible. Y ya no queda nada, o no quedaba, porque algo escondido muy dentro se ha reactivado este verano y ahora es imposible apaciguarlo. Hay nombres que hacen saltar chispas en tierra yerma, cuando estaban olvidados, cuando menos lo esperas. Si lo examina bien, puede ver que ese corazón suyo tiene dos caras y que lo que se ha despertado no dormía en el lado bueno. Rencor, sencillamente, un rencor que la consume, que la devora por dentro y no la deja dormir. El rencor seguía ahí y ella no lo sabía, y estos días ha extendido sus alas y surca el cielo olfateando el desquite, como un ave de presa.

La venganza se sirve fría. ¿No es así como lo dicen aquí? Aún no sabe qué plato quiere, pero los ingredientes están apilados y cerca de los fuegos, solo falta decidir el sabor final. Está pensando en un par de recetas posibles cuando el teléfono suena. Chidinma, por supuesto. Mami espera a que se canse y, después del par de minutos que deja pasar para centrarse y ordenar las ideas, le devuelve la llamada. Precaución. Otra de esas palabras que siempre la acompañan y que tanto la ayudan en el día a día.

—Chidinma, perdona, no te oí; estaba en la cocina.

—Lo que cuesta hablar contigo. —El tono de Chidinma es cortante—. Cualquiera diría que la jefa eres tú.

Se produce un breve silencio que recoloca las cosas y después Mami carraspea. Podría disculparse, pero cree que ya lo ha hecho.

—Entiendo que estés enojada —dice Mami con calma. La voz de Chidinma suele provocar temblores de piernas en la mayoría de las personas vinculadas a la empresa. En ella no. Hace tiempo que Mami no tiembla ante nadie.

—Lo estoy, pero no contigo. —Se vuelven a quedar calladas. De la cocina llega el sonido de la televisión—. Martín estuvo aquí ayer.

—¿En el funeral? —pregunta Mami con el sexto sentido alerta.

—En el funeral.

—Qué considerado. Tengo muchas ganas de conocerlo.

—No entró. Me esperó fuera y luego subimos a mi casa. Y hablamos, hablamos mucho. Es necesario encontrar una solución a todo esto.

Aunque ella es fuerte, a Mami no le gustaría estar en la piel de ese hombre. Chidinma le ha dado muy pocos detalles de lo sucedido el domingo, pero sí suficientes para hacerse una idea.

El pastor de juerga y por la mañana un infarto, es fácil atar cabos. De lo que sí está al corriente, y mucho, es de las consecuencias: doce chicas preciosas que deberían haber ido a parar al Heaven, la Nave 211 o El Alacrán y, sin embargo, no han llegado. Mami se calla. Mami piensa. ¿Merecerá la pena tanto riesgo?

—Nosotros no pudimos hacer nada, ya te lo expliqué el lunes —le dice a Chidinma un instante después—. Cuando nos avisaron los marroquíes, era tarde. Ni siquiera ellos sabían con precisión cuándo y dónde desembarcaban. Y aquí la costa es extensa y la mayoría de las calas son de difícil acceso. Es imposible supervisar una por una.

—Lo sé, y visto lo visto, habría sido mejor que las interceptara una patrulla. Podríamos haber recuperado a casi todas en los centros de acogida.

—Imagino que los enlaces de Nador tendrán que explicarlo también —expone Mami con cautela—. A fin de cuentas, eran ellos los responsables del envío.

—El problema no es suyo, o no del todo. El problema viene de que mi marido no estaba donde debía en el momento preciso, ni Martín tampoco.

—Ya veo.

—No, no creo que tú puedas ver nada. La tarde del domingo fue complicada para todos, hasta yo estaba confusa.

—Lamento tanto que...

—Gracias —interrumpe Chidinma—. Ya me lo dijiste el lunes y no hace falta que lo repitas. Ahora hay que actuar.

Mami deja pasar unos segundos, Chidinma está muy alterada y ella necesita que se calme.

—¿Has pensado algo? —pregunta despacio, su guiso depende de la respuesta.

—He pensado y he hecho cuentas.

—¿Y?

—Espero que Martín tenga unos buenos ahorros.

Bien. Van por el buen camino. Es justo lo que ella buscaba. Aunque no es suficiente. Mami quiere más. Necesita más. Nada es suficiente para Mami.

—¿Y si aparecen las chicas? —La pregunta es de rigor. Jugar con Chidinma es jugar a la ruleta rusa.

—Me ha pedido una semana. Pretende buscarlas. De hecho, mañana mismo llega a San José.

—Una semana.

—Y se la he concedido. ¿Te parece mal?

—A mí nada me parece ni bien ni mal.

Una semana. Una semana. Una semana. La mente de Mami se acelera intentando encontrar un hueco para acomodar esas dos palabras: una semana es mucho más de lo que ella había previsto, tendrá que organizarse bien.

—Así me gusta —añade Chidinma—. Pasado el plazo, o dinero o mercancía. Y a lo mejor ahí tenemos que intervenir.

—Intervenir, dices.

Eso empieza a sonar mejor. Un temblor recorre la espalda de Mami. Un estremecimiento. Como si una oruga subiese a toda prisa por su médula.

—Sí, apretar lo que haga falta.

—Apretar —repite en voz alta Mami, relamiéndose—. ¿Y cuánto habrá que apretar? Al fin y al cabo, son tus socios.

—Eran los socios de mi marido, y ahora mi marido no está. No sé si me entiendes.

—Perfectamente. —Mami sonríe.

—Pero antes, esperemos. A esas chicas no se las ha tragado la tierra. Estarán en algún sitio, ¿no? Y tal y como funcionan las cosas, no creo que hayan llegado muy lejos.

—Entiendo que de momento yo no tengo que hacer nada.

—Hasta dentro de siete días, no.

Se despiden sin las afectuosas palabras de otras veces y después Mami se remueve en su sillón. Está pensando. Pensando mucho. Luego coge de nuevo el teléfono y busca en los contactos el nombre de Julián.

—¿Habéis pasado por el cortijo? —pregunta sin saludar siquiera.

—Sí, claro. Hemos llevado comida y agua.

—¿Y todo en orden?

—Todo en orden.

—Se van a quedar una semana.

—¿Tanto? Dijiste que estarían ahí un par de días. ¿No es demasiado tiempo?

Mami cuelga. No le gusta que la cuestionen y, por si fuera poco, Djamila está otra vez ahí, frente a su mesa de despacho. En ocasiones la siente tan cerca que la oye respirar. Tenía catorce años cuando se marchó de Tamanrasset, y antes de cumplir los dieciséis estaba muerta. Suele aparecer en momentos así, cuando todo se complica, cuando lo que viene es feo.

La televisión sigue encendida en la cocina, pero Mami no quiere cenar y además está muy cansada: hace años que perdió la costumbre de madrugar tanto y desde el domingo no hace otra cosa. Solo han transcurrido cuatro días y ya le parece un mundo, un mundo que se va a prolongar toda una larga semana. Antes de acostarse, Mami besa la foto de Djamila y pone el despertador a las seis y media. San José está a unos treinta minutos y debe llegar allí a primera hora para que esa casa tan grande esté impecable cuando todos se despierten. Tiene además que poner la mesa del desayuno y prepararles el café, tostar pan, exprimir naranjas, cortar fiambres y cocinar huevos revueltos.

EN RUTA

1983

Fer no solía preocuparse por el orden de salida al escenario. Eso eran cosas de Cata, y también de Martín. Cata y Martín se mataban por subir antes que nadie, saludar mientras los demás se colocaban frente a los micrófonos y recibir los primeros aplausos como si ellos fueran las grandes estrellas y el resto una especie de coro. Luego, claro, empezaban a sonar, y la música ponía a cada cual en su sitio, a Lucía especialmente.

—Hoy has estado mejor que nunca —susurró Fer—. No sé por qué esos dos se empeñan en intentar quitarte el foco.

La actuación en Collado Villalba había terminado hacía una hora y todavía estaban desmontando. Cuando llegaba ese momento, el de desmontar, Martín y Cata daban también la nota: se acercaban a hablar con los organizadores o los jefes de sala y los dejaban a ellos tres recogiendo. Era indignante. Juanfra, siempre tan estoico, lo aceptaba sin protestar, pero Lucía gruñía cuando se veía enrollando cables o cargando chismes hasta la furgoneta mientras ese par de mediocres se pavoneaban.

—Lo intentan, sí —repuso Lucía—. Pero no creo que lo consigan.

El club era tan pequeño que ni siquiera tenía camerinos, así que se habían vestido en el callejón de atrás y se habían maquillado frente al espejo retrovisor de la Fiat 600 que les alquilaba por días esa sanguijuela que tenían como representante: Mario. Mario Yo Os Haré Famosos. Maldita la hora en que lo conocieron en el Oz.

—He escrito algo nuevo —continuó susurrando Fer a pesar de las miradas esquinadas que le lanzaba Juanfra—, y lo he hecho pensando en tu voz, solo en eso.

—Qué honor, me encantará escucharlo.

Desde que debutaron en El Jardín hacía un año, la voz de Lucía había madurado y se había llenado de matices, sobre todo en los graves, y Fer estaba convencido de que era esa voz lo que distinguía a Salidas de Emergencia de los cientos de grupos que bullían por Madrid. Lejos del desafine habitual, de los mugidos o de la nasalidad metálica y afeminada de la que abusaban tantos, Lucía sabía cantar y además sabía adaptarse. No era lo mismo actuar en una sala sobrada de medios que hacerlo en un garito de extrarradio, en un escenario diminuto ubicado en algún sótano de Prosperidad o a cielo abierto en pueblos cuyos alcaldes empezaban a interesarse por esas nuevas bandas de desgreñados que tanto voto joven podían aportarles en las urnas. Daba igual un sitio u otro. Por muy difíciles que fueran las condiciones, Lucía siempre salía airosa, y Fer se derretía de admiración. Frente a ella, a pesar de la vistosa indumentaria y los movimientos provocativos, Cata desaparecía de la escena en cuanto Lucía empuñaba el micro. Para entonces, Juanfra estaba ya marcando armónicos con las cuerdas del bajo y él mismo le daba caña a la caja con sus *backbeats*. Y eran buenos, se repetía Fer, sonaban bien a pesar de las navegadas a las que solía arrastrarlos la guitarra de Martín o las intervenciones imprevistas de Cata. Entonces ¿por qué no triunfaban? ¿Por qué no aparecían en televisión ni grababan discos? Fer no lograba explicárselo. Pese a todo, tampoco podían quejarse, a otros les iba mucho peor. Durante el último año habían tenido bolos una vez al mes, más o menos, e incluso llegaron a presentar un par de temas en la Sala Marquee poco antes de que la absorbiera Rock-Ola. Pero eso no era nada comparado con los grandes, los que copaban las listas de éxitos, los que actuaban en la fiesta de primavera de Arquitectura, en el pabellón del Real Madrid, en el Paseo de Camoens cuando llegaba San Isidro.

—¿Y qué has compuesto, Fer? ¿Otro temita de los tuyos? —preguntó Juanfra—. A saber con qué nueva chorrada nos sorprendes ahora.

—Qué oído más fino tienes, ¿no?

—Fino como la seda.

—No hablaba contigo.

—Chicos, por favor... —terció Lucía—. No empecemos.

No era la primera vez que se enredaban en discusiones interminables por culpa de las canciones que componían. Las de Fer eran divertidas y tenían cierto aroma techno mezclado con chispas de sonido chicle, gamberradas sin pretensiones muy al hilo de la nueva ola; de hecho, la de Nereida y el mazapán era la que mejor funcionaba en los conciertos. Los temas de Juanfra tenían más calidad, cómo negarlo, pero esas intrincadas letras o sus filigranas con la instrumentación cortaban el rollo al público. Esa noche, por ejemplo, habían ido a escucharlos unos treinta chavales que acabaron marchándose o hablando de sus cosas cuando sonó *Al baile tus ojos*, el supuesto bombazo de Juanfra. El título era un verso de Gerardo Diego, y la canción en sí misma un ladrillo muy difícil de tragar. Si en algo tenía razón el cavernícola que los promocionaba era en que les faltaba argamasa, un excipiente que aglutinara esos dos estilos tan dispares y los convirtiera en una formación única y reconocible. Ahí es nada, porque visto lo visto en los ensayos, ninguno de los dos iba a ceder.

—Al loro con la noticia que os traigo —interrumpió Martín, que había terminado sus labores de mánager, se había subido al escenario ya recogido y les hacía un gesto para que se acercasen—. El dueño de este sitio es íntimo amigo de un concejal de Galapagar y va a intentar que nos llamen para las fiestas de septiembre.

—Estaremos de exámenes —replicó Fer al instante. No era una cuestión menor.

—No me jodas —se burló Martín—, a quién le puede importar eso.

Importaba, y mucho. Entre los ensayos y las quimeras, las decenas de conciertos a los que asistían y los pocos que daban, los colocones de los fines de semana y las tardes de charla y canutos, el número de asignaturas pendientes que Salidas de Emergencia había acumulado ese verano era escandaloso. Cata y Martín estaban repitiendo tercero y nada hacía pensar que no tripitieran, y los demás, que el año anterior pasaron a COU por los pelos, cargaban con quince suspensos entre los tres, a cinco por cabeza.

—Yo tengo que aprobar este año como sea —dijo Juanfra—. O apruebo, o adiós banda.

—Me pasa lo mismo —se sumó Lucía—. Mi padre está cabreadísimo.

Martín levantó las cejas y los miró con suficiencia.

—¿Sabéis qué? Que sois unos pringados, y no es la primera vez que os lo digo. No tenéis remedio.

«Se merece una hostia», pensó Fer en aquel momento, pero

nadie se la dio, como pasaba siempre. Las meteduras de pata de Martín, sus mentiras y sus bravuconadas se olvidaban enseguida porque nadie lo tomaba en serio, ni siquiera Cata. Otra forma de verlo era asumir que no aportaba grandes ideas, pero sí cosas, cosas tangibles de las que todos se acababan beneficiando: contactos, bolos, diversión, drogas...; y, desde finales de enero, un preciadísimo carnet de conducir que los llevaba de acá para allá en la furgoneta de Mario cuando hacía falta. La procedencia del dinero para las clases en la autoescuela era quizá lo de menos, el caso es que Martín conducía, y eso sí que les importaba.

—¿Nos vamos? —Cata había estado en el baño retocándose y surgía de allí esplendorosa, como recién salida de casa.

—Gracias por ayudar. —Lucía la miró de arriba abajo—. Es un placer contar siempre con vosotros cuando llega la parte chunga.

—Ay, de verdad... Qué exagerada eres. —Cata dio un manotazo al aire y entrecerró los párpados—. Tampoco te pongas así por cuatro trastos.

Dio media vuelta, se enganchó del brazo de Martín y se fue con él hacia la salida, taconeando bien fuerte y dejando un rastro de olor a laca. Llevaba el pelo teñido de azul y arracimado como un penacho de hojas de palmera, mono de cuero negro pegado al cuerpo y unos zapatos rojos muy parecidos a los de los trajes de gitana.

—Los mataría —dijo Fer mientras los observaba marcharse—. Os juro que si pudiera, ahora mismo los mataba.

No era la primera vez que Fer sentía algo parecido. En julio de hacía un año, durante su participación en el Trofeo de Rock Villa de Madrid, a Martín se le fue tanto la pinza con la guitarra que no hubo forma de disimularlo y los descalificaron a la primera. Fue una grandísima oportunidad que desperdiciaron por culpa de ese payaso. Al terminar, estaban todos desolados. ¿Todos? Martín había llegado al concurso con un pedo monumental y siguió bebiendo durante la tarde, bebiendo y descojonándose del ridículo que habían hecho sin pararse a pensar, ni por un momento, que él había sido el único responsable. Cuando Fer vio después a Cata riéndole las gracias, tuvo un ataque de ira tan fuerte que Martín y él acabaron a golpes. No hubo heridos, pero poco faltó. Lucía y Juanfra intercedieron y lograron que se firmara la paz, aunque ambos estaban también muy enfadados. El concurso lo ganó Derribos Arias en el apartado pop-rock, y malos no eran, desde luego que no, pero a Fer le dolió tanto no haber superado ni siquiera la primera criba que no había querido volver a presentarse.

Los demás no se daban cuenta, pero todo lo hacía por ella. Las canciones, el saxo de segunda mano para la fracasada actuación de *Grease*, el esfuerzo diario por dominar las baquetas y hasta esos enfados sordos que le nacían en el estómago cuando algún miembro del grupo no estaba a la altura eran fruto de lo mismo. A veces, en su cuarto, Fer recordaba las tardes de viernes los dos solos, escuchando música en la radio o tarareando melodías que se les ocurrían sobre la marcha. Melodías sin letra que luego olvidaban y que nunca podrán recuperar. Lo que acababa de escribir era un homenaje a ese tiempo, a un tiempo sin Martín y sin Juanfra, sin Cata, a un tiempo en el que Lucía era solamente para él.

—Debería haberme cambiado ahí dentro. —Lucía se señaló la malla roja que le había prestado Cata y la cadena que llevaba enrollada en la cintura, atada con un candado—. No puedo llegar así a mi casa.

—¿Y quién te ha dicho que vamos a casa? —Martín se había instalado frente al volante y allí mismo quemaba una china, con la puerta abierta y el *Spellbound* de Siouxsie sonando en los altavoces—. Disponemos de este trasto hasta mañana y lo tenemos que aprovechar.

Mientras tanto, Cata repartía dexedrinas y litros de cerveza calentorra. Habían tomado lo mismo antes del concierto y el efecto empezaba a diluirse, así que nadie dijo que no. Ese era el modo en que funcionaban las cosas. De estar enfadados y odiarse los unos a los otros, pasaban a olvidar las rencillas en cuestión de minutos para entregarse después a lo que mejor se les daba: divertirse a muerte.

Una vez instalados y con miles de moléculas psicotrópicas empezando a trabajar, Martín arrancó, dejó atrás Villalba y también la carretera de La Coruña.

—No es por aquí —dijo Fer cuando leyó los carteles—. Vamos en dirección contraria.

—Lo sé, listillo. Vamos a Navacerrada. ¿No os apetece refrescaros? En Madrid hará un calor de narices.

—Son las doce, Martín —protestó Lucía—. No puedo llegar muy tarde.

—Yo te cubro —propuso Cata desde el asiento delantero—. Le dices a tu madre que la culpa ha sido mía y listo. No sé, ya inventaremos algo. Que me han atropellado, por ejemplo, o que me he quedado preñada y me has acompañado a abortar.

La broma, o lo que fuese aquello, no tenía ninguna gracia y nadie se rio, y Martín subió el volumen y siguió conduciendo sin cambiar el rumbo mientras los demás miraban la noche a través de las ventanillas. Los cotilleos en El Tercio corrían como la pólvora y, a esas alturas, todo el vecindario estaba al tanto de lo que pasaba en la casa de Cata, así que proponerse como coartada, y más en esos términos, no dejaba de ser una ironía de dudoso gusto. En cualquier caso, pensó Fer, casi ninguna familia podía pasearse por el barrio con la cabeza muy alta, porque quien más quien menos tenía cosillas que ocultar. El padre de Martín estaba liado con una trabajadora del matadero a la que le sacaba veinticinco años, y del de Juanfra se rumoreaba que gastaba la mitad del sueldo del cine en máquinas tragaperras. Puestos a criticar, todo valía. En casa de Fer tampoco estaban para tirar cohetes. Su hermano había vendido a escondidas el taxi que su padre le compró con lo de la lotería y se había fundido el dinero en menos de un año. Fue tristísimo, la familia descubrió de esa forma que nunca dejó de chutarse. Hacía un mes que lo habían echado de casa y ahora vivía en una chabola del Cerro de La Mica, pendiente de la jeringa y consumido como un espectro. La última vez que lo vio por El Tercio, Fer cruzó de acera para no presenciar cómo le mendigaba. Era su hermano, de acuerdo, pero qué podía hacer él.

—¿Conocéis el embalse? —Martín acababa de tomar un desvío a la derecha y todos veían ya el brillo oscuro del agua—. Vinimos una vez con mi padre a bañarnos, hace unos mil años. No he vuelto desde entonces.

Recorrieron la carretera de la presa y aparcaron al otro extremo, en una pequeña explanada desde la que salía un camino que circundaba el pantano.

—¿Se puede saber dónde nos traes? —preguntó Juanfra.

—Os traigo a tomar el fresco. ¿No es una bendición este sitio?

Se bajaron de la furgoneta, dejaron las puertas abiertas y pusieron la música al máximo. Y era verdad que corría una brisa agradable, nada que ver con el horno de Madrid. No había luna y el pantano era una bandeja esmaltada en negro, con el resplandor de Navacerrada al fondo como una pequeña hoguera reflejada en el agua. Cata, sin consultarlo con nadie, había cambiado a Siouxsie por Los Secretos, y Fer, aunque los había oído mil veces, volvió a prestarle atención a esa propuesta sólida y clara, a las guitarras de doce cuerdas que sonaban a gloria o a ese batería tan bueno, al armonizador de los coros y a la línea bien definida del bajo. Podían gustar más o menos, pero tenían una calidad incuestionable y el *Déjame* que rompía el silencio de la noche te atrapaba, aunque no quisieras. Por ahí sí, esa era la vía que debían seguir y no terminaban de encontrarla. Componer bien y tocar bien, y ser honestos, con eso debería bastarles. Ni siquiera hacía falta marcarse las ojeras ni disfrazarse de cacatúas, los Urquijo no lo hacían y ahí estaban, sonando mejor que nadie.

—¿Y cuándo dices que viniste aquí con tu padre? —preguntó Juanfra—. Imagino que el agua estaba muy fría y se te encogieron las pelotas.

El camino, y todo el pantano, estaba cercado con una valla y presidido por un cartel en el que podía leerse que estaba prohibido el baño. Juanfra señaló el cartel y todos, salvo Martín, se miraron.

—Antes no estaba prohibido.

—Tú no has estado aquí en tu vida, que te conocemos. —Juanfra se había embalado—. Hemos acabado en este sitio como podríamos ido a parar a cualquier otro.

—¿Pero a que mola? No me digáis que no mola.

—Eres un mierda —le gritó Juanfra.

—Ah, ¿sí? ¿Y tú no nos ibas a llevar a no sé qué sitio perdido de Andalucía? ¿A la playa más bonita del mundo y a no sé qué pollas más? Todos los veranos dices lo mismo y aquí estamos, en un pantano de la sierra. Seré un mierda, pero no prometo tanto y en cambio os enseño a vivir.

Se encaramó a la valla y, menudo y flacucho, desde el otro lado les hizo un gesto para que lo siguieran. No lo pensaron dos veces, la dexedrina galopaba por la banda y la noche era tan joven como ellos mismos, y todo daba igual y el aire a olía a pino, a tierra húmeda, a fresno.

No caminaron mucho. A los pocos metros encontraron una planicie de rocas claras que descendía en pendiente hasta la orilla. Se sentaron en círculo y Martín empezó a liar porros sin freno, con la música de la furgoneta sonando a lo lejos. Fer miró a Martín y le despertó cierta ternura. Era un fantoche, pero también un tipo generoso. Nunca pedía nada a cambio del suministro, compartía lo que pillaba y ya está. Hace poco le confesó en secreto que las entradas de Iggy Pop las pagó él y no el supuesto cliente de su padre, y que si lo hizo fue para recuperarlos como amigos, y para que la pandilla no se rompiese tras la llegada de Cata. Corazón no le faltaba, pensó Fer en aquel momento, lo que le faltaba era cerebro. Que andaba trapicheando era evidente, porque si no, de qué, de qué el carnet y la ropa buena y tanto disco. Lo más sorprendente era que estuviese enrollado con Cata. Porque Cata gustaba a todo el mundo y él parecía un saltamontes, un manojo de huesos con la cara comida de acné.

—¿Damos una vuelta? —Cata le estaba tocando el muslo a Martín—. Anda, sé malo y llévame un ratito detrás de esos árboles. Fer, ¿te vienes?

Fer no se lo esperaba, aunque tampoco estaba seguro de lo que Cata proponía. Dijo que no con la cabeza, luego vio que Juanfra miraba a Lucía y supuso que se iba a quedar solo. Cata lo llamó imbécil antes de desaparecer con Martín, y Lucía, sin hacer caso a la mirada de Juanfra, se tumbó.

—Qué cielo tan bonito —dijo.

Abrió los brazos y se colocó en cruz sobre las rocas, con Juanfra a un lado y él al otro.

—Es verdad. —Juanfra también se había tumbado.

—Oye, Fer, dime una cosa. —Las palabras de Lucía se

arrastraban, enredándose unas con otras—. ¿De verdad te gusta tanto mi voz?

—Mucho. Me gusta muchísimo.

—Pues a mí me gusta que te guste. —Y se empezó a reír.

—Has fumado demasiado —dijo Juanfra en voz baja.

—Lo sé, lo sé de sobra. Pero me siento bien. Me siento bien cuando estoy con vosotros.

—Lucía...

—Anda, Juanfra, no seas rancio.

Entonces Fer la miró a los ojos y comprendió lo que quería. No era posible. Nunca había pasado. ¿Por qué allí? ¿Por qué esa noche? El corazón se le aceleró tanto que temió que Juanfra lo oyese. Se echó hacia atrás y se quedó mirando el cielo con los brazos extendidos, como ellos. Lucía, a intervalos, le acariciaba las puntas de los dedos. Y así estuvieron un rato, en silencio bajo ese cielo sin luna, hasta que Lucía tiró de las manos de ambos con suma delicadeza, como si cerrase un telón. *Ojos de perdida* sonaba en la distancia, y los acordes y las guitarras de Los Secretos rebotaban en el agua y les rozaban la piel.

6

Quien esté libre de culpa

Viernes, 31 de agosto de 2021, 23.30 h

Cata regresó del aeropuerto a las diez de la noche y, desde entonces, ha hecho unas mil llamadas que ni Fer ni Koldo han atendido y ahora no para de dar vueltas por el salón. La inquietud crece a pasos agigantados y se va transformando en algo aún menos controlable, en una ansiedad que la devora, en ráfagas de pánico. Para colmo, el enfado sobrevenido es como leña seca en el fuego, un fuego que alimenta los temores y a la vez consume la escasa paciencia que a ella le queda. Koldo y Fer, qué par de idiotas. Nadie les ha pedido que tomen la iniciativa, y si hoy los han visto husmeando por ahí, quién sabe cuáles serán las consecuencias. Mientras tanto, mientras Cata recorre ese salón desmesurado, Martín ha bajado a deshacer la maleta y ella supone que se entretendrá, que se tomará todo el tiempo del mundo para colocar en el armario sus calzoncillos holgados y la ropa playera a lo Jesús Gil que ha vuelto a traerse, y que después se sentará en la cama sin dejar de pensar en Dani, en cómo ha podido pasar esto y en que buena parte de la culpa es suya por haberse corrido una juerga cuando y con quien no conviene. Durante el trayecto, Martín le ha confesado que el lunes llamó a una agencia inmobiliaria para poner a la venta el piso de la Torre y compensar así lo de esas doce chicas que la semana pasada no fue capaz de encontrar. Por alguna razón que Martín no ha sabido explicar del todo, la agencia no quiso hacerse cargo y, dadas las fechas, tampoco está siendo fácil encontrar otra del mismo nivel que se dedique además a los pisos de lujo. El de la Torre lo es y todo apunta a que, con la crisis que hay, venderlo va a llevar tiempo.

—La agencia que lo ha rechazado es de Vera Manrique —le ha comunicado Martín todavía en el aparcamiento del aeropuerto, sin motivo aparente y con un tono extraño, como si se avergonzara de algo—. ¿Te acuerdas de Vera?

Como para no acordarse. Martín se lio con Vera hace ya unos cuantos años y la aventura llegó tan lejos que su matrimonio se tambaleó. Luego, de la noche a la mañana, Vera desapareció del mapa y nunca más se supo de ella. Cata apreciaba a Vera, y todavía le agradecía que, en aquel tiempo, entretuviese a Martín por las noches mientras ella amamantaba a Dani. A saber qué habrá pasado esta vez entre esos dos.

El caso es que, hasta ayer mismo, la única salida visible consistía en confiar en la paciencia de Chidinma y en que se llegaría a un acuerdo con total seguridad. Así que a Cata no le ha parecido mal lo de la venta de ese piso que apenas han disfrutado: si lo que ella sospecha es cierto, van a necesitar mucho dinero. Pero confiar en Chidinma, no, eso sí que no. De hecho, Cata está convencida de que, tras esta última jugada con forma de maniquí, Chidinma, con la excusa de las chicas desaparecidas, va a pedirles lo indecible a cambio de Dani porque lo que quiere es arruinarlos, quitárselos de encima y acaparar todo el negocio. De alguna manera, la entiende: ella haría lo mismo si pudiera. El problema es que Chidinma, desde que se acabó el plazo el miércoles, ni ha pedido nada concreto ni ha dado señales de vida, y, mientras tanto, Dani no está. Esa es la realidad cruda: Dani no está, es viernes por la noche y su hijo no está; así que lo único que puede hacer Martín ahora mismo, además de esconderse en el dormitorio, es sentirse culpable. Que se joda, piensa Cata, a ella también le pasa.

Aunque se queja, a Cata le gusta que haya vuelto, porque no quiere enfrentarse sola a esto y porque, desde que lo conoció en el instituto hace ya unos cuantos años, Martín le da seguridad. Si mañana una hecatombe devastara la tierra, ese gordinflón que tiene por marido se las apañaría para sobrevivir y sacar partido de lo que quedase del mundo; y ella, por cierto, también, así que mejor unir fuerzas y remar codo con codo. Es la segunda vez que viene. El jueves pasado, justo cuando Koldo comenzó su cortejo, Martín llegó en coche desde Madrid, estuvo tres días buscando a las chicas y luego decidió volver para renegociar el asunto con Chidinma. Hoy, tras las últimas noticias, ha cogido el avión de la tarde porque el tiempo apremia y, hace un rato, en el parking del aeropuerto, a Cata no le ha costado convencerlo de que es esa mujer quien está detrás, aunque es verdad que lo ha hecho tergiversando un poco las cosas. Y es que Cata sabe mentir, siempre ha sabido. Mentir nos facilita la vida y nos protege del mundo, y además ella está convencida de que a la larga beneficia al prójimo, de un modo u otro. Mentir es un arte. Mentir es una forma de bondad. Por eso, cuando esta mañana llamó a Martín a primerísima hora para contarle lo que estaba pasando, no mencionó la cala ni lo que había en la barca, ni tampoco que ella se deshacía sentada a horcajadas sobre un chaval que no ha cumplido aún los veinte años. ¿Para qué? ¿Qué ganaría él con saberlo? Le dijo que estuvo hasta tarde en la playa, que volvió con prisas porque Lucía había reservado mesa en el primer turno del restaurante y que se cambió en cinco minutos sin reparar en que la casa estaba vacía. Hasta ahí, todo cierto, trucado pero cierto, es la versión oficial. Añadió también que junto a la hamaca de la piscina encontraron el bañador con un código escrito en la etiqueta, que Chidinma es una grandísima hija de puta y que cuando esto termine, Martín, esa negra indomable se va a enterar de quién es ella.

—De acuerdo, ha sido Chidinma y nos va a pedir algo a cambio además de lo de las chicas. —Martín ha aceptado su versión sin poner pegas—. Pero entonces ¿por qué no ha llamado todavía?

—Eso mismo me pregunto yo.

Cata también la ha estado llamando desde muy temprano, sin éxito: el número de Chidinma aparece siempre como no conectado. Al pensarlo, se queda inmóvil en el salón porque nota que le falta el aire. La culpabilidad que pueda o no sentir Martín no es nada comparada con la suya, convencida como está de que todo esto podría haberse evitado. La semana pasada, una vez aceptado el plazo de siete días que les dio Chidinma, lo más sensato habría sido recoger velas y olvidar las vacaciones, volver a Madrid con Lucía y Fer y dejar a Martín aquí solo, buscando a las chicas y solucionando el problema lo antes posible. De hecho, eso fue lo que decidieron: levantar el campamento, poner tierra de por medio y evitar situaciones peligrosas. Si no se marcharon fue porque ella cambió de idea de un día para otro, porque lo que pasó con Koldo en aquel bar delirante la cegó, porque ese chaval de nariz grande y ojos turbios removió algo que creía estancado y no quiso renunciar a la maravilla de sentirse otra vez viva. Podría haber seguido viéndolo en Madrid, por supuesto, sustituyendo de paso esa cala incómoda por citas a media tarde en algún hotel. Pero no sería lo mismo. La magia del momento se esfumaría y ella es una mujer voraz, es una mujer que lo quiere todo y que lo quiere a su manera. Siete días. Siete días de placer y emociones, de vino y rosas, de pasión. No es fácil renunciar a tanto. Ahora mismo, lo que más la atormenta es haber dejado a Dani solo también estas dos últimas tardes, sin prever el riesgo, con el plazo ya vencido y cegada por el ardor.

Cata estira los brazos y se concentra en los movimientos del diafragma, en el aire que entra y sale de su nariz, en todo lo que pueda ayudarla a respirar con calma y recuperar el pulso, a pensar con claridad. Lleva veinticuatro horas esperando con el corazón encogido y la respiración alterada, luchando para no dejarse llevar por los pensamientos aciagos. La idea de que a Dani le hayan podido hacer algo malo aparece a intervalos y ella necesita desterrarla. No es posible, se dice, y además no cree que pudiese soportarlo. Siempre ha sido muy consciente de su fortaleza, de su capacidad de resistencia, de su frialdad cuando llega el momento de tomar decisiones duras. Pero esto es otra cosa, esto va mucho más allá de cualquier raciocinio, esto es la sangre en peligro, la sangre propia, esto trata de la vida y la seguridad de su hijo. Es casi medianoche y Cata siente que no puede más. Veinticuatro horas de espera es demasiado tiempo. Demasiadas vueltas por ese salón infinito, demasiadas miradas al teléfono móvil, demasiadas tazas de café. Hacia las once de la mañana, con el viento soplando fuera y mientras Koldo desayunaba en la cocina todavía atontado por el miligramo y medio de lorazepam que tomó anoche, Salma se le acercó y le dijo lo que ella no quería oír de ningún modo:

—Señora, perdone que la moleste, pero he entrado a arreglar el cuarto de los chicos y su hijo Dani no está allí, ni en la cama ni en el baño.

—Sí, Salma, no te preocupes —improvisó—. Ha tenido muchas molestias en el tobillo y lo tuvimos que llevar a urgencias de madrugada. Está en el hospital, lo han dejado en observación hasta la tarde.

—¿Y se ha quedado solo?

Salma llevaba un plato en la mano, había preparado un bizcocho en el horno y le traía una porción.

—Eso es, le están haciendo pruebas y yo no pintaba nada.

—El hospital está lejos. —Extendió un mantelito sobre la mesa baja y depositó el plato encima.

—De verdad, Salma, no te preocupes. —La visión del bizcocho le provocó una arcada—. Y llévate eso, por favor.

—Es de limón y nueces. Yo creo que le sentará bien. No imagina el cariño que he puesto al prepararlo.

—No lo dudo, pero no me apetece comer nada.

Salma recogió el plato y dobló el mantel.

—Su hijo es muy especial, señora —añadió—. Le he tomado un gran afecto estos días.

—Lo sé, y nosotros a ti. Muchas gracias por cuidarnos tanto.

—No hay de qué. Es mi trabajo. Y con ustedes lo disfruto más que con nadie.

—¿Tú tienes hijos, Salma?

—Tuve uno, sí, y me habría gustado mucho que fuera como el suyo.

Cata sonrió al oír esas palabras, su primera y única sonrisa del día.

—Dani es muy especial —admitió después—; aunque en ciertos aspectos, quizá demasiado.

—A mí me parece un encanto.

—Muchas gracias por decírmelo. Y otra cosa, Salma, hoy puedes tomarte la tarde libre. Comerán todos fuera y yo me puedo apañar sola.

—Preferiría quedarme. —Salma la miró a los ojos, y la miró de tal manera que Cata pensó que la estaba retando—. Me pagan para estar aquí.

—Y yo preferiría que te tomaras la tarde libre. Quizá no me he explicado bien.

Salma asintió, bajó la mirada y se llevó el plato con el bizcocho. A las dos se despidió, no sin antes anunciarle que había dejado en la cocina una tortilla recién hecha y una ensalada. Mañana volverá, piensa ahora Cata, ¿y qué le dirá si las cosas no cambian? ¿Que Dani sigue en el hospital todavía? ¿Que lo han dejado allí otra noche más? ¿Alguien podrá creerla? Y no se trata solo de Salma, porque a Lucía también le tendrá que dar alguna explicación. Lucía está ahora mismo con Ana viviendo el gran drama de la medusa, pero subirá de un momento a otro y empezará a hacer preguntas, y a ella no sabrá mentirle con tanta facilidad. Es horrible. Por primera vez en su vida, Cata siente que pierde el control, que le cuesta ordenar las ideas y que no va a poder colocarlas de la manera adecuada para exprimirlas y sacarles partido, como siempre ha hecho. Piensa en Fer por ahí sin su permiso, en el cobarde de Martín agazapado en el dormitorio, y piensa, sobre todo, en Dani. Cuánto le gustaría estar sola, se dice, cuánto le gustaría dejar que el tiempo transcurra y que todo se solucione sin tener que explicar nada. Cuando a las dos se marchó Salma y llegó el chico de mantenimiento, también quiso librarse de él, pero Koldo se adelantó diciéndole que la piscina estaba perdida de hojas por culpa del viento y que él echaría una mano, en una hora quedaría impecable si lo hacían entre los dos.

—Necesito moverme —añadió—. No puedo estar de brazos cruzados mientras tú esperas a que llame no sé quién.

Media hora más tarde, Cata los oyó reírse, y al asomarse vio que estaban sentados en el borde de la piscina ya limpia, con los pies dentro del agua y fumando cualquier cosa no del todo legal. Hasta ella llegó también el eco de la risa de Dani y lo imaginó allí, con ellos como otras tardes, de bromas con Analía o soltando alguna de las suyas desde la hamaca. Si lo perdiera, se volvería loca. ¿No lo entienden? ¿Por qué no llaman de una vez? No, Dani, tú no.

De niña, cuando todavía vivían en las cuevas de Tielmes, su madre solía dejarla sola noches enteras porque se iba a Arganda a buscarse el pan. «Lo hago por las dos —le decía al día siguiente—, para que tengamos qué comer y también trapitos monos con los que ponernos guapas, así que cierra el pico y deja de berrear como una maldita mocosa, que ahora tu madre necesita dormir». Eran las vecinas quienes se ocupaban de ella, quienes la llevaban de la mano al colegio por una carretera larguísima o quienes le daban de cenar cuando su madre no aparecía. Porque, en más de una ocasión, su madre pasó fuera una semana, un día y otro día y luego un día más. Cata con diez años durmiendo sola en aquella cueva oscura, aterrada, pensando que nunca volvería a verla, y que era mejor así. Hasta que apareció el padrino. El padrino trataba a su madre como a una reina, el padrino vivía en Madrid y les consiguió una casita en El Tercio, el padrino costeaba todos los caprichos y siempre las protegería. Cuando años más tarde el padrino se hartó, su madre empezó a beber más de la cuenta y quiso también recuperar su antigua manera de ganarse la vida. Demasiado tarde. Cada noche volvía de las calles dando tumbos y sin un céntimo, borracha como una cuba. Perderla poco después fue, sobre todo, un alivio. ¿Por qué se acordará de ella ahora?

¿Qué sentido tiene? Su madre se fue de este mundo y todo mejoró. Para qué darle más vueltas. Está intentando apartar esos pensamientos que a nada conducen cuando aparece por fin Lucía.

—¿Cata? No os he oído llegar y acabo de tropezarme con Martín abajo. ¿Desde cuándo estáis aquí? Me he quedado medio dormida delante de la tele, y esta casa es tan grande...

¿En serio, Lucía?, se pregunta Cata molesta. ¿De verdad quieres que hablemos de la casa? ¿De sus dimensiones y de lo bonito que queda el papel pintado en los baños? ¿De los inodoros con chorrito de agua apuntando al clítoris?

—Hemos llegado a las diez —le dice en cambio, masticando cada palabra—. ¿Y Martín qué te ha dicho? ¿No va a subir?

—Que no se encuentra bien, algo de un cólico... La verdad es que tiene mala cara. —Lucía se le acerca con la mano extendida, le coge la muñeca derecha y se la aprieta ligeramente. Es un gesto bonito, el primero desde que estalló la guerra por estar aquí—. Y ahora, Cata, ¿me vas a explicar qué es lo que está pasando?

Bronceada, Lucía está más guapa de lo habitual, y lo habitual es mucho, y Cata reconoce que en este momento, como en tantos otros, no puede soportarla.

—Supongo que Fer te ha puesto al corriente antes de irse.

—Sí, aunque creo que no lo he entendido del todo. Me ha dicho algo de que Dani no está en casa, que se lo han llevado o algo así. Pero me estaba duchando y no le he hecho mucho caso. Nunca lo he visto tan nervioso, no para de organizar planes desde que llegamos y me tiene agotada.

—Lucía... —interrumpe Cata—. Lo has entendido a la perfección: se han llevado a Dani.

Lucía se calla, no es fácil aceptar esas palabras.

—Bromeas, ¿no?

—Ojalá.

—Que se lo han llevado —repite Lucía—. Así, tal cual: ha venido quien sea y se ha llevado a Dani.

—Eso es.

—Me estás asustando.

—Escúchame, Lucía, no tienes por qué asustarte. Todo se va a arreglar, ¿de acuerdo? El caso es que Martín y yo tenemos…, cómo decirlo, tenemos algún que otro enemigo por ahí.

Lucía la mira, la observa como a través de un microscopio más bien, las pupilas de Lucía no se mueven ni un milímetro.

—¿Estás diciendo que tenéis enemigos capaces de raptar a tu hijo?

—Ese verbo no me gusta ni un pelo. Se lo han llevado para presionarnos, nada más.

—¿Y a qué esperas para llamar a la policía? Bueno, qué estupidez; supongo que ya lo has hecho.

—Tranquilízate, ¿vale? Lo vamos a arreglar sin llamar a nadie, solo hay que tener un poco de paciencia.

Lucía apoya la frente en el ventanal y se queda unos instantes mirando la pérgola.

—¿Y cuándo se lo han llevado? —pregunta después.

—Ayer por la noche.

—¿Anoche?

Se acaba de dar la vuelta, con los ojos muy abiertos.

—Cuando volvimos de la cena, no estaba.

—¡¿Dani no está aquí desde anoche y tú me hablas de paciencia?!

«Cálmate, Lucía, cálmate —querría decirle Cata—, se supone que eres mi amiga y hoy necesito tu ayuda, tu temple, tu saber estar».

—Encontramos su bañador en la piscina —le explica de forma pausada—, con un mensaje escrito en la etiqueta.

—Un mensaje escrito. ¿Tú te estás oyendo? ¿Qué es esto? ¿Una serie de las que ve mi hija en el iPad?

Cata piensa en el código, en esa sucesión de números y mayúsculas que alguien anotó ahí con tinta roja, y se pregunta una vez más por qué haría Chidinma eso.

—Sabemos quién ha sido —concluye. Necesita ser convincente. Frente a Lucía y frente a sí misma—. Y también sabemos que nos lo va a devolver.

Lucía permanece en silencio, reflexionando quizá, colocando cada pieza en su sitio.

—¿Y dónde ha ido Fer entonces? ¿Por qué no está aquí?

—Me temo que ha ido a buscarlo, con Koldo; pero eso es algo que nadie les ha pedido.

—¿A buscar a quién? ¿A Dani? —Nuevo silencio. El cerebro de Lucía se oye rechinar en la distancia—. O sea, que mi marido nos ha dejado a Ana y a mí solas sabiendo lo que pasó aquí anoche. Solas. En esta casa aislada del mundo. Es así, ¿verdad?

«Gracias, amiga —le diría ahora—. Tu hija está ahí abajo, dando por saco como siempre o quejándose por cosas que no tienen la menor importancia; el mío, en cambio, no».

—Sí, Lucía, es una curiosa manera de verlo —le dice en cambio—, pero eso es exactamente lo que Fer ha hecho.

SIETE DÍAS ANTES DEL RAPTO

Martín no puede creer que sitios como este existan todavía. Oculto del mundo y al final de una pista de tierra que solo encuentras si sabes a ciencia cierta adónde vas, acaba de aparecer ante sus ojos el Bar de Jo, el garito más loco y canalla que ha visto en su vida; y ha visto unos cuantos. Así lo ha vendido Fer esta tarde, como un sitio único, y Martín debe reconocer que ese pánfilo no exageraba: son las doce de la noche y están entrando en una cuarta dimensión, un espacio clandestino con toques de *Mad Max* y *Easy Rider*, a cielo abierto, un bar de moteros y rock and roll que se dispersa sin aparentes límites entre chumberas y pitacos. Fer, te mereces un premio.

Es jueves y a Martín le esperan días duros. Hoy ha conducido desde Madrid preocupado y nervioso, sin poder quitarse de la cabeza a esas doce nigerianas que debe encontrar cuanto antes. Ha llegado esta tarde a San José con la espalda molida, las ingles empapadas y las varices palpitando. Seis horas largas al volante, por algo dicen que esto está en el fin del mundo. Durante el viaje, ha perfilado los planes acordados con Cata y ha hecho un repaso mental del estado de la cuestión. Resumiendo: dicho estado es catastrófico y lo mejor es asumirlo.

Chidinma ha decidido que el único responsable de lo ocurrido es él, y no parece dispuesta a replantearse su postura.

Durante la ceremonia del martes en el piso de Tetuán, Chidinma lo dejó muy claro. Clarísimo. Y cualquiera contradice a una neopentecostal testaruda que, además, lleva el corazón crudo de un pollo en una mano y unas tijeras en la otra. Por si fuera poco, la extensa red de secuaces que Chidinma controla no debe de parecerse mucho a una congregación de monjitas, y como él nunca los ha tratado de forma directa ni cree que sea este el mejor momento para iniciar relaciones, la opción más sensata es obedecer, mantener la distancia y andarse con mucho cuidado. Hasta la fecha, los trabajillos más siniestros de la empresa se han desarrollado siempre en mundos paralelos, en ámbitos inimaginables a los que ni Cata ni él tienen acceso. El martes, en cambio, Martín se vio arrastrado al mero centro del meollo, a la línea de combate, y la conmoción fue tan grande que persiste todavía. *Yuyu*. Vudú. Magia negra. Qué importa el nombre. El ritual que presenció vincula a las chicas con el negocio mediante objetos insólitos y excreciones queratinosas, por no hablar de lo que pasó al final con los pollos. Si no cumplen, si no pagan lo que deben, sobre ellas y sus familiares caerán múltiples desgracias, enfermedades y muertes, ruina y pesares sin fin, la venganza del *yuyu*. Afirmar ahora que no sabía nada de esas prácticas sería un pelín hipócrita, porque algo había leído por ahí: la prensa y sus entelequias, sus fantasías, sus malintencionados reportajes a los que es mejor no hacer caso. Ojos que no ven y..., en fin, esas triquiñuelas baratas, esas trampas para esconder o disfrazar lo que no agrada, siempre fue un experto en eso. Lo que pasa es que ahora ha visto, y ha olido el miedo de las chicas, y ha oído los cánticos y los cencerros y también el crujir entre dientes de vísceras masticadas. Qué mal rato, Chidinma, ¿crees que me hacía falta presenciarlo?

Desde que Domestic Systems se fusionó en el año 2000 con la empresa del pastor y pasó a llamarse House & Live, Cata y él han seguido centrados en las muy legales contratas de servicio doméstico, aunque la esencia de aquella bendita fusión fuese hacer de testaferros con los tejemanejes africanos. Según Martín, ser testaferro tiene su parte buena y su parte mala, como casi todo en esta vida. La mala es que no te enteras de lo que de verdad pasa en el negocio; la buena es exactamente lo mismo: que no te enteras de nada. ¿De nada? Quizá no tanto, sería una desvergüenza afirmar que Cata y él estaban ciegos. Sabían que había chicas, claro, chicas que llegaban de muy lejos y que era necesario ubicar con diligencia, y lo sabían hasta tal punto que más de una vez y más de otra han participado (sin ensuciarse ni una chispita) en tan delicadas operaciones. De hecho, lo de los veraneos en la costa para supervisar las transacciones y evitar sorpresas ha sido siempre un asuntillo de doble filo, o triple más bien. Por un lado, todo testaferro sabe que debe estar siempre, siempre, lo más lejos posible de aquella parte del negocio que huela, aunque sea solo un poco, a chamusquina; es la única forma de seguir blanco e impoluto frente a cualquier ataque que venga del exterior, bien sea de la apreciada Hacienda Pública o de cualquier otro tentáculo del Estado. Por el otro, y con el tiempo, Martín no solo se había convertido en el compañero de correrías del desventurado pastor, sino también en su apoyo más firme, en su hombre de confianza: «Prefiero que tú estés cerca, amigo Martín; sin mancharte ni mojarte, pero lo más cerca que puedas; hay demasiado chacal escondido en esta profesión». Lo que Martín desconocía es que ese golfo incorregible era sacerdote *yuyu* además de pastor evangélico (ojo, no lo juzga, el pluriempleo no tiene nada de malo), ni que entre oscuros mechones de pubis y corazones de aves desplumadas reconfirmaba en su piso el ritual de fidelidad y sumisión practicado en Nigeria a tantas infelices. Pastor, cuántas sorpresas. En cuanto a la tercera pata del trípode, digamos que era de índole más personal y tenía que ver, sobre todo, con lo mucho que uno puede llegar a apreciar a los amigos. Vínculos de todo tipo no faltan entre los suyos y, ya que suelen ir a sitios estupendos y puesto que las casas que alquilan las paga House & Live sin que ni siquiera Cata lo sepa, por qué no invitar a Lucía y a Fer, por qué no disfrutar de unos bonitos días juntos y de paso restregarles por la cara todo lo que él (el mediocre, el que no estudió, el que a punto estuvo de arrojar su vida por la borda) a la china chana ha conseguido. ¿Mezquindad? Mucha. ¿Generosidad? También. ¿Y qué pasa? ¿Y por qué no? En las buenas amistades, como en tantas otras cosas, los conceptos antagónicos suelen ir de la mano. Es cierto que este último viaje se lo podían haber ahorrado porque el sitio elegido tiene miga, pero Cata se empeñó en traerlos y él, como siempre, cedió.

Dicho esto, que no es poco, la decisión que tomó ayer con Cata no es más que el fruto del sentido común y de una larga experiencia en asuntos turbios: cada mochuelo a su olivo, y no se hable más. Tanto es así que, esta misma mañana, Cata ha llamado a la agencia para decir que se marchaban. Dejarán la casa el sábado y todos volverán a Madrid menos él, que se instalará en algún hotel de la zona y emprenderá las pesquisas ya mismo. Lucía y Fer todavía no lo saben, y los jovenzuelos, tampoco. Cata lo anunciará en el desayuno y esos cuatro aprovechados dedicarán el día a digerir la noticia, recoger y hacer maletas y tragarse a regañadientes la mentira que ellos dos quieran contarles. Todavía no han pensado en nada concreto y deberían hacerlo antes de acostarse: un tumor imprevisto y malignísimo de Cata, por ejemplo, algo de eso funcionaría bien.

Como nadie está al corriente de los cambios todavía, Fer tenía previsto para esta noche una velada de descubrimientos a unos kilómetros de San José, algo así como EXPERIENCIA GASTRONÓMICA EN LUGARES ASOMBROSOS. Martín acababa de llegar de Madrid con la amenaza de Chidinma grabada a fuego, la cabeza llena de preocupaciones y ni ganas ni fuerzas para experiencias de ningún tipo, pero Fer ha vendido tan bien la propuesta que no ha sido capaz de negarse.

—Se lo he oído a unas chicas que estaban a nuestro lado en la playa —les ha contado el muy pillín, confesando de paso que espía conversaciones ajenas—. He curioseado en la red y todo tiene una pinta fantástica.

—A mí me parece bien —ha afirmado Cata mirándolo a él—. Así cambiamos de aires y nos despejamos, que falta hace. Martín, tú te apuntas, ¿no?

Se ha apuntado, sí, y después de un baño rápido en la piscina y una reconfortante ducha en cascada con cromoterapia y efecto hidromasaje tipo spa (no está mal esa casa, nada mal, una pena dejarla), se ha topado con Lucía en la terraza de arriba. Estaba ya lista para la cena y se entretenía contemplando el horizonte, mientras los demás se disfrazaban de jipipijos en sus habitaciones respectivas.

—Una pasada de casa, ¿no? —le ha dicho—. Espero que la estéis disfrutando.

—Hacemos lo que podemos, Martín. —Lucía se ha dado la vuelta, se ha apoyado en el murete y lo ha mirado a los ojos—. Un verano más, muchas gracias por invitarnos.

—Vaya, se diría que no te gusta.

La mirada de Lucía siempre lo ha perturbado de una manera profunda. Ahí sigue, con su cara preciosa y su aspecto de chavala deslumbrada. Por ella no pasa el tiempo.

—Entiéndeme, por favor. —Lucía ha girado la cabeza a

la derecha y ha alzado la barbilla, como invitándole a mirar la lejanía—. Cada mañana, nada más despertarme, lo primero que veo es esto. ¿Crees que es agradable?

Ni se había fijado en las vistas. Su vida es un puro frenesí desde el domingo y ni mira ni escucha ni presta atención. ¿Cómo fijarse en el paisaje si la mente está inundada de números? Asciende a cuatrocientos cincuenta mil lo que Chidinma reclama si no aparecen las chicas. Cuatrocientos cincuenta de los grandes. Ni uno más, ni uno menos. ¿Tendrá ese dato insoslayable más importancia que una playa? ¿Que la puta playa que se ve desde allí? ¿Que la puta playa desierta en la que murió Juanfra?

—Nadie te obliga, querida —le ha dicho a Lucía después de pensarlo un poco—, así que no refunfuñes tanto.

Lucía ha acusado el golpe sin decir nada, ha fruncido los labios y, después de reflexionar unos segundos, le ha dedicado una sonrisa.

—Discúlpame, tienes toda la razón. Creo que me estoy comportando como una niña.

—Un pelín.

—¿Sabes? Lo último que quiero es ser una carga para nadie. Te prometo que a partir de ahora lo voy a pasar bien.

Martín estaba a punto de agradecerle el esfuerzo cuando, de uno en uno, han ido apareciendo los demás. Sus temores previos han sido estruendosamente confirmados en cuestión de segundos: es la hostia, el look fluyo-fluyo-y-qué-guay-soy está acabando con la dignidad de la clase media; ¡qué manía con vestirse como beduinos cada vez que van a un sitio de playa! Fer de lino crudo, su hija en bombachos harén tono arena soleada y Cata de blanco Ibiza, envuelta en un vestido ligero y largo hasta los talones y coronada con un turbante del mismo color. ¡Un turbante! ¿Acaso es inmune a este calor del demonio? Él, después de la ducha, se ha calzado unas bermudas de pinzas tamaño tonelete y luego ha abierto su camisa amarilla hasta el esternón. De poco ha servido. En su vida ha sudado tanto.

Su hijo Dani ha sido el último en subir y, cómo no, lo ha hecho dando la nota. ¿De dónde habrá sacado ese vaquero que no baja de las ingles, esa blusa que parece un camisón y deja al descubierto el ombligo y ese musculitos moreno que llevaba al lado, embutido en una camiseta negra a punto de reventar?

—Hola, papi —ha dicho Dani—. Te presento a Koldo, creo que no habéis coincidido todavía.

Koldo le ha dado la mano y ambos se han mirado de arriba abajo. Maricón seguro, ha pensado Martín al instante. De esos que no lo parecen. Los peores. ¿Se estará follando a su hijo?

—Así que tú eres el famoso amigo del internado. —Los ojos de Koldo permanecían impenetrables—. ¿Qué tal? ¿Bien las vacaciones? —Y como Koldo seguía impávido, él le ha hecho un guiño en plan tú ya me entiendes y después le ha formulado la siguiente pregunta, por aquello de aclarar la situación—: ¿Qué? ¿Mucha pibita golosa buscando fiesta por aquí?

Koldo se ha dado la vuelta sin contestar, se ha ido detrás de Dani y luego se ha montado en el coche. De manera que ahí los tenía poco más tarde a los dos, ahí los tenía a todos, de charleta alrededor de una mesa ovalada, engullendo a su costa.

—¿Es bonito o no es bonito este sitio? —ha preguntado Fer nada más instalarse en lo que el camarero, en un alarde de magnificencia, ha denominado «palco»—. Vamos, decidme qué os parece.

La primera parada de la EXPERIENCIA ASOMBROSA los ha dejado varados en el Café La Loma, un cortijo reconvertido en alojamiento rural que sobrevuela el pueblo de La Isleta del

Moro y sirve platos exóticos con la luna enfrente, reflejada en las aguas calmas que se ven abajo. Las mesas de mosaicos marroquíes se diseminan a los pies del cortijo o caen escalonadas por la loma que da nombre al restaurante, entre guirnaldas de luces tenues y esa vegetación desértica y estrafalaria que domina todo por aquí. No han cenado mal, ni tampoco bien, pero es verdad que el sitio es evocador y tiene un aire a lo Sherezade muy perfumado y llamativo. Como guinda, un grupo tocaba en la terracita circular del fondo, bajo una gran sombrilla de esparto y las ramas medio asfixiadas de un eucalipto.

—Suenan bastante bien, ¿no? —ha dicho Fer en los postres.

—Suenan fatal —Lucía, que se ha pasado la cena sin abrir la boca, intervenía por fin—. ¿Has perdido el buen oído que tenías o qué te pasa?

La conversación, hasta ese momento, había ido por derroteros especialmente incómodos. Mientras Ana y Dani cenaban con la mirada presa en sus teléfonos móviles y Koldo se hacía el chistoso con las señoras, Fer no había parado de planear excursiones, de instruirles sobre las playas y los pueblos a los que pensaba arrastrarlos estos días y de confeccionar en voz alta una larga lista de restaurantes y bares que merecía la pena conocer. Entretanto, Cata y él se miraban de vez en cuando, pensando en cómo se lo tomarían cuando soltaran la noticia mañana a primera hora, en mitad del desayuno.

—Venga ya, Fer. —Era la ocasión perfecta para cambiar de tema y Martín no ha querido desperdiciarla—. Nosotros lo hacíamos mucho mejor y siempre te andabas quejando.

—¿Teníais un grupo o qué? —Koldo se ha interesado enseguida—. Mis padres igual. Un grupo cristiano, claro, cantaban en la iglesia y en los retiros espirituales. Menuda brasa nos han dado toda la vida con esa historia.

—Muy cristianos no éramos. —Martín no lo ha podido

evitar. ¿A quién no le gusta contar batallitas?—. Lo nuestro era más bien pop con toques pospunk; bueno, una mezcla rara. Ya sabes, los ochenta, la movida, la noche...

—¿En serio? —Analía ha dejado aparcada su pantalla Retina Multi-Touch y se ha enredado en una espiral de preguntas—. Mamá, ¿tenías un grupo en los ochenta y me entero ahora? ¡Con lo que yo adoro esa década! Tú eras la vocalista, ¿a que sí? ¿Y cómo os llamabais? ¿Conociste a Alaska? ¿Grabasteis algo? Vamos, ¡quiero saberlo todo!

—No nos llamábamos de ninguna manera y se ha acabado la conversación por hoy —ha zanjado Cata—. Martín, ¿pides la cuenta? Me están acribillando los mosquitos.

Entonces Lucía ha mirado a Cata un momento y después le ha dicho a su hija que sí, que tenían un grupo buenísimo y que, cuando estaban a punto de triunfar, las cosas se torcieron; y que no se preocupase, que ya le contaría ella todos los detalles cualquier otro día.

Una vez fuera, se han distribuido en los dos coches y Fer, siempre al mando, ha conducido de vuelta por la misma carretera sinuosa que los ha llevado a La Loma y luego ha girado a la izquierda, frente a un cartel que indicaba la cercanía de un camping. Fer, ¿nos llevas a un camping? Por fortuna, no era el destino previsto, y a partir de ahí ha empezado lo bueno.

—¿Me podéis explicar dónde vamos? —ha preguntado Analía en cuanto la carretera del camping se ha convertido en un camino de cabras, encajonado en lo que podría ser una rambla—. Me acabo de quedar sin cobertura.

«Jo Bar», podía leerse en un letrero con forma de flecha, y tras unos trescientos metros de baches y zarandeos, han visto a lo lejos una bandera pirata con las letras «J» y «R» escritas en cursiva. Qué alucine: el aparcamiento a tope, sobre un altozano las esculturas de unos guerreros de hierro brillando bajo las estrellas y, más allá, el resplandor y la música. Ni Cata ni él podían creérselo, y ahora que acaban de entrar, la fascinación crece a la par que el cuerpo empieza a pedirle guerra. Menos mal que él siempre va preparado. En cuanto se instalen y tomen algo que le refresque el gaznate, hará una pequeña incursión en los baños y dará buena cuenta de su papelina.

—Me lo esperaba chulo, pero no tanto —dice Fer, que decididamente es el rey de la noche—. ¿A que merecía la pena acercarse?

Sofás cubiertos de jarapas, bobinas de cable eléctrico haciendo de mesas, pequeñas jaimas, una bañera antigua con dos chicas fumando dentro, botas usadas y guitarras eléctricas como elementos decorativos, un mascarón de proa con forma de mujer pirata encaramada a un mástil, esqueletos de Harleys, grandes sombrillas de palmas secas, huesos de mamuts y hasta una cama enorme cuyo cabecero es como media ficha del trivial, semicircular y dividido en fluorescentes quesitos de neón.

—La barra está allí —señala Koldo después de echar un vistazo—, en la cabaña del fondo.

El aire entre motero y corsario que impregna el ambiente emana de esa barra atiborrada de todo tipo de objetos, de los camareros quemados por años de alcohol y tabaco, y del dueño, un tipo con pañuelo anudado a la nuca y pinta de ser un buen tío a pesar de su aspecto pendenciero. Koldo pide por todos y el camarero enseguida les sirve latas de Finkbräu y unos chupitos de sabor indescifrable.

—Lo fabrica el dueño —explica Koldo—, me lo acaba de contar ese de ahí. —Le guiña un ojo a Cata y señala con el pulgar a un camarero cachas—. Lo llaman licor Tóxico y a esta ronda invito yo.

—Ni de coña, chaval —interrumpe Fer—. Estaría bueno.

Fer afloja la cartera, Analía y Dani cuchichean entre ellos y Lucía bebe a sorbitos cortos mientras tamborilea con la planta del pie, siguiendo el ritmo de *Have Love Will Travel* en la versión de The Sonics. Cata ha apoyado la espalda en la barra y Koldo le habla sin parar, rocanroleando también al compás de la música y arrimándose a Cata quizá más de lo debido.

—¡Los CookingWithElvis! —exclama Fer fuera de sí—. ¿No es la hostia? ¡Actúan esta noche!

—De qué hablas ahora, tío. Estás espídico. ¿No podrías tranquilizarte un poco?

—Ya veo que no los conoces. Me habló de ellos un compi del trabajo que los descubrió por casualidad. Son parisinos, tienen una lista en SoundCloud y algún que otro vídeo en YouTube; no mucho más. Lo suyo son los directos y se prodigan poco, al menos en España. Me parece increíble que estén aquí hoy.

Sobreexcitado y tirando a insoportable, Fer le da a Koldo más dinero para que pida otra ronda y hace un gesto general para que todos lo sigan. Dani y Analía no hacen caso porque hablan y hablan bajo las hojas de una palmera mientras apuran sus Tóxicos. No deberían beber eso, piensa Martín, pero cualquiera les regaña: tener unos padres que fueron modernos entraña privilegios no negociables. Normalmente es Fer quien se encarga de esas cosas, quien hace de «buen padre», quien mantiene a los jóvenes bajo control; pero hoy está tan fuera de sí que parece otro. Es algo que le sucede muy pocas veces y por eso es tan inquietante verlo así, porque si pierde los estribos, Fer el Templado puede dar algún que otro susto.

Mientras los músicos se instalan Lucía sigue a Fer, y Cata se queda con Koldo pidiendo más dosis de ese brebaje. A Martín le urge lo de la papelina, pero la muchedumbre se agolpa a los pies del escenario y no es fácil moverse. El público es variopinto y tiene la piel morena, y aunque hay mucha gente joven vestida con ropa playera y decenas de aves nocturnas curtidas y auténticas, el jipipijismo invasor campa también a sus anchas.

—Aquí están —dice Koldo mientras reparte los chupitos. Sonrisa radiante y guiños seductores. Bromitas con Cata. Pero qué se habrá creído este pendejo—. Y cuidadín, parece ser que pegan fuerte.

Brindan y se los beben de un trago, y justo el concierto arranca. La hostia, en efecto, se ve enseguida que va a ser la hostia. El cantante lleva los ojos pintados como un drácula, un tupé a lo rockabilly de unos veinte centímetros de altura y un traje marrón de los años treinta que incluye corbata a juego y chaleco abotonado. Va flanqueado por dos morenacas que le hacen los coros y bailan sobre tacones de vértigo. Y no son buenos, son buenísimos. La energía que desprenden carga el ambiente y la gente tarda muy poco en enloquecer. No hay nadie allí que no baile, ni siquiera Lucía puede quedarse quieta.

—Me gusta verte así —le dice Martín a gritos—. Divirtiéndote como en los viejos tiempos.

Lucía le sonríe, le da un beso en la mejilla y sigue bailando, enganchada a los hombros de Fer y aparentemente feliz, tarareando canciones que no conoce. Dani se pavonea cerca con su atavío de Spice Girl y a Analía se le acaban de arrimar un par de pájaros a los que ella da cuerda encantada. Cata le roza sin querer el costado y de repente Martín siente que le gustaría abrazarse a ella, olvidar los problemas y apoyarse en su hombro al igual que hace Lucía con Fer, y bailar y divertirse a su lado hasta que el sol salga. No es la primera vez que sucede. Son sensaciones que aparecen de improviso y pasan rápido, y que le dejan muy dentro un malestar.

—¿Tercera ronda? —se oye decir al instante. Pensamientos así no le convienen, y cuanto antes los ahogue, mejor.

—Yo creo que ya vale —dice Lucía.

—Unas cerves al menos, ¿no? —Fer sigue acelerado.

Koldo, que se había retirado a algún sitio, acaba de reaparecer con un canuto gigante en la boca. Martín está a punto de soltarle algún discursete de adulto responsable cuando ve a Cata cogérselo sin permiso y darle un par de caladas. Ignorando la escena, se acerca a ella y le pide que lo acompañe a la barra, y añade que son muchas latas y que se le van a caer, pero Cata se niega y le dice que está bien allí, que ya es mayorcito, que se las apañe solo.

Martín vuelve con las Finkbräu cuando los músicos escalan la cima del rock. Puro éxtasis. Puro delirio. Busca a su mujer para darle una lata y no la ve por ningún lado. Las dos coristas se retuercen como lagartijas electrificadas y el tipo que canta no para de dar saltos y cabezazos de tupé. Es el momento. Es ahora o nunca. Han anunciado un descanso después de este tema y luego el baño se pondrá hasta arriba.

Lo encuentra en la cuesta de la entrada y, fiel a la tónica general, es también muy llamativo: una rudimentaria construcción sin techo pintada de verde y ocre por cuyo ventanuco asoman racimos de pencas cargadas de pinchos e higos chumbos.

Una raya.

Dos mejor. Una no sabe a nada.

Se instala en la tapa del váter y alza la vista al cielo. El musicón retumba a lo lejos y él siente cómo un valle alpino aflora dentro de su nariz. Al levantarse, se asoma otra vez al ventanuco para observar bien las chumberas. Qué genuino es todo. Qué natural y a la vez extravagante. Alguien da golpes en la puerta con una urgencia comprensible. Se mete la última con la excusa de no tener que volver luego y entonces los ve. Son ellos. Ahí mismo. Al otro lado de los higos chumbos. Así que ahí andabas, murmura Martín. Cata está apoyada en un coche y ríe y ríe mientras ese niñato le come el cuello. Por un momento no hay nada más: el tiempo se detiene, Martín mira, Cata ríe; solo eso. Luego la risa de Cata queda suspendida en el aire y Martín, mientras esnifa más coca y los observa besarse, se dice que esa maldita mujer nunca dejará de sorprenderlo, y que esta vez sí que se la va a hacer pagar.

GENOVESES

1984

Tenían mucho que celebrar ese verano y además lo iban a hacer en la playa. ¿Se podía pedir más? Lucía llevaba semanas soñando con el viaje, entusiasmada con la vida y muy satisfecha de sí misma. Tras la debacle del curso pasado y la disyuntiva entre repetir COU o dejar el instituto y buscar trabajo, eligió matarse a estudiar no sin antes negociar y acordar con su padre que, al primer suspenso que llegase a casa, adiós libros y adiós música, y de cabeza a la panadería o a ganarse un sueldo por ahí. Su madre no lo puso tan fácil. Estaba harta del ruido de los sábados, de los zánganos de sus amigos y de las habladurías de las clientas, que no perdían la oportunidad de levantar las cejas y torcer la boca cuando la veían con la hija de «esa».

La madre de Cata perdió el derecho a tener nombre tiempo atrás. Habían pasado tres años desde que llegó a El Tercio y el displicente «esa» era la consecuencia de mirar a las vecinas por encima del hombro cuando estaba bien y de arrastrarse por las escombreras del barrio cuando no era el caso. Lo de las copas de más podrían aceptarlo si quisieran, puesto que no era la única que empinaba el codo a escondidas; pero que se creyera más que nadie siendo puta y viniendo de donde venía, eso no, eso estaba muy feo y no se lo perdonaban. A Lucía, en cambio, la madre de Cata le hacía gracia. Contaba mentiras divertidísimas con una facilidad pasmosa y, si estaba sobria, era cariñosa con ella y siempre tenía algo bonito que decirle: «Qué piel más fina, qué pelito tan rubio, eres como una muñeca de Mattel». En los últimos tiempos no levantaba cabeza. Las borracheras eran diarias y las discusiones con Cata se oían por toda la calle. Lucía no preguntaba. Para qué. Solo eran problemas de madre e hija. Ella también los tenía con la suya y no soportaría que alguien viniese a meter las narices para después opinar de lo que no sabía.

Martín y Cata sí que dejaron el instituto en septiembre, y a nadie le extrañó: llevaban dos años sin abrir un libro y no parecían dispuestos a cambiar de idea. A qué dedicaban el tiempo desde entonces era una cuestión delicada que nadie ponía sobre la mesa cuando se veían, aunque era evidente que Martín se había metido de lleno en el trapicheo, porque la cantidad de dinero que manejaba ese año no era normal. Por su parte, Cata dedicaba los días a arreglarse y estar mona, a pelearse con su madre y a salir hasta el amanecer. A la panadería llegaban chismes y comentarios que Lucía procuraba no escuchar: que si era igual o peor que «esa», que si había heredado el oficio, que a saber si no de qué vivían.

A pesar de que ninguna familia de la colonia nadaba en la abundancia y que un sueldo extra siempre era bienvenido en cualquier casa, Juanfra y Fer también seguirían un curso más en el instituto, repitiendo COU como Lucía. Encontrar trabajo no era fácil ese año, y deambular sin nada que hacer por las calles de El Tercio acarreaba no pocos peligros. Al hermano mayor de Fer, sin ir más lejos, lo encontraron muerto en la mismísima puerta de su casa. Alguien se tomó la molestia de llevarlo hasta allí de madrugada y dejarlo sentado en los escalones de fuera, como si estuviese tomando el fresco o charlando con los vecinos. Fue Fer quien se llevó el susto al día siguiente. Abrió a primera hora y el cuerpo de su hermano cayó hacia atrás, amarillo y consumido como un palo de regaliz, con los brazos en carne viva por culpa de los pinchazos.

Así de mal estaban las cosas en el barrio, y ellos, para cumplir lo prometido, decidieron aparcar por un tiempo el grupo y olvidar las tardes en los bancos de El Tercio o las locuras de los fines de semana. Y cumplieron, los tres cumplieron: los boletines llegaron en diciembre sin nada de lo que avergonzarse. Aliviados, planearon aprovechar las vacaciones de Navidad para retomar los ensayos y pasar buenos ratos sin presiones ni prisas, con los temas de siempre u otros que improvisarían sobre la marcha. Fue ahí donde surgió el milagro.

A pesar del encierro y de las muchas horas de estudio, Juanfra había encontrado tiempo para madurar algunas ideas y componer unas cuantas canciones que se alejaban muchísimo de la espesura anterior. Qué gran sorpresa. Tres temas alegres y frescos que no renunciaban a la calidad musical. Incluso Fer, siempre tan crítico con las sofisticaciones de Juanfra, se vio obligado a admitirlo.

—Bienvenido al pop y a la tierra firme —le dijo—. He de reconocer que tienen chispa.

Los ensayos se convirtieron en una fiesta diaria durante las vacaciones. Quedaban todas las tardes, con la misma ilusión de los comienzos y en un estallido de creatividad compartida. Porque todos aportaban algo, a todos se les ocurrían cambios o añadidos interesantes que mejoraban las canciones y generaban nuevas ideas. Eran una red de vasos comunicantes, un escuadrón de sinergias, un fluir. Incluso Cata, tan poco dada a lo que no tuviese que ver con la imagen, alumbró soluciones brillantes que enseguida fueron incorporadas.

—Esto va a ser la hostia —concluyó Martín la tarde de Reyes—. Ahora sí, joder; ahora, sí.

Fieles a los compromisos adquiridos, volvieron a las clases y siguieron aplicándose. El segundo trimestre también les fue bien y aprovecharon los días posteriores a los últimos exámenes para grabar la maqueta. Una maqueta, sí, y con cuatro temas nada menos: los nuevos de Juanfra y *La chica mazapán* de Fer, tan pegadizo y bailable. Martín, una vez más, ayudaba sin pedir nada a cambio: puso el dinero para grabarla en el estudio Doublewtronics que un tal Jesús Gómez alquilaba a precio de oro en el barrio de Prosperidad, y después se ocupó de convencer al inefable Mario para que la moviese. No hizo falta convencerlo. Nada más escucharla, Mario predijo un éxito fulgurante y a las pocas semanas consiguió que Ordovás las pinchara en *Diario Pop*, el programa fetiche, el emblema de las nuevas tendencias y la contracultura. En primavera actuaron en varios colegios mayores de la Ciudad Universitaria, cerraron una pequeña gira para el mes de agosto por Valencia y Alicante y medio apalabraron su presentación durante el otoño en *La edad de oro*, el nuevo programa de Paloma Chamorro. Fue duro acabar el curso, difícil concentrarse y más difícil aún resistirse a las ganas de guardar los apuntes y lanzarse de nuevo al mundo, y dolió lo indecible rechazar una actuación en la Escuela de Caminos porque les coincidía con los exámenes de selectividad.

La gran noticia llegó durante esos mismos y ajetreados días. Entre comentarios de texto y revisiones de última hora al temario, Martín anunció que, si todo iba bien, en septiembre grabarían un EP con la discográfica DRO, cuyos responsables habían alucinado con la maqueta. Lucía tuvo que pellizcarse para comprobar que no soñaba. DRO, el sello de Parálisis, de Siniestro, de Glutamato. ¿No era maravilloso? Estaba tan alterada que el examen de filosofía le salió mucho peor de lo esperado. ¿A quién podría importarle Platón o el amargado de Nietzsche comparado con la materialización de los sueños?

Aprobaron. Aprobaron a pesar de tanta zozobra. Acababan de cumplir diecinueve años y la vida les sonreía, y tenían un abanico de planes en el horizonte y un futuro cargado de posibilidades. Entre otras cosas, decidieron que seguirían estudiando, los tres en la misma facultad. Juanfra anunció pomposamente que se matricularía en Filosofía, Fer quería Hispánicas y Lucía, Filología Inglesa. Sí, Inglesa. Se prometió que aprendería inglés y lo hizo; de hecho, fue su mejor nota en selectividad. Cuánta felicidad junta. Fer conoció a una chica de Moratalaz en los exámenes y de vez en cuando quedaba con ella. Parecía contento. Un problema menos. La experiencia a tres bandas del pantano nunca se repitió, aunque por ahí flotaba como una nube incierta, algo malsano y sin embargo atractivo, juegos de niños empastillados que era mejor olvidar.

El tantas veces pospuesto viaje a la playa llegaba también esos días, otro sueño a punto de cumplirse. Los tres habían recibido un pequeño aguinaldo como premio al esfuerzo, que sumado a los minicachés de los bolos y a lo que habían ahorrado durante esos meses de encierro ascendía a una cierta cantidad, suficiente al menos para pasar una semana en el pueblo del que Juanfra llevaba años hablando.

—Me ha dicho mi padre que la casa está medio abandonada —les previno Juanfra en cuanto empezaron a organizar el viaje—. La usan unos primos lejanos de vez en cuando y poco más. Nadie se ha molestado en arreglarla en años, así que igual nos encontramos una ruina.

—No nos vengas ahora con excusas —cortó Fer—. Vamos de todas todas. Ya nos apañaremos como sea.

—¿Pero tú has estado alguna vez? —preguntó Martín—. Porque mucho hablar de tu preciosa casita frente a la playa y ahora resulta que no tienes ni puta idea de dónde vas a alojarnos.

—Iba allí de pequeño —dijo Juanfra—, pero luego dejamos de ir.

—Cuesta creerte —insistió Martín.

—Ah, ¿sí? Y qué piensas hacer, ¿pasarme tu manual de cómo contar mentiras?

Al día siguiente, Martín llegó a El Tercio conduciendo un coche. Lo aparcó delante del bar El Hogar, se apoyó en la carrocería con la mirada satisfecha y allí estuvo durante horas, fumando un cigarro tras otro. Era un Renault 5 de segunda mano que acababa de comprarle a unos gitanos de El Rastro, y como buen fanfarrón, quería que todo el barrio lo viese.

—¿Y esto? —le preguntó Lucía cuando salió a hacer un par de recados y se lo encontró frente a su casa.

—Ya ves —repuso Martín todo ufano—. Tu novio nos meterá en una pocilga si quiere, pero viajaremos hasta el mar como marqueses. La gasofa es cosa mía, y del resto de sustancias también me voy a encargar yo.

—¿De qué sustancias hablas? Sabes de sobra que ya no tomamos nada.

—Ja y ja y ja —se burló Martín—. Los estudiantes modelo, la Trinidad Santísima. Me río yo de lo buenecitos que ahora sois.

Cata apareció en ese momento, con la cara descompuesta y todo el aspecto de haber discutido con su madre.

—Me acaba de echar de casa —dijo—. Esa bruja malnacida me acaba de echar.

—No te preocupes —la calmó Martín—. Ya verás como luego lo olvida, en cuanto se le pase la cogorza.

—No creas, está sobria. Sobria y de malas es lo peor de lo peor. Lo que no sabe es que soy yo quien puede echarla. —Cata miró de reojo el Renault y después a Martín—. ¿Y este trasto?

—Es mío. ¿Te gusta?

Cata hizo una mueca.

—Menuda chatarra. He puesto mi bonito culo en asientos mejores.

—No lo dudo. —Martín tiró la colilla al suelo y abrió la puerta del conductor, con la intención de marcharse—. Que te follen, Cata. Lo he comprado pensando en ti, creí que te haría ilusión.

—¿De verdad? Entonces no te enfades y llévame lejos de este barrio miserable —declamó Cata con tono de actriz antigua, a voz en grito, mientras rodeaba el coche y abría la otra puerta—. ¡Llévame al cielo, amado mío, consígueme las estrellas y sácame de una puñetera vez de aquí!

Se montaron los dos y se alejaron sin despedirse, riendo por alguna razón desconocida, con el Renault soltando pedorretas furiosas por el tubo de escape y dejando un rastro de humo y gasoil en las tristes calles del barrio.

La mañana del viaje amaneció nublada. Un respiro. Llevaban la mitad del mes de julio con temperaturas extremas y lo que les esperaba en el sur no iba a mejorarlas. Martín llegó con Cata ya instalada a su lado y más de la mitad del maletero ocupado con sus cosas. Colocaron lo de ellos tres como pudieron y se montaron detrás, embutidos entre bolsas y mochilas reventonas y con la guitarra acústica de Juanfra y el saxo de Fer encima de las rodillas. Comodísimo.

—¿Vais bien? —preguntó Martín.

—Mejor que nunca —repuso Fer.

Lucía iba en medio y sentía la presión de Fer en su pierna. Faltaba espacio, de acuerdo, ¿pero era imprescindible arrimarse tanto?

—Pues abrid las ventanas —ordenó Martín—, que nos vamos.

—El próximo te lo compras con aire acondicionado —dijo Cata en cuanto apretó el calor—. Vaya tartana, parecemos feriantes.

Tardaron más de ocho horas en llegar a San José. Un viaje inolvidable. Además de sufrir el calor, tuvieron que cambiar una rueda en mitad de La Mancha, aguantar los eructos de Martín, las tonterías de Cata, los altavoces medio rotos del coche y su sonido de gatos maullando, el viento seco que entraba por las ventanillas, las continuas paradas, los bocadillos comidos de moscas en un pueblo de Jaén y el infierno de curvas y baches en el último tramo de carretera, ya en la provincia de Almería.

—Juanfra, querido, ¿dónde nos traes? —Cata había bajado el espejo retrovisor y se retocaba los labios mientras hablaba.

—No creo que falte mucho.

—Mirad —dijo Fer—, ¿aquello no es el mar?

Muy lejos, al otro extremo de un desierto inexplicable, la parte baja del cielo se desteñía en un azul diferente, más oscuro, o más claro quizá, no era fácil decidirlo.

—Es el mar y yo me voy a remojar ahí los huevos en cuanto lleguemos.

Martín, el poeta. Costaba muy poco burlarse de él, pero había conducido durante horas sin quejarse y debían agradecérselo.

—¿Puedes apagar la radio? —preguntó Fer—. Me va a volver loco.

Los diales saltaban de uno a otro o se mezclaban entre sí. Cantos marianos, copla, locutores hablando en árabe, rock del bueno, noticias locales y anuncios de tiendas de confecciones y electrodomésticos.

—He traído casetes —anunció Cata cuando se hizo la calma—. Los tengo en la maleta.

—¿Y qué has traído? —preguntó Fer.

—De todo un poco, pero nada de moderneces.

—Un estercolero musical seguro —dijo Juanfra—. ¿Raphael? ¿Los Chichos? ¿Mari Trini?

Cata se giró y sacó la lengua.

—A ver si el estercolero es más bien la casa que nos espera en tu dichoso pueblo —dijo—. ¿Habrá luz y agua corriente? Lo digo por ir buscando un hotel.

—Tiene de todo —contestó Juanfra con firmeza—. No pienses que te llevo a una cueva. Aunque a lo mejor en una cueva tú estarías bien.

Gran silencio. Martín miró a Cata, separó la mano del cambio de marchas y le apretó la rodilla, y luego volvió a conectar la radio y subió el volumen al máximo.

Entraron en San José hacia las seis y media de la tarde. Exhaustos, sudados y sedientos, pero llenos de ilusión. Las pullas y las rencillas se solían olvidar rápido y además el mar brillaba por todas partes, y un olor diferente impregnaba las cosas y el calor era también distinto, más dulce y más húmedo, sus rostros parecían satinados y las camisetas se empaparon a toda velocidad.

—Me encanta llegar al Ritz —dijo Cata una vez dentro, mientras Juanfra bufaba detrás—. ¿Qué número de suite nos toca?

Los muros de la casa fueron blancos en algún tiempo lejano, pero también eran gruesos y antiguos y protegían sabiamente del calor. De los únicos tres espacios disponibles, uno tenía un camastro y un flexo sin bombilla sobre una mesita; el de enfrente, un gran jergón de color incierto colocado sobre un soporte de ladrillos; y en el que servía de entrada, solo encontraron un hornillo de gas, una nevera abierta y un colchón de playa desinflado, decorado con el dibujo de una chica en biquini tomando el sol.

—Me temo que ahí vas tú —le dijo Martín a Fer señalando el dibujo—. A las malas y si te ves muy solo, podrás follártela cuando la hinchemos.

La nueva amiga de Fer no había sido invitada al viaje. Ni siquiera la conocían y además no cabía en el coche, y tampoco Fer insistió. Cuando le preguntaban por ella, respondía con evasivas: «Sí, todo va bien, no tenemos prisa, por ahora no hay nada serio».

—Uy, si hasta tenemos pinchadiscos. —Cata se había agachado y acababa de conectar la nevera. El zumbido era infernal—. ¿Qué hago? ¿Saco los casetes o nos apañamos con esto?

—Para ya, Cata —interrumpió Lucía—. No tiene gracia.

Por suerte, Juanfra había salido para comprobar que todo iba bien en el supuesto cuarto de baño, una especie de corral adosado al muro que contaba con una letrina de las de ponerse en cuclillas y un sofisticado engranaje de cuerda que tiraba de cubo para ducharse.

—La playa está ahí mismo, justo debajo —anunció Juanfra cuando volvió a la casa. Las risitas de Cata habían cesado por fin—. Siento mucho cómo está esto, de verdad os lo digo. No lo recordaba tan desastroso.

Se quedaron callados unos segundos y luego Martín intervino. Tendría sus defectos, pero era un buen tipo Martín.

—¿Y si nos damos un baño? —Se cogió la entrepierna y

zarandeó con ganas lo que allí hubiera—. Mis huevos me lo están pidiendo hace ya un rato.

La casa no daba al mar, como había prometido Juanfra, sino a una calle estrecha y sin aceras desde la que, del lado opuesto y gracias a unas escaleras esculpidas en la roca, se accedía a una ristra de pequeñísimas playas. Entre la casa y el mar había un restaurante tapando las vistas, y un poco más allá, una iglesia encalada.

Bajaron riendo y gritando de alegría. Juanfra era el único que sabía nadar y se metió en el agua en cuanto pisó la arena.

—Se hace pie siempre —les dijo—. Podéis andar metros y metros y no cubre, es imposible ahogarse aquí.

San José era un pueblo tranquilo de aire familiar, con barcas de pescadores recostadas en las orillas y la tenue algarabía de niños jugando en las playas. Lucía llevaba un biquini rojo con lunares amarillos como el de *Itsy Bitsy Teenie Weenie*, que estrenaba para la ocasión. Lo que veía era fascinante y a la vez la asustaba. Le costó mucho bañarse. Luego supo que nunca olvidaría esa sensación, el iodo y la sal, la brisa, los rayos del sol poniente. Martín dijo una bobada y todos se rieron, y después Juanfra se acercó a ella y la abrazó, y Lucía sintió su torso mojado, su boca buscándola, sus labios. Se secaron sobre las rocas, en silencio, mecidos por el ruido del mar.

Los días se volvieron largos y sosegados. Compraron parches para arreglar la colchoneta de Fer y productos antimosquitos que no sirvieron de nada. Limpiaron la casa entre todos, lavaron a mano las viejas sábanas y consiguieron una bombona para poder cocinar. El tiempo parecía detenido. El calor y el silencio, el viento que venía del mar y refrescaba la casa por las noches, las horas lánguidas. Lucía se abandonaba sobre la cama de ladrillos, hacía el amor con Juanfra, divagaba, dormía enredada en él. Desayunaban fruta y un repugnante café de olla que colaban con papel de estraza. Compraron también latas de atún y embutidos baratos para hacer bocadillos, salchichas de Frankfurt, hamburguesas precocinadas que se les acabaron estropeando en la nevera y paquetes de macarrones que Martín cocía demasiado para luego mezclarlos con botes de tomate Solís. Y alcohol, eso nunca faltaba. Cerveza a mansalva y algo de whisky, el ron carísimo que bebía Cata, la preciada botella de Smirnoff que guardaron en el congelador como un tesoro. Fer y Lucía, tan blancos, se pelaron a los pocos días y luego sus pieles adquirieron un bonito color albaricoque, mientras la de los demás se bronceaba. Pasaban las mañanas durmiendo y las tardes en la playa, y por las noches bebían y fumaban porros en casa o se acercaban a El Pez Rojo, un cortijo reconvertido en bar donde programaban música en directo. Allí les hablaron de Genoveses, la playa virgen más cercana al pueblo. Se accedía a ella rodeando el cerro del fondo o por un sendero que salía de un molino en ruinas. Otra opción era ir en coche por la pista, y en ese caso se tardaba muy poco en llegar. La visitaron al final del día siguiente y pensaron que habían descubierto el paraíso. Por el camino, la luz parecía ungir el paisaje con una pátina sedosa hasta convertirlo en algo irreal, en hologramas de montes pelados, en diapositivas proyectadas por alguien. Dejaron atrás el sendero del cerro y el bosquecillo de eucaliptos y se bañaron desnudos, y decidieron volver todas las tardes.

—¿Y si pasamos la noche aquí? —propuso Martín la víspera de la vuelta.

Estaban tristes y a todos se les notaba. Les esperaban los conciertos, las grabaciones, el programa en la tele, pero ninguno quería marcharse aún.

—No empieces con ideas —se opuso Juanfra—. Tienes una buena paliza mañana al volante.

—Ya está el monje franciscano fastidiando. —Martín abandonó la toalla como picado por una avispa y no paró de insistir hasta conseguirlo—: Eh, los demás, ¿no os apetece? Vamos, decid que sí. Una hoguerita, unos baños al claro de luna, botellas guapas y algo más. Ha sido la mejor semana de nuestras vidas, démonos una despedida como Dios manda.

—Podemos comprar algo rico y traerlo, ¿no? —propuso Cata—. Estoy harta de comer siempre lo mismo.

—Juanfra, yo cojo el saxo y tú la guitarra, ¿te parece? —añadió Fer—, que muchos planes de componer juntos y ni lo hemos intentado. Este sitio es increíble —y señaló las montañas rojizas del fondo y el confín de la playa—, seguro que nos sale algo bonito.

—O sea, que dormimos aquí —dijo Lucía. El plan no le gustaba.

—¿Dormir? Bueno, eso ya se irá viendo. —Martín les guiñó un ojo y salió disparado—. Vamos, son las ocho y tenemos que pasar todavía por el súper, cargar las provisiones en el coche y buscar maderas secas.

Hora y media más tarde estaban de nuevo allí, avivando el fuego recién encendido y extendiendo en la arena la toalla que usarían como mantel. Acababa de salir la luna por el cerro de la izquierda, una luna enorme y anaranjada que tiñó el color del agua. Hicieron pinchos morunos en la hoguera y los acompañaron de aceitunas y tomates aliñados, bebieron vino en lugar de cerveza y luego Fer tocó al saxo *Sobre un vidrio mojado*, como hacía siempre.

—¿Los Secretos otra vez? —protestó Martín—. Qué pesadito te pones con esa banda de blandengues.

—Eso es verdad, ya está bien —dijo Juanfra, que había cogido la guitarra y la afinaba—. Se supone que nosotros buscamos algo más rompedor.

—¿Y no será que te gustó demasiado lo del pantano y ahora quieres recordarlo? —interrumpió Martín—. Que sepáis que os vimos.

Cata se rio por lo bajo y Fer, sin inmutarse, siguió tocando. Juanfra empezó a acompañarlo y luego cambió los acordes y también el ritmo, dándole pie a que improvisara. Crear algo juntos, dijo, ¿no era esa la idea? Fue imposible. No hubo forma de que se entendiesen. El saxo de Fer chirriaba sobre los acordes, malsonando, gruñendo como una puerta mal engrasada. Terminaron insultándose el uno al otro mientras Martín abría la botella de vodka y sacaba de su mochila la mercancía.

—Y aquí, el verdadero fin de fiesta. —Volteó la guitarra de Juanfra y tamborileó en la madera, y después les enseñó una bolsita transparente llena de papelitos azules con rayas verdes—. Con todos ustedes, distinguido público, ¡los famosos y genuinos Dalí! ¡La bomba! ¡¡La releche!! ¡¡¡La Biblia en verso!!!

—¿Qué coño nos traes ahora? —preguntó Juanfra.

—Los mejores tripis del mundo —anunció Martín con un gesto teatral—. Un regalito por haber sido buenos este año.

—Yo paso —dijo Juanfra—. Fijaos en la noche que hace. No necesitamos esa mierda, se está muy bien así.

Cata cogió la bolsa y después se acercó a Juanfra.

—Una noche divina, tú lo has dicho. —Sacó un papelito y lo chupeteó con cara de niña traviesa—. Y con esto, apuesto lo que queráis a que no la olvidaremos nunca.

Le dio uno a Martín y luego le llegó el turno a Fer, que miró a Juanfra un momento como pidiéndole permiso, buscando su complicidad.

—Vamos, Juanfra, anímate —dijo Fer después—. Tiene razón Cata, en este sitio la experiencia puede ser inolvidable: hay tanto buen rollo, tantas vibraciones, tanta energía...

Fue eso último lo que lo convenció. La energía, lo telúrico, los volcanes..., en fin, esas cosas de Juanfra, que miró a Lucía antes de tragárselo mientras ella decía que no con la cabeza. Porque Lucía no pensaba tomar nada, lo tenía clarísimo, ni siquiera ese vodka helado que circulaba alrededor de la hoguera.

Juanfra y Fer volvieron a intentar la improvisación a dúo y esa segunda vez sí funcionó. Fer quiso apuntar el esquema de acordes y Juanfra dijo que no se preocupase, que él se acordaría. Martín miraba al cielo embobado, y después Cata se sentó junto a Lucía y le preguntó qué le pasaba, la notaba muy rara, ¿estaba bien?

—Es la segunda falta que tengo —confesó Lucía en voz baja—. En junio pensé que era por los nervios de los exámenes, pero ahora... Creí que esta semana me bajaría y sigo igual.

Cata apenas le hizo caso, simplemente le apretó la mano y le dijo que no se preocupase, que en Madrid lo arreglarían. Luego se desnudó y se lanzó al agua detrás de los chicos, que habían terminado de tocar y también se bañaban. Lucía se quedó junto al fuego, mirándolos. Era extraño verlos así, divirtiéndose sin ella. Nunca se había sentido tan sola ni tan triste. ¿No se daban cuenta? Se abrazó las rodillas, apoyó la frente e intentó concentrarse en el crepitar de las llamas.

Hasta que un motor se oyó a lo lejos, rasgando el silencio de la bahía. Qué ocurrencia. Qué manera de molestar. La lancha se detuvo muy cerca y dos figuras se bajaron. Luego caminaron de espaldas a ellos y desaparecieron detrás del búnker que había un poco más lejos, escondido entre arbustos y adelfas.

—Esos van a follar —aseguró Martín—. Me jugaría el cuello.

Seguían en el agua. Sus voces llegaban hasta la hoguera.

—Qué tontería —dijo Juanfra—, para qué venir hasta aquí en plena noche pudiendo hacerlo en casa.

—Pues porque en sus casas no pueden, ¿no has visto que son dos tíos?

Las carcajadas resonaron durante un buen rato y también las ahogadillas que se hacían unos a otros, las bromas absurdas, los gritos, la euforia, los Dalí trabajando. Lucía los observaba angustiada por lo que había hablado con Cata y muy enfadada con Juanfra, que se había unido a la fiesta sin contar con ella y sin preguntarle siquiera por qué no participaba. Cerró los ojos. Ojalá la noche pasara pronto. Cuánto le gustaría estar ya en Madrid.

—Chavales, ¿a que no hay cojones? —Martín había estado fisgando y volvía corriendo por la orilla—. Esos dos se han dejado las llaves puestas.

—Venga ya —dijo Fer—, estás como una cabra.

Sucedió muy rápido. Martín retrocedió, se subió a la lancha y arrancó el motor. Llegó hasta donde estaban ellos y les propuso dar un paseo, enloquecido, fuera de sí, y Lucía los vio alejarse entre risotadas y después girar por el peñón de la derecha, con la luna iluminándolos.

Más tarde, con el fuego de la hoguera extinguido por culpa del viento que se había levantado y la pareja del búnker sentada también junto a las brasas, Lucía distinguió la lancha al fondo, avanzando como un barco fantasma, acercándose despacio con el motor a medio gas. Volvían cabizbajos y en silencio, sin las risas de antes. Martín seguía al timón y Cata estaba a su lado. Y detrás iba Fer, sin Juanfra.

MUCHACHITA

7

Una forma de bondad

Sábado, 1 de septiembre de 2012, 00.15 h

Cata ha salido a la calle en cuanto lo ha oído. Es más de medianoche y el motor del coche de Fer ha conseguido que deje de lado el teléfono y piense en algo distinto a la llamada que por fin acaba de recibir. Antes de escuchar las palabras de Chidinma, Cata estaba muy enfadada con ellos por haber tomado la iniciativa sin su permiso y saltándose a la torera sus instrucciones; sin embargo ahora mismo, por primera vez en veinticuatro horas, el desconcierto es tan grande que ya no sabe qué hacer ni qué pensar.

—¿Se puede saber de dónde venís? —pregunta en cuanto aparcan y abren las puertas del coche. Quiere mostrar un enfado que ya no siente, pero es ella quien manda y no deben olvidarlo.

—De perder el tiempo y hacer el idiota —dice Fer mientras baja el volumen de la música—. No hemos averiguado nada.

Koldo la mira desde su asiento. Sus ojos son tan profundos que podría nadar en ellos. No tiene ningún sentido, pero esa mirada la reconforta más que cualquier otra cosa: en este momento, ese chico es la única persona en la que puede confiar.

—Te pedí que no te movieras —le dice a Fer.

—No era fácil quedarse aquí de brazos cruzados. —Fer apaga las luces y quita la llave del contacto, pero no se mueve de donde está, convencido quizá de que su horrible Škoda azul glauco es el mejor parapeto frente a un posible enfado de los suyos.

—¿Os han reconocido?

—¿Y quién nos tenía que reconocer? —interrumpe Koldo con violencia—. Hablas como si supieras en qué clase de sitios hemos estado. ¿Me vais a contar de una vez qué puta locura es esta?

Fer deja la mirada perdida en el parabrisas y ella calla. Qué decir. ¿Confesarle a Koldo a qué dedica su vida? El viento de levante se calmó en cuanto ella llegó con Martín del aeropuerto, pero ha dejado el cielo cubierto de nubes amarillentas y la sensación de que en cualquier momento puede empezar a llover. Sería el colmo, piensa Cata, una tormenta de verano mientras parece que todo se desmorona, que la tierra se ha movido de sitio y que sus pies resbalan sobre un suelo corrompido, cubierto de sustancias viscosas. Hace años que Fer sospecha algo sobre la verdadera naturaleza de sus negocios y acaba de quedar claro que no le ha contado nada a Koldo. No es una mala noticia, al menos esta no lo es. Fer es fiel como un perrillo, y si por algo destaca es por su discreción.

—Lucía está abajo —le dice Cata con la intención de quitárselo de encima—, y no muy contenta.

—¿Has hablado con ella? —A Fer le tiembla la voz—. Quiero decir..., ¿sabe ya lo que pasa? Yo se lo conté antes de irnos, pero creo que no me oyó.

—Lo sabe, claro que lo sabe. Aunque lo que pasa ha cambiado, quiero decir que ahora pasa otra cosa.

Koldo, que sigue pendiente de lo que hablan, se echa a reír.

—¿Qué es esto? —dice—. ¿El juego de los trabalenguas? Vamos, no me jodáis, he hecho una pregunta y os la pasáis por el forro. ¿No me vais a contestar?

Fer aparta la vista del parabrisas y la centra en ella, como entregándole el relevo, como indicando que no es él quien debe dar explicaciones. La mirada de Fer está llena también de interrogantes, de otro tipo de preguntas que, en voz alta, serían muy incómodas: «¿Qué está ocurriendo aquí? ¿Por qué hay que explicarle nada a este zángano?». Sin embargo, Fer no pregunta ni cuestiona nada, como debe ser.

—Voy a bajar —susurra apenas—. Lucía estará esperándome.

—¿No pensarás...? —pregunta Cata alarmada. La sola idea la sobrecoge. Hace un rato ha estado hablando con Lucía y ha acabado contándole más de lo necesario. Han sido los nervios, la presión, y lo último que quiere es que ahora Fer intervenga.

—No te preocupes.

—¿Habláis en clave o qué? —dice Koldo después de apearse con un sonoro portazo—. Me tenéis hasta la polla.

Fer vuelve a mirar a Koldo, extrañado aún más si cabe por ese nivel de confianza. Luego sale del coche y entra en la casa, y Koldo y ella se quedan solos en la calle desierta, bajo ese cielo encapotado. El aire que llega es más fresco que de costumbre, y aunque huele a mar como siempre, también huele a lluvia y a tierra mojada, a despedidas, a días que se acortan porque el verano llega a su fin. Si caminaran unos metros, piensa Cata, la calle se convertiría en la pista de tierra que serpentea por el monte y desemboca en el molino de Genoveses; si bajasen la cuesta y enfilaran el sendero que sale a la derecha, llegarían al mismo sitio por el lado opuesto, a esa playa que en estos días se ha hecho omnipresente, más vívida que nunca.

—¿Quieres que demos un paseo? —le pregunta a Koldo, que se ha liado uno de sus cigarrillos y acaba de encenderlo.

—¿Estás de broma? ¿Crees que es momento de paseos?

—Necesito despejarme y me vendrá bien caminar un rato.

Bajan por esa cuesta que parece un precipicio, dejan atrás el sendero y continúan por la calle en curva como si se dirigiesen al centro del pueblo a tomar algo, como si la noche fuera espléndida y todo marchase bien. Poco después, ven una rampa hecha con mampostería de piedra y barandillas de madera, tan fundida en el paisaje que no se distingue cuando pasan en coche por ahí. Koldo sí la conoce y le dice que forma parte del mirador que está abajo, entre las rocas y casi rozando el mar, salpicado de salitre y agua.

—Pues vamos a verlo —propone Cata.

—¿Y no sería mejor volver? Quizá ahí no hay cobertura, y si te llaman...

—Ya han llamado.

Koldo se detiene, esperando a que ella siga hablando.

—Imagino que tienes buenas noticias —dice después.

La rampa desciende en zigzag por el acantilado, entre jardineras de palmitos, tierra vegetal primorosamente colocada y grandes piedras oscuras. La recorren como novios cuando las vacaciones se acaban, como adolescentes que buscan un sitio escondido para comerse a besos, despedirse hasta el próximo verano y decirse lo que saben que no van a cumplir. El mar está agitado, las olas se rizan y sus crestas brillan y desaparecen como luciérnagas enloquecidas.

—Las noticias que tengo me llevan al punto inicial —comienza a explicarle a Koldo después de pensárselo mucho—. Me temo que tenemos que empezar de cero.

—Perdona, pero no te entiendo. Supongo que seguimos hablando de Dani.

—Y de quién si no. ¿Crees que puedo hablar de otra cosa?

Quizá sea ese mar que está tan cerca, o la humedad que le empapa la ropa y le provoca un leve escalofrío, quién sabe, pero, una vez más, Cata comprueba que hay algo en Koldo que la desestabiliza, que la saca de donde suele y debe estar y la empuja a desnudarse de una manera muy íntima. Mentir como forma de amar al prójimo, recuerda, de mostrar afecto y evitar dolor. Lo aprendió de su madre y nunca lo olvida. ¿Qué clase de poder tiene Koldo? ¿Por qué le costará tanto ocultarle la verdad? Por las mañanas, cuando su madre volvía a la cueva y la encontraba a ella en la cama, sin haber ido al colegio y sin apenas dormir, siempre le decía lo mismo, que había conseguido un trabajo fabuloso, que iba a ganar fortunas inimaginables y que a la semana siguiente se marcharían. Nunca pasaba. Semanas y meses y años escuchando la misma mentira. Luego su madre se acercaba a la cama y fingía una sonrisa o hacía un gesto que pretendía ser tierno, y repetía que la semana que viene, gatita, la semana que viene sin falta, ya verás qué vida tan bonita nos espera, ya verás qué bien vamos a estar lejos de aquí. Cuando por fin sucedió, era tarde. Jamás existió ese trabajo ni tampoco las riquezas, pero el padrino las llevó a El Tercio y Cata llegó a ese barrio de gente pobre siendo la hija de una puta y con la lección bien aprendida: «Nunca, gatita, nunca digas la verdad. La verdad complica las cosas y para qué sufrir si puede evitarse». Su imagen en el sillón con la colilla del cigarro a ras de suelo vuelve solo si ella quiere, y la mayoría de las veces no lo permite. Ahora, en cambio, la ve, mientras sortea los últimos escalones de la rampa. Allí está, borracha y tosiendo con el cuello doblado hacia atrás y los ojos en blanco, como si estuviese tragando una aspirina o haciendo gárgaras con un colutorio. Luego la gárgara se transformaba en quejido y su madre daba un tirón desde la tripa, su cabeza se volcaba hacia delante y la flema salía y le caía en la bata sucia, en las zapatillas de felpa llenas de lamparones, en la alfombra que les llevó el padrino porque su refinada esposa la iba a tirar.

—Creía que nos pedirían dinero a cambio —le confiesa a Koldo por fin—. Mucho dinero. Y ahora parece ser que no es el caso. —Se abraza a sí misma. Lleva una blusa de tirantes y tiene los brazos helados. Qué inconcebible, piensa, qué extraño es pasar frío en este lugar—. Ni siquiera sé qué quieren. Es más, ni siquiera sé quién lo tiene.

—¿Hablas de Dani o del dinero? Cata, me cuesta seguirte.

—Hablo de mi hijo. ¿Crees que me importa más el dinero?

—Yo no he dicho eso.

El padrino vivía con su mujer y sus dos hijas en la calle Columela, a pocos pasos de la Puerta de Alcalá, un mundo separado de El Tercio por decenas de años luz. Cata acabó conociendo esa casa y nunca olvidará la tela color marfil que cubría las paredes de la entrada, el damasco del sofá, las *boiseries*, los pasillos alfombrados y los cristalitos centelleantes de la araña en aquel salón silencioso. «Yo quiero lo mismo», recuerda que pensó la primera vez que estuvo allí, y desde entonces su vida no ha sido más que un puro desafío, un insaciable y largo anhelo. En el camino ha hecho cosas de las que podría arrepentirse si se lo propusiera. Nunca lo hará. El pasado no existe, el pasado no tiene vuelta atrás ni remedio. Ahora hay un sofá parecido en su piso de Valle Suchil, y si no hay arañas antiguas y recargadas hasta la náusea es porque Martín prefiere el diseño escandinavo para los muebles y el italiano para las lámparas, y ella, siempre que todo sea caro e inaccesible, también. La araña, el damasco, el artesonado de aquel techo en Columela. ¿Qué sentido tendrá pensar esta noche en todo eso? Céntrate, se dice, y cuéntaselo de una vez.

—Nosotros formamos parte de una empresa —continúa—, una empresa relacionada con los sitios que habéis visitado esta tarde.

Han llegado al final de la rampa. Koldo, fumando todavía, se había apoyado cara al mar en la barandilla y se vuelve para mirarla.

—Eran sitios muy raros —interrumpe Koldo—. Bueno…, ya sabes.

—Lo sé y…, no, no digas nada. —Cata levanta la mano derecha para indicarle que se calle, que la deje seguir ahora que por fin se ha decidido—. Durante estos días ha surgido un problema que no hemos resuelto, un problema grave, y pensábamos que todo venía de ahí.

—Te agradezco que me lo cuentes, pero seguimos igual, tú hablando en clave y yo sin entender ni una palabra.

El olor terroso del hachís que fuma Koldo la lleva sin que ella quiera a esa noche de hace poco más de una semana. Una semana. Apenas el tiempo de estremecerse. De sentir. El grupo francés desvariaba en el escenario de aquel bar perdido del mundo, el Bar de Jo, y Koldo le ofreció una calada más: «Pero vamos fuera —le dijo también—, aquí hay demasiada gente». Fuera la esperaban las chumberas, el mar a lo lejos y el cielo cuajado de estrellas, la sensación de que jugaba a algo divertido y a la vez peligroso. Luego llegó ese beso voraz y una boca que le mordió el cuello y la deshizo con un corte limpio, que la partió por la mitad. Koldo había estado encantador durante la cena, tejiendo entre bromas un cortejo que culminaba un largo día de miradas y frases con doble sentido. Y es difícil ignorar esos ojos. Ya en el desayuno, las pupilas de Koldo eran como yemas pulposas que le acariciaban la piel provocando pequeñas descargas, sí, entre los muslos, bajo la mesa y sin que nadie lo advirtiera, una molestia agradable, un delicioso escozor. Si echa la vista atrás, Cata se da cuenta de que surgió así, de repente, porque durante los primeros días de estas vacaciones malogradas, Koldo y ella se habían tratado con la educación que corresponde y la cordialidad necesaria, ignorándose la mayor parte del tiempo, conjuntos disjuntos sin posible conexión. Como debe ser. Como debería haber sido. ¿Qué pasó?, se pregunta ahora. ¿Por qué ese cambio? ¿Quién de los dos tomó la iniciativa? ¿Siempre va a querer más y más?

—El negocio no es del todo nuestro —le dice a Koldo después, cuando consigue centrarse. No ha fumado, pero siente que el tiempo va más despacio, sin prisa por ahora—. Hay alguien encima. Una mujer, quiero decir.

—La mujer que te ha llamado, entiendo, la misma que te iba a pedir mucho dinero. ¿Es así?

Cata asiente y se le acerca, y se apoya también en la barandilla, codo con codo, él de espaldas al mar y ella encarándolo. A un lado, entre las nubes cargadas de calima, el peñón que cierra Genoveses surge de vez en cuando como si fuera un espectro, una sombra vacilante que la inquieta y la obliga a apartar la vista.

—¿Ves? No hace falta darte tantas explicaciones, eres listo y sabes atar cabos.

—¿Y de cuánto dinero hablábamos? —Koldo apura el cigarro, lo apaga en la barandilla y se guarda la colilla en el bolsillo de sus vaqueros ajustados.

—Eso ya da igual.

—El dinero nunca da igual. —Los ojos de Koldo brillan—. ¿Qué pasa? ¿Que esa mujer ya no quiere ni un céntimo?

La voz grave de Chidinma retumba en el mirador y se expande entre las nubes: «No, Cata, yo no he ordenado nada y me molesta mucho que lo pienses siquiera. ¿A tu hijo? La deuda sigue pendiente, pero yo nunca le haría nada a tu hijo. En el nombre de Nuestro Señor Jesucristo, me gustaría saber por quién me tomas».

—Pasa que no ha sido ella —afirma Cata después de darle un par de vueltas a la idea—. Ni siquiera sabía de qué le hablaba. Acababa de aterrizar y vio que tenía cientos de llamadas perdidas nuestras. Su marido murió la semana pasada y ha estado unos días en Nigeria, con las cenizas y demás trámites, y también arreglando algunos flecos del negocio. Pensaba volver el miércoles, pero luego ha prolongado el viaje hasta hoy. No nos ha contestado estos días porque estaba allí, con el teléfono español apagado y muy metida en sus asuntos.

—Puede estar mintiendo. —La voz de Koldo es firme.

—No lo creo. Te aseguro que huelo las mentiras a kilómetros de distancia. Tengo un don especial para eso, y muchas tablas también.

—¿Y por qué en Nigeria? ¿Tu jefa es nigeriana? Suena muy exótico y muy turbio. Supongo que lo de no denunciar va por ahí. —Koldo se ha girado y ahora mira de nuevo el mar—. No sé..., piénsatelo. Dani es mi amigo, pero sobre todo es tu hijo y tenemos a la Guardia Civil justo aquí al lado, en esos edificios horribles que cierran la bahía. Podríamos ir ahora mismo si quisieras.

A lo lejos, el cielo se ha convertido en una red de neuronas que se apagan y se encienden a toda velocidad. Pronto llegarán los truenos, desacompasados y ajenos al resplandor, siempre a destiempo.

—Voy a esperar un día más —habla para sí misma, pensando en voz alta sin la menor cautela—. Quien haya sido nos tenía bien vigilados, está clarísimo. Ese maniquí no llegó a la playa solo, ¿no crees?

La tormenta eléctrica brilla al fondo como un parque de atracciones, sin lluvia, sin permitirse una gota de agua. Deberían volver. Algo le dice a Cata que el verdadero peligro no está mar adentro sino mucho más cerca, y que basta extender una mano para rozarlo.

SEIS DÍAS ANTES DEL RAPTO

Analía se acaba de despertar y en lo primero que piensa es en la lengua de Koldo. Anoche se la metió hasta la garganta y sin previo aviso, y era fuerte e invasora, y a ella le encantó. Siendo realista, la lengua no es más que un músculo recubierto de membranas mucosas que puede resultar repugnante si una se para y lo examina con detenimiento. Pero es muy curioso el poder que atesora, porque si ese músculo es de quien debe y hace lo que conviene, la vida se transforma de repente en algo complejo y excitante, en algo por lo que merece la pena estar aquí. Ana todavía no ha abierto los ojos y ya sonríe. Es como si las partículas del aire la envolvieran en una nube de color rosa y le hicieran cosquillas por todo el cuerpo, como si emitieran una luz cargada de posibilidades y sueños.

Separa unos centímetros la cabeza de la almohada y la deja caer de nuevo. Le duele un poco, y hay una especie de tamborcillo que le palpita en la sien. La viscoelástica se hunde y luego rebota hasta la posición más ergonómica que pueda imaginarse, su cuello y sus cervicales crujen de satisfacción y toda ella se remueve buscando alivio. Mmm, ronronea. Ahora mismo se siente como rebozada por entero en harina tamizada, en polvos de talco, en alguna sofisticada fórmula de aceite esencial. Qué disfrute. Esas sábanas tienen tantos hilos de algodón peinado que acaban siendo una trampa, un imán del que es difícil desprenderse. Le gustaría dormir un rato más, pero desiste. Sabe de sobra que no va a lograrlo, que esa cabecita suya palpitante y pensadora no va a ceder. La lengua. Se ha despertado y la lengua sigue ahí. Hasta la fecha, sus historias con chicos han sido abundantes pero aburridísimas, y algo le dice que esto va a ser otra cosa, que esto promete, que para nada se va a aburrir. Ya lo intuyó el lunes en aquel precipicio, en esa excursión interminable que, entre unas cosas y otras (y exagerando un poco) casi le cuesta la vida. Han pasado cuatro días y todavía sueña con ellas, con la patera y las mujeres desperdigadas por los cerros, con los gritos, con aquel descontrol y con la suerte que, después de todo, ha tenido ella en la vida. Lo que vio la afectó tanto que esa tarde no fue capaz de seguir coqueteando con Koldo. Desde entonces, lo ha intentado a diario, pero ese engreído no le ha hecho el menor caso hasta ayer por la noche, cuando volvieron del bar de moteros y aquí mismo, mientras Dani entraba en el baño para embadurnarse de cremas y tónicos faciales, se le acercó como para darle las buenas noches y lo que le dio fue un morreo que la dejó turulata. La boca le sabía a tabaco y al licor horrible que habían estado bebiendo. Pero le daba igual, tanto el tabaco como el Tóxico ese, lo importante era que las vacaciones tomaban por fin otro rumbo. «Qué guay, tía», se moría de ganas de llamar a Olivia y oírla decir eso: «Qué guay, qué bien te lo montas siempre, y yo mientras tanto muerta de asco en Madrid».

Olivia y ella, en el colegio, son bastante populares. No LAS MÁS populares, pero sí BASTANTE populares. En fin, son conceptos, pequeños matices que a medio plazo acaban teniendo su aquel. Si eres LA MÁS popular, tu vida puede irse a pique en cualquier momento porque tienes que estar pendiente de no bajarte nunca de la cresta de la ola; y si bajas, aunque apenas sea un par de metros o incluso unos cuantos centímetros, ándate con cuidado porque tu corte de admiradoras va a echársete encima y te va a triturar. Ana está convencida de que tanto riesgo y esfuerzo no merecen la pena: ahí arriba, cualquier resbalón o descuido se paga caro. En cambio, si estás bien colocada, pero no en primera fila, si eres BASTANTE, pero no DEMASIADO, entonces puedes hacer lo que quieras porque nadie va a venir después a pedirte explicaciones. Libertad, que se llama. Parecerán tonterías, pero son conclusiones importantísimas a las que se llega razonando o simplemente se intuyen. Olfato, el olfato también cuenta. Lo tiene más que hablado con su tía Cata y con Olivia, sus dos pilares de opinión, y las dos son muy forofas de su tesis.

Bocabajo, con el cuerpo dibujando una equis sobre las sábanas y tan incrustado en el colchón que parece haber llegado ahí en caída libre desde el techo, Ana estira el brazo izquierdo hasta la mesita de noche y busca palpando a ciegas los artefactos necesarios para ponerse en marcha y triunfar. El primero es el mando a distancia de la persiana, cuyo botón central pulsa con determinación y con los ojos cerrados todavía. El ruido del motor es tenue y da paso a un torrente de luz que, en cuestión de segundos, inunda el dormitorio. Repara entonces en que estaba muerta de frío por culpa del aire acondicionado y que los rayos del sol de media mañana son como un linimento, una cálida caricia que le recorre las pantorrillas, las corvas, los muslos…; y que curiosea por ahí. Lo de anoche con Koldo fue tan inesperado que ni siquiera reaccionó como se supone que se debe reaccionar en estos casos, o sea: «¿No entras?»; o sea: «Yo no tengo sueño»; o sea: «Dani es discreto y seguro que no le importa». O sea. Qué pavona, de verdad, permitió que Koldo se fuese a su cuarto y se quedó con dos palmos de narices. Cata usa un refrán muy apropiado para estos casos extremos, para lo de no dejar pasar las oportunidades y tal, y aunque Ana no recuerda ahora mismo las palabras exactas, las tendrá muy en cuenta estos días, vaya si las va a tener: ella no piensa irse de allí sin hincarle el diente a ese buenorro.

Se da la vuelta y se estira hacia los cuatro puntos cardinales. Es una estrella. Una estrella morena y tan grande que puede resultar destartalada. No hay nada que le guste más que estar así por las mañanas, despatarrada en la cama pensando en sus cosas, sin nada mejor que hacer. El cielo no es azul sino blanco al otro lado del ventanal, un blanco enfermizo, como si alguien lo hubiese frotado con una pomada que tardara en secarse. Sobre la mesita está también el teléfono, su tercer pilar en la vida. ¿Qué habrá sido de Olivia? Su amiga del alma estaba anoche tan deprimida que ella decidió esperar hasta hoy para contarle sus aventuras. Qué buen corazón tiene a veces. ¿Alguien podría negarlo? Y es que hay que cuidar a las amigas bipolares, es lo menos que merecen, y habría sido muy cruel fardar de su nueva conquista mientras la pobre de Olivia se pudre en su casa de la calle Altamirano. Ayer la encontró tan triste que acabó preocupándose. Las emociones de Olivia son siempre incontrolables y más de una vez han dado problemas, ser bipolar no debe de ser cosa fácil. «No puedo más», fue lo último que Olivia le escribió en el WhatsApp antes de que ella, con sueño y con ganas de relamerse un rato pensando en Koldo, le contestara con una ristra de zetas, seis o siete corazones bien gordos y diez caritas con más corazones alrededor de las mejillas, además de besos sin fin: «Hasta mañana, tía pesada, déjame disfrutar».

A Ana le cuesta mucho entender a Koldo. Ni caso desde el lunes y ayer va y casi se la come con esa boca que tiene y esos labios y esa lengua. Ahí seguirá, al otro lado de la pared, durmiendo la mona en su cama en vez de estar lamiéndole a ella las corvas u otra cosa, pasándolo bien. Porque pasarlo bien sí que sabe el muy pillo, de eso no cabe duda. El martes, su padre les prestó el coche para que fueran a ver la playa de Mónsul. Menos mal. Menos mal lo del préstamo y lo de que Koldo conduzca, porque otra paliza a pie como la del lunes, ni hablar. La playa en cuestión era preciosa, con su gran roca en medio como un cetáceo asomándose y su agua calma y cristalina, pero estaba tan llena de familias empeñadas en ocupar el terreno con carpas y comedores plegables que decidieron marcharse. Acabaron en Cala Carbón, la última playa antes de la verja que corta la pista, y era chiquita y muy negra y estaba casi vacía. Dani y Koldo se desnudaron y se lanzaron al agua enseguida. Vaya con Koldo. Qué generosa es la naturaleza en ocasiones. Ana lo miró con disimulo unos segundos, y como ella tampoco tiene nada de lo que avergonzarse en lo que a abundancia se refiere, tardó muy poco en quitarse la ropa. Le habría gustado que Koldo le prestara un mínimo de atención y que Dani se volatilizase; sin embargo, ninguna de las dos cosas sucedió. Después del baño volvieron a casa y esa misma tarde llegó el chico de mantenimiento dispuesto a venderle a Koldo un alijo que bien podría cubrir las necesidades de una casa okupada al completo. Cuánto vicio. Koldo y Dani no han parado de fumar desde entonces, el miércoles en la playa más cercana a la casa y el jueves por la mañana en la piscina. Lo que más le extraña es que nadie diga nada. Ni sus padres ni su tía Cata ni el recién llegado Martín. ¿Qué pasa? ¿Que no lo huelen?

Ana extiende ahora la mano derecha y coge de la otra mesita las gafas de sol. Son enormes y oscuras y dan el cante allá donde va, dos pantallas azul petróleo tamaño XL frente a las que su admirada Shakira no pasaría de mera aficionada. Si se las pone es porque el blanco de la habitación reverbera con furia a la luz de la mañana. Las paredes, las cortinas, los muebles y las sábanas son de un blanco inmaculado, y allí su cuerpo moreno y su diminuto camisón de seda roja deben de destacar ahora mismo como un hibisco reventón, como un cráter recién despertado.

A quien vio muy tonta anoche fue a Cata, piensa de repente. Se reía como una boba y apenas hacía caso a lo que los demás decían. Luego Martín mencionó lo del grupo justo al terminar la cena y entonces Cata sí que reaccionó, y lo hizo dando por zanjado el tema. Pues eso sí que no. ¡Una banda en el Madrid de los ochenta! Qué maravilla y qué misterio tan grande, luego los buscará. Pondrá en Google sus nombres y esa década mítica y seguro que algo encuentra. Google es un amiguito maravilloso, de los que nunca te fallan. Hace unos días, a Ana le dio por ahí y empezó a buscar a su madre. A su madre de La Zurza. A su madre de verdad. Sí, en la red y sin apenas esperanzas, como quien lanza una botella al océano con un mensaje escrito sabiendo que nadie lo va a leer. Ahora, al pensar en ello, lo que siente es un arrepentimiento grandísimo, porque no se puede ser más mala y más desagradecida. Su madre de verdad es Lucía y la otra es una dominicana malnacida que la abandonó en la calle cuando ella era todavía un bebé, junto a un cubo de basura o peor aún: dentro, eso es, dentro del cubo y con la tapa puesta para que nadie la oyese llorar a berrido limpio. Porque nadie puede llorar de otro modo si lo abandonan así, ¿no? Dentro de un cubo putrefacto rodeado de ratas famélicas. Ya. Ya basta. Cuánto le gusta hacerse la mártir y qué mente tan retorcida la suya. No tiene ni la menor idea de lo que pasó en La Zurza, pero desde que vio a tantas chicas de casi su misma edad corriendo por la cala, no para de inventar ese tipo de historias, historias interminables y llenas de recovecos, y cuanto más macabras, mejor.

¿Qué hora será?, se pregunta después, cuando consigue

apartar esas ideas. De la habitación vecina surgen ruidos reconocibles: algún que otro pedo, risas, cosas de chicos, amigotes de cabeza hueca gastándose bromas que no tienen gracia. Si de algo se alegra Ana estos días es de volver a estrechar lazos con Dani. Hace dos cursos, cuando el muy traidor se hizo íntimo del par de drogadictas que encontró en su clase y montó con ellas un tinglado que acabó en expulsión, ella se sintió tan despechada que dejó de dirigirle la palabra. Qué ingrato. Ni siquiera la invitaba a esas fiestas de las que la mitad del colegio hablaba. Luego lo mandaron al internado y además estuvo el año entero castigado sin salir, y aunque ella, que de tan buena parece tonta, le hacía visitas los sábados para que no se aburriese, las cosas entre ellos nunca volvieron a ser como antes. Durante estos días, en cambio, sí que están recuperando el tiempo perdido y han vuelto a las confidencias, a los chismes, a la vieja complicidad. Ser dos bichos raros siempre los unió mucho. Ella es adoptada y mide más de la cuenta; y Dani, bueno..., Dani rarito es un rato, un rato largo más bien. Ayer mismo, entre chupito y chupito de licor Tóxico, Dani empezó a contarle que este año ha sido el mejor de su vida, que se había enamorado como nunca y que soñaba cada noche con el internado, con lo que allí pasaba, con la persona que lo hacía feliz. «La persona», dijo. «La persona» sería un maromo de dos por dos y pelo en pecho y a ella le dio mucha rabia que no se lo confesase. Estaba a punto de hacerlo, o eso pensó Ana, cuando comenzó ese concierto de locos y su padre los arrastró a la base del escenario; y luego, claro, ya no procedía, porque muy poco después todo se descontroló. El público deliraba, sus padres se divertían bailando, Koldo desapareció un buen rato y ella aprovechó la circunstancia para ponerse a ligar con dos gaditanos bien guapos que andaban por allí. En cuanto a Dani, también quiso hacer lo propio a pesar del amor infinito que de un tiempo a esta parte le profesa a «la persona». Así somos, y que conste que no lo critica: a ella, plin. Hasta que llegó Martín enfadadísimo y dijo que se marchaban, que se acabó la juerga, que había pasado todo el día de viaje y que ya estaba bien. Qué corte de rollo y qué aguafiestas. Se había cansado, claro. Eso le pasa por estar tan gordo. Todavía no entiende cómo su tía Cata se puede meter en la cama con ese saco de carne blanca y colesterol. Llegaron a la casa media hora más tarde, cada uno en su coche correspondiente y todos borrachos. Y es que esos chupitos eran como pequeñas bombas encriptadas, el dolor de cabeza que tiene ahora mismo debe de venir de ahí. Más tarde, en la puerta del dormitorio y sin venir a cuento, Koldo le preguntó por los gaditanos, los había visto merodeando y quería saber si la habían molestado.

—¿Molestado? ¿A mí? No, ni mucho menos.

—Vale —Koldo la miraba fijamente—, pues que no me entere yo que te hacen esto.

Entonces llegó esa lengua y...

—Ana, ¿estás despierta?

Mierda. Su madre acaba de asomar la patita justo cuando venía lo mejor. Ana se quita las gafas y se incorpora de un salto. Qué remedio. La vida sigue y habrá que afrontarla con valentía.

—No mucho. Los chupitos me sentaron fatal.

—Sí, como a todos. Salma ha preparado huevos fritos con beicon. Te vendrán bien. No hay nada como las grasas saturadas para la resaca.

—¿Y eso? ¿Eres experta también en resacas? Imagino que con tu banda de rock os poníais tibios.

—Déjate de bandas, cariño. Tenemos un problema.

Su madre se acerca, recoge las gafas de la cama y se sienta en el borde, con cara de calla ya y prepárate.

—Escúchame: es Olivia.
—¿Olivia? ¿Y qué le pasa a esa chiflada ahora?
—Me acaba de llamar su madre.

Las últimas palabras del WhatsApp empiezan a parpadear en algún rincón de la cabeza de Ana, «no puedo más», mientras se encienden las luces de peligro y suenan todas las alarmas.

—¿Le ha pasado algo? Quiero decir…, ¿ha hecho algo?

La voz le tiembla. No. No podría perdonárselo nunca. A mí no me fastidies, Olivia, eso sí que no.

—Se ha escapado de casa.
—¿Qué?

Gran suspiro. Menos mal. El alivio entra y sale de sus pulmones a bocanadas.

—Lo que oyes. Su madre está disgustadísima.
—Bueno, no es la primera vez que lo hace. En cuanto le entre hambre, volverá.

Y así, sin querer darle más vueltas a un asunto que no merece la pena, Ana se pone de pie, va hasta el armario y piensa en lo que se pondrá esta noche. Quiere estar deslumbrante, quiere que ese tío que duerme ahí al lado caiga a sus pies.

—Ha dejado una nota —insiste su madre.
—Sí, ya me imagino, algo sobre que nadie la entiende y que el mundo se confabula para hundirla. En fin, lo de siempre.
—No. Es mucho peor que eso. Esta mañana se ha ido a Atocha y se ha montado en un tren con lo puesto. Viene de camino. Su madre me ha pedido por favor que vayamos a recogerla a Almería, a las dos y media estará aquí.

ESCUETO

1987

—¿Fer? ¡Pero bueno, tío! ¡Cuánto tiempo!

Martín acababa de darse la vuelta y se deshacía en exclamaciones, y Fer lo miró pasmado. ¿Era él? ¿De verdad era Martín? Llevaba casi tres años sin tener noticias suyas y ahí estaba, a no más de un metro de distancia, con una copa en una mano y un cigarrillo en la otra.

—Nada, aquí con unos amigos —repuso Fer con la mayor naturalidad, como si hablasen a menudo, como si el día anterior se hubiesen visto en el barrio—, celebrando que hemos terminado los parciales.

Fer no pensaba salir, pero los de la facultad insistieron tanto que al final lo convencieron: vermut y cañas en el 2D para animarse, y luego ya verían. Cuántas casualidades juntas. Fer no solía ir por allí, a su novia no le gustaba el ambiente de Malasaña y a él, de un tiempo a esta parte, tampoco.

El 2D tenía aire de taberna antigua, con sus azulejos y sus globos de luz y sus mesitas de mármol, pero la clientela no podía ser más moderna. Estaban todos, las viejas glorias y las nuevas, rockeros y gente del cine, estrellas poperas colocadísimas o a punto de meterse algo, provincianos despistados y nenes pijos con ganas de noche loca. Lo que sonaba no era precisamente una novedad, *Groenlandia*, pero quien más quien menos tarareaba esa letra algo surrealista que narraba la búsqueda del amor en los lugares más lejanos y caprichosos, el Tíbet, los cráteres de Marte, la isla de Pascua.

—Así que sigues siendo un puto estudiante —dijo Martín.

—Sigo estudiando, sí. Voy al turno de tarde y por las mañanas trabajo.

Martín se rio con la boca muy abierta y el cuerpo echado hacia atrás, como si le acabasen de contar un chiste graciosísimo.

—Eres mi héroe, tronco —añadió cuando dejó de reírse, de reírse de él—, siempre lo has sido.

Fer debería haberle contestado en el mismo tono y sin embargo no lo hizo, y luego, cuando la noche se alargó más de la cuenta y hablaron de lo que no debían, se arrepintió. Martín no había cambiado un ápice, era el mismo tipejo provocador y faltón de hacía tres años, y hasta su aspecto seguía igual: un tirillas fibroso con cara de gato chungo. Los guardapolvos negros y los cardados góticos habían dado paso, eso sí, a otro tipo de estética: camiseta con chupa de cuero, vaqueros y botines de hebillas, el pelo casi al cero y unas entradas tan marcadas que llamaban la atención.

—¿Y tú? —le preguntó en vez de mandarlo a la mierda y seguir de fiesta con sus amigos—. ¿Qué es de tu vida?

—Bien, no me puedo quejar. —Martín le guiñó un ojo, alguien le acababa de tocar el hombro—. Perdona, vuelvo ahora mismo. —Se ajustó la chupa, dio unos pasos hacia el baño y luego se giró hacia él, señalándolo con el dedo—. Oye, ni se te ocurra pirarte.

Estuvo a punto. No le habría costado tanto escabullirse,

montarse en el metro y levantarse al día siguiente sin resaca, pasar la mañana echando una mano a su padre en la carpintería o de paseo por el Retiro con su novia; y olvidarse para siempre de Martín.

Mientras sonaban los últimos acordes de los Zombies, Fer pensó en Arancha, que esa noche no estaba en los anillos de Saturno ni en las lejanas selvas de Borneo como sugería la canción, sino en una habitación del Santa Mónica, un colegio mayor femenino de la Ciudad Universitaria que costaba una fortuna al trimestre, al menos para sus parámetros. Se habían conocido en la facultad y llevaban un año saliendo. En Hispánicas no faltaban chicas, chicas guapas y sensibles con las que compartía intereses, pero a él le costó tiempo fijarse en alguna. Durante los dos primeros cursos, sus compañeros se burlaban porque allí era difícil no ligar: ellos eran tan pocos, y ellas tantas, que la probabilidad de alcanzar el éxito era altísima. Entonces ¿qué le pasaba? ¿Es que no le gustaban las tías? «Me gustan y mucho —se defendía él—, es solo que...». Eso, solo que. ¿Por qué tendría que explicarles nada a esa panda de completos desconocidos? No podía olvidarla, así de simple. Lucía estudiaba Filología Inglesa, también en la Complutense, pero ninguna de esas dos circunstancias había facilitado las cosas. Cuando se cruzaban por los corredores racionalistas de Filosofía y Letras o bajo la vidriera art déco del vestíbulo, con suerte obtenía de ella un saludo fugaz o alguna mirada esquiva; en ocasiones, ni eso. Según sus entusiastas y alocados planes de aquel septiembre de hacía tres años, los dos irían hasta allí juntos desde la colonia y estudiarían juntos y juntos compartirían apuntes de asignaturas comunes, juntos como antes, juntos y solos los dos. Lucía, sin embargo, no pensaba lo mismo y respondió con negativas, con excusas, con turnos contrarios para no coincidir. El vacío total llegó a los pocos meses, y el dolor al verla mirar para otro lado cuando por casualidad tropezaban lo dejaba desamparado y maltrecho, sin ganas de intentarlo otra vez. «No insistas, ha estado muy mal y quiere pasar página —le dijo su madre en enero, cuando, buscando un pretexto, se le ocurrió ir a la panadería para desearle un feliz año—. Lo siento, chico, pero te agradeceríamos mucho que la dejases en paz».

—Por fin libre —Martín estaba frente a él de nuevo—, y perdona por haberte dejado con la palabra en la boca. —Le puso la mano en el hombro y se acercó para hablarle al oído, como dispuesto a hacerle una gran confesión—. ¿Sabes?, la peña está cada vez más exigente. Se ponen como fieras si no les pasas lo que quieren a la voz de ya y encima te regatean el precio. Hay que joderse, ni que fuésemos voluntarios de la Cruz Roja.

—Así que sigues en lo mismo. —Fer no pudo evitar una mueca de disgusto. El aliento de Martín era acre, como de cal o de pólvora, y lo notaba deslizarse por su cuello y su cara hasta inundarle la nariz—. No escarmientas, ¿eh? Pensé que al salir, lo dejarías.

Después de aquellas vacaciones funestas, a Martín lo pillaron traficando con mierda y estuvo varios meses en el trullo, acontecimiento que en el barrio fue muy bienvenido y comentado. Eran muchas las familias que habían enterrado a un hijo por culpa de la heroína, la de Fer sin ir más lejos, y a todas les supo muy bien encontrar por fin un responsable. Desde entonces, Martín no ha vuelto por allí.

—Bah, agua pasada. Y claro que lo dejé. —Martín le cogió el brazo y se lo apretó, como si le estuviese dando el pésame—. Ahora solo paso coca y chuches festivas: speed, mesca, unas pirulas nuevas que llaman «éxtasis»… La gente ya no quiere viajes ni rollos raros, lo que quiere es bailar y divertirse; y follar, si puede, aunque eso está cada vez peor. A la que te descuidas, cualquiera de estas te pega el sida. —Señaló con la barbilla a un grupo de chicas y luego frunció los labios mientras asentía, como convencido de que estaba comunicando una gran verdad—. Avisado quedas, colega, no creas que el problema es solo de maricones y yonquis.

Su vida con Arancha estaba muy alejada de ese mundo, de las juergas y las drogas, de las noches eternas, de la música y los bares. Arancha era una chica de Ávila que llevaba el temario al día, que quería cursar un doctorado y especializarse en el Siglo de Oro, que soñaba con ser profesora y llegar a catedrática, fundar una familia y comprar un buen piso, veranear en la sierra, ese tipo de cosas. Fer todavía no la había llevado a El Tercio ni tenía intención de hacerlo: ¿qué pensaría al ver la colonia, las casitas amarillas con el cableado de los muros, las manos romas de su padre? Cuando Arancha preguntaba, Fer contaba que vivía lejos, al otro lado del río, y que era mejor citarse en Moncloa porque su barrio estaba muy a desmano. Apenas unos días antes, Arancha le había dicho que su madre vendría a final de mes y que quería conocerlo, se quedaría unos días, irían de compras y al teatro, lo invitarían a tomar vermuts en la calle Goya y a su asador vasco preferido, uno buenísimo llamado El Frontón.

—¿Nos tomamos algo? —Martín seguía ahí y le acababa de dar un puñetazo amistoso—. Menuda cara llevas, chaval, cualquiera diría que has visto al diablo. Vamos, dime qué te pido, que invito yo.

Mientras Martín pedía las copas, uno de sus amigos se acercó para decirle que se iban, y Fer, sin saber muy bien por qué, decidió quedarse. Martín volvió con dos cubatas, por los viejos tiempos, brindó, y él sonrió apesadumbrado y dijo lo mismo: vale, por los viejos tiempos. Habían pasado ya tres años, parecía mentira, tres años y de repente todo volvía a su lugar: el alcohol, los cigarros, las bromas gruesas y esas salidas de tono que a él siempre le molestaron tanto.

—Y de Lucía, ¿tenemos noticias?

Era inevitable que Martín preguntara.

—No, ninguna. Ni siquiera la veo por el barrio.

—¡Pero si vivís uno enfrente del otro!

—Ya…, ¿y qué? Es difícil coincidir si uno de los dos no quiere.

Martín lo miró de reojo, con las cejas levantadas.

—No me digas que te sigue molando.

—Yo no he dicho eso.

—Pero te lo veo en la cara. Vamos, hombre, no me jodas.

Fer pensó entonces en Lucía, en los rumores, en cuánto le gustaría que no fuesen ciertos.

—Anda con unos y con otros, me cuentan. —Le costó pronunciar esa frase, y le costó tanto que su voz se convirtió en un susurro, en un hilo tan débil que Martín se tuvo que acercar—. Como…, como muy suelta, ya sabes… En la facultad ha cogido fama, imagínate.

—¿Qué me dices? —Martín se separó de él y empezó a reírse—. ¿Así que por fin se liberó? Ya era hora, la verdad. Yo siempre lo pensé: Lucía, la gran folladora.

—No te pases, ¿vale? Y no hables así de ella.

Martín siguió descojonándose y añadió además palabras muy feas, y Fer, sin quererlo, sintió esa especie de furia, la sangre que hervía con la misma fuerza que en aquel lejano ensayo en el cobertizo, cuando golpeó a Martín y los dos acabaron dándose puñetazos en el suelo, con la ropa manchada de harina, entre botes de especias abiertos y estrellitas de anís.

—Todavía me acuerdo de aquel pantano —mientras tanto, Martín insistía—, menuda la que os lio la muy…

—¡Que te calles he dicho! —Fer cogió a Martín por la camiseta y lo retuvo así unos segundos, como retándolo, como indicándole con los ojos lo que podría pasarle si añadía una sola palabra más.

—Tranquilo, ¿vale? —Martín levantó las dos manos y bajó la voz—. Y no te pongas así, no merece la pena. ¿O es que no te das cuenta? Nunca te hizo ni puto caso, Fer, parece mentira que sigas igual a estas alturas.

Entonces Fer miró a Martín a los ojos y se vio allí, buscando la boca de Lucía sobre la planicie de piedra que bordeaba el pantano, el agua cerca y el cielo sin luna, Juanfra dejándose llevar también, Los Secretos sonando.

—Ten, prueba esto. —Martín tenía algo entre los dedos—. Te va a sentar genial, y así te calmas.

—Gracias, pero no. Creo que me voy a casa.

—Y una mierda. —Martín, como si nada acabase de pasar entre ellos, se colocó detrás y lo fue empujando poco a poco—. Anda, salgamos, aquí no se puede ni respirar.

A pesar del frío y de un viento inmisericorde, la plaza del Dos de Mayo era un hervidero de gente bebiendo litronas en las escaleras y los bancos de piedra, fumando porros junto a los muros pintados con mil leyendas, trajinando por aquí y por allá. Dejaron atrás la plaza y subieron por Velarde con el viento en contra, tan helado y cortante que parecía lanzarles guijarros a las mejillas. Fer, ya más tranquilo, iba directo al metro, lo tenía clarísimo, y si preguntó por Cata fue por hablar de algo, para evitar que Martín le pidiese que se quedara.

—¿Cata? Muy bien, de ella iba a hablarte ahora mismo. Seguimos juntos, aunque cueste creerlo. Sí, señor, ahí seguimos. Nadie daba un duro por nosotros y ya ves.

—Me alegro, tío, me alegro mucho.

—Compartimos piso con unos cuantos por aquí cerca, en Espíritu Santo. Tienes que venir un día, organizamos unas fiestas de la hostia.

Llegaron a la Corredera Alta y Fer se detuvo para despedirse. Si se daba prisa, cogería el último metro y volvería a su nueva vida sano y salvo, sin ningún rasguño, sin nuevas y pesadas piedras que arrastrar.

—Venga ya —Martín lo miraba atónito—, no me puedo creer que me dejes tirado después de tanto tiempo sin vernos. —Cambió el gesto y puso cara de agravio—. Tú y yo somos colegas, ¿no? Hay que joderse, con la de cosas que he hecho yo por ti. ¿O no las he hecho?

Un segundo, dos como mucho, pensaría Fer más tarde, a veces las decisiones se toman en apenas un par de segundos y luego lo cambian todo, y el mundo se pone patas arriba y nos deja perplejos, preguntándonos qué ha pasado exactamente, en qué momento se echó todo a perder.

—Venga, me tomo la última y cojo el búho. Total, ni siquiera es tan tarde.

—Así me gusta —dijo Martín—. Vamos a ir a un sitio de flipar y además te vas a llevar una sorpresa. Toma, con esto tendrás el pack completo —y volvió a ofrecerle lo de antes—, no hace falta que me des las gracias.

Los sitios flipantes, las sorpresas, las sustancias. Martín y sus métodos. No. Esta vez, no.

—Vamos donde digas, pero guarda eso; no quiero tomar nada.

—Las llaman «píldoras del amor» y sientan de puta madre. —Martín las sostenía en la palma, eran de color amarillo y llevaban grabada una carita muy simpática que sonreía con la mayor felicidad—. Nada de malos rollos, en serio, solo amor. —Echó atrás los dos brazos como si arrancase una moto y empujó el aire con la pelvis. Un gesto inequívoco, muy de Martín—. Amor y lujuria allá donde vayas.

—No, de verdad. No he vuelto a tomar nada desde aquel día y no pienso hacerlo hoy.

Martín fijó la vista en la pared de enfrente, en las pintadas que ensuciaban las persianas bajadas de los comercios. «Muelle», decía el grafiti, las letras eran redondas y gruesas, subrayadas con una espiral que acababa en flecha y una erre mayúscula encerrada en un círculo. Tardó todavía un poco en alzar los hombros, en mirar con cierta nostalgia las dos pastillas y en llevárselas a la boca.

—Pues no sabes lo que te pierdes —concluyó.

Recorrieron la Corredera de San Pablo y dejaron atrás el Penta, el Tupper Ware y otros garitos que la movida había convertido en santuarios. Fer no quería ponerse triste, pero era inevitable pensar en todos los sueños rotos. Nunca volvieron a actuar, nunca grabaron aquel disco ni fueron de gira. Lo que sucedió entonces los golpeó con fuerza y todos salieron despedidos en direcciones contrarias. Se detuvo un momento y Martín lo miró inquieto, como si temiese que finalmente cambiara de opinión y decidiera marcharse.

—Quien tampoco ha vuelto por la colonia es Cata —dijo Fer después. Hacía tiempo que no se permitía cierto tipo de recuerdos y cambiar de tema era una manera infalible de apartarlos—. La casa sigue vacía y se está arriesgando a que se la quiten.

—No queremos saber nada de El Tercio. Ni ella, ni yo. —Martín apretaba el paso y la Corredera se abría a la plaza de San Ildefonso y a su desmañada iglesia de campanarios enrejados—. Mi familia dejó de hablarme cuando salí de la cárcel, qué hijos de puta, me pusieron la cruz sin mediar palabra y hasta hoy. Y lo que le pasó a la madre de Cata tampoco ayuda a tenerle mucho cariño a esa casa, ¿no crees? Es una mierda de sitio, me refiero a todo el barrio, ya te darás cuenta cuando te vayas.

La madre de Cata murió también al final de aquel verano, en septiembre, poco antes de que Martín acabase entre rejas y de que Lucía y Fer empezasen la carrera. El verano maldito, el verano en el que todo se pudrió. Fue Cata quien la encontró ahogada en sus propias flemas, envuelta en babas, con el sillón rodeado de botellas vacías y la cabeza volcada hacia atrás. Al funeral no fue ningún vecino de la colonia, pero ellos sí que estuvieron arropando a Cata. Que Fer recuerde, fue la última vez que pasaron un rato los cuatro juntos, cabizbajos, recordando cada uno a su manera ese otro funeral de la primera semana de agosto, con el padre de Juanfra enloquecido, maldiciéndolos, ordenándoles a gritos que se marchasen de la iglesia.

—Entiendo lo de esa casa —dijo Fer después de un breve silencio—. Pobre Cata. La verdad es que fue terrible.

Martín asintió con una sonrisa forzada, como aburrido, como deseando dejar de hablar del pasado. Descendían por la calle del Barco y Fer se inquietó. Más abajo, en Ballesta y Desengaño, el suelo se poblaría de yonquis, de jeringas y gurruños de papel de plata, de camellos malencarados y prostitutas sin dientes que les harían propuestas desagradables.

—Cata salió ganando, así de claro te lo digo. —Martín se había sumado a la cola de un garito que había a la izquierda y le hacía aspavientos al tipo que controlaba la entrada—. Esa mujer era más mala que la peste.

—¿Y qué es de Cata ahora?

—¿Cata? No le va nada mal, ya sabes que es más lista que nadie y de todo saca provecho. —Los gestos de Martín habían tenido éxito y el portero los llamaba para que se saltasen la cola—. Su padrino la ha colocado en su empresa, empezó llevando cafés y haciendo fotocopias y ya la han ascendido. También coge trabajillos que le salen por aquí y por allá, cosas graciosas que la divierten. Ahora mismo la vas a encontrar en plena acción.

—¿Aquí dentro?

—Sí, aquí mismo. Se va a quedar loca cuando te vea.

—¿Dónde me traes, Martín?

La pregunta no era inocente: los bares y clubes de esa zona tenían un sesgo muy definido y Fer pensó lo peor.

—Tranquilo, ¿vale? —Martín apartaba ya las cortinas—. Te traigo al sitio más molón de la ciudad, lo acaban de abrir y no se habla de otra cosa. Es un cabaret, pero un cabaret modernísimo. Fíjate en la cola que había fuera y en lo duro que es mi amigo el portero. Filtro a tope, clientela selecta, gente guapa y nada más. Tú vas hecho un rancio, pero vienes conmigo. Con esa pinta de pureta no habrías entrado solo ni de coña.

El Escueto era un cabaret y también un bar de copas, un sitio donde dejarse ver y ser visto, donde la moda importada de Londres y las estéticas más disparatadas de la década parecían haber encontrado un nuevo cobijo, un punto de reunión y reconocimiento, el último templo de la extravagancia y la posmodernidad. Hombreras kilométricas, abrigos que parecían sacados de un cómic, pantalones de rayas muy anchas con cinturones elásticos, zapatos de hada y camisas brillantes, cuellos alzados a lo Renfield, chicos que parecían chicas y lo contrario. El *underground* de los primeros ochenta que tanto lustre le había dado a Madrid se había transformado en eso, en un desfile de moda, en una feria de poses y vanidades.

Una vez dentro, Martín tiró de él y lo llevó al apartado del fondo, donde un tipo ataviado con una larga falda de pliegues se pavoneaba junto a cinco jovencitos que parecían haberse puesto de acuerdo esa noche para salir disfrazados de Spandau Ballet. Sonaba *Only When You Leave* casualmente cuando Martín le presentó al de la falda, que además de asumir labores de relaciones públicas iba ofreciendo a quien quisiera pagarlo el champán que surgía de un grifo situado en la esquina, y que servía en flautines de plástico.

—Estás amarillo, cariño. —El relaciones públicas lo miraba con sorna, arqueando a la vez una ceja a lo Marlene Dietrich—. Anda, ven, que te invito a un cavita. En el letrero pone que es champán, pero no te creas nada de nada. Es cava y regulinchi. Si bebes mucho, mañana me maldecirás, así que ándate con cuidado.

Fer se bebió unos cuantos flautines mientras todos charlaban entre sí, saltando de un grupo a otro como abejas libando, saludándose con un pico en los labios tras haberse reconocido. Se sentía un intruso en aquel sitio y recordó que no hacía tanto él también se vestía de un modo muy peculiar, que se ponía los pelos de punta y se pintaba los ojos, que su madre le regañaba por comprar tanta ropa negra y que todavía conservaba en el armario algún cinturón de tachuelas y algún que otro collar metálico.

Las luces se apagaron de repente y todos buscaron sitio a pie de escenario. «Parará, pararabapá, pararara, parara, parabaparababapá». En los altavoces, Nino Ferrer introducía con su voz rota y esas onomatopeyas ridículas *Les cornichons*, un éxito francés de los sesenta. Fer conocía la canción, y aunque no entendía la letra, tardó muy poco en hacerse una idea al ver a Cata ahí arriba vestida de *dominatrix*, teñida de rubio platino y con un turgente calabacín en la mano, cantando en *playback*, por supuesto, dibujando morisquetas pícaras mientras miraba el calabacín con gesto atemorizado.

—¿Qué te parece? ¿No es la bomba? —Martín se había colocado detrás, con el enésimo cigarro en la mano y las pupilas dilatadísimas.

—Bueno, es lo menos que puede decirse.

—El número es de la compañía Productos Lola y lo suele hacer una tipa que comparte piso con nosotros, una rubia con la cara muy ancha y los ojos tan separados como Betty Boop. Cuando se pone enferma o está de resaca, Cata la sustituye. Mírala, joder. ¿No es para volverse loco?

Era impresionante, no cabía duda. Ahí estaba, fiel a sí misma, el público la miraba como atraído por un imán. Un poco más tarde, en cuanto acabó la actuación y comenzó el siguiente número, Cata se bajó del escenario y fue directa a por él.

—¿Pero se puede saber qué es esto? ¿El cabaret de los líos? —preguntó sin saludar siquiera, con el calabacín todavía en la mano—. Siglos sin verla y ahora apareces tú.

—Hola, Cata. —Fer la observó algo confuso y le dio un par de besos. Olía a perfume de jazmín mezclado con un toque de sudor, y aunque la melena corta y el rubio platino despistaban un poco, seguía siendo la de siempre: la mirada directa, el cuello bien estirado, el verbo fácil—. Felicidades, has estado increíble.

—Muchas gracias, tesoro, aunque te aseguro que lo puedo mejorar.

—Oye, ¿y a quién dices que has visto? —preguntó Martín.

—Acabo de tropezarme con Lucía y se ha hecho la sueca la muy puta. —Cata señaló unas escaleras y se llevó la punta del calabacín a la boca—. Está en la planta de abajo, pegándose el filetazo con dos a la vez.

8

Onye mere nwa n'ebe akwa

Sábado, 1 de septiembre de 2021, 02.30 h

La mujer canta y canta y no para y Dani no puede soportarlo más. La canción es siempre la misma, una vez y después otra, sin descanso, la misma melodía y la misma letra una y otra vez. La pared que los separa es fina y todas esas palabras extrañas llegan hasta él y lo perturban de una manera profunda. No poder dormir es lo de menos, lo que lo trastorna es la tristeza que la voz destila, la angustia apenas escondida a pesar de que el canto es dulce, tan aterciopelado como una nana.

Dani ha intentado hablar con ellas, pero no lo ha conseguido. Son doce mujeres muy jóvenes que no han abierto la boca desde que él llegó, además de esa niñita con el pelo trenzado y salpicado de cuentas verdes. Salvo la niña, que se acercó gateando y se agarró a sus pantorrillas para ayudarse a ponerse en pie y mirarlo, todas se limitaron a quedarse muy quietas, expectantes quizá, como esperando a que él tomase algún tipo de iniciativa. Les ha preguntado si estaban bien en el poco francés que sabe y ninguna ha contestado ni ha dado señales de entender lo que les decía. Luego ha probado con el inglés y la reacción ha sido otra, porque más de una ha girado el cuello o ha movido las pupilas en la semioscuridad del sitio en el que están. Pero solo ha sido eso, apenas un gesto y después el silencio, un silencio inhóspito y destemplado, con los balbuceos de la niña resonando por encima como el rumor de un arroyo en mitad de un páramo. Hasta que, pasado un rato, esa mujer ha empezado a cantar.

Le es difícil calcular el tiempo que lleva allí y eso lo perturba tanto como la canción, la canción que no cesa. ¿Por qué no para? ¿Por qué ninguna de las demás mujeres le dice que basta? ¿No están hartas ellas también? Dani ha acometido ya todos los quehaceres posibles y necesita descansar un rato. Ha intentado sin éxito abrir la puerta a tirones, ha querido arrancar el enrejado de las ventanas, ha dado patadas en las paredes con la pierna sana y luego ha caído exhausto sobre el colchón. Muy cerca, la nevera ruge cada cierto tiempo y ahora Dani se concentra en los intervalos de espera. Si cuenta con calma, a razón de un cardinal por segundo, más o menos, podría establecer un patrón basado en los minutos de vibración y silencio, de manera que esa nevera podría convertirse en algo parecido a un reloj. Seis arranques de motor, por poner un ejemplo probable, equivaldrían a una hora y... Y qué. ¿De qué serviría semejante hazaña además de ayudarlo a pasar el rato? Porque, en ese aspecto concreto, sí que tendría su razón de ser: dadas las circunstancias, disponer de algo en lo que concentrarse, por muy inútil que sea, es la única forma de soportar el presente y no dejarse arrastrar por el miedo.

No es la primera vez que recurre a esas actividades absurdas con el propósito de evadirse, de no sentir y no estar, de obligar a su atolondrada cabeza a centrarse en un hecho ínfimo, en un punto del suelo, en el ojo de una aguja imaginaria si es necesario. Las primeras semanas del internado fueron tan duras que lo obligaron a recurrir a ese tipo de escapatorias un día sí y otro también. Uno de sus compañeros de cuarto era un gañán que la tomó con él nada más entrar en la habitación de seis camas que le había tocado en suerte. Las colchas eran de color naranja y sobre una de ellas estaba Félix, recostado sobre la almohada como una maja de Goya, con las manos cruzadas por detrás de la cabeza y una mirada de profundo desprecio estampada en el rostro. Félix era el jefecillo de la habitación 14 y se preocupó mucho de que los otros cuatro internos le dieran también la espalda: «Tienes cara de nena, ¿lo sabías?, vas a ser nuestra sirvienta». No pudo con ellos. Por alguna razón, su orgullo y sus célebres ganas de plantar cara a los chulitos desaparecían nada más cruzar el portón de ese antiguo hospicio del siglo XVIII reconvertido en centro católico de enseñanza con posibilidad de internado. La distancia, quizá, el saber que pasaría la semana allí solo, lejos de casa y de los suyos, inmerso en un mundo hostil en el que no tenía cabida. Entre todos, lo obligaban a hacer las seis camas cada mañana y a mantener limpia la habitación, a cederles parte de su almuerzo en ese frío comedor de piedra vista y lámparas medievales, a callar cuando lo agredían en las duchas o le manchaban el pantalón gris y el jersey del uniforme.

—El próximo que lo insulte tendrá que vérselas conmigo.

Así entró Koldo en su vida a principios de este segundo año, como un caballero andante, como un héroe de cuento de hadas dispuesto a luchar por él. Koldo se acababa de incorporar a la SAFA y, en apenas unos días, el viejo edificio de piedra clara dejó de parecer una cárcel y pasó a convertirse en un lugar lleno de luz. Koldo denunció a Félix y consiguió también que lo cambiasen a él de habitación. Se hicieron inseparables y más de uno bromeó preguntándoles si salían juntos. Porque allí pasaban cosas, cosas que Koldo olvidaba al día siguiente, pero que para él eran relevantes y a las que después, a solas, daba mil vueltas. Ligeros roces por las empedradas calles de Sigüenza, frases con doble sentido, bromas ambiguas frente a su cama mientras los demás salían disparados a las duchas: «Joder, Dani, mira cómo me levanto también hoy, ¿quieres tocar para ver si se me pasa?». Los desahogos tras las puertas azul eléctrico de los baños comunitarios empezaron poco más tarde, pero eran desahogos rápidos de los que luego Koldo se reía, sin darles la menor importancia. En febrero, cuando llegó el día de San Valentín, Koldo lo llevó a La Alameda de Sigüenza y le entregó el regalo más raro que ha recibido en su vida.

—¿Y esto? —preguntó Dani nada más desenvolverlo.

—¿No lo ves? Son unas bragas, y quiero que te las pongas.

Está a punto de recordar todo lo que pasó después cuando la nevera arranca con un nuevo ímpetu y en la puerta aparece una de las mujeres, con la niña de las cuentas verdes dormida en los brazos. La mujer tiene una cicatriz que le recorre la mejilla desde la comisura de los labios hasta el lóbulo, como al Joker de *Batman*, y Dani, al verla, retrocede en su colchón y pega la espalda al muro. Durante unos segundos se miran, como animales precavidos y asustados, y luego la mujer da un salto, atrapa el envoltorio de papel de aluminio que hay sobre la mesa y se coloca detrás. Es su comida, se dice Dani inquieto, los víveres que le dio Dalia cuando lo cambiaron de sitio y que él no ha tocado todavía. Algo en su interior se despierta y lo obliga a saltar también. Es un resorte extraño y muy poco edificante que, aun cojeando, lo empuja a agarrar a la mujer por un brazo y ordenarle que deje eso, la comida, que la deje donde estaba, mientras ella se revuelve como una fiera acosada y la niña abre la boca sin emitir sonido alguno antes de despertarse y romper a llorar.

—*Okey, okey* —le dice a esa mujer, avergonzado por lo que está haciendo—. *You can take it.*

El inmediato tumulto que surge al otro lado se llena de palabras africanas, de frases pronunciadas a trompicones, de sonidos guturales e incomprensibles. La mujer abre el envoltorio, parte una de las onzas de chocolate que Dalia puso ahí y se la da a la niña, que la coge con una mano y la mordisquea, sin dejar por eso de llorar.

—*Bad boy?* —pregunta ella al fin, mientras mece a la niña con pequeñas sacudidas—. *D'you make yuyu?*

Dani intenta entenderla y no puede. La niña berrea, su boca es un amasijo de babas mezcladas con chocolate.

—Es preciosa —afirma él en inglés—, y tú también. Y yo no os voy a hacer daño.

Extiende la mano y roza con delicadeza las trencillas de la niña, que se gira para mirarlo y se calma, y deja de llorar mientras su carita se ilumina.

—Le gustas —dice la mujer en un inglés de vocales secas y sílabas enfatizadas más de la cuenta—. ¿Quién eres tú?

—No sé por qué estoy aquí. —Su respuesta no tiene sentido, pero no se le ocurre nada mejor—. ¿Lo sabéis vosotras?

—La mujer parte otra onza y se la lleva a la boca, una boca rasgada que da a su cara un aspecto de máscara—. ¿Sabéis por qué os han traído?

Dos de sus compañeras se han asomado y observan la escena desde la distancia. El motor de la nevera se detiene y solo se oyen los mordisqueos de la madre y el gorjeo feliz de la niña, que ya se ha comido el chocolate y lo sigue mirando a él. Las mujeres se aproximan a la mesa y se reparten las onzas. Luego llegan dos más, y luego otras seis. Sus antebrazos están marcados con ristras de números y letras mayúsculas, como las que se usan para el ganado. Dani se señala la cabeza, tan pelona y rapada como las suyas, y les hace un gesto significativo buscando complicidad: «No me tengáis miedo, estamos en el mismo barco». Son todas muy jóvenes y todas murmuran, algunas sonríen, una de ellas dice algo que Dani no entiende y las demás se echan a reír. La última en aparecer lleva un objeto en la mano y se lo ofrece. No es más que una piedra, un jaspe rojo con irisaciones doradas y agujereado en los lados, una pieza sin valor alguno sacada de un collar o una pulsera. Dani lo acepta y le da las gracias y, de repente, todas se ponen a hablar.

Familia, dinero, comida, viaje, miedo, trabajo… Ciertas palabras destacan en medio de la algarabía que las mujeres generan, palabras con peso propio que repiten y le lanzan a voces, como si él pudiera recogerlas y ordenarlas para encontrarles después un sentido, como si él encarnara la solución. *Yuyu*. Eso corean entre frase y frase, *yuyu*, con los ojos llenos de espanto.

«Tenemos que salir de aquí y trabajar», consigue entender cuando el guirigay cede, «tenemos que devolver el dinero del viaje», *yuyu*, «nuestra familia corre peligro», *yuyu*. *Yuyu. Yuyu* una y otra vez. La niña está ahora en el suelo y se le acerca con los brazos extendidos y abre y cierra las manitas, con ganas de jugar. Dani le entrega la piedra de jaspe y ella la acepta y después se la devuelve. El intercambio se repite varias veces mientras las mujeres siguen hablando, pisándose las frases las unas a las otras y gesticulando con las manos en alto, increpándolo incluso, como acusándolo de ser el responsable del cautiverio o acaso un salvador que no hace nada útil, que pierde el tiempo jugueteando con una niña en vez de ponerse en marcha y ayudarlas a salir de allí.

Hasta que la puerta de la calle se abre con un golpe violento y todas huyen despavoridas. El vacío que dejan es enorme y el silencio se impone en cuestión de segundos. La nevera sigue en calma. En otro lado ni siquiera la niña se atreve a llorar.

—¿Qué? ¿Haciendo amiguitas? —pregunta Julián frunciendo la nariz—. Joder, cómo apestan.

Está en el umbral y carga con una lámpara de pie, un objeto insólito que introduce en la casa y coloca junto a la mesa, cubierta ahora por restos de envoltorio plateado y briznas de chocolate. Examina las paredes y después separa la nevera de la pared y la desenchufa, y conecta en su lugar la lámpara.

—Puto sitio de mierda —dice.

Desde fuera llega un aire húmedo que amenaza lluvia, y también el ruido de las puertas de un vehículo, entre los ladridos de los perros de antes. Gracias a la luz de los faros, Dani puede ver el exterior, la tierra oscura, los palés amontonados, el plástico que cubre las fincas. La figura de Nati aparece en el vano y le provoca un alivio cercano a la euforia. Menos mal, piensa, menos mal que está ella aquí. Le busca la mirada, pero Nati no responde y dirige la vista al suelo, a la mesa y la lámpara, a cualquier cosa menos a él. Su gesto es serio. En la mano sujeta dos correas.

—¿Y las chicas? —pregunta Nati con tono frío.

—Ahí dentro, dónde si no. —Julián se ha puesto a limpiar la mesa. Acaba de barrer con la mano los desperdicios y ahora pasa un trapo por el hule—. Estaban aquí, adorando a nuestra linda muchachita, pero han huido como cucarachas en cuanto me han visto.

—¿Saco la comida o esperamos?

—Es mejor dársela ahora; así no molestarán.

Entonces Nati sí que lo mira, de soslayo y durante apenas medio segundo, un tiempo insignificante aunque suficiente. Dani no es tonto. Algo no va bien.

—No me gusta esto. —Nati deja las correas sobre la mesa

y se vuelve hacia la salida—. Puede que a ti sí, pero a mí no me gusta ni un pelo.

Julián mueve la cabeza, sonríe de medio lado y muestra el hueco de uno de los colmillos, mientras sus músculos se tensan y sus ojos brillan como impregnados de grasa. Una mosca verde y enorme sobrevuela los restos de chocolate. Julián la aparta con un manotazo y la mosca sigue volando hacia el interior de la construcción, donde las mujeres callan. Luego saca el taburete que hay bajo la mesa y se sienta ahí despatarrado, con los antebrazos apoyados en los muslos y las manos cruzadas. La mosca vuelve. Julián se hurga entre los dientes con la uña del dedo meñique y escupe lo que allí hubiera, y después enciende un cigarro y aspira dándose aires, moviendo los labios como un pez que boquea y expulsando círculos de humo que flotan a la deriva o se estrellan contra el techo.

Nati vuelve con una cacerola de aluminio agarrada por las asas y una bolsa de supermercado colgando de uno de los codos. Deposita la cazuela en la frontera del otro cuarto y, de la bolsa, saca unos platillos de plástico que deja también en el suelo. El revuelo es instantáneo. Las mujeres se van acercando y Nati, por orden riguroso, les sirve una especie de ragú que ellas comen con las manos.

—Date prisa o se nos hará tarde —ordena Julián—. A lo tonto, son más de las dos de la mañana y llevamos con esta mierda demasiadas horas. No sé por qué nos tiene que dar las órdenes con cuentagotas.

Nati se gira y se queda unos instantes muy quieta, con la boca apretada.

—Qué pasa, que te mueres de ganas, ¿no? —dice al fin.

—A nadie le amarga un dulce. —Julián deja escapar una risotada y después mira a Dani—. Vamos, muñeca —le dice—, que hay que currar un poquito.

Todo sucede tan rápido que Dani, al principio, no alcanza a comprender. Nati lleva la cacerola vacía a la furgoneta y vuelve con un teléfono móvil, coloca el taburete a un par de metros de la mesa y luego coge las correas, mientras Julián enciende la lámpara que ha traído y se calza un pasamontañas.

—¡A mí no me toques! —dice él cuando lo ve acercarse.

—Perdone usted, damisela, no sabe cuánto lamento lo que va a pasar ahora.

Julián lo alza en volandas y lo tiende boca abajo sobre la mesa, y Nati, que está esperando con los cinturones en la mano y la mirada adherida al suelo, le ata las muñecas a las patas, se acomoda en el taburete y pulsa algo en la pantalla del teléfono. Dani patalea y se oye a sí mismo gritar, y Julián coge el trapo que le sirvió para limpiar el hule y se lo mete en la boca, antes de bloquearle las corvas y bajarle de un tirón el pantalón de chándal. No es posible. No puede estar pasando esto. Frente a él está Nati, que lo apunta con el teléfono y oculta su rostro detrás. La primera embestida lo parte en dos y Dani cree que va a desmayarse. Quiere gritar y no puede, el trapo sucio está tan dentro que casi le toca la glotis y solo le deja escapar leves bufidos. Las embestidas son brutales y la mesa se tambalea.

Horas más tarde, la luz difusa del amanecer entra por las rendijas y Dani está de nuevo en el colchón, acurrucado en una esquina, con la cabeza apoyada en las piernas de la mujer de la cara rota. La niña está también a su lado, jugando en silencio con la piedra de jaspe. La lluvia cae y la mujer canta, canta bajito mientras acaricia con dulzura su cabeza rapada, una vez y después otra, la canción de siempre, la de antes, la misma una y otra vez.

CINCO DÍAS ANTES DEL RAPTO

Los datos importantes en frío: tiene pinta de chicarrón del norte, se llama Iván y rondará los treinta, nació en un pueblo del Pirineo navarro y Martín lo acaba de conocer. Más datos, la mayoría de ellos irrelevantes: es sábado por la mañana, la temperatura a estas horas tempranas roza los treinta grados con una humedad del ochenta por ciento y Martín e Iván están sentados en la terraza del bar que hay frente a la sede de la Cruz Roja, un elegante edificio isabelino situado en pleno parque de Almería, rodeados de altas palmeras, frondosos árboles centenarios y vistas a los barcos que entran y salen del puerto. El crucero que atraca ahora mismo es como un rascacielos flotante y tiene todo el aspecto de estar repleto de ricachones. Gente aburrida y con pasta, pasta gansa y de la buena, piensa Martín, de esa que a él tanta falta le hace.

El camarero se acerca y le sirve a Martín su tercer desayuno del día. A las ocho y media estaba en pie y recibía con alborozo las atenciones de esa bendición llamada Salma, que le tenía preparados unos cuenquitos con fruta cortada en bocados, zumos de colores varios y los mejores huevos revueltos que ha probado en su vida, una delicia que él ha enriquecido con delicadas porciones de chistorra. En cuanto ha llegado a

Almería, le ha vuelto a atacar el gusanillo del hambre y, mientras esperaba a Iván en esa misma y florida terraza en la que ambos se encuentran ahora, Martín se ha metido en el cuerpo una tostada con jamón ibérico tamaño bota de legionario y un café solo que sabía a perro muerto, que le ha revuelto las tripas y lo ha obligado a correr en busca del baño libre más cercano. Aunque de todo eso hace ya un rato y, por suerte, en este momento preciso Martín se encuentra mucho mejor. Iván se ha retrasado casi tres cuartos de hora y dan las once, hora muy apropiada para una colación ligera a base de caña doble y tapa generosa de boquerones fritos.

—¿Seguro que no quieres tomar nada? —le pregunta a Iván.

—No, gracias. He desayunado en casa.

Está a punto de preguntarle si ha desayunado bien y sin prisas mientras él lo esperaba ahí plantado y el calor se adueñaba del mundo, pero se lo piensa dos veces y decide cerrar el pico: ese muchachote que habla idiomas como un descosido encarna ahora mismo la única ayuda que tiene a la vista, y aunque es una ayuda improbable o a lo sumo escasa de contenido, no están las cosas como para hacerse el estrecho y desaprovechar oportunidades.

—¿Ni una cervecita? —insiste.

Iván niega con la cabeza y él alza los hombros decepcionado e incrédulo. Hace un rato, mientras ese jodido impuntual se hincaba su zumo detox y su tazón de trigo sarraceno con copos de avena integral y otras tantas porquerías veganas, aún corría por allí un brisa alborozada y rumorosa que jugueteaba alegremente entre los ficus y las higueras filipinas, entre las moreras y los palisandros. Ahora, en cambio, cae fuego húmedo y el parque y la ciudad entera se han convertido en un hamán gigantesco, así que una cerveza bien fría como la que él se acaba de beber de un trago sabe a gloria bendita y además es sanadora. En fin, navarrico, tú sabrás.

—No bebo alcohol —insiste Don Yomecuidoytúno con un deje de indisimulado desprecio—, y la verdad es que tengo algo de prisa. He quedado para echar un partido en la playa.

—O sea, que al grano.

—Sí, mejor.

A Martín, que apenas lleva cuarenta y ocho horas en la provincia, le ha costado todo un día conseguir ese contacto, casi tanto como digerir la última aventura de Cata o callar y hacerse el tonto cuando ella le comunicó su desvergonzado cambio de planes. Qué putilla traicionera. La perspectiva de follarse a escondidas al amiguito de Dani la ha debido de calentar tanto que ha decidido no marcharse todavía. Para no dejarlo a él solo, dice, para ayudar en lo que pueda. Hay que joderse, a quién pretenderá engañar. Si Martín no ha rechistado es porque aprendió hace mucho tiempo a jugar bien sus cartas y sabe de sobra que, con Cata, guardar un as en la manga es siempre justo y necesario, es nuestro deber y salvación, así que de momento no le ha dicho que la vio el jueves dándose el lote entre las chumberas del Bar de Jo. Conclusión: ahí siguen todos, en San José, comiendo y bebiendo a la sopa boba mientras él se devana los sesos buscando la manera de encontrar a doce preciosidades perdidas en la inmensidad del desierto.

—Entiendo entonces que podemos hablar claro —puntualiza Martín—. Sin medias tintas, quiero decir.

—Las medias tintas emborronan más que otra cosa. —Iván se inclina sobre la mesa y baja la voz sin perder por ello autoridad, como queriendo mostrar a las claras que le gusta pisar fuerte—. Dime, qué necesitas.

—Necesito encontrar a unas chicas que llegaron el lunes.

—¿Cuántas son?

—Doce.
—¿Moras?
—No.
—¿Negras?
—Como el hollín.

Iván se calla un momento y observa el plato de boquerones, vacío ya y tan limpio como una pila bautismal.

—¿De dónde vienen? —pregunta después.
—Nigeria. Desembarcaron por la zona del cabo y se escaparon en cuanto tocaron tierra. Hubo un error cuando zarparon, un malentendido más bien. Y perdona si no te doy más detalles, el asunto es delicado.
—No me suenan. He estado toda la semana de viaje, pero me habría enterado igual. Llegué ayer y no me ha llamado nadie, y no hay mucha gente por aquí que pueda hacer mi trabajo.

Fue Mami quien le pasó el número de teléfono de Iván. Chidinma le había sugerido previamente que contactase con ella antes de nada, y eso fue lo que hizo. Según Chidinma, Mami conoce muy bien el terreno y tiene tentáculos adiposos en los lugares más insospechados. Estuvo llamando a la tal Mami durante todo el día de ayer, pero ella no contestó hasta bien entrada la tarde, y encima por escrito. Una tipa ocupada. Luego, siempre mediante mensajes SMS que se hacían de rogar, Mami le dio el contacto del voluntario de la Cruz Roja que tiene ahora mismo enfrente, un alma generosa y solidaria, un traductor que domina varias lenguas y que aporta su ayuda indispensable en la Torre de Babel que llega a estas costas dentro de cada patera.

Y todo a cambio de nada.
Pero nada de nada.
¡Ja!

—Podríamos echar un vistazo —propone Martín.

—¿Dónde?

—No sé, donde tú digas. Se me ocurre el Centro de Acogida de Extranjeros. ¿No es ahí donde los llevan? Hay quien me ha aconsejado empezar por ese sitio.

—El CATE está en el puerto y no permiten el paso a cualquiera. Hace falta autorización. Ya sabes, un lío.

—Pero tú no eres cualquiera, ¿no?

—Eso depende.

—Y de cuánto depende.

Qué agradable es entenderse bien, y rápido, y qué muchacho tan comprensivo y cuántas ganas tiene de ayudar. Martín llama al camarero para pagar lo que debe y luego se ponen en marcha. Iván va en pantalón de deporte, lleva unas zapatillas New Balance que no deben de ser baratas y una camiseta blanca de propaganda, en la que un comercio llamado Deportes Blanes se anuncia en color rojo sobre el montículo del pectoral.

—Deberíamos ir en coche —dice Iván, que sin ningún disimulo está examinándolo a él con detenimiento, como valorando sus posibilidades reales, su composición corporal, sus índices de fuerza y resistencia—. Se puede ir andando, pero no sé si es una buena idea.

—Vale, estoy gordo.

—No he dicho eso, pero como te veo sudar tanto...

Muy bien. La buena noticia es que ha conseguido aparcar cerca, justo delante de otro edificio colonial que también pertenece a la Cruz Roja. Está deseando llegar, instalarse en el cuero claro de su flamante X5 y poner al máximo el aire acondicionado.

—Así que eres traductor profesional —le dice a Iván más tarde, sin demasiado interés, por aquello de hablar de algo.

—No, qué va. Hablo francés porque mi pueblo está cerca de la frontera y hay mucho contacto entre vecinos. Y mi madre es irlandesa, así que lo he tenido muy fácil.

—Ah, ya veo: te dedicas a otra cosa.

—No, me dedico a esto.

Iván le va señalando con desgana por dónde tiene que ir. Circunvalan el parque después de rodear una fuente decorada con peces dentados, y luego, a la izquierda de la avenida de cuatro carriles por la que circulan, surge la mole amenazadora del crucero que vio antes. El parque queda pronto atrás y da paso a un barrio de pescadores y a la rotonda que los lleva a la entrada del puerto. La cabeza de Martín piensa y no para de pensar, porque la respuesta de Iván lo ha dejado perplejo. ¿Se dedica a ser voluntario? En estos tiempos que corren, ¿ser traductor voluntario es una profesión? Sin pretenderlo, recuerda los planes de su hijo Dani, esa cabecita alocada que anunció en junio su intención de estudiar moda. ¡Moda! ¿Alguien le puede explicar qué pretendía decir con eso?

—Casi estamos —anuncia Iván—. Espero que haya suerte.

El espacio, como en todo puerto que se precie, es una sucesión de edificios desperdigados sin orden ni concierto: almacenes y talleres, astilleros de andar por casa, contenedores esperando en fila india, tráileres aparcados de cualquier forma.

—¿Suerte? ¿Te refieres a las chicas?

—Me refiero a la garita. Algunos vigilantes no son fáciles de convencer. —Iván levanta el dedo índice y dirige la punta a la derecha—. No es por ahí, no te despistes o acabaremos en la lonja.

—Pero tú y yo hemos llegado a un acuerdo, ¿no? —Martín retrocede y rectifica el rumbo. Al fondo, las torres de una alcazaba se alzan sobre la ciudad—. ¿O es que ya se te ha olvidado?

—El acuerdo ha sido conmigo, no con el madero que esté de guardia.

Bien, queda claro, a eso se dedica este bravo muchacho, y a él no le parece mal. De alguna forma tiene que ganarse uno la vida.

—Se diría que tienes mucha experiencia en... esto.

—Tanta que me sorprende mucho que estés tú aquí.

—Curioso comentario. ¿Me lo explicas?

Iván lo mira de lado y sonríe.

—Hemos llegado. Vuelvo en un momentito.

Han dejado atrás el puerto deportivo y la dársena pesquera, y la calzada por la que circulan no da más de sí. La calima cubre el cielo y hay vapor estancado en el aire. Un par de barquitos vuelven de faenar mientras dos gaviotas acaloradas observan la escena desde el filo de un muro.

—Tal y como me temía, no hubo suerte —dice Iván cuando regresa—. Aunque todo tiene arreglo en esta vida.

Y lo arreglan, por supuesto que lo arreglan, qué otro remedio queda. Luego, una vez traspasado el acceso al recinto, recorren a pie el último recodo visible y llegan a unos módulos que parecen jaulas y que están como aparcados en el muelle, muy cerca del agua. Iván saluda al personal con la mayor confianza, entre bromas y chascarrillos que Martín no logra entender. Dentro, al otro lado de las celosías metálicas que cubren las celdas donde unos cuantos infelices aguardan su nuevo destino, nada indica que doce nigerianas como doce soles estén esperando a que él llegue y las libere para luego volver a cazarlas. No. Sería demasiado bonito, y demasiado fácil.

—¿Te puedo decir una cosa? —pregunta Iván mientras se alejan del CATE bajo ese sol asesino.

—Dispara.

—No sé quién te ha dado mi contacto, pero quien haya sido no te ha aconsejado bien.

—¿Por qué lo dices?

—Esas chicas no han pasado por aquí ni de coña. Si llegaron al cabo, allí siguen. Apuesto lo que quieras.

—Pues ya me lo podías haber advertido en el parque, ¿no crees?

Iván se queda mirándolo con gesto burlón.

—En efecto, podría haberlo hecho —confirma—, pero soy voluntario y estoy aquí para ayudarte, no lo olvides. —Y después, sin cortarse ni un pelo, le guiña un ojo—. Y puedo seguir haciéndolo, pero solo si te portas bien.

De nuevo en el coche, Martín recoge el órdago. Sabe que se la está jugando, que ese tío no es trigo limpio y que le va a pedir más dinero quizá a cambio de nada. No le queda otra. Es eso o el vacío. En fin, allá va.

—Tu contacto me lo ha dado una mujer a la que llaman Mami. ¿La conoces?

—Puede ser. Hay bastantes «mamis» en la provincia y no las controlo a todas.

—Lleva buena parte de los garitos del Levante. Las chicas eran para ella, o al menos era ella quien las iba a recibir.

—Ya veo. —Iván permanece en silencio unos segundos y después, con calma, se abrocha el cinturón—. Lo dicho: esas chicas tienen que estar escondidas en algún asentamiento de la zona, y me extraña muchísimo que tu Mami no lo sepa. —Nuevo silencio, como midiendo los tiempos—. ¿Quieres que vayamos a echar un vistazo?

—Creí que venías con prisas. ¿No tenías un partido?

Iván alza las cejas, frunce los labios y extiende la palma de la mano. Puto insaciable, se dice Martín. Cierran el trato sin mediar palabra y a continuación salen del puerto y luego cogen la autovía, que se eleva sobre la ciudad y la sobrevuela. Durante el trayecto, Martín quiere asegurarse de que no le están tomando el pelo y le empieza a hacer preguntas. ¿Por qué habla así de Mami? ¿Por qué está tan seguro de que las chicas no andan lejos? ¿Qué pasa? ¿Qué es lo que a él se le escapa?

—Mira, Martín, porque te llamas Martín, ¿no? Llevo unos cuantos años por aquí, conozco a casi todo el mundo y sé cómo funcionan las cosas; y tu Mami, sea quien sea, no se queda atrás, eso ni lo dudes. Cuando tenemos chicas como las que buscas, quien las reclama suele ser algún tipo musculoso y malencarado que asegura que son sus primas o sus sobrinas, o lo que a él se le ocurra. Llega, presenta la documentación falsa que trae preparada y se acaba la historia. Nadie pregunta, nadie quiere saber nada, se las entregan y adiós. Hay demasiada gente en esas celdas y conviene hacer hueco para los siguientes, porque esto, por si no lo sabías, es un no parar. ¿Me vas entendiendo? Que te envíen a ti, que de musculoso tienes bien poco, y de ser tío carnal de doce bombones aún menos…, bueno…, no sé…, me suena bastante raro.

—Puede ser, aunque también suena raro lo de que esas chicas sigan en la comarca, ¿no? —Martín hace una pausa y mira un momento a Iván—. Dime, ¿por qué estás tan seguro de que no se han ido? No sé tú, pero yo me habría pirado lo más lejos posible.

—Seguro no estoy, aunque es lo más probable. A esas pobres diablas les hacen un conjuro en Benin City o en Lagos antes de meterlas en los convoyes, para que algún espíritu de los suyos las proteja durante el viaje, les dé suerte en Europa y no sé qué hostias más. Una vez aquí, tienen que devolver una cantidad desorbitada por los gastos y también como agradecimiento, y si no lo hacen, el cabrón del espíritu se vengará sin compasión.

—Algo he oído.

Martín todavía puede escuchar la letanía de Chidinma, los cencerros, el crujir de las pechugas abiertas en canal.

—Ahí lo tienes entonces —continúa Iván—. Esas doce chicas estarán cagadas de miedo y deseando que tu Mami las recupere, porque su obsesión ahora mismo es trabajar a degüello, saldar la deuda cuanto antes y empezar a vivir por su cuenta o incluso convertirse en *madames*, que es lo mismo que ser «mami». Están atrapadas, ¿me entiendes? Te digo yo que no se han largado. Pobrecillas, dónde coño van a ir.

—¿Pobrecillas? ¿Ayudas a los malos y luego te compadeces?

Iván empieza a reírse.

—Oye, a mí no me toques las pelotas, ¿vale? —dice después, con tono grave y el semblante de repente serio—. No parece que a ti te den mucha pena que digamos.

—Bonito reproche, sí señor. Y ahora dime dónde me traes.

Iván ha estado guiándolo mientras hablaba, señalando los cruces con cierta insolencia, marcando el territorio, dejando de nuevo muy claro que allí quien sabe y quien manda es él. Hace un momento, le ha ordenado que salga de la autovía y lo ha metido por carreteras secundarias rodeadas de grandes fincas, han dejado atrás un conjunto de casas dispersas levantadas alrededor de una rambla y ahora se acercan a un nuevo cruce. Iván le indica con la mano que aminore la velocidad y enseguida le pide que aparque.

—Bienvenido a El Walili —dice—, la urbanización más exclusiva y lujosa de todo el Cabo de Gata.

A la izquierda y casi en la intersección con otra carretera, hay un diseminado de chabolas construidas con materiales de derribo, gruesos plásticos de color negro cubriendo los supuestos muros y grandes piedras colocadas en los techos de uralita. Un entramado de cables recorre el laberinto de calles terrosas, con varios puntos de enganche en el tendido eléctrico general. No faltan antenas de televisión que destacan como agujas de iglesias ni frigoríficos en la entrada de algunas chabolas, y hasta algún que otro coche de los caros encajonado en garajes improvisados con tablones y palés.

—¿Pretendes que entremos ahí?

—No te preocupes. Conozco a casi todos y no tardaremos mucho. Sé a quién busco y por quién tengo que preguntar.

—Puedo esperarte en el coche.

—De eso nada, quiero que lo veas. Nunca viene mal conocer mundo.

El laberinto de callejuelas está infestado de subsaharianos y marroquíes sin nada mejor que hacer que mirarlos fijamente y colocarse en medio del camino. Iván saluda a unos cuantos y el ambiente se distiende. Hay basura por todas partes, un rudimentario espacio de culto donde algunos de ellos rezan arrodillados y también un cobertizo con varias sillas colocadas en hilera, frente a una pizarra. Una mujer escribe palabras en el encerado y luego las pronuncia en voz alta, y unos seis niños de muy corta edad las repiten en eco. «Buenos días». «Buenas noches». «Me llamo Mustafá». «¿Cómo te llamas tú?». Iván se aparta de un salto y se esconde tras unas maderas.

—Esa profe es de los nuestros —dice—. Prefiero que no me vea.

Atraviesan el poblado e Iván señala una casita situada un poco más lejos, en mitad del páramo sin cultivar que encuentran detrás del asentamiento. La cal de los muros está teñida por el barro que cae cuando llueve y todo apunta a que el sitio está dejado hace tiempo de la mano de Dios. Recorren el sendero que acaba allí e Iván, al aproximarse, se lleva el dedo a los labios para pedirle a Martín que a partir de ese instante se quede calladito, pase lo que pase.

Un letrero pegado a la puerta indica que están en El Alacrán. El dibujo estampado debajo es de una calidad ínfima y se parece mucho al que ve en el flanco de una furgoneta aparcada allí mismo, a no más de diez metros. Iván toca con los nudillos y después empuja la puerta. El interior es sombrío y muy fresco, y Martín suspira aliviado, invadido de felicidad.

—Hombre, Iván, dichosos los ojos.

El tipo que saluda con tanta confianza está detrás de una especie de mostrador, bebiendo un botellín de cerveza y fumando buena hierba.

—¿Qué tal andas, Julián?

Julián va tatuado hasta el cuello y tiene el rostro cubierto de pelajos hirsutos que no llegan a configurar una barba en condiciones. Deja el botellín a un lado, se apoya en la pared y da un buen repaso a Martín.

—Bien jodido, y si me traes a Míster Hipopótamo para que folle un poco, ya puedes darte la vuelta: estamos secos.

Martín traga saliva y se queda inmóvil, esperando la reacción de Iván.

—Andamos buscando a unas chicas. Son doce, nigerianas, ya sabes… ¿Has oído algo?

Julián se descojona entre toses y escupitajos que caen al suelo, en su propia ropa o sobre la superficie del mostrador.

—¿No ves cómo está esto? —Julián señala el espacio vacío y después hace un ruido seco con los dientes—. Me iba a quedar con unas cuantas y mira en cambio lo que tengo: cuatro paredes sucias y ningún chocho a la vista. —Luego empuña el botellín de nuevo y clava los ojos en Martín—. Oye, ¿y este quién es?

—Me lo envía Mami.

«*Oh, mami, mami blue, oh mami blue*» —canta Julián con bastante buen oído—. Que vaya con cuidado, ¿vale? La cosa está muy revuelta.

—Entendido.

Se despiden sin más y, cuando vuelven al coche, Iván le explica que se suele hacer una criba antes de repartir a las chicas: las más sexis acaban en los clubes de carretera y las otras ahí, en ese tugurio que regenta Julián o en otros muy parecidos, con jornadas de sol a sol y clientela inmigrante. Iván anuncia también que se acabó la excursión por hoy y le pide que lo lleve de vuelta a Almería.

—De eso nada. —Martín está indignado—. Me hablaste de más asentamientos y de que en alguno tienen que estar. Y recuerda que hemos hecho un trato….

—Ya, pero yo me borro. Una cosa es ayudarte y otra muy distinta jugarme la vida. Si algunas eran para Julián, lo más sensato es quitarse de en medio.

—Es un tipo horrible.

—Y tú, un lince. —Iván lo mira con sorna—. ¿Horrible? Su supuesta pareja es una gallega que mató a su primer marido a pedradas cuando se hartó de que roncara por las noches, y Julián cumplió condena por violar a dos chiquillos de once años que vivían en su misma calle, ahí por Cáceres o algo así. Ándate con ojo, ¿vale? Él mismo lo ha advertido.

O'DONNELL

1995

Tumbada en un diván y bañada por las franjas de luz que atravesaban aquella tarde de octubre las lamas de la persiana enrollable, Lucía intentaba ordenar las ideas a pesar de que la psicoanalista que estaba sentada detrás le había pedido que no lo hiciese, que fluyera y fluyera sin poner cortapisas. Era difícil. Era difícil abandonarse y dejar la mente a la deriva sabiendo que no debería estar ahí sino en otro sitio, que su comportamiento distaba mucho de ser ejemplar y que ninguna excusa sería después suficiente.

—¿Puedo hablar de lo que siento ahora mismo? —preguntó con timidez.

—Puedes hablar de lo que quieras.

—Es un sentimiento que tiene un nombre muy feo, pero que no puedo evitar.

—Ningún sentimiento es feo, ni siquiera los que llamamos negativos. El odio, la tristeza o el miedo, por poner algunos ejemplos, forman parte de nuestra naturaleza; y la naturaleza es bella en sí misma.

Lucía se quedó callada, recapacitando. Había sido Bárbara,

una compañera de la agencia adicta a la valeriana y a las varillas de incienso, quien le había recomendado esa psicoanalista que no paraba de decir simplezas y, por si fuera poco, le extraía un trocito de hígado al término de cada sesión. Iban ya por la tercera, otros cincuenta minutos pagados a precio de oro, y si bien su escasa autoestima y su descalabrado estado de ánimo seguían como siempre, su bolsillo, en cambio, sí que lo empezaba a notar. Dentro de un rato muy breve, pensó, en apenas el tiempo de un suspiro, comenzaría a parpadear la alarma visual instalada sobre el marco de la puerta y la charleta se acabaría y esa terapeuta caníbal le diría desde detrás del diván que hasta la semana que viene y después guardaría en un cajón los billetes que a ella tanto le costaba ganar y anotaría con su lápiz de punta fina la cantidad recibida en un cuadernito de hojas cuadriculadas y entonces ella tendría que abandonar la consulta y bajar a la calle y coger un taxi e indicarle al conductor dónde quería que la llevase. Y ahí residía el problema. Que no quería ir allí de ningún modo aunque sabía que debía hacerlo, que sería un agravio no aparecer con un gran ramo de hortensias azules y una sonrisa estampada en la cara, y que tendría que haber salido disparada en cuanto recibió la llamada al final de la mañana y escuchó lo inevitable: «Se ha adelantado y Martín está de viaje. Me cago de miedo, Lucía. ¿Nos vemos en el hospital?».

—Puedo resumirlo en cuatro palabras —dijo después de darle un par de vueltas a toda esa chatarra sobre los sentimientos oscuros.

—Muy bien. Enhorabuena de antemano por decidirte a compartirlo.

Se volvió a quedar callada, pensando en lo mucho que le gustaría asesinar a esa mujer que había detrás, con algún método espeluznante a ser posible.

—No puedo tener hijos —dijo al fin.

Acto seguido, la psicoanalista escribió esa frase impronunciable con la pluma estilográfica que empuñaba desde que ella llegaba hasta que se iba. Lucía sabía que usaba pluma porque la punta rascaba el papel con un sonido acartonado que le provocaba dentera. Por el amor del cielo, ¿por qué no utilizaba el mismo lápiz que le servía para tergiversar las cuentas?

—Entiendo que de ahí viene el sentimiento que te cuesta tanto mencionar —insistió la psicoanalista.

—Podía. Antes podía. Pero luego ya no.

—¿Mencionarlo?

—Tener hijos.

Así empezaba, como una bola de sebo que se instalaba en su garganta y no la dejaba ni respirar ni vivir. Obsesionarse con las cuentas ocultas o el lápiz HB de la psicoanalista no era más que un subterfugio, uno de tantos, una manera como cualquier otra de intentar que la bola se deshiciese y los lípidos que la conformaban se diluyeran para incorporarse así a su torrente sanguíneo, fueran filtrados sin compasión en el órgano correspondiente y desaparecieran poco más tarde por el desagüe. Se reacomodó en el diván y sintió el impulso de descalzarse, de dar un grito, de quitarse la blusa y el sujetador. No lo hizo porque sabía que no serviría de nada: después, la bola de sebo seguiría ahí. Siempre igual, debería pensar en otra cosa y, sin embargo, no podía. ¿No era ya suficiente? Acababa de cumplir treinta años y había llegado la hora de dejar de lamentarse. Aunque, por otra parte, ese día concreto no era el más apropiado, desde luego que no.

—La maternidad es maravillosa, pero no imprescindible —oyó al fondo—. La plenitud de una mujer puede llegar desde otros sitios.

Y para colmo estaba la psicoanalista, tan ingeniosa ella, tan certera y original.

—Hace tiempo, y durante dos meses, estuve embarazada —se atrevió a decir.

—Lo sé, Lucía. Me hablaste de ello en la primera sesión, aunque tampoco insististe. Puedes desarrollarlo ahora si lo ves necesario.

¿Le habló de «ello»? ¿«ELLO»? ¿Estaba segura? Qué mujer tan insufrible. Se llamaba Mencía Uriarte y desde el primer momento pidió que la llamase Chita. ¡Chita! Ni pensarlo. Era *la* psicoanalista, y dirigirse a ella con ese diminutivo ridículo sería despojarla de la poca autoridad que aún conservaba.

—Quizá no sea el momento —objetó Lucía.

—Como desees. Aunque me veo en la obligación de señalarte que has relacionado ese hecho ineludible con un sentimiento negativo al que te resistes a poner nombre. Deshacer cierto tipo de nudos es el primer paso en el largo proceso que nos ocupa, y te animo a que lo hagas.

Lucía apretó con fuerza ambos flancos del diván. ¿Era imprescindible que hablase así, que utilizase ese lenguaje? Frente a ella, el piloto de la alarma visual seguía en calma.

—Esta semana solo me he acostado con tres hombres.

La psicoanalista no se inmutó, ni siquiera descruzó las piernas para volver a cruzarlas. No obstante, sí que trazó una raya en su otro cuaderno, el de los pacientes, una libretita de pastas plateadas que a buen seguro contenía el secreto de la infelicidad humana en su variopinta diversidad. El escalofrío de la dentera empezó en el coxis y le llegó a la nuca.

—Si prefieres seguir por ese camino, adelante.

No se trataba de preferencias, sino de intentar sobrevivir. ¿Acaso no se daba cuenta? Del primer chico de esa semana no recordaba el nombre, pero sí que era reponedor de lineales en el supermercado más cercano a su nuevo domicilio y que se habían estado revolcando en el almacén del sótano, rodeados de cajas de Kellogg's y cartones caducados de leche semidesnatada. Al segundo lo conoció en un bar, desayunando. Llegaba tarde al trabajo porque se había quedado dormida y entró en ese sitio como podría haberlo hecho en cualquier otro. Necesitaba un café con urgencia, el mismo café amargo y potente que no había tenido tiempo de preparar en casa. Se miraron, intercambiaron un par de frases y quedaron por la tarde. Fue un fiasco. Nada digno de mención. En cuanto al tercero, ese sí que tenía nombre, además del dudoso privilegio de ser su amante más longevo. Había sido su profesor de Semántica en cuarto y desde entonces solían verse una o dos veces al mes.

—Quizá podríamos detenernos en Eduardo. —Así se llamaba, la psicoanalista había hecho bien su trabajo en las sesiones previas y lo tenía anotado—. Más que nada por su edad y su posición de superioridad y poder frente a ti como alumna hace años y como exalumna ahora, y por lo que ambas circunstancias puedan tener de significativo en tu, digamos, espectro relacional complejo.

Eduardo, que a punto de cumplir los sesenta seguía en plena forma y haciendo de las suyas con las aspirantes a filólogas que asistían a sus clases, distaba mucho de ser alguien importante en su vida, y mucho menos un elemento transformador. Era un hombre más, solo eso, uno más en la interminable lista de conquistas poco memorables, encuentros fugaces, rollos de una noche, parejas, tríos, clubes de intercambio, experiencias *bondage* y disciplina, unas cuantas mujeres casadas y un larguísimo y desmoralizador etcétera. Nada de lo que sentirse orgullosa, en cualquier caso. Si lo que la psicoanalista pretendía era endorsarle a Eduardo la pesada mochila de su trastorno y dar por liquidado el asunto, lo tenía claro, porque el problema no venía de ahí.

—Eduardo no es nadie —explicó Lucía con mucha calma, como si se hubiesen intercambiado los puestos y la terapeuta fuese ella y no la inefable Chita—. Quedo con él, le consulto algunas dudas, follamos…; poco más.

Las dudas eran siempre lingüísticas, modismos ingleses o frases que se le atravesaban y que después de un par de polvos acababan traducidas con mucho tino, porque Eduardo tenía ojo y era sabio, además de un amante excepcional. En contra de lo que la psicoanalista pudiera dar por supuesto, fue ella quien lo sedujo nada más comenzar aquel curso. No tuvo que esforzarse demasiado, Eduardo siempre fue un insaciable, quizá por eso se entendieron enseguida. Habían pasado ocho años desde entonces y continuaban viéndose. ¿Qué tenía de malo? Gracias a su ayuda y sus contactos, ella encontró trabajo en una agencia de subtitulado audiovisual y allí seguía, como chica multitarea que traducía guiones originales y los ajustaba, confeccionaba glosarios y fichas para cada película, cazaba gazapos, revisaba los manuales de estilo o, incluso, en los momentos de pánico porque el plazo de entrega caducaba, echaba una mano a los técnicos en la sincronización de subtítulos.

—¿Has visto *The Rocky Horror Picture Show*? —le preguntó a la psicoanalista sin previo aviso.

—¿Cómo dices?

—Es un musical muy loco de los años setenta que alguien proyectó para mí en versión original. Nunca había visto una película subtitulada y me impresionó mucho. Supongo que por eso trabajo en el sector.

Tras esa intervención gloriosa, Chita quedó noqueada, era evidente, ni siquiera anotó el comentario. ¿Respiraba al menos?

—Nos faltan quince minutos —dijo cuando se recompuso—, pero quizá sea mejor dejarlo por hoy. A veces las sesiones se atascan y acaban siendo contraproducentes. Me temo que es el caso.

Lucía se estremeció. Se había refugiado en ese diván y no quería marcharse. No todavía. La esperaba la calle, el taxi, las hortensias. La esperaba la intemperie.

—El padre murió. Murió ahogado. Bueno, estrellado contra unas rocas más bien. En la costa.

Las palabras salieron así, sin previo aviso, era la primera vez en once años que las pronunciaba. Detrás hubo movimientos inquietos acompañados de sonidos leves, el cuaderno que se abría, la estilográfica rascando.

—¿El padre?

—Mi embarazo —puntualizó Lucía para echar una mano—. En aquel momento yo no era como soy ahora. Quiero decir..., bueno, tú me entiendes. Había amor, ternura, fidelidad, y éramos muy jóvenes.

—¿Quieres hablar de él?

Al principio sucedía cada noche, cada noche. Cerraba los ojos y se veía allí, en aquella playa desierta, junto a la hoguera y los dos hombres de la lancha. Las brasas se iban apagando y ellos fumaban sin parar. El mayor estaba muy enfadado y el otro, el más joven, cogía puñados de arena y luego los dejaba caer lentamente, abriendo el puño a la altura del meñique y dibujando espirales, como si su mano fuera una manga pastelera decorando una tarta. Le era imposible calcular cuánto tiempo estuvieron así, minutos, puede que horas, no sabría decirlo a ciencia cierta. Se había levantado un viento que venía de atrás y que soplaba a contrapelo de las olas, porque el mar parecía una lengua, tan calmo que ni siquiera rompía en la orilla. Reinaba el silencio, roto tan solo por los esporádicos chasquidos del mechero del hombre y el sonido de su propia respiración. Nada más. Durante ese tiempo detenido, no hubo nada más.

—Lo encontraron en cuanto amaneció —empezó a contar Lucía—. Estábamos de vacaciones y no nos dejaron regresar a Madrid hasta pasados tres días.

—Y tú volvías embarazada.

—Así es, aunque en ese momento no estaba segura. Mis reglas eran entonces muy irregulares, pero había tenido dos faltas y cabía la posibilidad. La prueba me la hice después y salió lo que me temía; lo que nos temíamos.

—¿Hablas en plural?

—Una amiga me ayudó. Nos ayudó a todos. Me cuesta mucho pensar en ello.

La lancha llegaba al ralentí, como fatigada tras un paseo muy largo y repleto de aventuras excitantes. Martín tenía las manos aferradas al volante y los ojos asustados, Cata murmuraba algo y, detrás, el rostro de Fer se asemejaba más que nunca al de un cadáver. Fue Cata quien explicó en pocas palabras lo que había sucedido y quien pidió a los dos hombres que recuperasen su lancha y avisaran cuanto antes a alguna unidad de rescate. Al otro lado sí que batían las olas, contó, el viento del sudoeste apenas llegaba hasta Genoveses por la orientación de la playa y la protección de los montes, pero en cuanto dejaron atrás la ensenada, el oleaje los desestabilizó y, de repente, Juanfra ya no estaba de pie sobre la proa sino con la cabeza en las rocas. Eso dijo, «con la cabeza en las rocas», y eso mismo repitió a los agentes del Servicio Marítimo que acudieron media hora más tarde.

«Con la cabeza en las rocas».

Murió en el acto.

—Con la cabeza en las rocas —dijo Lucía en voz alta—. Iba colocadísimo, por eso se puso de pie en la proa, y después los demás no pudieron acercarse hasta él porque la quilla de la lancha casi rozaba el fondo. Y había olas. Y ninguno de los tres sabía nadar. Solo Juanfra nadaba, pero estaba ya muerto y lo dejaron allí, con...

—Con la cabeza en las rocas —repitió la psicoanalista—. Es terrible lo que cuentas. Bien, por centrarnos: me hablabas de tu embarazo, luego de una amiga y ahora de las rocas, y has mencionado por primera vez el nombre de Juanfra. Me gustaría desarrollar estos cuatro conceptos en las sesiones venideras. Pero uno a uno y poco a poco. Te noto un tanto alterada hoy, supongo que no te descubro nada.

¿Alterada? Lucía sentía que el tiempo corría muy deprisa y que la luz de la alarma parpadearía de un momento a otro.

—Me dijo que no debía tenerlo. —Las palabras salieron de su boca a trompicones, como si algo las empujara—. Que me convertiría en una mujer como su madre y que echaría mi vida a perder si seguía adelante. Me llevó a un sitio horrible que ella conocía y las cosas salieron mal.

Tanta sangre, tanta sangre a borbotones, las baldosas de la pared salpicadas, aquel olor a amoniaco, a alcohol, a hierro oxidado, la voz de Cata a su lado diciéndole que aguantase y luego un fundido en negro y aquella frase terrible, como una sentencia, al despertar horas más tarde.

—Perdona, Lucía, pero me cuesta mucho seguirte. ¿Quién te dijo que no debías tenerlo?

—Mi amiga, mi amiga Cata.

Su «desajuste sexual», ese delicado eufemismo del que abusaba tanto la psicoanalista, dio la cara al año siguiente y desde entonces se había ido desajustando un poco más cada día. Un pozo sin fondo, una llaga viva, una bestia indomable; los lugares comunes para describirlo podrían rellenar un par de páginas.

—Entiendo que hablamos siempre de la misma persona. —La pluma estilográfica rascaba y rascaba sin tregua, como nunca lo había hecho desde que empezó la terapia—. De la misma amiga, quiero decir.

—En efecto.

—¿Os seguís viendo?

—Durante un tiempo perdimos el contacto. Luego nos volvimos a encontrar y ahora nos vemos a menudo.

—¿Algo más sobre ella?

—Sí, que me gustaría perdonarla, pero no lo consigo.

La lucecita de la puerta empezó a parpadear. Lucía se incorporó y reparó en que finalmente se había descalzado, aunque no recordaba cuándo lo hizo ni cuál fue el motivo exacto. Se sintió avergonzada, llevaba pegados los restos de un chicle de fresa en una de las suelas.

—El perdón siempre es un concepto interesante —concluyó la psicoanalista—. Partiremos de este punto preciso el próximo jueves.

—¿Sabes, Chita? —dijo Lucía mientras se desprendía con amargura de las cinco mil pesetas establecidas y decidía que había llegado el momento de llamar a las cosas por su nombre, psicoanalista incluida—. Ahora mismo yo debería estar en la Maternidad de O'Donnell y no en esta consulta perdiendo el tiempo con tus sandeces y pagándote este dineral.

—¿O'Donnell? —Chita abrió su cuaderno sin alterarse lo más mínimo, sacó punta a su lápiz y escribió esa cifra desproporcionada con números diminutos—. ¿Por alguna razón en concreto?

—Mi amiga está allí, sola, dando a luz a su primer hijo.

9

Apetitos feroces

Sábado, 1 de septiembre de 2012, 07.30 h

Está amaneciendo y Koldo no puede dejar de mirar la cama vacía que hay a su lado. Es muy extraño estar allí sin Dani, en esa habitación que no es suya, en esa casa y esa vida tan inaccesibles para él. Ha pasado así toda la noche, dando vueltas entre las sábanas de hilo, pensando en Cata y en sus enrevesadas explicaciones, durmiendo apenas, cavilando. En la casa reina el silencio y decide levantarse. Necesita hacer algo, lo que sea, y sabe que un poco de ejercicio le vendrá bien.

Por suerte, la puerta de la habitación de Ana está cerrada. Bendita medusa. Ojalá el escozor y los antihistamínicos la dejen fuera de juego todo el día. Esa chica se toma demasiado en serio las cosas, y más desde que estuvo por aquí la entrometida de su amiga Olivia y la situación se descontroló. Desde entonces, no lo deja tranquilo. Lo observa, lo persigue por la casa, y eso que él procura tenerla contenta y portarse bien.

Mientras sube a la terraza de la piscina, descalzo para no hacer ruido, Koldo se pregunta si Ana estará al tanto, si sus padres le han contado que Dani lleva treinta y dos horas desaparecido y que ni Cata ni Martín parecen dispuestos a dar el aviso a quien corresponda en estos casos. Es probable que no lo sepa: Ana salió ayer muy temprano de excursión, volvió colapsada por el drama de la medusa y desde entonces no ha salido de su cuarto.

La tormenta tardó anoche en llegar, pero llegó, Koldo la ha estado oyendo desde su cama. Truenos que hacían vibrar los cristales y una lluvia torrencial que duró casi media hora. Venía cargada de polvo en suspensión y el resultado lo tiene delante: el pavimento que bordea la piscina está cubierto de un barro fino, las hamacas se han teñido de marrón y hay churretes color teja ensuciando los muros. Pensaba darse un baño para despejarse antes de entrenar, pero la película amarillenta que cubre el agua le acaba de quitar las ganas. Hoy, a Zaid no le va a faltar trabajo.

El sol está a punto de salir y ahora mismo la explosión del amanecer es de una belleza apabullante. El cielo se enciende por momentos, la tormenta que ensució los muros ha dejado el aire muy limpio y los contornos de los montes parecen perfilados con tinta china. Koldo mira el mar multicolor y piensa en todo lo que está pasando, y en si debería o no sentirse culpable. El maniquí no llegó a la cala solo, dijo Cata anoche, y él sabe que si el jueves estaban en ese sitio, en aquella playa escondida, fue gracias a él. La suerte es esquiva, se dice, lleva toda la vida buscándola y siempre se le pone de costado o directamente le da la espalda. Él prueba y rectifica, sigue la corriente tal y como le han aconsejado o hace malabares dignos del mejor circo; sin embargo, nada sale como debe.

De pie y cara al mar, Koldo gira el cuello a ambos lados, sube y baja los hombros, aletea con los brazos y luego da patadas y dibuja círculos con las rodillas. Es importante calentar las articulaciones y estirar bien los músculos para evitar lesiones. Es importante prepararse, construir una secuencia y seguirla de principio a fin. Mientras lo hace, mientras ejecuta esa ristra de ejercicios preparatorios con la precisión de un bailarín clásico, saborea por anticipado los efectos beneficiosos de lo que vendrá. Dentro de un rato, terminadas sus tandas de flexiones, sentadillas y zancadas, sus dominadas y escaladores, sus cuatrocientos abdominales y sus cuarenta *burpees* sin pausa, las endorfinas revolotearán por su cerebro como alegres mariposillas y toda preocupación quedará adormecida, y el sol saldrá radiante y la vida le mostrará un nuevo camino, un camino que hoy le resulta imprescindible, pues en este preciso momento no tiene adónde ir.

Si piensa en la vuelta, en lo que sucederá en Madrid una vez acabe todo esto, la boca se le seca y los músculos le flaquean, porque sabe que su familia no le dará otra oportunidad. Si pudieran, dijeron en junio, le quitarían también el apellido. Estaba más que avisado, eso es cierto, y aun así, el curso y su estancia en el internado han terminado del peor modo posible, con casi todo suspenso y una expulsión definitiva por comportamiento indecoroso. Su hermano mayor lo acogió en su casa a principios de verano. Un buen cristiano. Como debe ser. Si bien al cabo de mes y medio lo puso de nuevo en la calle. Los motivos dan para una escena breve de vodevil, y Koldo, sin querer, sonríe al recordarlos. Él había entrado a escondidas en el dormitorio del matrimonio para coger algo de dinero, y su cuñada, que lo miraba mucho, lo pilló in fraganti. Para evitar males mayores, se abalanzó sobre ella, la aprisionó contra la cómoda y le pegó la boca al cuello. Su cuñada se resistió unos segundos, algún forcejeo, algún insulto, pero antes de completar el minuto cedió, e incluso dejó escapar un gemido. Entonces apareció su hermano y la situación, como era de esperar, se complicó bastante. Si lo piensa bien, reconoce que no debería haber hecho eso. Pero es que a veces no piensa, ve la presa y algo en su mente se nubla, y va detrás y se lanza, y si puede, la devora. El tutor de la SAFA le dijo una noche, enfadado y desnudo sobre su cama de adulto respetable, que no era más que un maldito depredador y que acabaría mal si seguía así. Puede que sea cierto, piensa Koldo mientras gira los tobillos para calentarlos también antes del entreno: salvo Dani, ahora mismo no le queda nadie, ni siquiera ese tutor que tanto lo ayudó durante el curso a cambio de cierto tipo de favores quiere saber nada de él.

Con el cuerpo ya estirado y despierto, Koldo coge su móvil para abrir el temporizador, lee atentamente un mensaje que no había visto y programa los cuarenta y cinco segundos de descanso entre serie y serie que recomiendan los expertos en calistenia, y sonríe aliviado. Sabe que su mente está a punto de dejar de parlotearle, de aparcar las obsesiones y centrarse en la técnica, en la ejecución impecable de cada ejercicio y en el acto sanador de respirar con conciencia plena. Allá va.

Cuando solo le quedan diez *burpees* y tiene las pulsaciones en el punto máximo, repara en que Salma lo observa con interés desde la terraza de arriba. Deben de ser casi las ocho por lo tanto, y es muy probable que Salma esté ahí para preguntarle qué le apetece desayunar. Consciente de que tiene público, Koldo se esmera para que sus últimos saltos combinados con flexión y sentadilla salgan perfectos, y mientras tanto, con la respiración agitada se dice que la echará de menos, a Salma y lo que ella representa: la cama de sábanas perfumadas y tirantes, el armario siempre ordenado y el suavizante de la ropa, los manjares que encuentra cada mañana servidos con tanto esmero.

—Buenos días, Salma —le dice cuando termina. Los latidos de su corazón van tan rápido que le cuesta hablar.

—Qué pronto se despierta hoy. ¿No ha dormido bien?

—Regular, solamente regular —responde entre jadeos, con las manos apoyadas en las rodillas y el cuerpo inclinado. Lleva puesto un pantalón de deporte y el pecho al descubierto, y se siente incómodo y como desnudo bajo la dulce mirada de esa mujer—. Y ahora me muero de hambre.

—Estará todo listo en diez minutos.

—Perfecto, voy a la ducha.

Una vez aseado, Koldo sube en busca de nutrientes; cuantos más, mejor. No se sorprende al encontrarse con Cata arriba, apoyada en la mesa de la cocina y con cara de haber dormido muy poco.

—Le estaba contando a Salma que Dani seguirá ingresado hoy. —Ni siquiera da los buenos días—. Los ligamentos se han separado del hueso y lo más probable es que lo tengan que operar.

—¿Lo operan aquí? —pregunta Salma—. Pensaba que regresaban a Madrid mañana.

—Sí, sí, claro... Nos vamos mañana y allí es donde lo operan, la semana que viene a más tardar. Por desgracia, todo lo bueno se acaba. —Cata se separa de la mesa mientras lo mira a él a los ojos—. Y las vacaciones también.

Salma continúa cascando huevos, separando las claras de las yemas y derritiendo a la vez en la sartén una buena porción de mantequilla. El sol está justo enfrente, enmarcado en la ventana como un cuadro de Van Gogh, y su luz todavía suave inunda la cocina.

—Nunca olvidaré estos días, señora —dice Salma—. Y estoy segura de que ustedes tampoco.

Fuera, bajo la pérgola y en cuestión de pocos minutos, Salma ha dispuesto un bufet digno de un jeque. Ha apoyado la larga mesa contra el muro y la ha cubierto con un mantel color mostaza decorado con cenefas. Hay zumos naturales y fiambres y fruta cortada y quesos de la zona y una selección de embutidos y panes de varios tipos y bollería casera y yogures y tazones con cereales y un sinfín de otras delicias. Koldo se aproxima a ese cuenco de la abundancia preguntándose por dónde empezar, olvidando de paso que la gula y la avaricia son pecados capitales, y que la lujuria y la envidia tampoco le son ajenas. El pecado. En su familia se hablaba de ello un día sí y otro también. El pecado, siempre el pecado. Qué estupidez y qué yugo. Pronto cumplirá veinte años y lo que quiere es disfrutar, disfrutar de la vida y sus placeres, y las oportunidades escasean. A lo largo de estos días, más de una vez se ha preguntado qué sería capaz de hacer para lograrlo, para desayunar siempre así, para no tener que preocuparse por nada.

—Al ataque. —Cata ha salido también a la terraza y pronuncia esas palabras señalando la mesa—. Estarás hambriento, ¿no? Me ha dicho Salma que llevas un buen rato haciendo deporte.

Koldo asiente y se arrima al bufet, con la boca hecha agua.

—¿Estás segura de que vas a esperar un día más? —pregunta mientras se sirve un poco de todo.

Cata aparta la vista y titubea. Las manos le tiemblan.

—Estoy segurísima.

—Entonces voy a coger la bicicleta para acercarme a la cala. No sé si lo has pensado, pero convendría averiguar si el maniquí sigue allí.

—Y eso qué importa ahora. —Cata casi no desayuna, se ha conformado con un par de uvas y una triste taza de café—. ¿Me pasas la leche?

Salma entra y sale con más bandejas en las que aparecen los huevos ya cocinados y decorados con ramitas de cebollino, beicon crujiente y salchichas, pan de centeno recién tostado que coloca en la mesa mientras ellos hablan bajo la sombra de las buganvillas.

—No sé…, puede que importe más de lo que pensamos —le dice a Cata—. El jueves salimos corriendo, tú sobre todo, y desde entonces no hemos vuelto. Ese maniquí estaba lleno de mensajes y quizá se nos ha escapado algo.

Cata no acusa el dardo, o no le afecta en absoluto. Apura su café y fija la vista en el horizonte, reflexionando.

—De acuerdo —admite después—, pero no tiene sentido que vayas en bici. Puedes llevarte mi coche si quieres. —Cata habla mientras mira fijamente la pantalla de su teléfono móvil—. Vivo pendiente de este chisme y no me voy a mover de aquí.

La oferta es tentadora. Conducir un Audi A7 no es algo a lo que Koldo tenga acceso a menudo. Sin embargo, decide seguir con su plan y coger la bicicleta. Le sentará bien ese esfuerzo, el viento en la cara, las cuestas y las pendientes, la parada obligada en el viejo cuartel y al final el baño tonificante. De manera que hacia las nueve, con el estómago no tan lleno como pensaba y una vez puestas las mallas y la gorra, Koldo atraviesa el salón como un rayo sin molestarse en saludar a Lucía, que está ya arriba y con muy mala cara, discutiendo además con Cata.

En el garaje, la bicicleta de Dani sigue apoyada en la pared de la izquierda, con la horquilla floja y la rueda delantera descentrada. No fue fácil recuperarla tras la caída en la rambla, pero habría sido una pena abandonarla allí. Parece mentira. Apenas ha pasado una semana desde entonces y se diría que han transcurrido varios meses.

Rodea San José por las calles de arriba y, al llegar a Cala Higuera para continuar por el empinado camino de la costa, se da cuenta de que debe rectificar. El sendero que tiene delante está embarrado por culpa de la lluvia y adentrarse ahí es exponerse a un resbalón o una caída, por no hablar de lo duro que es pedalear cuando hay barro. Retrocede por lo tanto y toma la carretera. Por suerte, el tráfico no es intenso, los turistas duermen y solo lo adelantan tres coches. Unos treinta minutos más tarde, está en Los Escullos.

Para su sorpresa, El Embarcadero a esa hora no es la playa casi desierta que él conoce. Una empresa de turismo activo la ha invadido con sus piraguas y sus kayaks y un montón de gente variopinta deambula por allí. En el centro, un instructor barbudo explica a gritos cómo palear o cambiar de dirección y cómo evitar los vuelcos, mientras su compañero reparte chalecos salvavidas e indica a los más rebeldes que es obligatorio ponérselos. Koldo aparca la bicicleta a escasos metros de las piraguas, recorre a pie la orilla pedregosa y atraviesa de un salto la grieta que parte en dos el peñasco del fondo. Y ahí está la calita del amor, el rincón del deseo; y ahí sigue la barca. Como ya suponía, dentro no hay nada, tan solo el barro que ha llovido esta noche y que se ha acumulado en el fondo, bajo un travesaño de madera casi podrido por el salitre y los cuarterones de pintura roja que no han soportado el embate de la tormenta y han acabado desprendiéndose. Ni el menor rastro de cualquier objeto que perteneciese o pudiese recordar a Dani. Incluso cuesta creer que el maniquí estuviese el jueves ahí.

Al otro lado, en El Embarcadero, el instructor sigue dando voces a sus inexpertos pupilos, que cargan las canoas de dos en dos hasta la orilla y se van montando entre risas y aparatosas caídas. Koldo avanza hacia ellos y ve que hay alguien más en la playa, alguien que antes no estaba y que ahora se ha instalado en el sillín de su bici, ha encendido un cigarro y desde allí contempla el paisaje, mientras fuma con calma.

CUATRO DÍAS ANTES DEL RAPTO

Tumbada sobre una toalla, boca arriba y al sol, Analía se está preguntando si le gustaría que Olivia se quedase o si prefiere que se marche de una vez por todas. Es domingo y Ana tiene todavía una semana de vacaciones por delante. Son muchos días, es mucho tiempo, y Olivia es tan intensa que agota, las cosas como son. Por otra parte, sospechar que el amor está en al aire y saber que tienes a tu mejor amiga cerca en un momento tan trascendental no tiene precio. Así que Ana no se decide, y total, qué más da, porque a Olivia la van a montar en un tren con destino a Madrid mañana a primera hora, tanto si ella quiere como si no.

—¿Me pasas la crema? —le pide Olivia, que está a su lado y no para de embadurnarse con el bronceador de zanahoria que ha birlado en una de las tiendas para turistas de la calle comercial del pueblo. Se llama Natural Action, no contiene ni un triste gramo de SPF y lleva años caducado, aunque esos dos últimos datos a Olivia le importan un soberano comino. Dice que no hay nada como ese mejunje para chamuscarse a fondo en dos días, y que son sus dos-únicos-días-de-playa-de-todo-el-puto-verano, y que ni muerta piensa volver blancucha a Madrid.

—Ten cuidado —le dice Ana mientras saca esa crema asesina de la cesta que comparten. Olivia se ha venido con lo puesto la muy muy, y, sin demasiadas ganas, su madre y ella le han tenido que prestar de todo—. Toma, pero que sepas que estás encendida como una antorcha y te vas a acabar pelando o pillando una insolación.

—Claro, como a ti no te cuesta coger colorcito... —Olivia rebaña un buen pegote de cáncer con olor a zanahoria y se lo extiende por la cara hasta dejarla como un glaseado—. Cuánto envidio esa piel tan agradecida que te trajiste del Caribe.

—*Fuck you, sweety*.

—Vale, pero me muero de envidia.

Olivia es pelirroja y pecosa, y tiene los ojos azul piscina y un tipazo de morirse. Si bien podría suponerse que nació en Glasgow o en Belfast o en algún otro lugar vikingo de más arriba, lo cierto es que sus padres son morenos retintos y vienen de Illescas, un pueblo cercano a Toledo. En fin, misterios.

—¿Te ha dicho algo esta mañana? —pregunta Olivia a continuación, y ya estaba tardando.

—¿Quién?

—Quién va a ser, nuestro nuevo amigo Koldo.

—¿Y qué quieres que me diga?

El simple hecho de oír su nombre activa en Ana la ecuación completa: mariposas en el estómago + sonrisa de boba = *Love Is in the Air*.

—Ay, chica, qué cosas tienes. —Olivia le devuelve la crema, separa la cabeza de la toalla y la mira a ella con la mano en la frente, colocada a modo de visera—. Algo te tendrá que decir después de lo que pasó anoche, porque a mí me olió todo muy raro. Más que raro, rarísimo. ¿Y sabes una cosa?, que yo ahora mismo le haría un par de buenas preguntas a ese tío, es una pena que se haya quedado con Dani.

Hoy han ido a parar a un pueblo llamado Agua Amarga. Su padre se ha estudiado a fondo el mapa de la comarca y está decidido a no dejar ningún rincón sin explorar. A Ana, el sitio le gusta. Es muy florido y animado y hay varias tiendas de ropa mona, lo cual es siempre un valor a tener en cuenta. Por si fuera poco, la playa es muy cómoda, es decir, tiene duchas que funcionan, pasarelas de madera para que no te abrases los pies y no hay que caminar durante horas para llegar a la arena, estirar la toalla y tumbarte un rato.

—Yo veo normal que no venga —lo defiende Ana—. A fin de cuentas, Dani es su amigo y está medio cojo.

—Sí, y tanto que son muy amigos, eso nadie lo pone en duda. —Olivia se da la vuelta y se coloca boca abajo—. Oye, ¿me untas la espalda?

Lleva así desde que llegaron, girando sobre sí misma a intervalos regulares, como un pollo ensartado.

—¿No te mueres de calor? —le pregunta Ana mientras le expande a Melanoma Astor a la altura de los omoplatos—. Yo creo que me voy al agua.

—¿Calor? Estoy en la gloria. —Olivia ronronea con satisfacción—. En este momento, mi único deseo en la vida es que tus padres no tengan prisa.

Han comido ensalada y arroz negro en el restaurante del fondo y sus padres siguen allí, tomando café y alargando innecesariamente la sobremesa. A Martín no le han visto el pelo en todo el fin de semana, entra y sale de la casa con expresión atribulada y casi no habla con los demás. En cuanto a su tía Cata, ella tampoco ha venido. Se ha quedado en San José pendiente de las necesidades de Dani y puede que todavía enfadada por lo de anoche. Pobre Dani. Hacerse un esguince severo en mitad de las vacaciones es una desgracia de dimensiones estratosféricas que Ana no le desea ni a su peor enemiga, aunque, por otra parte, también piensa que le está bien empleado, que ese ingrato traidor se lo merece. Porque hacer planes con Koldo una tarde detrás de otra sin contar con ella ha estado feísimo; así que el destino, o como quiera llamársele, ha intervenido y le ha devuelto la desconsideración con creces. ¿No querías bicicleta? Pues chúpate esa, querido, el karma es así.

—Estás ardiendo —le dice a Olivia.

—Lo sé, y me encanta. ¿Me untas también los muslos?

La inesperada aparición de Olivia el viernes fue menos invasiva de lo previsto, lo cual es digno de agradecer. Llegaba hundida en la más mísera de las miserias y con esa cara de acelga mustia que se le pone cuando está de bajón. Porque Olivia es así, no conoce el término medio. Ana, como buena mejor amiga, fue a recogerla con su madre a la estación de Almería, la dejó tranquila en el trayecto de regreso a San José y luego, ya en la casa, intentó animarla con bromas y cotilleos sabrosos aun sabiendo que no lo iba a lograr tan fácilmente. Tampoco insistió mucho, la verdad. La resaca por los chupitos del jueves todavía le duraba y lo único que quería era dormir un rato la siesta y hablar con Koldo después. Hablar o seguir con lo de la lengua, que para el caso es lo mismo; pero esos dos malnacidos se fueron otra vez en sus bicis sin decir ni esta boca es mía y luego llamaron en plan SOS porque Dani se había dado la hostia del siglo bajando por una rambla. Lo dicho: Dios es justo y merecido lo tenéis.

—Mierda, ¿no hay playa suficiente?

Ana ha terminado de sobetear los muslos de Olivia y, al llevar la vista al horizonte, se topa con una familia de diez miembros dispuesta a instalarse a un par de metros de sus toallas. El despliegue no es poca cosa: dos bebés, una abuela diminuta, cubos con su pala y su rastrillo, tres sombrillas verdes, cuatro sillas de rayas multicolores y un número indeterminado de cantimploras, neveras portátiles y bolsas del Carrefour.

—Te comunico que yo no me pienso cambiar de sitio —le advierte Olivia—, que te conozco.

—Van a hacer mucho ruido.

—Es posible, y ahora hazte un favor a ti misma e intenta no ser tan caprichosa.

Hay que ver lo veleta y faltona que puede ser su amiga si quiere, se dice Ana. El viernes llegó hecha una piltrafa, ayer se vino arriba hasta límites insospechados y hoy se comporta como si fuera la anfitriona y no una intrusa caradura a quien nadie invitó a venir. Menos mal que sus madres respectivas trazaron un plan de urgencia en cuanto se descubrió lo que ocurría y que a la tía Cata no le ha importado que se quede todo el fin de semana, porque si no, Olivia estaría ahora en Madrid muerta de asco y no aquí dándole órdenes y encima criticándola.

—Me voy al agua —masculla en tono seco—. ¿Me cuidas el iPad?

Antes de incorporarse, Ana se pone unas bragas de competición encima del tanga y se ata muy recatadamente la parte superior del biquini. No es que le avergüence tener tanto arriba o ser un manojo de curvas de cintura para abajo, pero están en una playa familiar y sabe que, si se baña con las tetas al aire y el culo apenas cubierto por un hilo, va a desencadenar un vendaval de miradas que ahora mismo no necesita. A su lado, Olivia puede presumir de ser delgada en la medida justa. Y no es que la envidie, no; lo que a Ana le molesta es esa manía que tiene su amiga de adoptar el papel de víctima sacrificada, cuando la realidad es otra. En cuanto la ocasión se presenta, Olivia afirma que pasa hambre para mantenerse como un espárrago y que solo con sufrimiento se alcanzan las cimas de la gloria.

Mentira cochina. Olivia es una tragaldabas que no engorda porque ha nacido bendecida por un metabolismo basal acelerado, y no se hable más. Lo retorcido es que lo esconda. Cuántas veces la ha oído quejarse de lo que sufre por no comer y luego la pilla zampándose botes enteros de Pringles Texas BBQ y bebiendo botellas de Cacaolat a cascoporro. Ayer mismo, jugó todo el día a ser la princesa desfallecida y famélica y, en cuanto se quedaron solas saqueó la nevera, gruñendo como un jabalí.

Porque se quedaron solas, rememora Ana al entrar en el agua, solas con los chicos: un detalle no menor que ha dado un giro imprevisto a todo el fin de semana. La tragedia de Dani el viernes había impedido mostrarle a Olivia la ristra de calas vírgenes que hay cerca de San José, y puesto que las excursiones quedaban descartadas, ayer bajaron las dos a la playa del pueblo y pasaron la mañana y la tarde torrándose al sol, quitándose la palabra la una a la otra y analizando hasta el más mínimo detalle todo lo relativo a Koldo, a su lengua carnosa y a lo bueno que está. Al volver, se encontraron a sus padres vestidos de tiros largos y a la tía Cata anunciando que se iban a cenar sin ellas: «Dani sigue sin poder andar y no querría dejarlo solo. No os importa, ¿verdad? Pasadlo bien».

Le hicieron caso, y tanto que se lo hicieron. Koldo abrió una botella de champán en cuanto se dejó de oír el motor del coche, lio varios canutos y, temiendo quedarse sin provisiones al ver la profundidad de las caladas que daba Olivia, llamó a Zaid para que viniera a reponer. Mientras lo esperaban, Koldo propuso jugar a Verdad o Prenda, ese estúpido juego que a Ana siempre la pone nerviosa porque suele acabar mal, con enfados y malos rollos y la mayoría de los jugadores en pelotas. Zaid llegó a la media hora cargado de mercancía y Koldo lo invitó a quedarse, y enseguida todo se embrolló. Las preguntitas, cómo no, iban siempre para el mismo sitio: que si eran o no vírgenes, que cuándo fue la última vez que lo hicieron, que hasta dónde serían capaces de llegar. Luego Dani, que había fumado más de la cuenta, se puso intenso y empezó a preguntar qué era lo que más importaba en la vida.

—El dinero —contestó Zaid—, y además creo que...

—Para mí, el amor —interrumpió Dani y, desde donde estaba, miró a Koldo.

—También el dinero —afirmó Koldo entre risas—. Claramente.

—¿Pues sabéis lo que os digo? —Olivia, que mientras tanto se había estado metiendo a escondidas una bandeja entera de pastelitos árabes, se puso de pie y empezó a desnudarse—. Que ahí os quedáis. Me aburrís muchísimo.

Los chicos tardaron poco en seguirla, y Ana, oliéndose lo que se cocía, también se lanzó a la piscina como su madre la trajo al mundo allá en La Zurza, frente a la mirada atenta de Koldo y de Zaid.

Lo que vino después, entre el humo del hachís y los muchos tragos de champán a morro, fue un compendio de encuentros y desencuentros de toda índole que acabó confundiéndolos. No era la primera vez que ella besaba a Olivia, algún escarceo habían tenido no hacía poco en una de las fiestas del colegio, y hasta con Dani había vivido tontunas cuando eran pequeños e inexpertos. Lo que no tuvo ni pizca de gracia fue ver a Koldo arrimarse a ambas y luego a Dani, e incluso intentar chuparle la oreja a Zaid. No, ninguna gracia. Zaid se puso muy bravo con lo de que él no jugaba en esa liga, casi le pega a Koldo y el corte de rollo se impuso. Lo que vino después fue todavía más raro, porque la tía Cata apareció de repente hecha una fiera, dando voces y gritándole sobre todo a Koldo, a quien responsabilizó de lo que estaba pasando por ser el mayor.

—Así que piensas que mi tía Cata está loca.

Tras el baño, Ana ha vuelto a la arena con ganas de seguir por ahí.

—Y dale, ¿otra vez lo mismo? —protesta Olivia, que se ha quedado adormilada y no parece tener ganas de hablar.

—Yo veo normal que se enfadase tanto. Nos había dejado cuidando a Dani y lo que hicimos fue liarla parda.

Olivia gruñe y finalmente se incorpora. Debe de estar harta, y con razón: es la tercera vez que ella saca a colación el mismo asunto.

—Mira, Ana, y no te lo repito más, a mí me parece rarísimo que tu tía deje su cena a medias por no sé qué molestia en el ojo, que vuelva del restaurante con esa excusa tan tonta de que había olvidado las lágrimas artificiales y que monte el pollo que le montó a Koldo cuando en realidad no estaba pasando nada.

—Tanto como nada...

—Bah, cuatro besos y poco más. —Olivia frunce los labios y lanza besitos al aire, como burlándose—. ¿Tú crees que a tu tía eso puede escandalizarla? Porque mucha pinta de monja no tiene...

—Oye, no te pases, y no sé por qué tienes que ser siempre tan mal pensada.

—Y tú tan inocente. A veces pienso que eres tonta perdida.

—Vete a la mierda. ¿Te he dicho alguna vez que no te soporto? Ojalá no hubieses venido.

Ana está gritando tanto que la abuela de la familia vecina se revuelve en su silla plegable y se gira para mirarlas.

—Chicas, nos vamos —interrumpe su madre, que acaba de asomarse por encima de sus cabezas con las gafas de sol puestas y esa pamela tan exagerada que ha comprado antes de comer—. Hace demasiado calor y preferimos volver a casa.

Olivia se levanta, se viste en dos segundos y recoge su toalla sin abrir la boca. Ana se siente mal. No debería haber dicho eso porque no es cierto. Aunque no piensa disculparse, faltaría más. Ha empezado ella, ha sido Olivia la primera que ha insultado, y además siempre tiene que ser la lista, la que da lecciones, la que todo lo ve.

Durante el camino de vuelta, Olivia cierra los ojos y se hace la dormida, su padre pone música suave y ella decide aprovechar el trayecto para seguir buscando en el iPad siempre que la cobertura se lo permita. Esta mañana, antes de salir de San José, ha encontrado por fin el nombre de su madre en una reseña de *El País* fechada en el ochenta y algo. El crítico hablaba de un concierto de debutantes en la sala El Jardín y mencionaba a Lucía Pedraza: «... acaso el valor más sólido de Salidas de Emergencia, otro grupo más entre los muchos que saturan la escena capitalina, y aunque algo verdes y con evidentes deficiencias en la guitarra y los coros, muestran también una honestidad sin ambages y un indudable potencial».

—Aquí te tengo, mamá —dice entusiasmada cuando recupera el artículo—. ¡Qué bueno! ¡Y vaya pintas lleváis en la foto!

—¿De qué hablas, cariño? —Su madre va medio dormida—. Anda, ¿por qué no descansas un rato?

—Pero erais cinco, ¿no? A la tía Cata se la reconoce perfectamente, a papá un poco también, y luego hay dos chicos más. —Le pasa el iPad a su madre, adelanta el cuerpo y mete la cabeza entre los dos asientos—. ¿Cuál es Martín? —pregunta señalando la fotografía que ilustra el artículo—. Porque yo ahí no veo a ningún gordo.

Su madre coge el iPad, agranda la foto con los dedos y después se lo devuelve.

—Apaga ese trasto —dice—. Apágalo ahora mismo.

Después su madre baja el cristal de la ventanilla y sube la música a un volumen imposible de soportar. Olivia abre los ojos y deja que el viento la despeine, sin protestar ni pedir que alguien cierre la ventana. Es un viento ardiente y muy seco el que penetra en el coche, tan seco como el paisaje que rodea esa carretera estrecha por la que circulan. Ahora mismo, nadie diría que están cerca del mar.

Ana quiere hacer más preguntas, pero los ojos de su padre la buscan en el espejo retrovisor y le dicen un montón de cosas: que ni se le ocurra, que lo deje estar, que no es el mejor momento y que él ya le aclarará lo que sea cuando estén solos. La situación es sorprendente, y también un poco triste. Y así viajan durante la media hora que falta: la música a tope, su padre con la vista fija en la carretera y ellas tres mirando por las ventanillas en direcciones contrarias.

Al llegar a San José, encuentran a Dani tumbado en uno de los sofás del salón, con la pierna derecha encaramada al respaldo y leyendo lo que sea bajo el chorro del aire acondicionado. Sin cambiar de postura, Dani sonríe al verlos, les pregunta si lo han pasado bien y les informa de que no hay nadie en casa.

—Salma se acaba de ir —explica sin darle importancia—, y Koldo cogió hace un rato la bicicleta y supongo que tardará en volver.

—¿Y la tía Cata? —pregunta Ana.

—Ha salido también. Quería hacer unas compras, o algo así me ha dicho.

—¿Y te ha dejado aquí solo? —La voz de su madre no esconde una nota de alarma.

—Solo y tan a gusto —dice Dani—. No necesito que estéis pendientes de mí todo el día.

Ana se queda quieta delante de Dani mientras siente detrás

la presencia de Olivia, esa sabionda metomentodo que seguro que tendrá algo que decir. Cuando Ana no puede más y se gira para ver qué diablos hace su mejor examiga, descubre a Olivia sonriendo, con la boca torcida y una ceja levantada, dibujando un arco profundo. Durante unos segundos se miran, y se retan. Después Olivia se da la vuelta y se va hacia las escaleras que bajan a los dormitorios, no sin antes inclinar el cuerpo y dedicarle a Ana una reverencia a modo de despedida.

LA ZURZA

2000

Fer no tenía ningún interés en visitar ese barrio, pero Lucía se había empeñado y se vio en la obligación de acompañarla. En la agencia les habían dicho esa misma mañana que podría ser peligroso y que no era aconsejable correr riesgos innecesarios en un momento tan excepcional como el que vivían. Más tarde, de vuelta en el hotel, Lucía insistió, llamó mamarracho al tipo que llevaba su expediente y dijo que no se marcharía del país sin saber de dónde procedía su hija.

Su hija.

Su hija acababa de cumplir tres años y todavía no le habían visto la cara.

—¡Avenida Máximo Gómez! —gritó Lucía entre una multitud vocinglera y sudorosa para llamar la atención de Fer en ese autobús atestado—. Aquí es donde hay que bajarse.

Llevaban casi dos semanas en Santo Domingo y empezaban a tomarle el pulso a la ciudad, a los olores, al desorden, a la alegría y las sonrisas, a la amabilidad gratuita y a tanta música sonando en cada rincón, en cada esquina de cada calle. Y les gustaba, les gustaba esa ciudad colorida y caótica a la que, lo quisieran o no, más les valía aclimatarse puesto que el proceso de adopción duraría otro mes y medio a partir del día en que conocieran por fin a la niña asignada.

Para salir del autobús, Fer tuvo que empujar a dos mujeres enormes que se reían a carcajadas y se daban manotazos entre sí, colapsando la puerta. Su risa era tan estridente, tan contagiosa y desbordante, que Fer se mordió la lengua para contenerse y evitar así sumarse a ellas. No era el momento, Lucía se había apeado y lo esperaba en la acera con el gesto circunspecto y esa aura de gravedad que la envolvía desde que emprendieron el proceso, un proceso que duraba ya dos largos años.

Las mujeres se apartaron y Fer bajó y miró a Lucía. No podía hacer otra cosa, mirarla para comprobar que era verdad, que estaba allí, en aquella esquina del mundo, esperándolo. Por las noches, en la amplia cama del hotel que pronto abandonarían para instalarse en un apartamento, Lucía rodaba entre las sábanas y acababa acoplada a su espalda, y en ocasiones, no siempre, le pasaba un brazo por encima del costado, se agarraba a su cintura y se quedaba dormida, y Fer sentía el roce de sus delicados pechos y también su respiración pausada revoloteando cerca, y en esos momentos pensaba que no había persona más feliz en este mundo y que, de tanto amor, el corazón le estallaría.

Habían pasado tres años largos desde que tropezaron en Madrid Rock, la tienda de la Gran Vía donde, en sus primeras sedes de San Martín y Mayor, compraron siendo muy jóvenes cientos de discos de saldo. Fer no había vuelto a verla desde el nacimiento de Dani, cuando coincidieron en aquella habitación de la Maternidad de O'Donnell y no tuvieron nada que decirse. Fue muy incómodo. Martín no había llegado aún, Dani se había adelantado un par de semanas y estaba en la incubadora, y Cata dormía y se despertaba a intervalos regulares, agotada tras el esfuerzo y aliviada por tenerlos a ellos dos allí. Desde aquel otro encuentro en Malasaña y el Escueto a finales de los ochenta, Fer frecuentaba a Martín y a Cata con cierta asiduidad, acudía a sus fiestas, comían o cenaban juntos algún que otro fin de semana e incluso se quedaba a dormir en su casa de la calle Fuencarral si la noche se alargaba más de la cuenta. De Lucía, en cambio, seguía sin saber nada. O casi. Porque sí que estaba al corriente de que Cata la veía a menudo, de que habían recuperado la amistad y de que Lucía caminaba por el filo de las cosas. «Parece otra persona —le explicaba Cata—. Se ha metido en una espiral destructiva que a mí no me gusta ni un pelo; aunque ella sabrá lo que hace, ¿no?, que ya es mayorcita». Fer no indagaba, y no entendía las razones que empujaban a Cata a darle información que él no solicitaba y a atosigarlo con detalles tan escabrosos como innecesarios. Para Fer, y a pesar del tiempo transcurrido, seguía siendo doloroso imaginar a Lucía en otros brazos, en otra vida, tan lejos de los sueños que compartieron hacía tantísimos años.

—En CD suenan mejor —oyó Fer que le decían—, pero a mí también me gustan más los vinilos.

Solía acercarse a Madrid Rock casi todos los viernes, al terminar la jornada en el instituto. En ocasiones para comprar novedades y en otras, la mayoría, por el simple placer de pasar allí unas horas, mirando las viejas carpetas de cartón de los vinilos y comparándolas con las frías cajas de poliestireno de los compactos, probándose camisetas que siempre le quedaban mal o charlando con los dependientes sobre las nuevas tendencias, sobre lo poco que quedaba del *grunge* o sobre el alcance real de la electrónica. En sus manos tenía una copia del *God Save The Queen* de los Sex Pistols, porque debía ser una copia, de la tirada original no quedaban más de diez discos que se vendían a precio de oro en los mercados especializados. Copia o no, Fer agarró con fuerza ese vinilo por si las moscas, por si la chica que le hablaba desde el otro extremo de la tienda pretendiera quitárselo.

—Ah, eras tú —dijo después Lucía, que se había ido acercando a los anaqueles de segunda mano hasta ponerse a su lado—. Perdona, no te había reconocido.

Fer, en cuanto se dio la vuelta, sí que la reconoció. Se había cortado el pelo y lo llevaba teñido de color caoba, pero seguía siendo la misma, la misma chica de entonces, sí, la chica de ayer.

—Hola, Lucía. Me alegro de verte.

—¿Todavía escuchas a los Sex Pistols? —preguntó ella saltándose los preámbulos más elementales.

—Bueno, no creas… —Fer titubeó, nervioso como un chaval de quince años—. Es solo que…, ya sabes —y señaló la portada y esa foto de la reina de Inglaterra con la boca y los ojos ocultos tras el título del álbum y el nombre del grupo—: es un disco mítico.

—No, no lo sabía. La verdad es que ando bastante desconectada.

—¿Desconectada? ¿De la música?

—Sí, de la música.

—Vaya, qué curioso —Fer miró al fondo y luego paseó la vista alrededor—, porque esto es una tienda de… música.

—Y también un buen lugar para conocer gente —dijo Lucía, y después le sonrió con una extraña desenvoltura, como si coqueteara de algún modo, como si con esa afirmación le estuviera proponiendo algo.

¿Era así?, se preguntó aterrado Fer en aquel momento. ¿Esa era su manera de operar? ¿Asaltar a los desconocidos con cualquier excusa y luego llevárselos a la cama? Cata se lo había contado y él no había querido creérselo, y aunque todo apuntaba a que lo que sucedía en esa tienda no era más que el fruto de un desafortunado equívoco, el desconocido, en aquella ocasión, fue él.

—¿Quieres que tomemos algo? —le propuso, sin pensarlo demasiado y asumiendo por adelantado una respuesta negativa.

—Vale, me parece bien —contestó ella inmediatamente—. Podemos ir a mi casa, vivo muy cerca.

Apenas un mes más tarde, ya se podía afirmar que salían juntos. Y por qué no. Dos almas solitarias que se reencuentran en la desapacible vorágine de la gran ciudad, dos amigos de la infancia que comparten gustos y pasado, la vida es larga y está llena de sorpresas... Las frases hechas no escaseaban y él estaba convencido de que, visto desde la distancia, todo había merecido la pena.

Fer llevaba muchos años solo. Arancha, su novieta de la facultad, lo dejó plantado en cuanto se licenciaron para casarse con un ingeniero de ilustre apellido en su Ávila del alma. No le importó tanto como podría esperarse y, lejos de hundirse o de sufrir por el abandono, aprovechó la nueva coyuntura para encerrarse en casa de sus padres y preparar las oposiciones. Las sacó a la primera, y con tan buena nota que no tuvo que marcharse de Madrid. Su primer destino fue un instituto de nueva creación en el barrio de Canillejas, donde vivió una pequeña escaramuza con una de las profesoras de Lengua y Literatura de su departamento. Duró muy poco, el tiempo justo para admitir que, en la intimidad y a pesar del mucho empeño que ambos pusieron, la cuestión sexual no funcionaba. Después de aquel fracaso, llegó la nada. Le dieron destino definitivo en Vallecas, firmó sobre plano la compra de un apartamento en el llamado Ensanche y sus amigos de la facultad fueron construyendo sus vidas a toda prisa y desapareciendo de la suya. Sin apenas darse cuenta, Fer redujo su actividad social a las escasas e inevitables visitas a sus padres y a los planes que hacía con Martín y Cata. La inclusión de Lucía en esos planes se produjo por lo tanto sin fricción, con la naturalidad y los guiños cómplices de una pandilla de amigos que se juntan de nuevo al cabo de muchos años.

Lucía vivía por entonces en la calle Valverde, en un piso enorme y destartalado que compartía con una compañera de trabajo. Sus jornadas laborales no tenían fin y había perdido todo contacto con sus dos hermanos, con quienes discutió por el reparto de los cuatro duros que habían recibido en herencia. Porque era huérfana, eso le dijo a Fer sobre la cama revuelta de su piso compartido. «Huérfana». Una insólita palabra que sonaba a folletín, pero que escondía mucha tristeza. La madre de Lucía había muerto en el 96 víctima de un derrame cerebral fulminante, con los ojos pasmados por la sorpresa y la frente incrustada en el mostrador de la panadería; y a los seis meses, a su padre le diagnosticaron un cáncer que no superó. Esa misma tarde, Fer también habló de sus siempre malhumorados padres, que seguían viviendo en la casita de El Tercio, con la carpintería cerrada en la planta baja y una escasa paga de jubilados que estiraban y estiraban para llegar a fin de mes, discutiendo entre ellos todo el santo día y sin escatimar en chantajes sentimentales y quejas porque él no los visitaba con la frecuencia que querían.

Con tan poco a lo que aferrarse, la vieja pandilla recién surgida del baúl de los recuerdos se convirtió muy pronto en el centro de sus vidas. Y tanto fue así que, siete meses después y sin pensárselo mucho, se casaron, y aquella boda a dos bandas acabó convertida en otro de esos disparates de Cata muy poco dignos de recordar. La ceremonia tuvo lugar en el

Registro Civil de la calle Pradillo bajo el secreto más absoluto, sin invitados, apadrinándose los unos a los otros y pronunciando las frases de rigor entre risas, como protagonistas de una función de poco fuste, como si aquello fuese un juego sin consecuencias o una juerga carente de la menor importancia.

—¿No es una idea bonita? —había preguntado Cata después de exponer sus planes—. Desde que tuvimos a Dani, no hemos parado de planteárnoslo sin atrevernos a dar el paso, pero ahora, con vosotros cerca, el círculo se cierra y no concibo un final mejor.

Fer no iba a ciegas. Lucía lo había puesto al tanto de sus problemas para quedarse embarazada y también de que no renunciaba a fundar una familia por otros medios, en otros ámbitos; y él, loco de amor y decidido a entregar su vida por ella si hiciese falta, a todo dijo que sí.

Y allí estaban dos años y medio más tarde, en la República Dominicana, junto a la parada de autobús de un barrio de Santo Domingo que los turistas no frecuentaban y dispuestos a husmear no se sabía qué porque en la agencia no habían querido darles más datos.

—¿Tienes idea de por dónde empezar? —le preguntó a Lucía.

—Más o menos la misma que tú.

Acostumbrados a las grandes avenidas arboladas, a los rascacielos que miraban al mar Caribe o a la pulcritud de las recoletas calles de la Ciudad Colonial, La Zurza apareció ante ellos como un laberinto de barracas de colorines encaramadas en las numerosas colinas que bordeaban el río, con ritmos de bachata surgiendo de los ventanucos y gente por todas partes, barberías y colmados, humedad y basura, chavales corriéndoles detrás para pedirles pesos sin perder la sonrisa, mujeres que los miraban con indiferencia o se reían de ellos con el mayor descaro y hombres que se comían con los ojos a Lucía, marañas de cables eléctricos sobrevolando las calles, puestos de frituras, de plátanos, de papayas y yuca, motocicletas sin tubo de escape, pozas de aguas grises en las que se bañaban los niños a pesar de los montones de desperdicios acumulados en los bordes, y mucha vida, vida y más vida por todas partes. Fue un acierto visitarlo, admitió Fer sin llegar a decirlo en voz alta, La Zurza era un barrio pobre y bullicioso que no les planteó ningún peligro y que les mostraba sin pudor el otro Santo Domingo, el de verdad, el que no se maquillaba cada mañana para ofrecer su mejor cara a los europeos y los gringos.

—¿A ti no te parece que los de la agencia han exagerado un poco? —Lucía había entrado en un colmado para pedir dos cervezas bien frías que bebieron caminando de vuelta a la parada del autobús que los llevaría hasta su habitación con vistas a un parque ubérrimo, al dulzor de las mamajuanas en la piscina y al bendito confort del aire acondicionado.

—Yo también pensaba que sería otra cosa —confesó Fer—. He leído lo que se dice sobre La 42 o Gualey y llegaba con cierta aprensión.

—Me pregunto de cuál de esas casitas vendrá exactamente. —Lucía se había detenido y hablaba señalando una colina repleta de viviendas arracimadas, pintadas de colores vivos.

—¿Crees que sería bueno saberlo?

Lucía no contestó, dio un último trago a su botellín de cerveza y siguió caminando. Fer tardó en reaccionar, apesadumbrado y sin dejar de preguntarse qué más podría hacer él por complacerla. De todas las trampas y atajos que los habían llevado a ese país, dar con la madre biológica de su futura hija era el único dato importante que se les había resistido. Lo demás, incluido el acortamiento de plazos y la no aplicación de algunas normas, se logró gracias a los giros postales que se habían ido enviando previamente y a los dos pequeños sobres que entregaron al enlace de la agencia de adopción nada más llegar, antes incluso de montarse en el coche que los esperaba en el aeropuerto. Maggie, la directora de esa agencia sacacuartos, los recibió al día siguiente en una sala amplia y bien iluminada y les explicó con su voz de terciopelo y sus modales correctísimos lo que ya sabían: conocerían a la niña en cuanto el papeleo se ultimase, tendrían una semana de socialización con contactos diarios de dos horas y, si todo iba bien, un mes de convivencia supervisada antes de volver a España. El primer sobre había servido para pasar por alto que solo llevaban dos años casados en vez de los cinco reglamentarios; y el segundo, para que los dos meses de convivencia obligatoria se redujesen a uno y que la supervisión fuese, digamos, muy relajada. Maggie era una dominicana nacida y criada en los barrios privilegiados y conocía de primera mano los intríngulis del sector, y también cómo desplumar sin mancharse a hordas de familias impacientes o lo poco que faltaba para que la normativa se adaptase a los protocolos de La Haya, y los procesos de adopción en el país se endurecieran.

En cualquier caso, y de momento, ellos seguían instalados en un hotel, sin conocer a la niña y a la espera de que comenzara esa ansiada semana de socialización. Para el mes de convivencia tenían previsto alquilar un apartamento en Los Cacicazgos, una de las zonas más exclusivas de la ciudad. Dinero y más dinero. Dinero por todos lados.

—No os preocupéis de nada —les dijo Cata cuando empezaron las gestiones que ella misma puso en marcha—, contaréis con nosotros para lo que haga falta.

Y contaron con ellos, claro, qué otra opción tenían: un profesor de instituto y una redactora de subtítulos para películas en versión original no se podían permitir semejantes dispendios. Pero ahí estaba Cata, ahí estaban siempre Cata y Martín. Lucía puso reparos al principio: no era normal que hicieran eso, que les diesen tanto a cambio de nada, que les buscasen la agencia a través de su filial dominicana para empleadas del hogar y que agilizaran los trámites a fuerza de giros y sobres. Fer, en cambio, lo aceptó de buen grado y convenció a Lucía con argumentos muy simples: eran sus amigos, los mejores amigos que tenían, en realidad los únicos, les iba muy bien en sus negocios y disfrutaban compartiendo con ellos tanta prosperidad.

—Por el nuevo miembro de esta gran familia que somos —brindó Cata cuando la adopción quedó confirmada y cenaron los cuatro juntos para celebrarlo—, por vuestro inminente viaje y por los viejos tiempos.

Los viejos tiempos. Lucía odiaba esa expresión y Fer procuraba no usarla, aunque aquella noche la vida parecía recién estrenada y solo contaba el futuro, así que Lucía, ilusionada y contenta, también brindó. Tres semanas más tarde se instalaban en la novena planta del Intercontinental Real Santo Domingo, a tan solo cinco manzanas de la agencia, y allí seguían desde entonces, esperando la llamada de Maggie y conociendo a fondo la ciudad.

Ese día, sin embargo, la vuelta al hotel desde La Zurza no fue agradable ni fácil. Lucía se instaló en uno de los asientos traseros del autobús y a la vez se encerró en esa habitación propia de la que era tan difícil sacarla. Viajaron en silencio, entre traqueteos y rugidos de motor, entre la voz del conductor que iba anunciando las paradas a gritos y las conversaciones cruzadas de cuatro amigas que se habían sentado junto a ellos. Fer se moría de pena cuando la veía así, perdida en un mundo al cual él no tenía acceso, y comprendía que sería capaz de cualquier cosa con tal de alejarla de ese sitio, de ese no lugar que le borraba del rostro su gesto más dulce y se lo cambiaba por otro muy tenso y sobre todo triste. Lucía se sinceró con él antes de la boda: el embarazo inesperado, la casa a la que acudió y el desgarro que allí le causaron, los años de torbellino y desenfreno, el vacío inmenso que llevaba dentro y que nada lograba llenar. Fer siempre había confiado en que las cosas se arreglarían con la llegada de la niña, que los dos años de espera darían su fruto y que sus vidas cambiarían en cuanto regresasen a España con una hija en los brazos. En cambio, esa tarde, al contemplarla hundida en su asiento con los labios fruncidos y la mirada perdida en algún lugar muy lejano, Fer, contagiado quizá por tanto desánimo, bajó la guardia y se preguntó por primera vez si habría salida posible, si no estaban a punto de cometer un error y si el pasado pesaría siempre tanto.

—¿Estás bien? —le preguntó más tarde, mientras atravesaban el vestíbulo del hotel y aceleraban el paso para preguntarle al recepcionista si los había llamado alguien.

—Sí, cansada pero bien —repuso Lucía con la mayor naturalidad, como si nada la preocupara, como si la hora de silencio previo nunca hubiera existido—. Y también deseando ponerme el biquini y subir a la piscina. Me muero de calor, ¿tú no? —añadió antes de darle un beso volado en los labios y dedicarle una mueca irresistible—. Anda, sube a bañarte conmigo un ratito.

No llegaron a bañarse. En cuanto entraron en el cuarto, el teléfono de la mesita de noche sonó y al descolgar escucharon la voz de Maggie.

—Hoy llamo con muy buenas noticias. Todo en orden por fin y mañana mismo podrán conocer a su hija. Los recogeré a las ocho y media, si les parece bien. Recuerden que dispondrán de dos horas para estar con ella.

—Estupendo, Maggie. —Fer intentaba mantener la calma—. Nos da una gran alegría.

—Dios nos ha ayudado —añadió Maggie con toda su desvergüenza—. Y estoy segura de que su hijita preciosa crecerá en su amor infinito y será muy feliz.

Se despidieron y luego Fer quiso abrazar a Lucía, celebrar que lo habían conseguido y que a partir de ese momento sus vidas serían más completas, pero ella se zafó con un gesto brusco y acabó acurrucada en la esquina opuesta de la cama, echa un mar de lágrimas y muy lejos de él y de aquella habitación, encerrada de nuevo en sí misma.

TREPIDACIÓN

10

Ojo por ojo, diente por diente

Sábado, 1 de septiembre de 2012, 17.00 h

Las horas pasan, es media tarde y Koldo no regresa, y Cata está preocupada. Como no tiene bastante, ahora ese chico hiperactivo se ha volatilizado en la costa y no da señales de vida. Le ha escrito y lo ha llamado varias veces, y sigue sin responder. Hace demasiadas horas que se fue a esa maldita cala en busca de pistas más que improbables y ella está convencida de que le ha pasado algo.

—¿Tanto te calienta el pendejo? —le dice Martín—. Se diría que te escuece más que tu propio hijo.

—Vete a la mierda. ¿Qué pretendes? ¿Darme lecciones?

Martín está apoyado en el marco de la puerta que da a la cocina y Cata se pregunta qué va a ser de ellos a partir de ahora, cuando esto pase, cuando recupere a Dani y la vida continúe.

Porque lo va a recuperar.

Solo tiene que esperar un poco.

Un poco todavía.

—¿Y dónde ha ido? —insiste Martín—. ¿En busca de otro rincón secreto donde follarte?

—Martín, por favor, ¿crees que es el momento?

—¿O a recoger los condones que dejabais tirados por ahí?

Cata se muerde los labios. Le cuesta mucho creer que Martín monte una escena precisamente ahora, que ataque así, que se ponga en ridículo con niñerías en vez de pensar en lo que ocurre y encontrar soluciones.

—Te jode, ¿no? —Ella también sabe atacar—. Como tú nunca los has necesitado...

Martín deja escapar una risita y entra en el salón, bamboleándose como una tartana de feria. Empezó a engordar al poco de nacer Dani y desde entonces no ha hecho otra cosa.

—¿Sabes, Cata? Siempre serás la hija de tu madre. Igual de zorra que ella.

Ella no quiere seguir por ahí y mucho menos desperdiciar energías con un asunto que no viene al caso. ¿Celos, Martín? Ni siquiera se pregunta cómo lo ha sabido, quién le ha contado que tiene algo con Koldo o lo de sus escapadas al final de la tarde. Ha empezado a hablar de ello hace un rato y ahora no para. ¿Tan importante es? Nunca se han reprochado nada y no es este el mejor momento de empezar a hacerlo.

La casa es como una caldera a punto de reventar. Fer mismo, en el desayuno, se ha puesto como una fiera por culpa de la espera prolongada. Un riesgo innecesario, ha dicho, una locura: Dani en peligro y ellos allí, bebiendo zumos recién exprimidos y comiendo huevos revueltos. Un día más, decidió Cata anoche en el mirador, paseando con Koldo, y ni Fer ni nadie va a obligarla a cambiar de idea. Lucía, en cambio, no ha dicho nada. Lucía observa, y calla, como ajena a todo lo que sucede. Lucía es tan fina y elegante que nada la altera, ni siquiera lo que le contó ella ayer, cuando pidió explicaciones porque Fer la había dejado sola. Ahora están los dos abajo con Analía, que no para de llorar desde que sabe que Dani…, que Dani volverá pronto y sin un rasguño, es eso y no otra cosa lo que va a suceder. Conforme pasan las horas, el aire se tensa y se vuelve irrespirable, pero Cata va a aguantar, quienquiera que se lo haya llevado tiene que dar señales en algún momento. ¿Qué sentido tendría si no? Y si esas señales no llegan antes de que caiga la noche, claudicará y acudirá donde haga falta, se lo ha prometido a Fer y así lo hará.

Un poco, se repite.

Un poco más todavía.

Cata deja a Martín en el salón y entra en la cocina, el único espacio cercano en el que reina el sosiego. Salma sigue a lo suyo, recogiendo y limpiando, comportándose como si este último día de vacaciones fuera un día más. Ha preparado uno de sus contundentes platos árabes, pero nadie en la casa ha querido comer y ahí sigue el guiso, enfriándose en la encimera.

—¿Quiere que le haga una infusión, señora? Apenas ha desayunado y le vendrá bien tomar algo.

Cata se sienta en el rincón del fondo, un coqueto comedor de diario bañado por la luz que atraviesa los estores.

—Hazme un té de los tuyos, por favor. Pero no le pongas azúcar.

Salma asiente, abre la nevera con la mirada huidiza y saca un manojo de hierbabuena. Las feas palabras de Martín siguen flotando en el aire y es probable que Salma las haya oído y esté incómoda. A nadie le gusta presenciar cierto tipo de escenas.

—En mi país —dice—, respetamos mucho la figura de la madre.

Cata deja el móvil sobre la mesa y mira a Salma. Le cuesta creer lo que oye. Es la primera vez en dos semanas que esa mujer deja de ser una sombra y se inmiscuye en una conversación.

—Aquí también. —Cata se levanta, va hasta la encimera de mármol y pellizca una hoja de hierbabuena—. Martín quería mucho a mi madre, por eso la ha mencionado.

—¿Falleció?

—Sí, claro.

—Lo siento mucho, señora.

—No sientas nada. Hace mucho tiempo de eso.

—El dolor por la pérdida de los seres queridos siempre nos acompaña.

Salma se acerca con la tetera de plata para servirle el té con la ceremonia habitual, mientras ella se estremece. Su madre siempre fue inoportuna y aparece justo ahora, cuando menos se la espera. Junto a la mesa, Salma escancia el té desde tan alto que el vaso se llena de espuma.

—¿Seguro que no quiere azúcar? Dulce, sabe mejor.

—Seguro, Salma, y no lo cargues mucho; estoy ya bastante nerviosa.

—Nosotros tenemos un dicho bereber muy bonito para los tres tés que se deben servir a un invitado.

—¿Tres? Creo que con uno me bastará.

—El primero, amargo como la vida —continúa Salma con la vista fija en el vaso, recitando su dicho con un tono de letanía—; el segundo, dulce como el amor; y el tercero, suave como la muerte.

Un nuevo estremecimiento recorre la columna de Cata. Vida, amor, muerte. ¿Hay algo más? Su madre tuvo una vida de perros, buscó el amor sin encontrarlo nunca y acabó como acabó, ahogada en sus propias flemas. Su presencia en la cocina la arrastra a territorios que no quiere visitar, a las oscuras cuevas de Tielmes, a la casucha de El Tercio, a los pasillos alfombrados de la calle Columela. ¿Por qué ahora? ¿Nunca la va a dejar tranquila? El padrino rompió con su madre y su madre la envió a ella, a Cata y sus dieciséis años recién cumplidos, a esa casa de techos altísimos porque no quería perder sus favores y cualquier método valía: «Haz lo que sea para que vuelva. ¿Me oyes, gatita? Lo que sea». El padrino estaba solo aquella tarde y, sin mostrar sorpresa alguna, la invitó a pasar: «Mi mujer está en la sierra con las niñas, como bien sabe tu madre». Poco después, tumbada en el sofá adamascado y con la boca del padrino incrustada en la entrepierna, decidió que esa era la vida que quería, la misma *boiserie* en el techo, la misma araña cargada de cristalitos brillantes, y decidió también que a ese padrino que jadeaba por ahí abajo no le iba a quedar más remedio que proporcionársela. Lo tuvo a sus pies desde esa tarde, loco de deseo y dispuesto a todo por complacerla, mientras su madre, que jamás volvería a verlo, se emborrachaba y la maldecía:

—Eres una perra, no debería haberte parido.

La voz de su madre inunda la cocina y a Cata le llega además su olor. Salma ha entrado en la despensa y allí trastea y abre y cierra los botes de especias. Ojalá el curri y la cúrcuma borren aquel aliento a ginebra y tabaco, el resto de sudor rancio bajo la bata, la miasma azufrada de las flemas. La ve toser hecha un guiñapo en su sillón de El Tercio, rodeada de colillas y botellas vacías, y también oye los insultos porque la había desplazado, porque había ocupado su puesto.

—Me enviaste tú, mamá querida —replicó ella—. ¿O es que ya no te acuerdas? Haberlo pensado mejor.

—Se lo voy a contar a tus amigos, y a todo el barrio si hace falta.

Su madre iba a añadir algo cuando empezó a toser como si quisiera expulsar por la garganta su corazón ennegrecido, sus muchos pecados, su vida de mierda. Apoyó la nuca en el respaldo del sofá y las flemas se le acumularon en la glotis, lo cual no era nuevo. Luego, cuando no pudiera más, volcaría el cuello hacia delante y salvaría el tipo con un par de toses y disparando esputos a los bordes de la bata o a la alfombra que les había regalado el padrino. Si no pudo hacerlo ese día fue porque ella le sujetó la frente. Dos dedos, solo dos dedos y una leve presión. Hasta que se hizo el silencio.

Salma sale de la despensa y mira el vasito de té, que sigue lleno hasta el borde. Cata no lo ha probado todavía ni cree que vaya a hacerlo por ahora. Tiene el estómago encogido y la cabeza llena de pensamientos que creía borrados, escondidos al menos, pero que hoy vuelven y se imponen como queriendo participar del momento, de la angustia, de la tensión insoportable que ha invadido también esa cocina.

—Señora, me gustaría pedirle un favor, si a usted le parece bien.

—Por supuesto, Salma. Dime.

—Hoy sí querría salir antes. Tienen la comida preparada y a mí me vendría muy bien aprovechar la tarde para ocuparme de mi casa. Son demasiados días sin poder limpiarla, como siempre he estado aquí…

—Lo entiendo perfectamente, no tienes ni que pedirlo. Bastante has hecho ya por nosotros.

—Si quiere, también puedo ayudarla con el equipaje antes de irme. Lo que usted me diga, señora, ya sabe que estoy a su disposición.

Al oír esas palabras, el estómago de Cata se contrae aún más. No ha pensado en el equipaje ni en nada relativo a la vuelta, y, debe asumirlo, es casi imposible que mañana puedan marcharse. Debería hablar con la agencia y prolongar la estancia unos días. Lo hará en cuanto llame quien tenga que llamar, en cuanto sepa a qué atenerse, en cuanto den el primer paso y digan qué quieren.

—Sabemos hacer maletas, pero te agradezco el ofrecimiento.

—Si algo siento es no poder despedirme de su hijo. ¿Lo traerán luego o lo recogerán mañana en el hospital?

¿El hospital? ¿De qué hospital le habla? Cata está más aturdida de lo que debería, más ansiosa de lo que quisiera. Su madre, maldita sea. Pensar en su madre la desestabiliza de una manera muy difícil de gestionar. El hospital. Eso es. Dani está en un hospital por culpa del esguince y Salma se lo ha creído. ¿Se estará equivocando?, se pregunta. ¿Debería hacer caso a los demás y denunciar lo que ha pasado? Incluso Martín, que conoce como nadie el mundo en el que se mueven y los riesgos que una denuncia implica, también piensa que no deberían esperar más. Lo que Martín no sabe todavía es que a la cala llegó un maniquí muy parecido a Dani, y que quien lo pusiera ahí está presionando para llevarla al límite. No hay otra explicación posible. ¿Qué quieren? ¿Qué diablos quieren de ella?

—¿Señora? ¿Se encuentra bien?

Salma está a su lado, zarandeándola y al mismo tiempo ofreciéndole un vaso de agua. Cata lo bebe de un trago y después mira a Salma: «Perdona, me he despistado un segundo, ¿decías algo?». Salma niega con la cabeza y le sonríe, sus ojos brillan de un modo extraño y aun así le proporcionan paz. Es todo lo que necesita.

—Vete ya si quieres, será lo mejor. Y no te preocupes por tu guiso, seguro que alguien lo comerá a lo largo de la tarde.

Salma vuelve a la encimera y, de espaldas a ella, cubre con papel de plata el manjar que ha preparado, recoge un par de platos y después se quita el delantal.

—Solo tienen que calentarlo —dice señalando la cazuela—. Espero que les guste. Lo he cocinado con muchísimo amor.

Salma desaparece y vuelve media hora más tarde vestida con su ropa de calle. ¿Qué edad tendrá? Cata nunca se lo ha preguntado y no es este el momento.

—Me llevo el uniforme para lavarlo en casa —añade—. Yo misma se lo devolveré a la agencia.

Cata decide acompañarla a la puerta. Es lo menos que merece, ojalá pudiesen contar con ella cada vez que viajan. Está a punto de decírselo y darle dos besos, aunque al final se arrepiente y le ofrece la mano. Salma se la estrecha, se monta en su coche y baja la ventanilla.

—Muchísimas gracias por todo —le dice Cata—. Cuánto nos has cuidado y qué buena has sido estos días con todos nosotros.

Salma arranca y separa el vehículo de la acera.

—Ha sido un placer, señora. —Desde su asiento, Salma la mira de nuevo a los ojos y después le da un papel descolorido—. Pero no soy tan buena como piensa, aunque es verdad que podría haber sido mucho peor.

El coche acelera y se pierde por la curva antes de que Cata lea ese papel y reaccione. Se tapa la boca y contiene un grito, un grito que estalla cuando recibe un mensaje en el móvil. Al abrirlo, ve el vídeo: hay alguien con un pasamontañas al fondo y, en primer plano, su hijo. Las palabras que aparecen en la pantalla al término de esas imágenes inasumibles hacen que Cata se desplome en mitad de la calle, que el mundo se detenga y que ella encuentre fuerzas para volver a gritar tras leerlas:

«Bienvenida al infierno, señora».

TRES DÍAS ANTES DEL RAPTO

Preparar un buen plato requiere paciencia. Paciencia y orden. Primero una cosa y después la otra. Y así, poco a poco, el plato toma forma, y los aromas se mezclan y las especias se integran con la naturalidad adecuada, sin sobresaltos ni estridencias. Una vez reunidos todos los ingredientes, solo hay que alinearlos, tratarlos con cuidado e ir incorporándolos conforme les llegue el turno. Fuego lento, mimo y dedicación. Ahí está la clave. Porque cualquier despiste o exceso puede estropear la delicia de un guiso bien hecho y bien acabado.

Dani le dijo ayer que le encantaba su pastela y que quería aprender a prepararla, y como Salma está allí para servirles y hacer realidad sus deseos, esta mañana ha dispuesto todo lo necesario y ahora está esperando a que Dani termine de ducharse. Cuando suba, la cocinarán juntos; es la mejor forma de enseñarle. Si algo le pesa a Salma es que Dani sea tan cariñoso y buen chico. No obstante, las recetas tienen sus tiempos, y sus normas, y para culminarlas con éxito se ha de ser implacable.

—Salma, ¿puedes venir un momento?

Es la señora quien la requiere y Salma, despistada, tarda en reaccionar. A pesar de que lleva con ellos diez días, no termina de acostumbrarse a ese nombre.

—¿Necesita algo, señora?

—Solo pedirte que no hagáis ruido, por favor. Por fin tenemos un poco de paz y quiero disfrutarla.

Es verdad que hoy la casa está casi vacía. Lucía y Fer se levantaron muy temprano y se fueron a la estación con su hija Ana y esa odiosa niña pelirroja que ha estado el fin de semana por aquí. Koldo ha salido a correr y Martín, hace apenas media hora, ha cogido su coche y también se ha marchado. «Asuntos urgentes», ha dicho.

—No se preocupe, cerraremos la puerta.

Salma vuelve a la cocina y piensa en su guiso, y se repite que el caldo está casi listo y la carne tierna, y que los últimos ingredientes están también preparados.

—Ya estoy aquí. —Dani acaba de aparecer hecho un pincel, con bermudas blancas y camiseta inmaculada, oliendo a perfume, el tupé reluciente.

—Se va usted a manchar.

—No me trates de usted, Salma, te lo he pedido mil veces. —Dani observa la encimera, los contramuslos colocados en fila india, las especias repartidas en platitos, las almendras—. Qué bonito, ¿no? Y ahora dime por dónde empezamos.

Salma se quita el delantal y se lo ata a Dani a la espalda.

—De momento, tiene que picar cuatro cebollas y esos dos manojos de perejil y cilantro, y mientras tanto yo iré troceando el pollo.

Dani se acerca al *office*, deja la muleta apoyada en el respaldo de una de las sillas y se instala allí. Es verdad, se dice Salma, Dani no puede cocinar de pie, así que lleva a la mesa todos los ingredientes y los extiende en el orden que ella misma ha establecido. Dani no se lo piensa y empieza a cortar cebolla, y enseguida los ojos se le irritan y lagrimean y a él le da por reírse, y Salma, muy a su pesar, lo mira. Es un chico entrañable, no cabe duda, tan entrañable que en ocasiones roza la membrana protectora de su corazón endurecido y entonces Salma flaquea, y se hace preguntas, y siente un leve temblor en los labios y hasta cierto rubor en las mejillas. No importa, se dice, y después se reprende a sí misma: a veces ocurren estas cosas, que una se distrae un segundo y la receta se tuerce, se ablanda, se pasa; y como rectificar es una aventura y un riesgo innecesario, la única solución posible para retomar las riendas es volver al punto de partida, volver a empezar.

Y el comienzo es siempre el mismo.

Siempre el mismo.

Hace años, en otra vida y en otro mundo, a su hija Djamila se le llenó la cabeza de pájaros. Una vez al mes, la vecina que tenían en Tamanrasset llamaba a la puerta de casa y le entregaba a Djamila una carta para que se la leyera. Doce meses, doce cartas. Se las enviaba su nieta desde España y llegaban hasta allí llenas de sueños cumplidos, de trabajos bien pagados y de ropa bonita y caprichos, de paseos por parques frondosos y de multitudes sonrientes y amables inundando las calles. La vecina escuchaba complacida todas aquellas mentiras y sonreía mientras tanto, y después daba las gracias y hasta el mes siguiente no volvía. Djamila había aprendido a leer porque Salma así lo quiso. La lectura fue su condena. Djamila escribió a la nieta de la vecina para pedirle información y con la respuesta entró en casa aquel nombre envenenado, estampado al pie del texto. Poco tiempo después, Djamila se vino a España como empleada de hogar. Ha pasado mucho tiempo y Salma sueña todavía con aquellas frases esperanzadoras, con los consejos para el viaje, con el sueldo y las contrapartidas propuestas, con todas esas palabras escritas a máquina que hablaban de un futuro mejor.

Hay nombres que nunca se olvidan.

A su lado, Dani sigue riéndose porque ella ha cortado un casquete de cebolla y se lo ha pegado bajo el tupé. «Así no llorará», le ha dicho al ponérselo. Todavía no ha decidido qué hará con él finalmente.

—Esto ya está —dice Dani—. ¿Pico ahora esos hierbajos?

—Perejil y cilantro, no los llame hierbajos. Ya verá qué rico huelen.

¿Servirá de algo?, se pregunta Salma mientras coge un par de hojitas verdes y se las acerca a Dani a la nariz. ¿Se irá el dolor cuanto todo acabe? ¿Se atenuará el rencor? Djamila no tenía ni quince años cuando se unió a las caravanas que venían de Lagos. Nunca contó cómo fue su viaje, aunque cuesta poco imaginarlo. Hablaban muy poco, siempre de locutorio a locutorio. Entre las interferencias de la línea y las protestas de los que hacían cola, Djamila describía los parques, la ropa, los caprichos que se permitía. Sin embargo, su voz la delataba. La última vez, Djamila rompió a llorar y después mencionó las jornadas de veinticuatro horas, los castigos y la crueldad de la señora de la casa, los abusos diarios del señor, el tatuaje que le hicieron en la muñeca nada más llegar y la enorme deuda pendiente. Una semana más tarde, Djamila se encaramó al tejado de la lujosa finca en la que trabajaba y desde allí se lanzó al vacío.

—Es verdad que huele rico. —Dani acaba de coger el manojo de cilantro y está empezando a picarlo.

—Ahora tendrá que acercarse al fuego. ¿Quiere que le traiga un taburete?

Dani asiente con la vista fija en el cuchillo, muy concentrado en su tarea. Salma vuelve al salón y se acerca al mueble bar. Cata, que se ha tumbado en el sofá, la sigue con la mirada.

—¿Qué tal cocinero es mi hijo?

—Muy bueno, y muy obediente.

—Espero que no nos envenene.

—No tema, yo vigilo lo que hace. Y una pregunta, señora, ¿cuántos serán hoy en la mesa?

—Todos menos mi marido. Hoy viaja a Antequera y desde ahí regresará directamente a Madrid.

Salma pasa junto al sofá con el taburete en las manos. Qué bonita es la casa y cuánto se alegra de haberla encontrado, piensa. Cada mueble es precioso, cada detalle, cada rincón. Ese taburete, por ejemplo, tiene las patas tan delicadas y finas que parecen estoques. Cata sigue tumbada y sería fácil. Muy fácil. Pero no suficiente.

—Todo picado —anuncia Dani—. ¿Siguiente etapa?

Salma coloca el taburete junto a la vitrocerámica y le hace un gesto a Dani para que se siente ahí. Luego saca una gran cazuela, vierte aceite y acomoda los contramuslos, los cubre con la cebolla picada y las hierbas y después le pide a Dani que añada él las especias.

—¿Qué son? Me gustan mucho los colores que tienen.

—Cúrcuma, curri, jengibre en polvo y pimienta.

—¿Y esas hebras?

—Azafrán. Ahora remuévalo bien y después lo tapamos. Lo dejaremos un buen rato a fuego suave, hasta que la carne esté blanda y se desprenda del hueso, así la podremos manipular más fácilmente.

Dani se toma muy en serio sus quehaceres. Ha cogido la cuchara de madera y ahí lo tiene Salma, demasiado cerca quizá, removiendo y removiendo como si la subsistencia del mundo dependiera de los movimientos de su muñeca.

—Me encanta cómo huele —dice—, y me encanta que me enseñes.

Es así como consigue ablandarla, con esas frases, con ese candor. Cuando ocurre, cuando siente que flaquea, Salma se sube las mangas y ve sus tres marcas de machete: diez chicas para saldar una marca; tres marcas para ser *madame*. En el campamento marroquí de Bolingo tatuó a muchas de ellas con tinta roja y esa ristra de números y abreviaturas que conforman el código: procedencia, edad, destino, deuda.

A Djamila también la marcaron. Nada la va a ablandar.

—Mientras se cocina el pollo, tostaremos las almendras, pero antes hay que filetearlas.

No es fácil filetear almendras. Hace falta un buen chuchillo, buen pulso y ojo fino, y una decisión sin fisuras en el momento de dar el tajo. Dani, con sus dedos torpes y su falta de experiencia, no tarda mucho en cortarse. La sangre fluye desde la yema y cae sobre las almendras. La sangre. La sangre derramada. La sangre que Mami escucha y que reclama atención, una mirada, un ajuste de cuentas.

Ojo por ojo.

Nunca supo dónde trabajó su hija. En Madrid, sí, pero Madrid es grande. Recibió la noticia de su muerte a través de una nota muy breve que le envió el consulado y que apenas aportaba datos, porque quién se iba a preocupar en España por el suicidio de una inmigrante argelina. Luego ella misma vivió allí, en Madrid, al abrigo de Chidinma, con miedo todavía tras la experiencia de Bolingo y sin apenas hablar español, cuidando de sus pupilas en la Colonia Marconi. Pensaba en Djamila a menudo, pero no consiguió encontrar ningún hilo del que poder tirar y acabó resignándose, olvidando incluso, se metió de lleno en el negocio y su corazón se endureció.

Hasta este verano.

—¿Salma? —le grita Cata desde el salón.

—¿Sí, señora?

La puerta de la cocina está abierta y ella contesta elevando también la voz, mientras le ata a Dani un trozo de gasa alrededor del dedo.

—¿Podrías preparar una jarra de agua como la del otro día?
—¿Con limón y hierbabuena?
—Eso es, nunca he probado nada tan refrescante.

Salma saca la jarra de cristal del armario. Luego corta en rodajas un par de limones y arranca un buen puñado de hojas de la hierbabuena que guarda en la nevera. Introduce todo en la jarra, añade seis cubitos de hielo y después coge el plato de las almendras. Dani está ensimismado, mirándose la herida como si aquello fuera el fin del mundo. Si él supiera. Con un gesto rápido, Salma inclina el plato y deja que caigan a la jarra tres gotas que tiñen de rojo los cubitos, los cubre con agua fría y agita la mezcla con una cuchara.

—Aquí lo tiene, señora. Si espera un poco, se mezclarán los sabores y estará mejor.

Señora. Señora Expósito.

Hay nombres que nunca se olvidan.

—Muchísimas gracias. No sé qué haríamos sin ti.

El mundo es pequeño, pensó Mami cuando Chidinma le pidió en julio que buscase la mejor casa de la zona porque este verano irían por allí sus socios. Mami no sabía quiénes eran, qué motivo habría, ella siempre ha sido solo una empleada más. Pero en la agencia necesitaban los datos de los inquilinos y Chidinma pronunció ese nombre con su acento impecable. Catalina Expósito. El mismo nombre que aparecía junto a la firma en aquella carta que llegó a Tamanrasset: «Haremos todo lo posible para que su estancia en España sea agradable y que su trabajo reúna las condiciones adecuadas. Si está de acuerdo, nuestra empresa le buscará la mejor familia que pueda imaginar.

Diente por diente.

—Si no necesita otra cosa, vuelvo con su hijo o me temo que nos quedaremos sin pastela.

Salma retira los contramuslos y deja pochar un poco más la cebolla para que la salsa reduzca y adquiera una consistencia melosa. Cuando alcanza el punto exacto, aparta la cazuela del fuego e incorpora cuatro huevos de uno en uno, removiendo con sumo cuidado.

—Qué buena pinta tiene —dice Dani.

—Es la salsa que va en la base, la más importante de la receta. Si le parece, vaya desmigando la carne, pero tenga cuidado o se quemará.

Mientras Dani se ocupa de los contramuslos, Salma fríe las almendras con una lágrima de aceite. Una vez doradas, las tritura en el robot de cocina junto con dos cucharadas de azúcar glas, un poco de agua de azahar y una cucharadita de canela.

—Estoy salivando. —Dani ha metido la nariz en el robot—. Quiero cientos de pastelas iguales para mi próximo cumpleaños.

Djamila cumpliría treinta y cuatro en octubre y quién puede saber cómo habría sido su vida. Fue Catalina Expósito quien mandó tatuarla. «AR14-3M»: Argelia, catorce años, tres millones, Madrid. Ha estado indagando desde principios de julio, preguntando en secreto a todos sus contactos, a quienes llevan tiempo en el negocio y han vivido su evolución. Es lo bueno de ser íntegra, de ser fiel. Si pregunta, le responden; si planea algo, se cumple. Y hoy tiene la certeza. En la agencia exigió contratar ella misma a la asistenta que se ocuparía de la casa, y puesto que dio por bueno un alquiler desorbitado, aceptaron la condición sin poner pegas. La idea es siempre la misma: todo buen guiso debe ser vigilado, y cuanto más de cerca, mejor. Ha hecho bien. Ni siquiera tenía planes precisos y luego los planes se han ido tejiendo solos: el pastor muerto y el descontrol que ella misma provocó con un par de llamadas a Marruecos en el momento adecuado; las chicas supuestamente perdidas que tiene a buen recaudo; el plazo de una semana que le dio Chidinma a Martín para encontrarlas y la maravilla de tener ahora mismo todos los ingredientes a su alcance. En una semana hay tiempo para pensar, para urdir a baja temperatura, para dar con la manera más cruel de mostrarle a la señora Expósito lo que se siente.

—Y llegó el momento más delicado —le dice a Dani—, el de montarlas.

Salma coge el molde, lo unta con mantequilla y hace lo mismo con las hojas de pasta filo. Las coloca superpuestas y pone encima una capa espesa de salsa de cebolla y huevo, luego el pollo desmigado y, finalmente, el crujiente de almendras.

—¿Quiere cerrarla?

—Claro, pero no sé cómo se hace.

—Cúbralas con un par de hojas, átelas por los lados y lo que sobra gírelo como si envolviese un caramelo. Tiene que quedar tan bonito como su tupé.

—¿Sabes, Salma? —dice Dani mientras se aplica con la pasta—. Me encanta estar contigo y se me ha ocurrido una idea: ¿por qué no te vienes a trabajar a nuestra casa de Madrid?

Salma traga saliva y se sube una manga con disimulo para volver a ver las cicatrices, la piel curtida y escamada, las señales encarnadas que dejaron los machetazos.

EL EMBARCADERO

2012

Un segundo grito llega desde la calle y se expande por toda la casa. Fer, que lleva más de una hora tumbado en la cama con los puños apretados y la vista fija en el techo, se levanta de un salto con el corazón encogido y asume que lo que ha oído hace un momento no era imaginación suya: fuera, alguien está gritando. Sale al rellano que separa su dormitorio del de Martín y Cata y tropieza con Lucía, que también quiere saber qué es lo que pasa.

—Quédate con Ana —le dice Fer—. Es mejor que no esté sola.

Lucía asiente con esa mirada escurridiza que tiene desde anoche. No parece alarmada, sus ojos revelan más bien una especie de hastío. Ayer, ya en la cama, Lucía le hizo un par de reproches a los que nos les faltaba fundamento: le había ocultado lo que estaba pasando durante demasiadas horas y, por si fuera poco, se había ido con Koldo en busca de Dani dejándolas a ellas dos solas en esa casa aislada y no del todo segura. Poco después, cuando él iba a exponer la excusa que acababa de hilvanar en su cabeza, oyó la respiración profunda de Lucía interrumpida por ligerísimos ronquidos, tan adorables como los de un bebé.

—Creo que es Cata quien grita —dice Lucía con una displicencia muy difícil de pasar por alto.

—Subo y te cuento luego.

En la planta principal no hay nadie, pero la puerta de la calle está abierta y al otro lado puede ver la oronda figura de Martín, que inclinado y resoplando intenta coger a Cata por las axilas para levantarla del suelo.

—Cata, ¿estás bien?

Al oír su voz, Cata se zafa de los brazos de Martín, se pone en pie sin necesidad de ayuda y se va hacia la casa. En la entrada, sus miradas se cruzan, y Fer comprende que algo grave ha ocurrido, e imagina lo peor, y busca la pared más cercana porque necesita apoyarse en algún sitio.

—Qué hija de perra. —Martín tiene la vista fija en la pantalla del teléfono móvil que le ha dado Cata al levantarse.

—Hay que llamar ahora mismo a la agencia. —Cata se ha quedado a su lado—. Puede que ellos sepan dónde encontrarla.

—¿A quién? —pregunta Fer.

—A Salma.

—¿Salma?

Martín se acerca y le entrega el teléfono. Fer lo examina y, durante los primeros segundos, no acierta a ver bien. La imagen no es clara y Fer tiene que entornar los ojos para adaptarlos a los reflejos de la pantalla. Cuando lo consigue y distingue el rostro de Dani, la mano se le ablanda y sus dedos se convierten en flecos deshilachados, en apéndices lacios incapaces de sujetar nada. El teléfono se le cae y él también se derrumba, pero no grita, tan solo consigue emitir un mísero graznido.

—Dámelo. —Cata se agacha, recoge el móvil con un movimiento brusco y luego se aleja por la calle, trastea, espera, habla con quienquiera que haya respondido a su llamada y después cuelga.

—¿Qué te han dicho? —pregunta Martín.

—Que no conocen a ninguna Salma. —La repentina frialdad de Cata sobrecoge—. Y que quien los contactó y negoció el alquiler no quiso contratar el servicio doméstico que ellos mismos facilitan.

—La casa la buscó nuestra Mami de la zona —dice Martín—. Chidinma me dio su teléfono, ¿la llamo?

Fer sigue en el suelo, con la espalda apoyada en el muro y las manos en la frente, como si con ese gesto pudiera borrar el espanto de lo que ha visto en la pantalla.

—¿Os habéis vuelto locos? —pregunta al fin—. ¿De quién habláis? ¿Por qué suponéis que ha sido Salma? Esa buena mujer no le haría daño a una mosca.

Cata lo mira, levanta las cejas y mueve la cabeza a los lados.

—Lee esto. —Y le entrega el papel doblado en cuatro que lleva en la mano—. Me lo ha dado antes de irse y luego ha llegado ese…, esa grabación.

Fer coge el papel y lo examina. Es un rudimentario contrato de la primera empresa que regentaban Cata y Martín. Reconoce el sello, la D mayúscula, la S enredada dentro. El texto, en cambio, no le dice gran cosa: condiciones contractuales, una fecha del año 92 y un nombre femenino que suena a personaje de *Las mil y una noches*; y, al final de la página, el nombre y la firma de Cata.

—¿Qué es esto? ¿Quién es Djamila? —pregunta Fer a duras penas, intentando comprender lo que ha leído—. ¿Te dice algo ese nombre?

Cata reflexiona unos segundos antes de contestar.

—Llegó de Argelia, era una niña casi. Me acuerdo perfectamente de ella porque la coloqué en casa de mi padrino y al poco tiempo se tiró desde el tejado.

—No entiendo nada. —Fer dobla el papel en cuatro y se lo devuelve a Cata—. Pero si estás tan segura de que ha sido Salma, ¿a qué esperas para ir a denunciarla? Si no vas tú, iré yo. ¿O es que no te basta con esas imágenes?

—Martín, ¿tú has hablado con esa Mami estos días? —Cata no atiende a razones, sigue en su mundo, sin escuchar a nadie—. Quiero decir…, ¿la has conocido?

Martín se queda un momento pensando, con la vista fija en uno de los pitacos que se eleva como un dardo en la loma del cerro.

—Hemos intercambiado algunos mensajes, nada más.

—Dame su teléfono, quiero comprobar una cosa.

Cata no comprueba nada porque su móvil empieza a vibrar.

—Es ella otra vez —dice, y después lee en voz alta el nuevo mensaje—: «El dolor por la pérdida de los seres queridos siempre nos acompaña».

—Puta loca —exclama Martín—. ¿Solo eso? ¿No dice nada más?

Fer niega con la cabeza y siente que le falta el aire.

—Está escribiendo. —Cata es la única que mantiene la calma.

Martín y él se acercan y Cata coloca la pantalla entre los tres. Y después los mensajes van cayendo, entre burbujas de SMS y poco a poco, muy poco a poco.

«La luz que llevan dentro ciertas personas puede iluminar y hacer mejores a todos aquellos que vivimos en la oscuridad»… «Mi hija Djamila tenía esa luz»… «Y ese precioso hijo suyo también la tiene».

—Tiene… —murmura Cata—. Ha dicho «tiene».

«Compartir el dolor estrecha los lazos tanto como compartir un té» … «Un té amargo como la vida, dulce como el amor, suave como la muerte» … «Y ahora dígame, señora, ¿cuál de los tres prefiere?».

La pantalla se apaga y Cata deja escapar un gemido.

—Vamos, hija de puta —dice Martín—, no te calles ahora.

«¿Se decidió, señora?» … «No se preocupe, yo ya he escogido por usted» … «El primer té es el más condensado y sé que a usted le gustan los sabores intensos» … «¿O lo prefiere suave?» … «¿Tan suave como la muerte?» … «Piénselo, señora, y dígame: ¿cuál de los tres me ha pedido esta tarde?».

Fer ve a Cata llevarse la mano a la cara y dejarla ahí, tapándose la boca.

«No sufra» … «Los corazones más duros tienen también resquicios y pueden llegar a ablandarse» … «Compasión» … «¿Conoce esa palabra?» … «Imagino que no le dice gran cosa».

—Está vivo —afirma Cata—. Al despedirse me ha dicho que podría haber sido mucho peor.

«Lo encontrará en la barca» … «Al igual que el jueves» … «Dulce como el amor» … «Usted ya sabe de qué le hablo».

La pantalla se apaga y un gran silencio se impone en la calle. Cata, como siempre, es la primera en reaccionar: entra a por las llaves de su coche y al volver trae además las del Škoda.

—Coge el tuyo también —le ordena a Fer—, por si acaso. Todavía no sabemos qué nos espera —y señala a Martín—, y ese no está para muchos trotes.

—¿Pero sabemos dónde vamos?

—Supongo que a la playa donde esta zorra se follaba al niñato —dice Martín—. ¿Es así o me estoy equivocando?

Cata abre la puerta del Audi y luego le enseña a Martín el dedo corazón.

—Me aburres —dice.

—Y yo me parto de risa. Pensabas que era un secreto y lo sabía hasta la asistenta.

Fer los oye discutir y se pregunta cómo Martín es capaz, de qué pasta está hecho. Lo que acaba de oír lo ha dejado atónito, pero nada puede tener tanta importancia como para desviar la atención de los hechos y fijarla en algo que no sea Dani. Cata arranca y él le pide que lo espere un momento, quiere avisar a Lucía, decirle que no salga de casa y que cierre por dentro con llave. Luego Fer vuelve a la calle y se monta en el Škoda. La curva en pendiente por la que bajan parece más peligrosa que nunca, más empinada, como si el abismo que hay al otro lado se alzase sobre el mar a muchos más metros de los reales. El Audi va delante y cuesta seguirlo. Nada más salir del pueblo, Cata ha cruzado un par de líneas continuas para adelantar a dos caravanas y no ha respetado un stop. La carretera no está bien peraltada y a esa velocidad es peligrosa. En el primer cruce, giran a la derecha en dirección a La Isleta y Rodalquilar. No llegan tan lejos. Cata toma la entrada de Los Escullos y enfila una calzada repleta de baches. El mar está a la izquierda, y hay también un par de hoteles y una fortaleza de piedra clara que pronto dejan atrás. Al fondo aparece una playa de arena gris y cantos rodados en la que apenas hay gente. La carretera desemboca en una pista y Cata aparca a un lado. Son casi las siete de la tarde. El sol de final de verano es más suave y la brisa del mar facilita las cosas. Cata camina a grandes zancadas y Martín la sigue soltando bufidos, con la lentitud y la torpeza de un elefante. Fer se apresura y alcanza a Cata, que trastabilla un par de veces y se detiene frente a la hendidura de una roca.

—Es aquí.

Fer la mira a los ojos y después la ayuda a saltar, mientras Martín avanza a lo lejos. Al otro lado hay una calita minúscula rodeada de formaciones rocosas, una sombrilla abierta junto a un par de toallas que nadie ocupa y una barca con la madera cuarteada varada en la orilla. Cata corre un par de metros y se agarra al borde de la barca. Fer salta también y, con el corazón en la boca y la sensación de que no puede respirar, se coloca junto a Cata. Pero allí no está Dani. Lo que ven recostado al fondo es un extraño maniquí.

—¡Es que me quiere volver loca! —grita Cata—. Qué hija de perra, estamos como al principio.

Dos chicos salen desnudos del agua, llevan tubo y gafas de bucear y calzan escarpines. Cata va hacia ellos: «¿Lleváis aquí mucho tiempo?». Los chicos alzan los hombros y aseguran que acaban de llegar, y después, tranquilamente, se secan con las toallas.

—¿Y habéis visto a alguien? —insiste Cata señalando la barca.

Los chicos se miran y niegan con la cabeza.

—Es igual... —intenta decir Fer, la voz se le entrecorta—. Es igual que Dani.

Cata vuelve a su lado y ambos se quedan callados, observando el tupé de polietileno sobre la frente, el cuerpo desnudo, la venda amarilleando en el pie. El sol sigue bajando y la sombra de las rocas resbala por la barca y lame el vientre del maniquí. Casi rozando el ombligo, hay una cartulina color crema que la ansiedad y la angustia previas les ha impedido ver. Fer la coge y se la da a Cata. Es una tarjeta de visita o algo similar, con la silueta de unas caderas femeninas dibujadas con trazo fino y la sombra de un aguijón entre las piernas, y, en el borde inferior, dos palabras: «Grupo Alacrán». En el envés, hay algo escrito.

—Y todo para esta mierda —dice Cata después de leerlo—. Para acabar como yo había supuesto.

Fer lee también la tarjeta. Son solo tres frases, estampadas en mayúsculas con letra titubeante: 300.000 € EN BILLETES DE 50. EL INTERCAMBIO SE HARÁ EL LUNES. RECIBIRÁ INSTRUCCIONES A LO LARGO DEL DÍA.

—Creo que es suficiente —dice Fer. Los chicos de las toallas han puesto música y el chunda-chunda de alguna estrella de la electrónica inunda la playa—. Necesitamos ayuda, y no pienso permitir que no la pidas.

—El sábado estuve en un garito infecto que se llama así, El Alacrán —les dice Martín de camino a los coches, cuando le explican lo que pasa—. Tengo un contacto en Almería que me llevó allí el sábado y voy a llamarlo. Pedirá dinero a cambio, pero nos ayudará seguro.

—Yo regreso a San José. Ana y Lucía están solas.

—No lo creo. —Cata habla con los ojos fijos en Martín, que está llamando ya a su contacto—. Seguro que Koldo ha vuelto.

—Haced lo que queráis —repite Fer—, pero yo regreso.

—Me voy contigo —dice Cata mientras le da sus llaves a Martín—. No quiero que hagas ninguna tontería.

Fer no protesta y deja que se monte en su coche.

—Luego os llamo. —Martín ha terminado de hablar por teléfono y ahora está abriendo la puerta del Audi—. Este cabrón me ha exigido un buen pellizco, pero igual así nos ahorramos los trescientos mil.

—No te entiendo, Martín. —Fer está escandalizado—. ¿Hay algo aquí que te importe, además del dinero?

Martín se revuelve.

—¿Me estás pidiendo explicaciones, Fer? ¿Tú? ¿Tú precisamente?

Cata interviene y les ordena que se calmen, y después le dice a Martín que tenga mucho cuidado. Los coches se desplazan juntos hasta el cruce de El Pozo de los Frailes, allí Martín gira hacia el Campo de Níjar, y Cata y él, hacia San José.

—Tengo ese dinero —dice Fer de repente.

—¿Cómo?

—Lo que pide, los trescientos mil. El lunes llamaré a primera hora al banco, espero que puedan prepararlo durante la mañana.

—¿Y eso? ¿Te tocó la lotería y te lo has callado?

—Llevo toda la vida ahorrando, y recuerda que los gastos gordos los pagáis siempre vosotros. —Fer piensa en las vacaciones, en las cenas de los fines de semana, en los colegios de Ana y en su costoso proceso de adopción—. Ese dinero es vuestro. En realidad, toda nuestra vida os pertenece.

—No sigas por ahí, ¿vale?

Cata ha levantado la mano izquierda y la ha interpuesto entre ellos, ordenándole de ese modo tan poco amigable que cierre la boca. Pero Fer no está dispuesto a callarse, esta vez no. La vida de Dani corre peligro y no va a permitir que la situación llegue aún más lejos. Está a punto de insistir en su propuesta cuando suena el móvil de Cata. Es Martín, y durante unos segundos hablan entre ellos con ese lenguaje intrincado que nadie entiende.

—Han aparecido las chicas —dice Cata cuando cuelga.

—¿Qué chicas?

—¡¿Quieres parar de hacer preguntas?!

El tono de Cata es demasiado violento y Fer pisa el acelerador a fondo sin decir nada. El Škoda se encabrita, casi derrapa en una curva y a los pocos minutos llegan a la rotonda de entrada a San José.

—Cata, te voy a dejar en el cuartel de la Guardia Civil y vas a poner una denuncia, ¿entendido? —Él también sabe dar órdenes. El «hombre tranquilo» ha dejado de serlo y no va a admitir más respuestas negativas—. El dinero lo tenemos, pero no podemos esperar hasta el lunes después de lo que hemos visto en ese vídeo. Basta ya, ¿de acuerdo? No sé de qué chicas habláis, pero esa mujer me da miedo y quien importa es Dani.

Por primera vez desde que él recuerda, Cata no protesta ni replica, sino que reflexiona unos segundos y después asiente.

—Tienes razón, hay algo aquí que no cuadra, en esta ocasión sí que la tienes.

Atraviesan San José y Fer detiene el coche junto al conjunto de edificios amarillos que coronan el extremo sur de la bahía. Antes de apearse, Cata le pide que la acompañe y él niega con la cabeza, sin pronunciar una palabra.

—¿Me vas a dejar sola en esto?

—Quien está sola es Lucía, y con ella mi hija Ana. ¿Qué nos pasa, Cata? ¿Nos estamos volviendo locos?

Cata recapacita unos segundos, abandona el coche y luego desaparece bajo el letrero de TODO POR LA PATRIA, y él retrocede unos metros para girar a la derecha y serpentear por esas calles empinadas.

Arriba, la casa guarda silencio. Fer recorre el salón con la vista, se asoma a la terraza y respira al ver a su hija en una hamaca, charlando con Koldo.

—¿Y mamá? —le pregunta sin saludar siquiera.

—Se ha ido a dar un paseo.

Koldo está tumbado muy cerca de Ana y los observa a los dos con atención.

—¿Un paseo? ¿Un paseo justo ahora?

—Ya..., a mí también me ha extrañado.

—¿Y sabes dónde ha ido? Espero que no muy lejos.

—Sí, a Genoveses. Quería darse ahí el último baño, o algo así nos ha dicho.

11

Un verde esperanza

Sábado, 1 de septiembre de 2012, 19.30 h

Aunque quiere, Dani no puede abrir los ojos. Su mente se acaba de despertar, pero su cuerpo se resiste. La sensación no es desagradable. Un suave hormigueo se expande bajo su piel y la sangre fluye sin prisas, y la brisa que flota en el aire es fresca y huele a mar, y hay una luz dorada fuera, al otro lado de esas cortinas de plomo que le cubren las pupilas. Si pudiera, volvería a dormirse. Durmiendo está a salvo. Es lo único que quiere. Que lo dejen tranquilo. Que nadie le haga más daño.

Es el aroma del mar lo que lo saca del sopor y lo enfrenta otra vez a sus miedos. Antes, en *ese* otro sitio, no olía así. ¿Está solo? ¿Por qué corre la brisa? ¿Por qué tanto silencio? Hace un nuevo esfuerzo y consigue despegar los párpados unos milímetros. Entre los hilos de las pestañas distingue unas escaleras, una pared pintada con dibujos en color teja que podrían ser letras indias y una columna repleta de nombres y signos grabados: *Chantal François 04-2010*; MAITE ZAITUT BZH; قش; DEYDE ET FRED 2000; Любовь; ~~Enzo y Debora~~;

AURE ♡ ROBER. Dani los revisa uno por uno y se pregunta qué es todo eso, a dónde lo han traído esta vez, qué habrá sido de las chicas y la niña.

El sol cae, lo nota en las sombras de la pared, y de repente el pasamontañas irrumpe en su cabeza y le provoca un escalofrío que lo obliga a apretar los párpados con toda la fuerza de la que es capaz. No debería haberlos abierto. Todo se mezcla. Gritos. Golpes. La mujer de la cicatriz abandonando el colchón de un salto y la niña corriendo detrás de su madre. ¿Estaba llorando cuando se fue? ¿Se volvió para mirarlo antes de desaparecer en el otro cuarto? Dani intenta ordenar las ideas y no puede. Ahora mismo, no está seguro de nada. Ni siquiera de que Julián hubiese aparecido realmente, encapuchado de nuevo y dispuesto a repetir.

Todavía oye el canto, un canto muy dulce que nunca acaba, y siente una mano acariciándole la cabeza, yemas deslizándose por su cráneo afeitado, tropezando con los primeros brotes de lo que hace muy poco fue su tupé. La niña estaba a su lado y jugaba con una piedra. Jaspe, eso es. El sopor se disipa y las ideas se aclaran. Hablaron. Ella sobre todo. La mujer de la cicatriz se llama Alika y ese nombre en su idioma quiere decir «La más bella». Y así era, le ha estado contando Alika en su inglés gutural, la más bella del poblado, la preferida de sus padres, de las vecinas chismosas, de la maestra durante los años en los que pudo ir al colegio, y la preferida de su tío. De su tío. Sí. También de su tío.

—Mi tío me hacía lo mismo que te han hecho a ti. Y cuando no pude más y le amenacé con contarlo, me atravesó la mejilla con un cuchillo y me dijo que la próxima vez me cortaría el cuello, por eso me escapé.

Qué clase de mundo es este, piensa Dani, a dónde ha ido a parar. Hasta hace muy poco, todo consistía en portarse como es debido, en dejar de lado las locuras que lo llevaron a Sigüenza y ser el buen chico que sus padres reclaman, en no dar disgustos, en obedecer. Es lo que hace. Su madre le exigió que se enmendara y él lo ha hecho. ¿Ha sido esta la recompensa? El tobillo le palpita más que nunca. Despega la cabeza del suelo para mirárselo y lo que ve es una argolla alrededor del pie sano y una cadena oxidada atada a un trozo de tubería. Sus uñas siguen pintadas de púrpura. Una lagartija recorre la pared del fondo.

—Yo cantaba en el coro de la iglesia —ha continuado Alika, dispuesta a contar su vida—. Todo el mundo me decía que cantaba muy bien y a mí me gustaba hacerlo. El pastor que dirigía el coro me miraba en los ensayos y me ponía como ejemplo delante de las demás. Era su preferida. Del pastor, también.

Mientras Alika hablaba, la niña lanzaba el jaspe a una de las patas de la mesa y luego iba a buscarlo y volvía a empezar. Hasta que él se lo quitó y lo lanzó un poco más lejos, y la niña lo cogió y regresó riendo, como un perrillo que juega.

—Cuando llegué al ensayo con la mejilla rota, el pastor no quiso mirarme y me dijo que así no podía cantar. Luego le conté que quería irme y él me dijo que me ayudaría, conocía gente, gente que me llevaría lejos, a una vida bonita, a la vida que yo me merecía. Él mismo organizó la ceremonia, el *yuyu* que me protege, que nos protege a todas.

Dani intenta incorporarse. El sopor cede. La sangre fluye. Está tirado en el suelo, un suelo lleno de cascotes y matorrales que brotan entre baldosas partidas en pedacitos. La lagartija ha desaparecido y nada se mueve alrededor. Fuera, las cigarras cantan. No sabe si prefiere esto o el colchón. Le gustaba estar recostado sobre los muslos de Alika, escucharla, prestar atención a su historia y olvidar lo que acababa de ocurrir.

—Luego el viaje. Un viaje muy largo y muy duro. A mitad

de camino me arrepentí y quise volver. Pero los hombres que me violaban no me dejaron. Me encerraron en un sitio como este y llegaron más hombres, hombres que pagaban por estar conmigo, pero yo nunca veía las ganancias. El desierto no se acababa nunca. He tardado dos años en llegar aquí. Con mi hija. La hija de mi tío.

Las historias se mezclan mientras la tarde sigue cayendo. A su lado, quienquiera que lo haya traído ha dejado dos botellas de agua y una bolsa con comida. Una hilera de hormigas se ha formado y allí van entrando, en la bolsa, y después salen con los lomos cubiertos de migas de pan. ¿Llegará la noche y la pasará en este sitio? ¿Solo? ¿Con las hormigas y la lagartija? SIE, lee en otra de las paredes. «Sie», qué significado tendrá. Las letras son grandes, hinchadas como globos, y están pintadas en un azul desvaído que se degrada en los bordes. Ahora mismo, ni siquiera tiene miedo, ni tampoco fuerzas para pedir a gritos que alguien lo ayude. A pesar de todo, se siente en calma, como si algo dentro de él estuviese anestesiado. ¿Habrá sido eso? ¿Lo han vuelto a drogar? El trapo blanco sobre su rostro. El grito de Alika. Lo acaba de oír. El llanto de la niña porque le han pisado el adorno de jaspe y lo han hecho añicos. Dani abre una de las botellas y da un par de tragos. La cadena del tobillo tintinea. Lo han atado como a un perro. Nada tiene sentido, pero la voz de Alika sigue ahí, haciéndole compañía.

—Yo antes quería ser peluquera. Tener mi propio negocio y alisar rizos o hacer trenzas para poner guapas a las mujeres del poblado. Tan guapas como yo era antes de lo de mi tío.

—¿Se las has hecho tú? —le ha preguntado él señalando las trenzas de la niña.

—Sí. Y te las haré a ti también cuando te crezca el pelo. A mí me gustan en verde, pero podemos ponerte las cuentas del color que tú prefieras.

Alika hablaba, hablaba y hablaba sin parar y su voz era como un ungüento, como una caricia. Se quedaron dormidos así. Alika apoyada en el muro y él todavía recostado en sus muslos, con la niña también a su lado, acurrucada. Hasta que llegó el olor. El motor de un vehículo los ha despertado y luego ha irrumpido ese aroma, intenso, reconocible incluso a través del ventanuco.

—Ay, ratón, que ya estoy aquí. Ay ay ay, lo que te han hecho esos brutos.

La voz de Dalia atravesó la puerta cerrada con llave y luego han surgido nuevos ruidos, otro motor, otras voces. Algo pasaba fuera. Se oían gritos, pero no era fácil entender lo que decían. Él ha querido levantarse y Alika le ha pedido que no lo haga, se ha llevado un dedo a los labios y se han quedado los tres muy quietos. También la niña, que abría los ojos y apenas parpadeaba.

Los golpes.

El tobillo.

El miedo.

Y él no podía abrir la puerta desde dentro.

Pero se ha abierto. La puerta se ha abierto y allí no estaba Dalia. Luz inundando lo que era penumbra, luz sobre el colchón sin sábanas, sobre las paredes sucias, sobre el hule de la mesa. Otra vez no, por favor.

Al pensarlo ahora, Dani vuelve a temblar y a sentir frío. La lámpara a un lado y Nati enfrente. Los jadeos detrás. El dolor y la vergüenza clavados muy dentro. Tan dentro que nunca podrá extirparlos.

—La primera vez es la peor —le había dicho también Alika hacia el final de su historia—. Luego te acostumbras y crees que ha sido así siempre, que es tu destino y que en el fondo lo mereces.

—Alika, nadie se merece algo así. Ni tú, ni yo, ni nadie.

—Si vuelve, piensa en otra cosa mientras pasa. Sal de ti. Ese es mi consejo.

Y ha vuelto. Llevaba la cabeza cubierta y ha entrado gritando, directo hacia el colchón. Alika y la niña han desaparecido y lo han dejado solo. El mantel de hule cerca. La mesa. Las patas de la mesa. No recuerda mucho más. La piedra de jaspe convertida en polvo y un trapo tapándole la nariz.

Ahora no hay nada. Ni nadie. Las hormigas, satisfechas, se alejan en fila india cargadas de provisiones. Se ha levantado algo de viento, pequeñas ráfagas que entran por los vanos, agitan los matojos y hacen temblar la cadena. La cabeza le da vueltas. Ojalá pudiera dormirse. MONTSE Y MANUEL 2011, lee en otra de las paredes, *Marek Radim*; AMOR PARA SIEMPRE; CYCAHA; ^{cómemela}; HASTA NUESTRO PRÓXIMO BESO. Ni siquiera la lagartija está allí.

DOS DÍAS ANTES DEL RAPTO

La Torre de Madrid tiene unos balconcitos muy cucos en cada una de las esquinas. No es que sean la explanada de las mezquitas o la pista central de Roland Garros, pero dan para colgar una hamaca o bien colocar una mesa pequeña con un par de sillas, y si uno tiene ese capricho, desayunar allí contemplando el devenir del mundo a vista de pájaro. Martín no tiene hamaca, ni mesa ni tampoco sillas, y todo porque aquel decorador marimandona puso el grito en el cielo ante semejante palurdez (ojo al palabro) y, sin dar pie a un somero intercambio de ideas y puntos de vista, lo prohibió terminantemente. Se hacía llamar Bruno de Castro a pesar de que, tal y como Martín sospechaba y comprobó cuando pagó las facturas, su verdadero nombre era tan ramplón que ahora mismo no consigue recordarlo. Lo que sí recuerda es que Bruno tenía un vozarrón de bajo profundo y una pluma desatada, extraña mezcla que provocaba risitas y bromas chuscas entre los obreretes polacos que contrataba para llevar a buen puerto la reforma (lo de «contratar» es un decir). Qué barbaridad. Al lado de Bruno, su hijo Dani podría pasar por *cowboy* de rodeo en Austin sin despertar la más mínima suspicacia. Qué tipo más insoportable y cuánto dinero le sacó; aunque, en aras de la verdad, Martín debe admitir que el apartamento quedó para una portada de *AD*. Bruno gastaba y gastaba sin miramientos, y luego anotaba en una coloreada tabla de Excel el nombre de la pieza adquirida, el apellido del diseñador que la concibió allá por el lejano *Mid Century* y la fortuna que había pagado Martín por poder disfrutarla a lo largo de los años venideros (la comisión que el listillo de Bruno mordía no disponía de columna, vaya por Dios).

Qué tristeza más grande, piensa Martín ahora, qué derroche, cuánta vanagloria y disfrute arrojados al sumidero. Porque ese piso de la planta 28 desde el que es posible otear como un águila la frondosa Casa de Campo o la infinita fealdad de los barrios humildes no es solo la propiedad inmobiliaria que va a tener que vender, sino también el emblema de su éxito, la confirmación de que tantos sinsabores han merecido la pena y de que ole sus cojones morenos por haber salido de El Tercio y estar hoy allí.

Una vez asumido el rotundo fracaso de sus pesquisas en Almería, Martín volvió anoche a Madrid con la decisión ya tomada y quiso dormir en la Torre precisamente por eso, para disfrutar un día más de las vistas, de los acabados de alta gama, del sofá Minotti y la cama Baxter (sí, le gusta y aprecia el diseño italiano aunque su padre despiezara vacas en Legazpi, y qué pasa). La cama seguía deshecha y, a pesar de que había transcurrido toda una larga semana desde que el pastor murió allí entre gemidos y orgasmos múltiples, todavía conservaba la huella de su cuerpo renegrido y también cierto tufillo a fiambre, así que Martín cambió las sábanas de algodón egipcio que Bruno se empeñó en comprar y pensó que, después de todo, no era ese un mal sitio para decirle adiós a este mundo.

Fue un día duro el de ayer. Un lunes de mierda. Más duro

incluso que el agotador fin de semana recorriendo de punta a punta la provincia de Almería. A pesar de que, el sábado, Iván Cruz Roja le dijo que no volviera a contar con él para buscar a las chicas, al día siguiente, previo desembolso con cargo extra por ser domingo y por el supuesto gran peligro que la búsqueda entrañaba, Martín recogió a Iván y pasaron la jornada visitando garitos y asentamientos, tugurios infames, chabolas y cortijos perdidos en los que nadie sabía nada. Pero nada de nada. Y, mientras tanto, Cata folleteando por ahí. Hay que joderse. Lo de Cata y el niñato no es un problema menor, pero tampoco el más importante. Ya tomará él medidas cuando llegue el momento oportuno.

El viaje de ayer a Antequera fue su último cartucho. Que su búsqueda tuviera éxito en el centro de acogida más grande de Andalucía oriental era una posibilidad remota y un tanto absurda, pero no se le ocurrió nada mejor en lo que emplear el día. El fracaso fue categórico. Además del pinchazo a la altura de Archidona, la larga espera a cuarenta y dos grados en el arcén y las gracietas que tuvo que aguantarle al malagueño saleroso de la grúa, cuando por fin llegó al CATE, ni encontró a las chicas ni a nadie con ganas de ayudarlo: estaban muy ocupados con los refugiados que ya tenían y no era cuestión de echarse a la espalda doce criaturas más.

De manera que, derrotado, Martín se montó en su coche y continuó conduciendo con la cabeza saturada de pensamientos nefastos que no le dieron respiro hasta que, horas más tarde, llegó por fin a Madrid. No era para menos. Se habían cerrado todas las puertas y la única salida segura era reunir el dinero lo antes posible y entregárselo a Chidinma en cuanto diese señales de vida. Porque a Chidinma se la había tragado la tierra, de acuerdo, pero él estaba convencido de que en cualquier momento reaparecería, la conocía de sobra y sabía que no iba a renunciar a tanto así como así: doce chicas es mucho, y su equivalente en billetes, más. Y Martín la teme, teme su furia, su vehemencia, su poder. Y es que Chidinma, como socia, es un cielo límpido y generoso donde no falta trompetería en fanfarria y angelotes de sonrosados carrillos y menuda nariz; sin embargo, como enemiga.... No, como enemiga, no.

Cuando suena el interfono, Martín sigue en el balcón pensando en Chidinma y en otra infinidad de cuestiones tan variopintas como perturbadoras. Es *él*, se dice, aquí llega el tipo que le va a sacar las castañas del fuego o, lo que es lo mismo, el agente inmobiliario que se va a encargar de poner a la venta ese piso y endosárselo al mejor postor. Tomó la decisión en el camino, sin consultarlo siquiera con Cata. Tienen la cuenta corriente más escurrida que un trapo de cocina y no hay negocios a la vista. Es la única solución viable y Cata, aunque a regañadientes, tendrá que aceptarlo.

Pulsa el botón del telefonillo sin molestarse en preguntar quién es y luego vuelve al balcón. Antes de cerrarlo, piensa en la hamaca. En una buena hamaca como la que tiene el vecino de abajo enganchada a la barandilla. Una hamaca mexicana de colores vivos y anchura suficiente para dos personas. Qué gran capullo el decorador por prohibírsela. Polvos locos entre nubes, comidas de polla contemplando los cipreses de San Isidro y la soleada meseta de El Tercio Terol. No podrá ser. Mierda de vida.

Al abrir la puerta, Martín se queda tieso. Ayer, cuando concertó cita con una agencia importante especializada en pisos de lujo, quien lo atendió le dijo que a las once llegaría un tal Evaristo Serpientes (sí, eso dijo) para valorar la casa, acordar un precio de mercado o sobrepasarlo una chispita (o dos), y establecer las condiciones adecuadas para que, una vez finalizada la venta, todas las partes quedaran felices como perdices y sobradamente satisfechas.

—Buenos días. Soy Vera Manrique, de la agencia inmobiliaria.

Martín tarda en reaccionar. Está tan paralizado que ni le devuelve el saludo ni la invita a que entre.

—Hola —dice al fin, con la voz hecha una pelota de grasa.

—Vaya, me mira usted con cara de asombro. Es verdad, no soy Evaristo. Al agente Serpientes le ha surgido un problema familiar inesperado y he decidido venir yo. Si le molesta mi condición de..., en fin, de mujer, no tiene más que decirlo. Le asignaremos hoy mismo un sustituto y usted vivirá con mi maldición de ahora en adelante, día tras día, porque nunca pienso perdonárselo.

Aunque su aspecto físico hubiese cambiado de forma cruenta, que no era el caso, Martín habría reconocido a Vera con los ojos cerrados gracias a su voz de saxo y a ese verbo tan desenvuelto y tan suyo; de manera que el siguiente paso era aceptar con o sin ganas que la tenía de nuevo delante, que el pasado remoto acababa de llamar a su puerta y que cualquier cosa podría acontecer a partir de ahora.

—Entiendo que no te han dado mi nombre en la agencia —dice Martín intentando recomponerse.

—¿Su nombre? No, ya le digo que ha sido todo muy rápido. De hecho, hace escasos veinte minutos yo estaba a punto de recibir un masaje tailandés combinado con acupresión y piedras calientes, un masaje que me estoy perdiendo por su culpa. Era aquí cerca, ¿sabe?, a dos manzanas. Se lo recomiendo mucho, creo que le vendría bien. Y ahora..., dígame, ¿le importa que pase?

Martín se aparta y Vera entra pisando fuerte, haciendo resonar sus altos tacones en la tarima flotante Luxury Lux (su nombre todo lo dice) y lanzando fugaces miradas a derecha e izquierda. Una chica rápida, y lista. Siempre lo fue.

—Vera, soy yo, Martín, Martín Gómez —le cuesta decirlo, pero no tiene alternativa—. Martín Gómez con los ojos hinchados y unos veinticinco o treinta kilos de sobrepeso.

Vera se vuelve y lo mira confundida.

—¿Per-do-na? —La boca de Vera se abre y sus labios dibujan un círculo perfecto, como trazado con compás—. No me lo puedo creer. ¿En serio eres tú? Madre mía, ¿qué te ha pasado?

La diplomacia nunca fue su fuerte, aunque teniendo en cuenta que él puede convertirse en su cliente y hacerle ganar un pico con la venta del piso, más le valdría disimular un poquitín.

—Tú estás igual. —La reacción de Vera le ha dolido, aunque admite que motivos para la burla no faltan.

—¿Y este pisazo... es tuyo? —pregunta Vera sin hacer el menor caso al piropo.

—De momento, sí.

—Vaya, vaya, quién lo diría: un Minotti. —Vera se ha acercado al sofá y ha mirado sin disimulo la marca—. Cuando nos conocimos, ni tenías tan buen gusto ni tanta pasta.

Martín suspira.

—Por lo que veo, tú tampoco te puedes quejar.

Va vestida con traje de chaqueta color crema, lleva la misma melena a lo Jennifer Aniston que tanto lo atrajo a él en su momento y unos Louboutin de doce o trece centímetros que podrían agujerear si ella quisiera ese suelo tan caro.

—No, no me quejo. Resulta que se me da muy bien vender pisos. —Vera levanta el índice y traza en el aire una circunferencia—. Por cierto, ¿me lo enseñas?

—¿Quieres tomar algo antes? —propone Martín, titubeando—. Es un poco raro esto, ¿no? La situación, me refiero.

—No bebo mientras trabajo.

—Vera..., ¿te he dicho ya que soy Martín?

—Así es, y yo te he oído. —Vera junta las manos a la altura del pecho y cruza todos los dedos, como si se dispusiera a arrodillarse delante de él para dedicarle una plegaria—. El caso es que tengo un poco de prisa. El masaje, ¿entiendes? Me han hecho un hueco a las doce y media porque alguien canceló y no quiero llegar tarde.

—Son las once.

Vera mira su diminuto reloj de pulsera y después se instala entre las setenteras e incomodísimas formas del Minotti.

—¿Tienes té? Verde, a ser posible.

—Me temo que no, pero el mueble bar está bien surtido.

—Agua entonces, un vaso de agua me vendrá fenomenal.

Martín se retira a la cocina con la misma sensación de pasmo de hace cinco minutos, cuando abrió la puerta y la vio. Vera Manrique. Parece mentira. La única mujer, de todas las que ha conocido, capaz de hacerle dudar de su amor incondicional por Cata. Y aparece ahora, ahora precisamente, cuando todo se tambalea. La conoció el 10 de octubre del año 95 a las cuatro de la tarde; hay fechas que quedan grabadas a fuego: ese día, y a la misma hora precisa, estaba naciendo Dani.

Mientras vierte agua en un vaso, Martín piensa en aquel tren, en los asientos contiguos y la animada charla, en el vagón cafetería y las botellitas de ron que fueron cayendo como moscas, en el remeneo posterior dentro del baño, casi llegando a Chamartín. Volvía de Valladolid en tren porque tenía el coche en el taller, y Vera disfrutaba de un carguito en un gabinete ministerial y hacía ese viaje casi a diario. Él fue a Valladolid esa misma mañana para llevar a una de las chicas de Domestic Systems y depositarla en su nuevo hogar, una familia excelente que gustaba de las sirvientas paraguayas. El negocio. Así funcionaba el negocio antes del gran salto, de la epifanía embriagadora que, en el cambio de milenio, trajo consigo el pastor.

Martín se apresura y sale de la cocina dando traspiés. Vera ha dicho que tenía cita a las doce y media, y en algún momento tendrán que hablar del piso y de su venta.

—Bueno, Vera, cuéntame —dice mientras abre el mueble bar y se sirve un lingotazo de whisky—. ¿La vida te trata como mereces?

—No me jodas, Martín. ¿Acaso te importa lo más mínimo?

El sofá es muy amplio y hay sitio de sobra para los dos. Martín se sienta en el extremo opuesto al que ocupa Vera y el soporte se hunde hasta tal punto que su culo roza el suelo.

—¿Cuánto hace que no nos veíamos? —pregunta desde esa posición tan poco digna.

—Ni la menor idea —dice Vera, reacomodándose como puede para no perder el equilibrio—. Solo recuerdo que te pedí que te divorciaras y que a continuación saliste por patas. Fue encantador.

Vera bebe un trago de agua y se queda con el vaso en la mano. Sus dedos son largos, y la palma es ancha y en exceso huesuda, y Martín se acuerda de una frase sin demasiado sentido que su padre solía decir: «Las mujeres de manos grandes me dan miedo».

—¿Sabes, Vera? Estás preciosa.

—Gracias. Me gustaría poder decir lo mismo.

Martín sabe que debería adelgazar, dejar de beber tanto, cuidarse. Cata siempre insiste con todo eso, pero hoy, al ver a Vera tan estupenda después de... (¿cuántos?, ¿doce?, ¿trece años?), la cuestión se convierte en un asunto muy serio. En aquel tiempo, en el baño del tren de Valladolid, Martín todavía se conservaba en forma, aunque lo que más le llama hoy la atención es que su vida girara por completo en torno a Cata. Y de qué manera. Si piensa en las gradas del instituto, en la primera vez que la vio vestida de Minnie y en todo lo que vino después, todavía, aunque no quiera, siente un leve escalofrío: «Me quedo contigo porque somos iguales —le confesó ella cuando empezaron a salir juntos—, haremos un buen equipo. Tú déjame a mí». Y desde luego que lo han hecho. Del piso compartido en Malasaña saltaron pronto al de la calle Fuencarral, y de ahí, a los pocos meses de la boda doble y de la muerte del padrino, a los ciento cincuenta metros cuadrados de Valle Suchil. Que el padrino le dejara a Cata las riendas de Domestic Systems (además de un colchoncito que, como buenos gastosos que son, se pulieron en menos de un año) también ayudó lo suyo. Y es que Cata tenía razón y formaron un buen equipo, un equipo que, en el ecuador de los años noventa y tras la irrupción de Vera, estuvo a punto de irse al traste.

—Te imaginaba de concejala en Valladolid, o de alcaldesa. ¿No era lo que querías?

—Uy, qué va. La política la dejé hace muchos años. Un fango. Y son peores los tuyos que los de enfrente. Supongo que no te descubro nada.

—¿Entonces?

—Entonces, qué.

—Quiero decir... —Martín repite el mismo gesto que ha hecho Vera minutos antes: dedo alzado, dibujo de circunferencia con la punta, como indicando así la importancia del espacio luminoso que los rodea—, ¿cómo es que ahora vendes pisos?

—¿Qué pretendes? ¿Que te haga un croquis?

—No estaría mal.

—Vale, escucha esto: conocí a un ricachón, me casé, tuve dos hijos, él se arruinó y nos divorciamos, espabilé, empecé muy abajo en el sector inmobiliario y subí como la espuma, me independicé y monté mi propia agencia, ahora la ricachona soy yo, fin. —Vera deja el vaso en la mesa y se lleva las manos a ambas sienes, introduce los dedos en su melena Rachel Green y los arrastra hasta la coronilla, ahueca el peinado con un par de sacudidas y luego lo deja caer. El efecto es fantástico—. ¿Qué? ¿Contento?
—No te digo que no.
—Me alegro. Ah, otra cosa, ya no creo en Dios. No lo he mencionado en el resumen, pero es un dato importante. Ahora soy budista. ¿Se me nota?
—Mmm…, no mucho.
—Ya, pero es lo que hay.
—Y has tenido dos hijos.
—Así es. Varones, gemelos, acaban de cumplir diez años; por si te pica la curiosidad.
—Me alegro por ti.
—Son dos sabandijas miserables, pero yo los adoro. Daría mi vida por ellos si hiciese falta.

Era su obsesión, ser madre. Llamaba mucho la atención que una chica de veinticinco años, con aspiraciones políticas y bien colocada en la urdimbre de su partido, insistiese tanto y tan a menudo en ese complejo asunto. Según él, la paternidad, y su contrapunto femenino, está sobrevalorada, y en aquel lejano momento no le faltaban razones para pensarlo: Dani le importaba, claro, todavía era un bebé-muñeco que apenas daba guerra, aunque también consiguió que Cata dejara de hacerle a él caso y eso sí que lo llevaba mal. Por otra parte, fue Cata quien se empeñó en tenerlo, contra viento y marea, así que él se buscó la vida y la vida le trajo a Vera. Esa es la historia, y ahora, con la distancia y el tiempo, no cree que lo que pasó fuese tan raro.

—¿Y tú? —pregunta Vera—. ¿Qué ha sido de ti? Supongo que sigues casado.

Martín se remueve nervioso y el sofá deja escapar un gruñido.

—Ahí sigo, sí.

—Con la misma, entiendo. ¿Cómo era su nombre? Qué cabeza, de verdad.

Está mintiendo. Martín apostaría el cuello a que se acuerda perfectamente.

—Cata, se llama Cata.

—¿Y habéis tenido más...?

—¿Hijos? No, por Dios. Con uno, nos basta y nos sobra.

Cuando dos años más tarde Cata organizó aquella boda delirante, con Lucía y Fer al lado vestidos también de novios y la sala de la calle Pradillo sin un alma a la vista, Vera calló y aceptó las cosas como venían. Y todo por Dani. O eso dijo. Según Vera y sus por entonces muy firmes creencias, un bebé no podía tener a sus padres conviviendo en pecado, así que lo mejor era que se casasen cuanto antes, y luego decidirían.

—Lo suponía —afirma Vera.

—¿Suponías el qué? Perdona, me he perdido.

—Que no habías tenido más.

Martín alza los hombros y pone cara de y a mí qué me cuentas. Hijos. Qué obsesión.

—¿Sabes qué, Martín? Durante todo aquel tiempo no tomé un solo anticonceptivo.

—Vaya, me decías lo contrario. —¿Qué clase de conversación es esta? ¿Dónde quiere Vera ir a parar?

—Ya ves, y eso que follábamos como locos.

¿Qué ha sido eso? ¿Un tejo o un reproche? ¿De qué están

hablando exactamente? El silencio que se impone en el piso podría ahora mismo aplastarlos.

—Tengo buenos recuerdos —musita él—, si te digo la verdad.

—Y yo te quería —confiesa Vera con la misma displicencia con la que pediría otro vaso de agua—. Te quería como una tonta. Te quería muchísimo.

—¿Vera? —Martín no puede creérselo—. ¿Estás bien o te pasa algo?

—Estoy divina, ¿no me ves?

Vera abandona el sofá y gira sobre sí misma. Es cierto que está perfecta. El traje de chaqueta es caro y tiene una caída impecable, su melena rubio ceniza brilla al sol de media mañana y en su rostro se acaba de desplegar una deslumbrante sonrisa que le llega a Martín al corazón. ¿Sería posible? ¿Sería posible intentarlo?

—Yo te veo guapísima, te veo como siempre.

Vera saca de su bolso una Moleskine tamaño A5 y un Mont Blanc bañado en oro.

—Oye, ¿me enseñas o no me enseñas el piso? Todavía tengo que valorarlo, y no quiero quedarme sin masaje.

Entonces Martín se levanta y se abalanza sobre ella, y lo hace con tanto ímpetu que ambos tropiezan con la mesita que hay delante del sofá y caen de bruces. Martín quiere disculparse, ni siquiera entiende por qué ha hecho esa estupidez, pero Vera se adelanta y lo cubre de insultos mientras intenta zafarse de los muchos kilos de carne que tiene encima.

—¿Y si nos damos una segunda oportunidad? —se escucha decir Martín cuando consiguen separarse y ponerse en pie.

—¿Una qué? —grita Vera a la vez que se sacude la ropa y se atusa la melena—. Pero ¿tú te has visto? Por favor, Martín, no seas patético. Dime, ¿acaso no te has visto?

—Ya vale de insultos.

Vera se calla, guarda el hacha de guerra en su bolso y después lo mira a los ojos.

—¿Por qué lo vendes? —pregunta de repente, muy cerca ya de la puerta.

—¿Cómo?

—El piso, este piso. ¿Por qué quieres venderlo?

—Estoy en apuros. No, en apuros no. Estoy hasta el cuello y necesito el dinero con urgencia; esta semana a más tardar.

—Mal momento para vender nada, sobre todo porque no hay quien compre.

—Por eso os he llamado. Necesito ayuda, Vera, la necesito de verdad.

—Muy bien, ¿pues sabes lo que te digo? Que te lo va a vender tu puta madre si es que vive todavía, porque ni yo ni ninguna agencia que yo conozca lo va a hacer.

El portazo es de tal magnitud que hace temblar los muranos que hay por toda la casa. Martín se queda muy quieto en mitad del salón, preguntándose qué más puede pasarle y cómo ha llegado hasta ese punto. Se ve tan ridículo que siente pena de sí mismo. Piensa en Cata, divirtiéndose en la playa con un mocoso, y también piensa en Fer y en Lucía, sus amigos, sus amigos que tanto le deben. Lleva toda la vida construyendo un trono en el que poder brillar delante de ellos y ahora ese trono se desmorona. Sigue siendo aquel adolescente al que todos dan de lado, el tipo que necesita que lo quieran y que es capaz de cualquier cosa con tal de conseguirlo. La semana pasada, Chidinma le comunicó que está fuera del negocio, tanto si encuentra a las chicas como si no lo hace, y el pastor no está allí para interceder por él y protegerlo. El cambio es importante y todavía no se ha atrevido a compartir la noticia con Cata, como tampoco le ha dicho que él tiene sus propias deudas: la cocaína y las transexuales de alto standing acaban saliendo caras. A poco que lo piense, se da cuenta de que su vida se ha ido a la mierda y que allí se va a quedar. Un golpe de viento abre la puerta que da al balcón. Al balcón sin sillas ni mesas, sin hamaca en la que tumbarse. Si se atreviera, saltaría.

EL NO LUGAR

2012

Lucía deja caer hacia atrás su cuerpo desnudo y se zambulle, y cierra los ojos, y permite que el agua la envuelva y la limpie, que la purifique de algún modo. Si supiera nadar mejor, cruzaría la ensenada en diagonal y seguiría por el otro lado del peñón que la cierra, entre las rocas primero —entre *esas* rocas— y después mar adentro, hasta no poder más. Hay lugares que quedan prendidos, aunque no queramos. No está segura, pero quizá venir hoy a este sitio sea una buena forma de desasirlo, de despojarlo de tanto significado. Es lo que desea, lo que necesita antes de marcharse. Un renacer. Un vuelo de crisálida. Salir del agua y extender las alas, bajo ese cielo azulísimo.

Ha venido caminando por el sendero del cerro, sin prisas, pendiente del sonido de sus propios pasos y de muy pocas cosas más. Aquí, y ahora. La brisa, el silencio, matorrales secos que se desmoronaban y olían a tisana, palmitos entre las rocas, el mar, el mar. Si recapacita un poco, se da cuenta de que se comporta como una trastornada, que no está a la altura de lo que sucede y que solo piensa en sí misma. Qué irresponsable.

A pesar de las últimas noticias, Lucía ha dejado a Ana y a Koldo solos y ha acudido a la llamada de esta playa. Genoveses. El escenario que ha estado evitando durante dos semanas a pesar de verlo cada mañana desde el ventanal de su habitación, desde cada una de las terrazas, desde el arranque de esa endiablada curva que asciende sin miramientos hasta la casa.

La tarde de este último sábado de agosto llega a su fin y da la impresión de que la playa se repliega. Los días se han acortado y nadie quiere admitirlo. Los bañistas se marchan, la luz languidece y perfila los montes, y entre los eucaliptos apenas quedan niños correteando. Encendieron el fuego un poco más allá de esos árboles, o eso cree Lucía ahora, tampoco está tan segura. Ha revivido aquella noche demasiadas veces y es posible que la haya reinventado. La hoguera, los hombres, la lancha. Y la cabeza de Juanfra en las rocas. Las secuencias se repiten y en ocasiones se desordenan, como cuando él se confundía con los rollos de las películas y empezaba proyectando el final y los dos se morían de risa en la sala vacía. El cine Florida para ellos. El mundo entero para ellos. En la pantalla un delirio narrativo y, en las viejas butacas de madera, Juanfra besándola.

Hoy, bajo el agua, Lucía aún siente la dulzura de esos besos. Cuando el corazón duele y los pulmones aprietan, sale y los llena de aire y después vuelve a zambullirse. Se ha quitado la ropa antes de bañarse y nada la protege. Ahora mismo, Lucía es solo pensamiento, aunque su cuerpo siga ahí y no deje de percibir cosas. Su nombre, por ejemplo, su nombre resuena al otro lado de la superficie y ella no entiende por qué. Debería haberse enfrentado a esta playa el primer día, correr por el sendero o volar descalza cantando alguna de aquellas canciones de hace tantísimos años. Cata se lo dijo al llegar para que se le pasase el enfado y ahora Lucía admite que tenía razón: «Olvídalo, olvídalo de una vez; no es para tanto, todos los sitios son solo eso, lugares sin más». Sumergida, se siente bien. Hay algo en su cabeza que se desdibuja, que deja de girar muy poco a poco, tac, tac... tac. Es como una ruleta a punto de detenerse, de dar el premio, hagan juego, señores, tac... tac.

Se impulsa para salir y abre los ojos. De pie, el agua no le sobrepasa la cintura. Su nombre sigue resonando a lo lejos. «Lucía, Lucía». Cerca de los eucaliptos, a la altura del búnker, distingue a Fer, gritando enloquecido. Lucía lo observa desde la distancia y la visión la conmueve. Las parejas que están tendidas en la arena se giran para mirarlo. Fer corre por la orilla y dos golden recién salidos del agua lo persiguen creyendo que se trata de un juego. Lucía tarda en reaccionar, en levantar los brazos para indicarle que está allí, que no se preocupe, que nada de lo que haya imaginado mientras la buscaba ha sucedido o va a suceder. Al verla, Fer deja de correr y se inclina, apoya las manos en las rodillas y se queda así unos segundos, recobrando el aliento quizá, aliviado, pensando en ella como siempre. Hace mucho tiempo, Fer escribió su nombre sobre un vidrio mojado y ya nunca dejó de escribirlo. Si pudiera, le devolvería tanto amor. Pero no puede. Lo que pasa es que no puede.

—Qué.... ¿Qué haces aquí? —Fer ha entrado en el agua vestido, jadeando, con las zapatillas de deporte puestas y la expresión desesperada.

—Quería bañarme.

—¿Bañarte, Lucía?

Fer se lleva las manos a la cara. Su pecho sube y baja a toda velocidad. Sigue siendo el de entonces, pálido, delgado, con los huesos demasiado finos. Fer, en El Tercio, iba a verla los viernes, cada viernes, poco antes de que la vida se pusiese en marcha. Cruzaba la calle y llamaba a su puerta siempre con algún disco nuevo en las manos o en la boca el nombre de otro grupo por descubrir, y luego sintonizaban la radio y los dos cantaban y soñaban juntos durante horas, baquetas imaginarias golpeando el aire, trastes y cuerdas de bajo, de guitarra, micrófonos que no existían, los deberes aparcados. Eran tan jóvenes…, casi dos niños todavía. El Tercio, el Florida, el cobertizo del patio, los ensayos. Paraísos perdidos que nunca vuelven, que nunca van a volver.

—Lo necesitaba —le contesta—. Mañana nos vamos y necesitaba bañarme aquí.

—No te entiendo, Lucía. Jamás lograré entenderte.

Fer está a solo dos metros, con el agua mojándole las bermudas. Acaba de sacar el teléfono del bolsillo y se dispone a secarlo con el borde de la camiseta.

—Mejor salimos, ¿no? —dice Lucía—. Estás empapado y yo no he traído toalla.

—¿Me lo explicas? —insiste él—. Te vienes aquí sola…, hoy, con todo lo que está pasando.

Lucía se arrodilla en la arena del fondo y se cubre el pecho con los brazos. De pie, su pubis destaca como una mancha en ese líquido cristalino que nada esconde. Es extraño, pero no quiere que Fer, su marido, la vea así.

—Pero ya no pasa, ¿no? —Lucía habla y a la vez reflexiona—. Antes me has dicho que os ibais a buscar a Dani, que lo habían soltado y que se acabó la pesadilla.

—No, no lo han soltado. Están jugando con Cata. Y piden mucho dinero.

Más allá, una medusa solitaria flota muy cerca de la superficie, muerta, o perdida quizá. Es un animal bonito, tan elegante como una bailarina, una bailarina con tul rosa y tentáculos impregnados de veneno.

—Ya veo —dice Lucía en voz muy baja, mientras la medusa se mueve a su alrededor.

Le gustaría implicarse, pero no lo consigue. ¿Tan dura se ha vuelto? Solo ha sabido mantenerse ausente, enredada todo el tiempo en su propia espiral. La medusa y sus tentáculos, sus cápsulas urticantes, su danza. Ahora, tras oír las últimas palabras de Fer y ver tanta angustia en su rostro, el veneno se desprende y Lucía se enfrenta sin quererlo a sus ideas más oscuras, a las que no elabora de forma premeditada pero que después bullen y contaminan tanto que hay que poner mucha atención para escucharlas: «Te está bien empleado, Cata, las cosas no salen siempre como tú quieres».

—Vámonos —dice Fer en un tono que no admite réplica—. Ana está sola, con Koldo.

—¿Martín y Cata no han vuelto contigo?

—Martín ha ido a preguntar a no sé qué sitio y Cata se ha quedado en el cuartel poniendo la denuncia.

Fer fue el primero en llegar a la Maternidad de O'Donnell aquel día, el día que nació Dani. Martín estaba de viaje y ella había hecho todo lo posible para entretenerse con aquella psicoanalista a la que nunca volvió a ver. «No te preocupes —le dijo Cata al oírla improvisar una excusa con la que justificar su retraso—. Sé apañármelas sola, y además Fer ha aparecido en el momento preciso, justo cuando empezaba la fiesta». Han pasado diecisiete años y hoy siguen en lo mismo, con Fer traspuesto y ella otra vez llegando tarde, ajena por completo a lo que importa de verdad.

—Tienes toda la razón —admite Lucía en voz alta—. Debería estar con Ana y no aquí.

—Vale, tranquila… Es solo que…, que me he puesto nervioso. Casi me vuelvo loco al no encontrarte en la casa.

Qué bueno es Fer. Y cuántas cosas le debe. Y sin embargo.

Sin embargo. Fue Cata quien la empujó a buscarlo pocos meses después de que naciera Dani. Le dijo dónde podría encontrarlo y a qué hora: el Madrid Rock, en la Gran Vía, siempre a media tarde. Las palabras de Cata regresan desde el pasado y Lucía las escucha con aprensión, con miedo casi: «Va a esa tienda de discos todos los viernes. Y ahora, Lucía, escucha esto y hazme caso: búscalo y quédate con él, y deja ya de hacer locuras. Estamos solos, los cuatro estamos solos. ¿No ves que no hay nadie más? Lo mejor que nos puede pasar es seguir juntos».

—Voy a llamar a Ana —le dice a Fer en cuanto alcanza la orilla—. A ti se te ha mojado el teléfono.

—Creo que funciona. —Él va detrás, comprobando el estado de su móvil—. Pero, sí, llámala tú. Le gustará saber que te preocupas.

—Fer, por favor...

Ana responde enseguida: «Sí, estoy bien. [...] No, todavía no han vuelto. [...] Eso es, con Koldo en la piscina, nos acabamos de bañar. ¿Sabéis algo de Dani?».

—¿Qué está haciendo? —pregunta Fer.

—Sigue en la piscina, con Koldo.

—Pues entonces nos damos prisa. No me gusta ni un pelo ese chico.

—¿Y eso? Pero si es encantador.

—Ese chico encantador se ha enrollado con Cata estos días. ¿Qué te parece? Me lo ha contado Martín esta tarde.

A Lucía no le sorprende la noticia. Conoce a Cata de sobra y de alguna manera lo sospechaba: las miradas, las bromas, la risa estúpida. Y también sabe que Koldo es un peligro, a ella misma se le insinuó a los pocos días de llegar. Le hizo gracia, la verdad, y si no ha querido seguir tonteando con él hace un rato es porque ya no se permite ciertas cosas. Después de la boda y la adopción de Ana, tuvo un par de recaídas, aventuras pasajeras que no duraban más de una semana y que luego le pesaban demasiado. No eran remordimientos, no los conoce, ojalá pudiera sentirlos algún día. Era más bien desasosiego, la constatación de que el vacío continuaba ahí y que nada conseguía llenarlo. Y luego Ana fue creciendo y la vida siguió su curso sin altibajos, sin sobresaltos. Agua tibia que corre por el cauce previsto. No hay mucho más que contar.

—Cata sabe divertirse —apunta ella—, siempre ha sabido.

—¿Y qué pasa? ¿Que te da envidia?

Lucía no contesta, se limita a mover la cabeza a ambos lados y a ponerse el vestido ligero que había guardado en la cesta, las sandalias, la pamela de ala corta con la que protegerse de un sol que ya se está ocultando. Piensa en Ana, y en Koldo, los dos solos en la casa, y también piensa que no hay motivo para preocuparse por su hija: Ana es una niña inteligente y madura de la que ella, su madre adoptiva y desequilibrada, tiene mucho que aprender.

Dejan atrás los eucaliptos y el búnker y enfilan el sendero. Las zapatillas de Fer siguen mojadas y hacen chof-chof, pero a él no parece importarle. Al término del primer repecho, ella se detiene y vuelve la vista hacia la playa. De acuerdo, ahí abajo se torció su vida, pero ahora toca seguir. Ya es hora de hacerlo. Ha tenido que venir para darse cuenta de que este lugar es solo eso, una playa, un sitio como cualquier otro. Ha sido Cata quien la ha traído y, de alguna forma, debería agradecérselo. Cata. Cata una vez más. Cata siempre ha estado a su lado, siempre ha estado ahí, no recuerda ni un solo momento importante sin su presencia. A pesar de todo lo que ahora sabe, le gustaría mucho acompañarla en estas horas de angustia, compartir su sufrimiento, su miedo. Si no lo hace es porque hay fardos muy viejos que acaban construyendo una coraza.

—Les he ofrecido nuestro dinero, espero que estés de acuerdo. —Fer va unos pasos por delante y se acaba de detener al borde del camino. Mientras habla, sus zapatillas exudan agua y forman dos charquitos oscuros sobre la grava—. Llevan toda la vida ayudándonos y ahora mismo están sin blanca. Se lo daremos todo, Lucía, no podemos permitir que a Dani le pase algo malo. Te parecerá bien, supongo.

—Me parece perfecto. Al fin y al cabo, es tu hijo.

Fer se queda mirándola sin decir nada, golpeado quizá por una frase que nunca ha sido pronunciada en voz alta.

—¿A qué viene eso? ¿Crees que es el momento de inventar historias?

—Venga ya, Fer, por favor.

Lo sabe desde anoche. Cata, cómo no. Cata quería que entendiera por qué Fer las había dejado solas para irse en busca de Dani y, contra todo pronóstico tratándose de ella, acabó confesando la verdad: Martín, el hombre que había escogido como compañero de vida y negocios, tenía más taras de las que se apreciaban a simple vista. En aquel tiempo de desilusiones, botecitos de esperma y visitas al urólogo, Fer ya los frecuentaba y Cata no se lo pensó. El argumento para convencerlo, supone Lucía, fue el mismo que ella escuchó dos años más tarde, cuando Cata la envió a reconquistarlo al Madrid Rock de Gran Vía: «Estamos solos, no hay nadie más, al menos nos tenemos los unos a los otros». Si fue así, si su suposición es cierta, solo cabe una pregunta: ¿Qué habían hecho Fer y ella? ¿Qué diablos habían hecho con sus vidas?

—No quiero hablar de eso —dice Fer con una contundencia que no le es propia—. Hoy no. Pero te juro que cuando todo pase, lo hablaremos.

Fer se da la vuelta y se pone en marcha. Pronto se hará de noche, el verano se acaba y su final los llenará a todos de consecuencias. A Lucía le gustaría gritar y no se atreve. Hay algo atravesado en su garganta, una esquirla molesta que no es nueva. Siempre está ahí. Siempre lo ha estado.

—Espérame —le dice a Fer—. No me dejes sola en este sitio.

Más arriba, el sendero se ensancha. Los matorrales se mecen con la brisa y desprenden aromas nuevos que Lucía no reconoce. Antes de llegar a la curva que sube a la casa, Fer se detiene y la mira.

—Saldremos de esta —murmura—. Volveremos a empezar y seguiremos intentando ser felices, como siempre hemos hecho. Todo el mundo lo hace, ¿no? Dime, Lucía, dime quién no lo intenta. Tenemos a Ana, tenemos amigos, tenemos una vida envidiable. Y yo solo necesito que esto acabe pronto y que por ahora me dejes respirar.

Lucía no entiende esa súplica. No ha dicho nada. No le ha lanzado ningún reproche. Hechos concretos en cambio, datos fríos que, si lo piensa bien, ni siquiera le importan. Porque no, no le importan. Ojalá no estuviesen hablando de esto. Hay otras palabras que pesan más y que están a punto de desgarrarle la garganta, palabras que necesitan salir y que, de no hacerlo ahora mismo, se le acabarán pudriendo dentro. Son la esquirla atravesada, el vidrio mojado y las lágrimas, la medusa y sus filamentos.

—Fer, yo nunca te he querido.

No podría asegurarlo, pero cree que Fer ha gemido como un niño antes de salir corriendo. La visión es ridícula. Fer subiendo a grandes zancadas por esa cuesta sin fin, con sus zapatillas chapoteando todavía y haciendo ruiditos que parecen flatulencias, marcando el asfalto con sus pisadas y sacando el teléfono de las bermudas porque alguien lo llama justo ahora, en este momento tan poco oportuno, mientras Lucía se queda atrás decidiendo si subir también a ayudar en lo que pueda o perderse en las calles del pueblo. No es una decisión fácil. Instantes como este tienen el poder de cambiar toda una vida. Fer desaparece al final de la curva y poco después ella repara en que está sola, y aliviada, y en que se siente más ligera que nunca.

12

J'adore

Sábado, 1 de septiembre de 2012, 20.30 h

Queda poco para que se haga noche y Koldo acaba de entrar en la cocina. Hambriento, va hasta a la encimera y abre la cazuela que hay sobre la superficie de ese mármol impoluto. La tapa es de cristal y está perlada de gotas transparentes, como si sudara. Koldo la aparta con cuidado para evitar que las gotas resbalen y caigan al guiso, sería una pena estropearlo.
—Creo que es tajine —le dice a Ana, que se ha apoyado en el marco de la puerta y observa la escena con aire aburrido—. Joder, no he podido comer nada desde el desayuno y me muero de hambre.
—¿No lo vas a calentar? —Ana se ha acercado, ha metido la nariz en el guiso y ahora mismo lo olisquea. Sigue en biquini, con el latigazo de la medusa bien marcado en la tripa. Un mechón de pelo mojado y negrísimo le cae pegado a la cara, desciende por el cuello y continúa hasta la cazuela, las puntas se abren como las de un pincel y casi roza la salsa.
—¿Calentar? Me lo comería crudo si hiciese falta.

—Es cordero —sostiene Ana con la mayor convicción—. ¿Me sirves un poco? Nosotros tampoco hemos comido. Menos mal que por fin vuelve Dani, o al menos eso es lo que mi madre me ha dicho. También dice que fue Salma quien se lo llevó. Qué raro es todo, ¿verdad? Salma, con lo buena persona que parece. Dime, ¿tú qué opinas?

Koldo saca un par de tenedores del cajón superior y le da uno a Ana antes de meter el suyo ahí dentro y trinchar dos buenos trozos. Está frío, claro, pero también muy sabroso.

—Yo no necesito plato —le dice a Ana con la boca llena—. Podemos comerlo directamente de aquí.

Ana alza los hombros e introduce el tenedor.

—Si mi madre me viera...

Tienen las cabezas muy juntas y mastican sin parar, como terneros en el pesebre. La cadera de Ana roza a intervalos su muslo izquierdo y él decide no apartarlo.

—Qué ocurrencia, ¿no? —observa después, entre bocado y bocado.

—El qué.

—Lo de tu madre.

—Y qué ha hecho esta vez mi madre.

—Irse a Genoveses. Que yo sepa, no ha pisado esa playa desde que llegó hace dos semanas y se le ocurre ir hoy. No me extraña que tu padre se haya puesto así.

—Tú también te has ido a no sé dónde esta mañana y nadie te ha dicho ni mu.

—No es lo mismo. Yo no sabía que Dani volvía hoy. De hecho, he ido a ver si averiguaba algo.

—Ah, vaya, no me digas. ¿Qué pasa? ¿Qué ahora eres el inspector Gadget?

—Hablábamos de tu madre.

Ana deja de comer y se separa. Se diría que reflexiona.

—Ya..., bueno —añade tras la pausa—. Ella es así.

—¿Así, cómo?

—Rara. Tengo una madre rara. Qué le vamos a hacer.

Koldo la mira unos segundos y ve que los labios le brillan, y que además le ha caído un poco de salsa entre las tetas. No es el momento, pero un buen lametón estaría bien. Un lametón y lo que venga. Ha sido un día muy duro y le sentaría de maravilla relajarse un poco. Y él siempre está dispuesto. Pase lo que pase. En ese aspecto concreto, remilgos no.

—Oye, ¿y la tuya cómo es? —Ana se ha retirado y abre la nevera mientras habla. Saca una Coca-Cola y le ofrece a él otra—. Me refiero a tu madre. Nunca nos cuentas nada de tu familia.

Para qué tanto contar, piensa Koldo. No ha parado de contar cosas desde que llegó perdido de barro hace un rato y encontró a Ana en la piscina fingiendo que nadaba. Ha contado, por ejemplo, que se marchó esta mañana con la bici y que luego ha tenido un percance. Se lo ha contado a Ana y también a Lucía, que todavía estaba en la casa. Lucía, al verlo aparecer con la ceja rota, sin bicicleta y con las mallas manchadas de barro, se ha hecho cargo de la situación y ha decidido jugar a las enfermeras. Asombroso. Ahora resulta que Lucía es eficiente si se lo propone: lo ha mandado a la ducha y le ha pedido que le diese la ropa sucia para meterla en la lavadora, después le ha frotado la herida con un algodón empapado en alcohol y, para terminar, le ha puesto una tirita. Durante el proceso, él ha tenido un par de erecciones que ha sabido disimular y que por fortuna han remitido. Es una mujer guapa Lucía, una mujer con clase, una mujer de verdad. Le habría gustado seducirla, como al resto, pero Lucía está en su mundo y no es fácil abordarla.

—¿Se puede saber qué te ha pasado? —ha preguntado

mientras hurgaba en su ceja con esos dedos tan finos. Ana seguía en la piscina y ellos estaban solos en el salón.

—He ido por carretera a una playa que me gusta mucho y al llegar allí me han querido robar la bici.

—Y lo han conseguido, por lo que veo.

—Qué dices, ni de coña, menudo soy yo. Lo que pasa es que a la vuelta había demasiado tráfico y he preferido venir por la pista que cojo siempre. Ha sido horrible. Estaba llena de barro, he derrapado y me he caído de boca.

—Te has dado un buen porrazo.

—Podría haberme matado. La bici se ha quedado jodida y he tenido que caminar con ella a cuestas. Al final, la he dejado tirada por ahí. Lo he pasado fatal. Pensaba que no iba a llegar nunca.

Después de pegarle la tirita, Lucía le ha deslizado las yemas de los dedos hasta las sienes y ha comenzado a masajearlas, luego ha ido bajando muy despacio por los pómulos, las mejillas y los bordes de la nariz, y ha llegado a las comisuras de los labios. Desde ahí, morosamente, las ha ido aproximando y las ha dejado así, juntas en el centro de su boca, y entonces él ha sacado la lengua y las ha humedecido una por una. Eran muy suaves y sabían a alcohol de farmacia, una pena que Lucía las haya apartado mientras anunciaba que se iba a Genoveses a darse el último chapuzón.

Así que se ha quedado solo con Ana, en la piscina. Se han estado bañando y sobeteándose un poco bajo el agua y luego ha llegado Fer, que ha preguntado por su mujer con la cara desencajada y, al oír la respuesta, se ha ido corriendo a buscarla. Koldo siempre ha pensado que en su familia no hay nadie cuerdo, pero, visto lo visto, quizá esa panda de hijos de puta que tiene por padres y hermanos no esté tan mal de la cabeza como él creía. Las comparaciones y tal.

—Mi madre es una integrista furiosa que se pasa el día rezando —le cuenta a Ana finalmente—. Como persona, no tiene el menor interés.

—Si lo dices tú, que eres todo un experto en señoras mayores...

Koldo deja caer el bocado que estaba a punto de llevarse a la boca y gira el cuello. A qué viene eso, piensa, y también piensa que no va a permitir que le hable así.

—¿Y tú? —pregunta con gesto desafiante—. ¿Qué me cuentas tú de la tuya? Porque en tu país tenías una madre, ¿no? ¿O apareciste de un día para otro colgada en un puto árbol de aguacate?

Ana se queda quieta, con la lata de Coca-Cola todavía en la mano. Luego le coloca el brazo encima de la cabeza y vuelca el contenido. Koldo la empuja y el líquido va a parar a las paredes, y también al tajine.

—¡Que lo vas a joder! —grita antes de echársele encima y aplastarla con todo su peso contra la encimera—. Con lo riquísimo que está —dice también, en voz muy baja, tan baja que es casi un susurro—, tan rico como tú.

Por desgracia, Ana no cede como otras veces, no se ablanda como una esponja ni acerca su boca para que él la mordisquee. La ha estado visitando en su habitación esta semana, después de pasar la tarde con Cata en la cala y antes de dar, ya bien entrada la noche, buena cuenta también de Dani. Él es así. Puede con todos. Lástima que Lucía se le haya resistido hace un rato.

—Ni se te ocurra tocarme —dice Ana—. Sé que estás con ella.

—De qué hablas ahora.

—Estás con mi tía Cata. Solo de pensarlo, me entran ganas de vomitar.

Koldo le propina un buen empellón antes de separarse.

Que se joda, se dice, así se entera de lo que se pierde. De la nevera saca una cerveza, tira de la anilla con rabia y se bebe media lata de un trago.

—Estás como un cencerro.

La cerveza le sabe a gloria.

—Bien que me lo advirtió Olivia antes de irse y ahora sé que es verdad —insiste Ana—. Tu habitación apesta a ese perfume horrible que usa ella, hace un rato has llegado oliendo a lo mismo a pesar del barro e incluso después de ducharte sigues apestando a Cata. Es asqueroso. Podría ser tu madre.

—Así que has estado espiando en mi habitación.

—He estado espiando y esta mañana se lo he contado todo a Martín.

¿A Martín? Koldo asimila muy rápido esas palabras y enseguida les resta importancia.

—Muy bonito, Analía..., eso sí que no me lo esperaba.

—No vuelvas a llamarme de esa forma o te estrangularé.

—Analía Lucero Madonna, ¿no es eso? Dani me lo contó el otro día y estuvimos descojonándonos un buen rato a tu costa.

—Por mí, os podéis ir los dos al mismísimo infierno. Y mi tía Cata, también. Y otra cosa, en tu cajón he encontrado el anillo de Dani.

Koldo se lo piensa dos veces antes de contestar.

—Me lo ha regalado.

—Lo dudo mucho, es su preferido. —Ana arruga el entrecejo y pone cara de hurón—. ¿O qué pasa? ¿Que con él también te lo montas?

Este sería un buen momento para cerrar el pico, piensa Koldo, soltar después alguna tontería con la que escurrir el bulto y esperar un rato en silencio hasta que Ana se tranquilice. No lo hace. Siempre le ha gustado provocar.

—¿Montármelo? Puede ser, pero te juro que a él solo le meto la puntita.

—Eres un cerdo.

Sabe que no debería reírse, pero no puede evitarlo. Las adolescentes entrometidas lo ponen cachondo y le divierten mucho. A la tal Olivia también le dio lo suyo el lunes a primera hora, en el baño de abajo, poco antes de que Lucía y Fer la llevaran de vuelta a la estación de tren.

—¿A ti te ha faltado algo estos días? —pregunta cuando acaba la cerveza.

—Qué quieres decir.

—Que vas bien servida, ¿no? ¿O es que tienes alguna queja? Vamos, no seas egoísta. ¿No te he follado bien duro cada vez que has querido? No sé qué coño te importa lo que yo haga después con los demás.

Los ojos de Ana se empañan y Koldo se acerca para intentar abrazarla. Ana se resiste al principio pero luego no, y él pronuncia en voz baja todo lo que ella desea oír. El efecto es inmediato y Ana se transforma en esa esponja recién salida del agua que a él tanto le gusta. Vaya familias. Vaya dos familias de insaciables. Ni en sus mejores sueños Koldo habría dado tanto en el clavo. En septiembre, cuando se vio a sí mismo atravesando el portalón de dintel almohadillado que daba paso a su nueva vida en Sigüenza, pensó que o espabilaba pronto, o aquel internado de niños pijos y malcriados poco daría de sí. Primero cayó el tutor, la pieza imprescindible de cara a una vida fácil, y luego se fijó en Dani, ese chico delicado y sensible que a todas luces necesitaba protección. Sus expectativas fueron superadas con creces y el curso ha transcurrido entre esas dos aguas: el tutor le facilitaba las cosas y Dani se las endulzaba. Y es que él tiene muy claro que la vida es corta y que puede ponerse muy chunga, así que lo mejor es exprimirla cuando las cosas van bien. Estas vacaciones, por ejemplo. Estas vacaciones han dado para mucho más de lo esperado y a las pruebas se remite. Ahí está Ana ahora mismo, tanto protestar por lo de Cata y ahí está con los ojos vueltos, las uñas clavadas en su espalda y el culo aplastado contra la encimera.

Cuando intenta reaccionar, ya es tarde. Alguien tira con fuerza de sus hombros, lo empuja contra la pared del fondo y le hace resbalar y caer. Ana grita y se tapa la cara, y también cierra las piernas. Luego sale corriendo de la cocina y Koldo se queda frente a Fer, que lo mira mascullando palabras incomprensibles y temblando de arriba abajo. Koldo dirige la vista al suelo y después la sube muy despacio, y desde esa posición de bestia al acecho clava los ojos en Fer.

—Levántate. —Los labios de Fer han desaparecido, son solo dos líneas tensas—. Nos vamos.

Koldo obedece y se sube el bañador un poco más tarde de lo que debería, quiere marcar territorio y sabe que buena parte de su poder reside ahí. Fer desvía la mirada y él sonríe. «¿Qué? —preguntaría si el momento fuera otro—. ¿A ti también te gusta?».

—Yo no voy a ningún sitio —dice en cambio.

—Tú vas a hacer lo que yo diga.

Una vez en pie, Koldo saca pecho, separa los hombros y tensa los músculos.

—No me hagas reír, podría partirte en dos si quisiera. Y además, tampoco es para ponerse así. Tu hijita adoptada se lo estaba pasando en grande, ¿o es que no la oías?

Fer no reacciona a la provocación; una pena, porque es lo que él busca. El asalto no duraría ni medio minuto. Lo que sí hace Fer es alargar el brazo y abrir uno de los cajones, sacar un cuchillo de unos veinte centímetros y apuntarle a él con la mano firme, el rostro rígido, la mirada quieta.

—Ahora saldremos de aquí y nos montaremos en mi coche, ¿entendido? Y mucho cuidado con intentar jugármela. Te juro que te rebano el cuello en cuanto vea algún movimiento raro. Hablo muy en serio, yo hoy no tengo nada que perder.

Aunque no quiera admitirlo, a Koldo le impresiona la determinación de ese hombre, la fuerza que saca de algún rincón escondido que hasta ahora él no había visto. Desde que lo conoció hace dos semanas, siempre ha pensado en Fer como en el menos sustancial de la alegre pandilla, el más desdibujado, el pusilánime. Y ahora Fer está enfrente, apuntándolo con un cuchillo jamonero y los ojos como brasas.

—Está bien —concede al fin—. Salgo contigo, aunque no entiendo lo del coche.

—Ya lo entenderás, no te preocupes por eso.

Fer le acerca el cuchillo para espolearlo y le indica con la punta que se ponga en marcha. El salón está vacío, Ana ha debido de refugiarse en su cuarto y a saber qué estarán haciendo Cata y Martín. Dando vueltas como trompos, piensa Koldo, palos de ciego que no conducen a nada, es lo único que se les da bien.

—¿Y tu mujer? —pregunta con el propósito de desestabilizar la situación e intentar darle la vuelta—. ¿Se quedó en Genoveses?

—Eso a ti ni te va ni te viene.

—No creas, me ha estado curando hace un rato y me he quedado con ganas de que me cure más. Tiene las manos tan suaves… Aún las noto aquí —se lleva dos dedos a la boca y los lame—, en la punta de la lengua.

Fer se mantiene impasible, comportándose como un guerrero espartano de movimientos seguros, inmune a todo estímulo exterior. Abre la puerta que comunica con el garaje y le pide que pase primero. Sin dejar de apuntarlo, trastea en el armario de las herramientas y saca de allí una cuerda. Luego vuelven al salón y salen por fin a la calle. Casi es de noche, el cielo se rompe en tonos malva.

—Sube —le ordena Fer. Acaba de abrir la puerta derecha del Škoda y señala el interior con el cuchillo.

—¿Dónde coño me llevas? Te repito que no es para ponerse así.

—Ana tiene quince años, por si no lo sabías.

—Ya, y entiendo que te joda. Pero ella quería, te lo juro, lo quería tanto o más que yo. Son cosas que pasan y...

No termina la frase porque Fer le acaba de pasar la cuerda por delante del pecho para atarlo al asiento. Una vuelta, dos, y los brazos también bloqueados, aprisionados contra los bordes del respaldo. ¿Qué le pasa? ¿Se ha vuelto loco? Koldo lanza un grito de socorro y Fer, al escucharlo, se limita a sonreír. Parece otro. Tiene la mirada extraviada y los orificios de la nariz muy abiertos, como si no consiguiese respirar a sus anchas.

—Puedes gritar todo lo que quieras —dice—. Pero recuerda que nos alojamos en el confín del mundo y nadie te va a oír.

Se monta en el coche, arranca y en los altavoces estalla *Always on My Mind* a pleno pulmón, la canción de anoche, la canción que sonaba mientras regresaban de esos bares. En cuanto San José queda atrás, Fer baja el volumen y empuña de nuevo el cuchillo.

—Bueno, todo en marcha. Tú y yo hablaremos de Ana cuando toque, y mientras tanto me vas a llevar al sitio en el que habéis escondido a Dani.

UN DÍA ANTES DEL RAPTO

Zaid lleva más de una hora limpiando la piscina y empieza a estar harto. Esas malditas buganvillas son una peste, cucarachas fucsias que sobrevivirían a una guerra química, a un ataque nuclear llegado el caso. No hay quien pueda con ellas. Se desparraman con el viento, se arremolinan y se enrollan como serpentinas y, sin que nadie sepa cómo, acaban llegando al agua.

—Buenos días, Zaid —alguien le habla desde la terraza de arriba y él sigue tan ensimismado que, en ese primer momento, no reconoce la voz—. ¿Ya andas liado?

—Buenos días, señora Cata. Qué remedio. Si no lo hago a diario, los filtros se atascan y luego todo son problemas.

—Pues nada, a darle fuerte, que luego aprieta el calor y el trabajo se hace duro.

Zaid asiente y sonríe, y después baja los ojos y nota que la boca se le desfigura, que la comisura izquierda asciende ligeramente y le dibuja en el rostro una mueca: «A ti sí que te están dando fuerte, que lo sé yo».

—¿Quieres que Salma te baje algo? —le pregunta Cata con tono solícito—. ¿Agua? ¿Algún refresco? ¿Café?

—Por ahora no, de verdad; pero muchísimas gracias.

Está harto. Así es. Por más que se le dé bien el bricolaje y otro sinfín de labores manuales, dos semanas recibiendo órdenes y manteniendo esa casa a flote es mucho. Es demasiado. Y él no ha nacido para esto. Menos mal que ya están a miércoles y que mañana empieza por fin la acción. Acción de la buena, de la que de verdad lo divierte. Fingir que trapichea con costo y que sueña con ser fontanero lo aburre hasta decir basta.

—¿Cuánto te queda? —Dani acaba de asomar su cabecita repeinada y se acerca cojeando.

—Termino enseguida. ¿Te vas a bañar?

—Me gustaría, pero no hay prisa. Tengo todo el día para... —y se señala el tobillo—, ya sabes.

—Vas sin muleta. —Zaid observa a Dani e intenta ponerse en su pellejo. Lleva uno de esos bañadores mínimos que usa siempre y una camiseta sin mangas que podría ser de chica, la cara de ángel, la venda en el pie.

«La que te espera, chaval».

—Sí, algo es algo —dice Dani—. Vaya porquería de vacaciones.

—No te quejes, las cosas siempre pueden ir a peor.

Dani se refugia bajo una de las sombrillas que están abiertas y, con aire distraído, atrapa un mechón de su tupé con dos dedos y se entretiene enrollándolo.

—¿Y los demás? —pregunta Zaid.

—Koldo se está duchando, y Ana se va con sus padres de excursión a Mojácar. ¿Conoces Mojácar?

—He estado un par de veces.

Zaid desliza la red para capturar las últimas hojas, un grupito travieso que tiembla junto a las boquillas. Tiene sueño y ahora mismo le apetecería darse un baño para despejarse. Un abejorro zumba a su alrededor.

—Toda tuya —le dice a Dani señalando el agua.

—Lo bueno de haber venido a este sitio es que te hemos conocido. —Dani se ha quitado la camiseta antes de pronunciar semejante frase y ahora se dirige al borde de la piscina saltando a la pata coja—. A ti y también a Salma.

—¿Quieres que te ayude? Te puedes resbalar.

—Prefiero hacerlo solo. —Da un par de saltitos más y se agacha con cuidado para sentarse en el borde—. Oye, ¿tú no te bañas?

—Estoy trabajando.

—Anda ya...

Dani le guiña un ojo y sonríe, incitándolo. La piscina es como un espejo turquesa y brilla al sol de media mañana. Es difícil resistirse. El sábado por la noche estuvieron todos ahí, con las chicas, desnudos y pasándolo en grande, fumando un porro tras otro, compartiendo el momento como si fuesen amigos. Hay cosas que Zaid no entiende, y por mucho que pregunta, la respuesta nunca es clara. Hoy mismo, sin ir más lejos, ha discutido con su madre. Su madre ha convocado la reunión prontísimo porque antes de las ocho debía estar aquí, en esta casa, preparándoles el desayuno a esta panda de trastornados. Salma. Vaya nombre se ha puesto. A Zaid no le gusta madrugar y se ha tenido que levantar a las seis para atar bien el secuestro de mañana. «Cualquier error puede ser fatal —le ha dicho su madre al verle la cara de enfado a esas horas intempestivas—. No olvides que estamos jugando con fuego». En realidad, quien juega es ella, y a Zaid le cuesta entender los extraños motivos que la han llevado a asumir tanto riesgo; un riesgo sin beneficio, es decir, un riesgo inútil, una mierda de riesgo.

Hay algunas otras cosas que Zaid sí sabe, datos, órdenes, malentendidos, pero es incapaz de colocar bien la secuencia y encontrarle alguna lógica. Sabe, por ejemplo, que su madre quiere hacer daño a esta familia, aunque se niega a aclararle por qué. Y también sabe que está tan ciega, tan obsesionada con el asunto, que ha tenido el valor de mentirle a la jefa todopoderosa que vive en Madrid y organizar la desaparición de doce chicas, de mantenerlas escondidas mucho más tiempo del previsto y de infiltrarlo a él en la casa como manitas y a sí misma como asistenta y cocinera.

Esta mañana, Julián y Nati han llegado puntuales por primera vez en su vida. Todo un detalle. Lo único que le habría faltado es levantarse al amanecer para luego tener que esperar a esos dos fantoches. Se creen importantes, aunque no son nadie. Su madre cuenta con ellos porque dice que son leales como perros y que carecen de escrúpulos; la combinación perfecta. ¿Leales?, se pregunta Zaid. ¿Quién es leal en este ambiente? El que no corre vuela. Y Zaid bien que lo sabe. Acaba de cumplir dieciocho años y a él no lo van a joder. Ni su madre, ni nadie.

—¿Estás segura de que el chaval estará solo? —ha preguntado Julián en cuanto han revisado el primer punto—. No nos gustan los sustos de última hora.

—Soy yo el que está seguro —ha contestado él, su madre solamente observaba—. Y no lo preguntes más veces, ¿vale? No entiendo por quién nos tomas.

Julián va de duro, pero es un imbécil, y a Zaid no le gusta que dude así de su eficacia. Dani estará solo, por supuesto que sí: Ana sale de excursión con sus padres todos los días, Martín regresó a Madrid el lunes y Koldo coge la bici a media tarde; así que la idea es esperar a que Cata se marche después en busca de su dosis de sexo, aderezar lo que beba Dani con polvos mágicos y luego llevar su cuerpecito en volandas desde la hamaca de la piscina a la furgoneta. Hasta ahí, puro orden. Lo que Julián y Nati hagan después no es cosa suya.

—Cargáis con él y os vais a la calita de Escullos —ha continuado su madre—. La barca estará ya preparada y escondida detrás de las rocas de la derecha, solo tenéis que empujarla y luego quedaros en el aparcamiento, por si acaso. Esa mujer es más lista que las ratas y no sé cómo va a reaccionar. No me fío ni un pelo de ella.

—¿Quieres que vayamos hasta allí con el chico todavía grogui dentro de la furgoneta? —ha intervenido Nati.

—Exacto.

—Cuánta complicación. —Julián seguía dudando, y mientras hablaba se deslizaba un dedo por la mitad del cuello, como si lo segara—. Pensaba que teníamos que finiquitar el asunto lo antes posible.

—No vamos a finiquitar nada. —Su madre se ha callado un momento y ha tragado saliva—. Mucho cuidado con eso, ¿entendido? No me siento capaz y he encontrado una solución intermedia. Iréis recibiendo instrucciones conforme pasen las horas.

La reunión ha sido mucho más corta de lo previsto. Julián y Nati se han ido y su madre ha preparado más café. Estaba rara. Alterada más bien. Nunca la había visto en ese estado.

—¿Qué es eso de finiquitar? —le ha preguntado él después—. ¿No me dirás que pensabas darle pasaporte al pobre chico?

—Pensaba muchas cosas, sí, pero ahora pienso otras.

Se diría que hablaba sola, con las pupilas dilatadas y fijas en un punto, como mirando a alguien que no estaba allí.

—¿Me vas a explicar de una vez de qué va todo esto?

Su madre no le ha explicado nada, pero sí que ha resumido en muy pocas palabras lo que tiene previsto hacer. Quiere que Cata sufra y ha encontrado una manera que no llega tan lejos como en un primer momento pensaba. Y ella estará en primera fila, observando su angustia desde muy cerca, disfrutando cada momento y decidiendo la estocada final.

—En el trastero del Heaven hay un maniquí que es muy parecido a Dani, quiero que lo cojas y lo lleves a la barca —ha añadido mientras anotaba en una cartulina una serie de letras y números y a continuación se la entregaba—. Habrá que decirle a Julián que lo vista con todo lo que Dani lleve encima mañana, venda incluida, y que copie este código en la etiqueta del bañador.

Luego su madre ha apartado la vista de dondequiera que la hubiese puesto, ha abandonado la cocina y se ha metido en su habitación. Al ir a buscarla, la ha encontrado hablándole a esa fotografía que tiene en la mesita de noche, con ojos de loca y sin la peluca, golpeándose el cráneo con ambas manos. No es la primera vez que sucede. Cuando Zaid la ve así, le da miedo. Así que ha cerrado la puerta sin hacer ruido y la ha dejado allí, enfrentada a sus fantasmas. Qué poco sabe de ella. Es su madre, pero apenas la conoce, o solo conoce una capa muy fina y nada de lo que hay detrás. El otro día le dijo que cuando se acabara este asunto, se marcharían los dos a Argelia, que debían hacerlo porque estaba segura de que en Madrid tomarían represalias y porque, además, estaba cansada: «Tengo ahorros, en Argelia viviremos bien». En Argelia. En Argelia nada menos. En el pueblucho de nombre impronunciable donde ella nació, en el confín del desierto, en el culo del mundo. Zaid no va a ir a ese sitio. De ninguna manera. Tiene toda la vida por delante y no piensa desperdiciarla así.

Ahora, con Dani tan cerca y la piscina ya limpia, lo que ha oído esta mañana le parece un sinsentido: la cala y la barca, la venda, el código en la etiqueta, el maniquí. ¿Y para qué todo eso si no van a pedir nada a cambio? ¿Para qué tanto esfuerzo? Zaid está intentando entender a su madre cuando, de repente, se ve en el agua. Lo han empujado con la ropa puesta. Toca el fondo con las suelas y, al volver a la superficie, oye la risa de Koldo y también la de Dani. Luego Koldo se lanza muy cerca y le empieza a hacer ahogadillas. Dani se incorpora al juego y acaban manoteando y dándose collejas los unos a los otros, entre insultos y más bromas. Desde la terraza, Cata los observa.

—Has venido en moto, ¿no? —le pregunta Koldo cuando se calman—. ¿Qué te parece si nos damos un baño en la playa? Podríamos ir a Mónsul o a El Barronal.

—Tengo que arreglar un grifo.

—Hablo con mi madre y seguro que te perdona el arreglo —dice Dani.

—Lo perdono, lo perdono —interviene Cata, que sigue arriba pendiente de lo que hacen, y también de lo que hablan—. Podéis iros con viento fresco y lo más lejos posible, hacéis demasiado ruido cuando estáis juntos.

Koldo le pregunta a Dani si no le importa quedarse solo y Dani, como siempre, lo pone todo muy fácil: «Qué va. He dormido fatal hoy y necesito descanso. Me palpitaba el pie». No se lo piensan y, Zaid con la ropa todavía empapada, Koldo instalado detrás sin camiseta y el motor de la moto haciendo un ruido diabólico, recorren el camino de curvas que llega al molino de Genoveses y luego continúan por la pista de tierra.

Zaid no viene casi nunca a estas playas, a pesar de lo bonitas que son y lo cerca que están de donde vive. Su universo es otro, y es mucho menos poético. Abandonó los estudios en cuanto pudo y desde entonces ayuda a su madre en los clubes, trabajos menores aún, pero todo cambiará pronto. La última vez que estuvo por aquí fue hace diez días, con Julián, aunque no sabría decir en qué playa de todas las que hay. Lo que sí recuerda es el helicóptero que espantó a esas doce chiquillas en cuanto se bajaron de la patera y también lo que costó volver a juntarlas. Menos mal que Julián se puso firme, las recuperó una por una y las llevó atadas con cuerdas hasta donde habían escondido la furgoneta.

—Para ahí —le dice Koldo—. Ese es el aparcamiento de El Barronal.

Dejan la moto entre dos coches y se adentran por un camino de arena rodeado de pitacos. A la derecha se eleva una duna gigante. La arena arde y se hunde bajo sus pisadas. No es fácil caminar por ahí.

—¿No íbamos a bañarnos? —Zaid mira alrededor y no ve la playa por ningún sitio—. Creo que el mar está hacia el otro lado.

—Tú hazme caso y sígueme.

Es un buen tipo Koldo, se dice Zaid, y es una verdadera suerte que hayan congeniado tan rápido. Él no tiene amigos. Vive rodeado de adultos, de clientes y prostitutas, de la gente de baja estofa que contrata su madre para que el negocio prospere. Koldo le inspiró confianza desde el primer día y enseguida intuyó que eran almas gemelas: los depredadores se reconocen entre sí. Además de buen tipo, también es listo, y sabe hacer favores. La semana pasada, Cata estuvo a punto de dejar la casa y cortar las vacaciones por lo sano. No podía ser. Su madre puso el grito en el cielo porque no había tenido tiempo de organizarse y conseguir lo que quería. La idea fue suya, de su madre, aunque fue él quien la ejecutó. Así han funcionado las cosas hasta hoy, su madre ordena y él obedece, pero a partir de ahora van a cambiar. No le costó mucho convencer a Koldo, un sobre bien abultado siempre ayuda y Koldo se lo tomó tan a pecho que, en apenas veinticuatro horas, sedujo a media casa, aflojó los tornillos de la rueda de Dani para quitárselo de encima y consiguió que nadie quisiera marcharse de allí.

—Ahí lo tienes. —Koldo se ha detenido y señala el mar, que brilla al fondo entre un bosque de agaves.

Aceleran el paso y acaban corriendo al alcanzar la playa, desnudándose y dejando las prendas tiradas en la arena, gritando al entrar en el agua. Zaid ve otra duna a un lado y, detrás, la montaña cárdena y los pitacos.

—Amigo —le dice a Koldo entre chapuzón y chapuzón—, puede que pase algo raro mañana por la tarde. Raro no, rarísimo, aunque lo más probable es que todo quede en un susto. Por si acaso, tú sigue la corriente y ya está.

Koldo se queda muy quieto y después sonríe.

—¿La corriente? ¿Que siga la corriente, dices?

—Me refiero a que te comportes con la mayor naturalidad posible, como si tú y yo nunca hubiésemos hablado.

La mirada de Koldo se afila.

—Venías ya fumado de casa, ¿no? —pregunta después de un silencio—. ¿De qué coño hablas?

—No te puedo contar más de momento, ni siquiera estoy seguro de cómo va a terminar. Lo que sí sé es que yo pienso sacar tajada como sea, y que no me gusta hacer las cosas solo. ¿Tú te apuntarías?

—¿Tajada? —Koldo hace un cuenco con las manos, lo llena de agua y se la echa a él por la cabeza, como si lo bautizara—. Qué cosas tienes, Zaid. Si se trata de sacar algo de pasta, por supuesto que me apunto.

LA CHICA MAZAPÁN

2012

Fer ha bajado el volumen para oír bien lo que Koldo tenga que decirle. Con la mano izquierda controla el volante y con la derecha empuña el cuchillo. Es muy consciente de que debe controlarse, algo en su interior se ha despertado y ahora mismo todo su cuerpo vibra inundado de adrenalina, como a punto de estallar. A su lado y atado al asiento, Koldo forcejea.

—Y por qué voy a saber yo dónde está Dani.

—No te hagas el tonto, ¿vale? Me temo que tienes todas las de perder.

Han llegado a El Pozo de los Frailes y Fer se contiene y conduce despacio, a la espera de que Koldo le diga hacia dónde tiene que ir.

—Si lo supiera, habría ido a buscarlo —insiste Koldo—. Recuerda que es mi mejor amigo.

Fer lo mira de reojo y ve que bate y retuerce las muñecas para aflojar la cuerda en la oscuridad del coche.

—O paras ya o te corto los dedos uno por uno —le dice con voz firme, más firme que nunca—. Los diez. Y te juro que no bromeo.

Koldo obedece y deja escapar un gemido.

—Has apretado demasiado. Se me están durmiendo los brazos.

—Pobrecito. No sabes cuánto lo lamento.

—Si Cata se entera de lo que me estás haciendo, te matará.

La amenaza es tan ridícula que resulta cómica. Menuda es Cata cuando se pone brava. Fer la ha dejado en el cuartel, pero no se fía de ella. Puede que haya denunciado lo que pasa y puede que no, cualquiera sabe. Lo más probable es que se haya arrepentido, que esté pensando en aceptar el dinero que él le ha ofrecido y que siga decidida a resolver las cosas a su manera. No va a poder hacerlo. Por una vez, es él quien decide y quien toma las riendas, y está dispuesto a llegar hasta el final.

—Falta poco para el cruce —le dice a Koldo—. ¿Sigo recto o tenemos que desviarnos?

—No tengo ni puta idea.

—Mira, chaval, no sois más que dos niñatos chapuceros. Si cooperas, puede que me porte bien y te ayude a salir de esta. Estoy pensando en cómo podríamos cargarle toda la responsabilidad a tu colega el de los porritos, ¿se te ocurre algo?

—Te repito que no sé de qué hablas.

—Ah, ¿no? Pues nuestra amiga cubana no piensa lo mismo. La recuerdas, ¿verdad? Ayer te comió los morros en el último bar al que fuimos y esta mañana os ha pillado in fraganti jugando a los secuestradores. Trescientos mil, es de risa, ni siquiera habéis tenido huevos para pedir un rescate como Dios manda.

Fer se calla y se vuelve para mirar a Koldo. A contraluz ve la silueta de su perfil, la nariz un par de tallas por encima de la apropiada y la nuez subiendo y bajando a toda velocidad. Quién iba a pensarlo. La vida es un carrusel y, cuando menos lo esperas, coloca lo insospechado en su sitio. Esa cubana de pelo encendido que conocieron anoche se ha encariñado de Dani y hoy ha decidido echar una mano. Ayer, sin demasiadas esperanzas y mientras ella tonteaba con Koldo desde el otro lado de la barra, Fer le dejó apuntado su número de teléfono en una servilleta de papel y le pidió que lo llamara si se enteraba de algo. Y eso ha hecho, llamarlo hace un rato y contarle lo que pasa. Nunca se sabe. Hay acciones sin esperanza que acaban dando resultados.

—Ha sido idea de Zaid —confiesa Koldo finalmente—, y yo necesito ese dinero. Me echan de casa, no tengo adónde ir cuando volvamos… Son cosas que vosotros no entendéis.

—Supongo que sigo recto, ¿no?, hacia Níjar. ¿Dónde lo habéis metido? ¿En algún invernadero?

—Gira a la derecha.

Toman la carretera de La Isleta y se topan con la luna llena asomándose al fondo, todavía de color naranja y ascendiendo muy poco a poco. Fer conduce y a la vez vigila las manos de Koldo. De momento, sigue tranquilo. A un lado surgen esos dos montes casi gemelos, dos conos, dos volcanes silenciosos. ¿Dani está por aquí? Si lo piensa bien, no es tan raro que esa mujer haya querido ayudarlo, es muy fácil tomarle afecto.

—Yo solo soy una mandada —le ha dicho hace un rato por teléfono, justo cuando él volvía de Genoveses con el corazón hecho añicos y las últimas palabras de Lucía grabadas a fuego—. Me han enviado a liberar al ratón para después llevarlo a no sé qué playa y de repente han aparecido esos pendejos. Parece mentira, pero tremenda tunda me han dado, por eso no he podido llamar antes. Ahora lo que espero es que salves al ratón, los tritures a ellos y me envíes el picadillo para hacerme una hamburguesa bien churruscada.

Dani. Su querido hijo Dani. Desde el día que nació, él siempre ha estado cerca, vigilando en la sombra, contemplando cómo crecía, cómo se convertía en lo que hoy es. Fue un trato. Un trato más, y Cata se mantuvo inamovible negociando. Quería un hijo, pero no de cualquiera, y para lograrlo no escatimó en argumentos: amigos como familia, el pasado transfigurado en presente, la unión inquebrantable por todo lo bueno que vivieron en aquellos años, por lo bueno y también lo malo, y por lo que no se cuenta. «Nereida es una chica / que sabe a mazapán». Los acordes de aquella canción tan pegadiza resuenan ahora en el coche. La canción que él compuso, la canción que escribió para Lucía. «Y el tonto de su novio / es como Peter Pan».

—Es por aquí —dice Koldo, señalando el desvío de Los Escullos.

Es la misma carretera de baches que ha recorrido esta tarde con Martín y Cata, la de los dos hoteles y el castillo, la que lleva a la playita donde estaba el maniquí.

—¿Dónde vamos? Supongo que no estás intentando jugármela.

—Es más arriba. Me temo que vas a tener que confiar en lo que te diga.

—Como Cata, ¿no? Cata también ha confiado y así se lo has devuelto. Dime, ¿es verdad lo que dice Martín? ¿Es aquí donde la traías?

Koldo resopla y se ríe.

—¿Sabes una cosa, Fer? Solo me ha faltado follarte a ti. Bueno, a ti y a ese gordo asqueroso... Aunque la verdad es que ninguno de los dos sois mi tipo.

Fer suelta la mano derecha y golpea con el dorso la cara de Koldo. El golpe es seco y resuena en el interior del coche.

—Ten mucho cuidado, ¿vale? —le dice—. Esto es solo un adelanto.

—Voy a mancharte la tapicería. —La voz de Koldo es gélida, de su nariz brota un hilo de sangre—. ¿No tienes por ahí un pañuelo?

—¿Un pañuelo? Claro, ¿lo prefieres de seda o de algodón?
—Le gustaría darle otra hostia, una más fuerte si cabe, pero hace un esfuerzo y se contiene—. ¿Sabes? Creo que ya te lo he dicho antes, pero te lo voy a repetir otra vez: hoy no tengo nada que perder y estoy dispuesto a cualquier cosa con tal de recuperar a mi hijo, así que no me toques los huevos o lo acabarás pasando mal. Mal de verdad, del peor modo posible, no sé si me explico.

Sin esperar respuesta, Fer recupera el volante y piensa en Lucía, jamás ha podido dejar de hacerlo. ¿Con ella también ha estado? «Yo nunca te he querido». La frase ha entrado en su cerebro como la broca de un taladro y ahora no quiere salir, y desde allí se derrama palabra por palabra y convierte todo lo que toca en ruido y furia, en llamaradas de fuego que se alzan al cielo sin control.

—¿Has dicho «a mi hijo»?
—Mi hijo, sí.
—Vaya, vaya, menuda panda. ¿Y Dani lo sabe?

Antes de contestar, Fer detiene el coche y observa cómo la pista se eleva monte arriba y se pierde a lo lejos. La costa es como una piel arrugada y cae al mar de forma caprichosa, calas y salientes, pequeñas islas, restos desnudos de volcán iluminados por la luna.

—Eso a ti ni te va ni te viene. —Con la punta del cuchillo, Fer señala el camino serpenteante que tienen enfrente. Por un momento las miradas de Koldo y la suya se cruzan, y luego Koldo asiente para indicarle que sí, que es por ahí. Su nariz sigue sangrando.

—Aunque no te lo creas, Dani es mi amigo —dice Koldo después, con mucha calma—. El mejor que tengo.

—Ah, ¿sí? ¿Quieres que te cuente lo que le han hecho a tu mejor amigo mientras tú jugabas a polis y cacos?

La pista es ancha y está en buen estado, aunque el barro dificulta algunos tramos. Por precaución, Fer va en segunda y no aparta la mirada del terreno, y al mismo tiempo resume en pocas palabras lo que ha visto en ese vídeo. Le cuesta hacerlo. Hay imágenes que no admiten descripción.

—¿Crees que Zaid tiene algo que ver? —pregunta Koldo tras un silencio y un par de maldiciones. Su tono ha cambiado y se ha vuelto más dulce. Se diría que ronronea.

—No te hagas el tonto, ¿vale?

—Ana me ha contado también algo de Salma. ¿Es verdad eso?

—Ya ves, hemos tenido al enemigo en casa sin saberlo. —Sortea un par de hoyos, trastea en el cambio de marchas y reduce a primera—. Y te incluyo.

—Yo no soy el enemigo. —La voz de Koldo se quiebra—. Te repito que la idea ha sido de Zaid. Me envió un mensaje a primera hora para vernos esta mañana en la playa de ahí atrás y luego me ha convencido. Me ha dicho que no perdíamos nada y que ganaríamos mucho. Hemos ido a por Dani y allí estaba la cubana. Lo que ha pasado después es lo que te ha contado ella. Mira mi ceja, no creas que ha sido fácil.

—Muy bien, una bonita historia. ¿Algo más?

—Fer, tienes que creerme, ¡yo no sabía nada de ese vídeo! —La voz de Koldo sigue quebrada, a punto del sollozo, con paradas tensas entre frase y frase—. Y te juro por Dios que nosotros no le hemos hecho ningún daño a tu hijo.

A Fer le cuesta prestar atención a esa ristra de excusas. «A tu hijo». Qué pronto se lo ha aprendido y qué bien se le da manipular. El barro se hace más presente y salpica el parabrisas. El coche patina en ocasiones.

—¿Estás seguro de que por aquí se puede circular?
—Hasta la cantera es fácil, luego la cosa se complica.
—¿La cantera?
—Sí. —Koldo adelanta la barbilla y señala al frente—. Ahí la tienes.

Rompiendo el monte, una cortada ancha y muy blanca se extiende ladera abajo.

—Qué coño es esto —masculla Fer. Acaba de detener el coche.

—Extraen zeolita, una arcilla volcánica que se usa para…

Koldo no sigue hablando, no es fácil hacerlo si se tiene la punta de un cuchillo pegada al cuello.

—Basta de palabrería. Dime ahora mismo dónde está.

La mirada de Koldo se desvía hacia el cerro que hay al fondo. En la cima, se distingue la silueta oscura de una construcción.

—Es un cuartel, un cuartel abandonado. Podemos seguir con el coche hasta el otro lado de la cantera, pero luego tendremos que continuar a pie.

Fer se calma y arranca de nuevo.

—Más te vale no mentirme.

La cantera queda atrás y, en efecto, la pista se vuelve impracticable. El cuartel está arriba, encaramado a no más de trescientos metros sobre una loma pelada. Hay algo tenebroso en esa visión, es el castillo de Drácula, la casa Usher, Manderley en el desierto. Fer se baja del coche y Koldo insiste en que quiere acompañarlo, y lo argumenta bien: el edificio está en ruinas, es un sitio peligroso, él conoce el terreno y sabe por dónde entrar.

Se lo piensa unos segundos y decide desatarlo, el cuchillo siempre estará ahí. A un lado del camino, la montaña se eleva como la joroba de un dromedario y, al otro, un talud de adoquines volcánicos cae en picado hasta una torrentera. Koldo va delante. Apenas han avanzado cien metros cuando suena un teléfono.

—Koldo, espera. Es Cata.

Fer contesta, pero la cobertura es mínima y no oye a nadie al otro lado. Durante unos segundos, la pantalla iluminada atrapa toda su atención. Es solo eso, un par de segundos, un breve despiste nada más. Cuando se quiere dar cuenta, Koldo ya se ha dado la vuelta y está corriendo hacia él.

Tras el impacto, el cuchillo vuela y Fer siente el vacío detrás, el pie que no logra pisar tierra firme, su propio cuerpo que cae por el barranco. No está solo. Ha cogido a Koldo de la camiseta y la inercia del golpe es tan fuerte que los dos resbalan. Quiere agarrarse a las piedras, a los palmitos y los cardos, pero nada lo detiene. Solo hay ruido. El ruido de la tierra desmoronándose, arrastrándolo. En cuanto llega abajo, a la rambla, comprende que algo ha ido mal.

Intenta moverse y no puede, y un dolor que nunca ha sentido late dentro de su cráneo. Alguien grita a lo lejos. Dani, quizá. A unos metros está Koldo, que gruñe muy bajito con un sonido de lechón.

Poco después solo hay silencio. Dani está cerca. Dos pedruscos ruedan por la pendiente. Fer abre los ojos y distingue la estela que deja un avión.

Tiene que salvar a Dani, es en lo único que piensa.

—Envía un mensaje —le dice a Koldo con la voz apagada, sus sílabas se demoran. La adrenalina sigue ahí, pero su cuerpo no responde como debería—, indícales dónde estamos.

Koldo no contesta, pero el volumen de sus gruñidos aumenta y luego pronuncia unas palabras que Fer no logra entender. Hay algo muy dentro de él que se diluye. Su carne y sus huesos están dormidos. Ni siquiera siente ya ningún dolor.

Pronto no quedará nada. Fer lo sabe. Todo él es un mero pensamiento. Qué absurdo es morir así, en este sitio, entre las piedras de una rambla. Si pudiera, llevaría su cuerpo al mar y lo depositaría como una ofrenda a la luna, a la luna llena de aquel otro verano. Un final épico, eso querría, un final que exorcizase toda la miseria de su vida. «Yo nunca te he querido». Es difícil aceptar que no sirvió de nada, y que sin pretenderlo entregó a su enemigo la inmortalidad de los dioses, la grandeza de los héroes. Le gustaría pensar solo en Lucía y sin embargo no puede. Las imágenes que siempre vuelven se imponen y llegan recorridas por culebras muy finas, como si las proyectara un viejo Cinexin. Si en estos días, en este sitio, no ha parado de organizar planes agotadores, ha sido para evitarlas. La misma luna y la lancha, la proa rompiendo el mar embravecido y Juanfra allí de pie, gritándole a la noche y a las olas con los brazos abiertos, como un demente, como un Cristo crucificado. Él detrás y Cata diciéndole que saltara y se sentara entre ellos. Era fácil saltar, y era más divertido ir los tres juntos. Basta. No quiere recordar eso ahora. No es el momento. Martín al mando y a su lado Cata con las pupilas calmas y la mirada limpia, sin el centelleo que tenían las de los demás. Hasta que Martín, medio ido, soltó el timón y él lo atrapó con fuerza y condujo hasta detrás del peñón de la derecha, siempre pegado a la costa. Fue un segundo, lo pensó solo un segundo y luego quiso apartar esa idea, y entonces Cata lo miró e hizo aquel gesto con la cabeza, un gesto mínimo, un gesto que traducía todo lo que él acababa de pensar. El volantazo separó la lancha del peñón y lanzó a Juanfra a las rocas. Instantes nada más. Instantes que siegan vidas o que las cambian, instantes que se encriptan y permanecen a nuestro lado hasta el final, hasta ese último suspiro que Fer siente tan próximo, avanzando con pasos silenciosos, acechando entre las sombras de la rambla. Cata reaccionó rápido, llevó las manos de Martín al timón y le pidió a él que volviera atrás. Qué injusto. Ningún motivo es suficiente para hacer lo que hizo. En su descargo diría que él no buscó ese final. Un instante, un reflejo en las miradas, un pensamiento fugaz que cristalizó en un mal momento y acabó del peor modo imaginable. Martín observaba asombrado las rocas sin entender qué había pasado. O sí. Cómo saberlo. Nunca han hablado de aquello. Para qué. Qué conseguirían. Sucedió y ya está. Y de alguna manera, los unió para siempre. Los amigos de verdad son eso, silencios, pactos que no necesitan palabras, miradas que se apartan para no ver. Y mientras tanto, la chica mazapán ha seguido a su lado, siempre triste y anhelante, siempre insatisfecha. Le gustaría tener el saxofón cerca y poder tocar su canción. La primera frase solamente. Solo eso. Solo la primera. No tiene fuerzas para más. El tiempo pasa y sus pensamientos ceden. Un minuto, dos, cien, le es imposible hacer cálculos. Luces azules que parpadean surgen a lo lejos y el aire se arremolina bajo las aspas de un helicóptero. Ruido, hay demasiado ruido alrededor. Alguien grita más arriba, tras el haz de luz de las linternas. Es tarde. Fer siente que se va y no le importa, y quiere que su último pensamiento sea para ella. La chica. Esa chica. La chica de la panadería que había enfrente de su casa. La brisa del mar lo envuelve y le trae el olor que salía del horno y llegaba hasta el cobertizo, el aroma dulzón de los cruasanes, de la canela en rama, del anís.

A TU LADO

2024

Hoy es 15 de enero y Los Secretos estrenan el musical *A tu lado* en el teatro Nuevo Apolo de Madrid. Las entradas se agotaron hace meses, el público se ha puesto en pie para cantar *Déjame* a capela y allí, en el centro del patio de butacas, podemos ver a Lucía. La función está terminando y el teatro al completo enloquece, quién no se sabe esa letra, quién entre todo ese público enfebrecido y entrado en años no bailó y cantó ese tema en su juventud. Lucía, en cambio, no canta.

—¿Te pasa algo?

Álvaro está a su derecha, bate palmas a destiempo y le acaba de hacer esa pregunta.

—No, nada. No me pasa nada.

Lucía sí sigue el ritmo. No es tan difícil. Un cuatro por cuatro sin más. Una palmada con cada golpe de batería. Aunque las manos le pesan.

—Pensé que te sabrías las canciones —añade Álvaro.

Las conoce al dedillo, verso a verso y estrofa por estrofa, pero no las va a cantar. Hoy no. ¿Y qué? ¿Por qué no la deja tranquila? Su estómago se ha pinzado en el vestíbulo y, por mucho que lo ha intentado, no ha conseguido que el dolor ceda. Aunque llamarlo «dolor» quizá sea excesivo. Es más bien una molestia, una presión, la sensación de que le pellizcan con suavidad el interior de la tripa.

Álvaro compró esas entradas en octubre y se las regaló para celebrar el aniversario de bodas, que es hoy precisamente. Nadie se casa en enero. Pero ellos sí. Fue una ceremonia tranquila que ofició el concejal de distrito en el Salón Real de la Casa de la Panadería, en plena plaza Mayor. La Panadería, así se llama el edificio, Lucía estuvo a punto de echarse a reír cuando Álvaro le propuso casarse allí. Los hijos de Álvaro ejercieron de padrinos junto a Ana, que voló desde Santo Domingo para la ocasión. Después comieron en un mesón de la Cava Baja y, al día siguiente, se montaron en un avión y se fueron a Zanzíbar. Hoy festejan dos años de feliz matrimonio con ese musical, con la cena posterior en un buen restaurante y con el fin de semana que pasarán en Londres. Álvaro es así, no para de inventar y organizar, y Lucía siempre le agradecerá a Tinder el haberlo traído a su vida justo cuando ella más lo necesitaba. Ana estaba invitada esta noche, pero no ha podido venir porque quería acompañar a Olivia al médico y luego cenar con ella a solas. Es bonito que cuide de Olivia cuando tiene recaídas, y que sigan tan unidas a pesar de la distancia. Hace seis años, Ana descubrió el nombre de su madre biológica y desde entonces vive en la República Dominicana. Trabaja en una ONG para niños huérfanos y hace poco ha empezado a estudiar Enfermería. Viaja a Madrid un par de veces al año y siempre queda con Olivia, y también con Dani. Lucía no pregunta ni se inmiscuye en sus cosas. De alguna manera, Dani y Ana son hermanos, y es normal que quieran verse. Ella nunca le ha reprochado que se marchara y nunca lo hará. Ana maduró pronto, tomó decisiones y ahora se ha convertido en una adulta bella y honesta, y en su país ha encontrado a un hombre que la quiere y que la hace feliz. ¿No es maravilloso? ¿Qué más puede desear una madre?

Los Secretos cogen sus guitarras y el punteado se suma al canto del público, la batería entra con un redoble a los pocos compases y después lo hace el teclado. Todo allí es emoción y recuerdo. Sobre el escenario, los seis músicos se entregan a esa catarsis colectiva que llena el teatro de energía. Detrás de ellos hay decenas de baúles de sonido amontonados, pegatinas y pintadas de los ochenta, humo y luces oscuras y todo el desorden de un viejo bar de Malasaña. Han contado y cantado la historia del grupo, los orígenes, las tragedias que han vivido y las veces que renacieron. En el centro está el actor que ha encarnado a Enrique Urquijo y también la chica sin nombre, la chica de los ojos verdes y la blusa blanca, la chica a quien ese artista desdichado dedicó tantas canciones de amor.

El espectáculo llega a su fin y Lucía aplaude con aire ausente. No debería haber venido, se dice, hay algo por ahí que se ha revuelto, algo en ese argumento agridulce que le resulta cercano y que le hace daño todavía. Está a punto de cumplir sesenta años y no pasa un solo día sin que piense en ellos, en Juanfra, en Fer. Fer también murió allí, en aquella tierra desnuda, con el cuello roto en el fondo de una rambla. Luego todo se aceleró y después sobrevino el vacío, la convicción de que la vida no tenía nada más que ofrecerle, las sesiones de terapia y la vuelta a los escarceos con hombres que no le importaban lo más mínimo. Y Tinder. Tinder era un pozo sin fondo, un precipicio; aunque a la larga, la salvó. Debería alegrarse de estar hoy en este teatro, debería disfrutar y hacerle saber a Álvaro que acertó con el regalo. Si no lo hace es porque no puede. Lleva más de diez años sin saber nada de ella y hoy cree haberla visto en el vestíbulo, por eso le duele el estómago, por eso no quiere cantar.

Lucía no se equivoca porque Cata, desde la fila cuarta del segundo anfiteatro, no ha parado de mirarla. Cata querría estar sentada abajo, en el mejor sitio y rodeada de famosos, pero no ha podido ser. Y es que así funcionan las cosas desde que salió de la cárcel; de hecho, comprar esas tres entradas baratas le ha supuesto un gasto tan excesivo que tendrá que compensarlo ahorrando en comida o calefacción. Ha fichado a Lucía nada más entrar y desde hace hora y media no le quita la vista de encima. Está guapa y va bien acompañada, piensa Cata mientras aplaude, y también piensa que quién será ese, y que tiene pinta de estar forrado y ser todo un caballero, y que, bueno, que ya se verá lo que pasa. Jodida Lucía. Nunca pudo soportar sus modales de princesita, su delicadeza, la corte de admiradores que le iba detrás cuando ella llegó de Tielmes y quiso quedarse con todo. No lo consiguió. Se conformó con Martín porque los otros dos ni la miraban, porque solo tenían ojos para esa panadera ñoña y tan cursi que daban ganas de vomitar. La casa de Lucía olía siempre a pan recién horneado y la suya a restos de colillas y a las flemas de una madre alcohólica. En los barrios pobres también hay clases, y Lucía vivía en la cima más alta y a ella le había tocado sentarse en el último escalón. Tampoco pudo perdonarle su pelo rubio, su voz bien entonada, la manera en que enamoraba a todos sin pretenderlo. Hasta Martín se habría quedado con la princesa de haber podido, Cata está convencida y todavía le dan ardores al pensarlo. Cuánta rabia y cuánta envidia acumuladas. Sí, aún la siente, una envidia insidiosa culebreándole por las venas. Si algo echa hoy de menos es tener un amigo cerca, un amigo fiel, un pequeño lacayo con el que contar en los momentos de apuro y al que poder usar a su antojo. Como Fer. Le hizo aquel gesto en la lancha y él obedeció sin rechistar. Uno menos, princesa. Con Fer no lo habló nunca, y con Martín tampoco, pero los tres lo sabían y hay silencios que valen oro, y que no están a la venta. Cata ha hecho mucho por ellos desde entonces, ha luchado con uñas y dientes para mantener la pandilla unida bajo su control y ha disfrutado como una niña moviendo los hilos de sus vidas, facilitándosela o entorpeciéndola según el caso, jugando con los cuatro a las marionetas: desde Juanfra hasta sus mangoneos en el barrio de La Zurza, desde Dani o el Madrid-Rock hasta las últimas vacaciones. Enviarle a Analía el nombre y la dirección de su verdadera madre fue solo una pequeña maldad que, según tiene entendido, tampoco ha servido de gran cosa. Y es que ahora están las dos solas, Lucía y ella frente a frente, no queda nadie más. El gordinflón de Martín empezó a chutarse entre rejas y murió hace tres años. La vida de Cata se ha ido a pique y todo por su culpa, todo por culpa de Lucía. Si esa entrometida hubiese hecho caso aquella noche de hace ahora doce largos años, hoy estarían ahí abajo las dos juntas, sentadas con la flor y nata de la farándula y pasándoselo bien. Parece mentira, pero ha vuelto a suceder lo mismo. Lucía es la reina de la fiesta y va a cantar en la función de fin de curso, y ella es solo la hija de una puta. Ha peleado toda su vida para invertir esas certezas. Sin miramientos. Sin escrúpulos. Y ahora, en el penúltimo tramo del camino, comprueba que no lo logró.

Abajo, en el patio de butacas, Lucía ha dejado de aplaudir porque está pensando también en esa última noche y en cómo las cosas se precipitaron. Es una idea recurrente que vuelve cada cierto tiempo y que hoy cristaliza de un modo muy claro, y todo por la simple sospecha de que Cata está también allí.

Entre los aplausos, Lucía cierra los ojos y se ve al pie de la calle en pendiente. Le había dicho a Fer aquella frase definitiva y luego decidió bajar al pueblo, pasear ligera y aliviada, convencida de que había obrado bien. Nunca lo quiso, era cierto, o al menos nunca lo quiso de la manera que él merecía. Pronunciar en voz alta esas palabras la liberó y le permitió sentir que no todo estaba perdido, que había llegado el momento de tomar las riendas y que en adelante caminaría sola y sin ningún miedo, sin peso en los hombros, en busca de una vida mejor. Qué ironía. En cuanto regresó a la casa, la realidad se impuso y tapió todos los caminos. Ana estaba sola, y asustada: Fer se había llevado a Koldo hacía un buen rato sin dar explicaciones, y Cata, que ya había vuelto, acababa de marcharse después de recibir un mensaje de socorro con la ubicación del punto exacto en el que estaban Fer y Koldo. Antes de irse, Cata le pidió a Ana que no avisara a nadie, lo exigió más bien, y le aseguró que ella sola se bastaría. El mensaje era el mismo que Ana tenía en su móvil, Koldo se lo había enviado también. Fue en ese preciso momento cuando Lucía, esta vez de verdad, decidió ponerse en marcha.

Los aplausos terminan y Cata les pide a los chicos que se den prisa. A pesar del precio de las entradas, ha invitado a Dani y a su nuevo novio porque no quería venir sola. No es fácil estar con él. Dani lo niega, pero ella sabe que nunca le perdonará lo que sucedió aquel verano. No lo culpa, ¿quién sería capaz de perdonar tanto? A veces, en casa, las imágenes grabadas vuelven durante unos segundos y se interponen entre ellos, y Cata aparta la vista porque no encuentra las palabras para expresar cuánto lo siente. Dani es admirable, no cabe duda. Está metido en política y en la lucha contra la trata de seres humanos.

La vida y sus muchas vueltas, sus paradojas. Porque la mayor aliada de Dani en esa lucha es una de las chicas que conoció mientras estuvo secuestrado. Se llama Alika y está al corriente de los verdaderos motivos que la llevaron a ella a la cárcel. Nunca se han visto y será difícil que coincidan, y Cata piensa que solo un hijo, un hijo bondadoso como el suyo, puede gestionar bien algo así. Dani estaba tan loco por Koldo que lo defendió hasta el final. Por si fuera poco, tuvo que asistir a los juicios como testigo además de como víctima, y ver cómo, uno detrás de otro, todos caían. Si Cata tuviera el valor, le preguntaría si vio a Koldo cuando salió de la cárcel, si lo ha visto hace poco, si sabe qué fue de él. Tras la muerte de Fer y la redada del día siguiente, nadie se libró. Y qué espectáculo dieron: UNA EXTENSA RED DE TRATA Y PROSTITUCIÓN CAE EN EL LEVANTE ALMERIENSE, no hubo telediario o periódico que no se hiciera eco de la noticia. Y Lucía allí, sentada en la segunda fila de la sala del juzgado, desconsolada y probablemente arrepentida. Por eso Cata quiere bajar y verla de cerca, hablar con ella, decirle lo guapa que está y desplegar una malla de bonitas palabras para poder capturarla de nuevo. Son amigas. Siempre lo fueron. Y si han coincidido allí hoy, será por algo. Durante estos años, en la cárcel, ha imaginado una y otra vez ese reencuentro, ha inventado espacios inverosímiles y ha elaborado largas conversaciones más que improbables. Hoy se van a volver a ver en un teatro, a los pies de un escenario repleto de guitarras y micrófonos; si lo piensa bien, no es tan raro. Pensar. Cata no ha hecho otra cosa en estos últimos diez años, su compañera de celda era poco conversadora y a ella no le ha quedado más remedio que parlotearse a sí misma. Diez años. Diez años tirados a la basura por su culpa. Por culpa de la princesa. Habría bastado con sacar a Dani de aquellas ruinas, darle a Koldo un buen escarmiento y decir después que Fer había tenido un desafortunado accidente haciendo senderismo. Y todo habría quedado en casa, como siempre, como la otra vez, porque así es como deben solucionarse las cosas entre los buenos amigos. Cuánto dolor evitado si la hija mediana de la panadera se hubiese quedado tranquila en vez de salir corriendo y avisar a quien no debía. Para la jueza que se hizo cargo del caso, desmantelar el tinglado fue tan fácil como encontrar en la nevera una cesta de cerezas y tirar de una de ellas al azar: Koldo, Zaid, Salma, Chidinma, Martín... Cuando llegó su turno y la jueza dictó sentencia, Cata lanzó una mirada fugaz a la segunda fila y sus ojos chocaron con los de Lucía. Nunca más se han vuelto a ver.

Lucía también se está apresurando, le ha cogido la mano a Álvaro y en este momento se la aprieta. En el pasillo, una señora le pide que no la empuje y Álvaro, siempre tan cortés, se disculpa por los dos. Lucía sigue a lo suyo y él la sujeta: «Tranquila, ¿vale? La cena es a las diez, tenemos tiempo de sobra».

No es por la cena, ni por la hora, es porque no quiere tropezar con ella.

—Lucía, ¿de verdad eres tú?

Ahí la tiene. Cata está apostada junto a una de las columnas del vestíbulo, mirando de frente a los que salen de platea, esperándola.

—¿Cata? Vaya, qué sorpresa. No sabía que estabas fuera de... Quiero decir, ¿cómo tú por aquí?

—Ya ves. Quería darme este capricho y he decidido traerme a estos dos.

No tiene buen aspecto, piensa Lucía, aunque es muy probable que a ella le pase más o menos lo mismo. Junto a Cata están Dani y otro joven de la misma edad. Dani no ha cambiado apenas, sigue siendo un chico espigado de hombros estrechos y cara barbilampiña, pero ya no lleva tupé. Fer no era tan diferente, y, aunque nunca llegó a verbalizarlo, ella siempre lo sospechó.

—Me alegro de verte —le dice—. Estás guapísimo.

Lucía mira al acompañante y queda a la espera de que alguien se lo presente.

—Es Raúl —interviene Cata—, su novio. ¿No es un bombón? Me gusta tanto que estoy dándole vueltas a cómo quitárselo.

El desconcierto que generan esas palabras dura muy poco. Lucía presenta a Álvaro, su marido, y durante unos minutos todos comentan los pros y los contras de la función que acaban de ver. Como si allí no pasara nada importante. Como si se hubiesen encontrado hace un par de semanas en cualquier otro rincón de la ciudad y ahora continuasen la amena charla que en aquel momento dejaron a medias. Lucía está tan incómoda que le pide a Álvaro los tíquets del guardarropa. Quiere alejarse de allí cuanto antes, y recoger los abrigos es una excusa tan buena como cualquier otra. Siempre ha sabido esconderse, siempre ha sabido esperar, y sabía muy bien lo que hacía cuando bajó al cuartel a pedir ayuda porque Fer había tenido un accidente y, de paso, denunciar la desaparición de Dani. La noche anterior al desenlace, Cata estaba tan alterada que bajó la guardia y no solo le contó lo que unía a Dani con Fer, sino que le habló también de los negocios y de todo lo que podían perder si la Guardia Civil intervenía. Podría haber obedecido, como siempre, seguir las instrucciones dadas por Cata y esperar un par de horas, pero no quiso hacerlo. Desde aquel malogrado espectáculo en el instituto, desde ese número de *Grease* que nunca logró cantar, Lucía entendió que las dos vivirían en estado de excepción permanente, un partido interminable, un duelo de regates larvado y muy sucio que siempre ganaría Cata, porque a ella no le interesaba esa guerra. Hasta que llegó su turno, hasta que dejó atrás Genoveses, regresó a la casa libre por fin de cargas y sintió que ya bastaba de juegos, y que había llegado el momento de devolverle a Cata los golpes. Y entonces, remató.

Cuando vuelve del guardarropa, ve a Cata hablarle a Álvaro al oído y dejar escapar después una de sus irresistibles carcajadas. Sus morisquetas son tan obvias que, incluso de lejos, provocan vergüenza ajena. No mucha, solo la justa. Tampoco es para poner el grito en el cielo. Álvaro mira a Cata con aprensión, y ella, que lo conoce de sobra, sabe que estará escandalizado. Lucía se acerca y coge a Cata de un brazo, se lo aprieta con fuerza y la obliga a girarse. A Cata le brillan los ojos, está en modo conquistadora y ha desplegado su cola de pavo real, quizá porque no es consciente de que las plumas están ajadas y los colores desvaídos. Da tanta pena que Lucía sonríe y la mira con una inquina marchita y muy vieja, y cariño, sí, un cariño no menos marchito anclado en el comienzo de su vida, en las cuatro paredes de aquel cobertizo de El Tercio Terol.

—Cata, ¿se puede saber qué estás haciendo?

Detrás, los ve reír. Tienen diecinueve años y acaban de entrar en el mar por vez primera. Martín y Cata se besan con el agua todavía por las rodillas y Fer se humedece tímidamente la cara con las manos. Juanfra está enfrente y la mira a ella desde allí, desde otro lugar y otro tiempo. Entonces Martín dice alguna bobada de las suyas y Juanfra y Fer se parten de risa y después se zambullen, y patalean como niños y salpican tanto que las gotas mojan las baldosas de ese teatro y llegan hasta Lucía. A pesar de todo, están ahí. Ahí están siempre. A su lado.

Agradecimientos

En primer lugar, querría señalar que probablemente este libro no estaría hoy publicado si no fuera por la llamada que recibí, en julio de 2023, de quien es hoy mi editora: Ana María Caballero. Fue una conversación muy breve en la que yo, algo nervioso y no menos sorprendido, fui capaz de verbalizar lo que en secreto tenía en la cabeza desde hacía ya bastante tiempo: atreverme a contar una historia en un territorio tan querido y cercano para mí como es Cabo de Gata. Así que en pocos minutos, y de forma un tanto atropellada, le describí a Ana la primera escena y lo que podía dar de sí, y su entusiasmo fue tan inmediato y contagioso que enseguida todo se puso en marcha. Mi primer agradecimiento es por lo tanto para ella, para Ana, que con suma delicadeza, con respeto y también firmeza llegado el caso, y con una enorme profesionalidad, me ha acompañado en el proceso y ha contribuido con su visión amplia y certera a que este libro sea mejor. Junto a ella, el fantástico y acogedor equipo de Penguin Random House y Ediciones B ha conseguido, por si fuera poco, que me sienta en casa a pesar de que acabo de llegar, y a todos ellos también les doy las gracias.

Por otro lado, y antes de seguir, quisiera dedicar un recuerdo muy especial para quien fue mi agente literaria, Antonia Kerrigan, y agradecerle desde aquí su cariño y también la confianza que puso en mí hace ya unos cuantos años. Por suerte, la agencia ha quedado en las mejores manos imaginables y hoy doy las gracias a Claudia Calva, Sofia Di Capita y Hilde Gersen por su buen hacer y su exquisita atención, y por hacer lo necesario para que todo esté siempre en el lugar más adecuado.

A Mercedes Castro, mi queridísima y admirada Mercedes, agradezco su lectura profunda y sin complejos, su fino olfato para detectar problemas y su recetario de soluciones, y también alguno de esos últimos giros de manivela que tanto han contribuido a redondear (o retorcer) esta historia.

A Cristina Pons, también a Cris, que con sus comentarios agudísimos y su conmovedor análisis de los personajes me hizo volver a mirarlos desde todos los ángulos posibles, para darles después nuevas capas que sin duda alguna los han mejorado.

A Edita Gutiérrez por haber puesto el foco en un punto flojo y, una vez más, por esas revisiones sin fin que la obligo a hacer en cada libro, aunque ella no quiera.

A Jorge Medina, que me mostró el estremecedor sendero de la trata de jóvenes nigerianas y también, desde su experiencia como voluntario, el papel de la Cruz Roja en el drama infinito de las pateras que llegan a las costas de Almería.

A Aurora Freijo por sus observaciones sobre la cronología y su brillante idea de empezar con un índice que ha acabado pareciéndose a una lista de Spotify; y también —y no es poco—, por su entusiasmo sin fisuras. Un entusiasmo muy parecido al que, tras la lectura del manuscrito, me han transmitido Elsa Osorio, Olga García, Julia Martínez, Paco Gallego y Ana Balmaseda. Ante el vértigo de una inminente publicación, sentir el calor y el visto bueno de personas tan cercanas y queridas diluye hasta cierto punto mi molestísimo síndrome del impostor, y me llena además de satisfacción y de alivio.

A José de Hijes por una estupenda sesión fotográfica y por ayudarme siempre en todas mis aventuras.

A Jose Moreno y Johann Closmenil por «prestarme» su casa para «transformarla» a mi antojo y «alojar» allí a mis pesonajes.

A Emilio Martínez, que en el Sónico, su bar de Carabanchel en el que siempre suena la mejor música, me habló de sus años ochenta en el barrio y me presentó a Paco Felipe Serrano, cliente suyo, vecino de El Tercio Terol en aquella década y muy generoso a la hora de compartir conmigo, entre caña y caña, atmósferas y vivencias.

Estoy en deuda con Ainhoa Díez de Pablo, que con su espléndida tesis doctoral *La vivienda social como patrimonio urbano: análisis de la patrimonialización de tres Barrios de Promoción Oficial madrileños* (Universidad Politécnica de Madrid, 2015) me permitió conocer a fondo el origen y las evoluciones física y social de la Colonia del Tercio y Terol. Añadiré aquí que, salvo el bar El Hogar, los personajes, familias y negocios que aparecen en esta novela pertenecen por entero al ámbito de la ficción.

Quisiera también mencionar, cómo no, a los dos grupos que me han acompañado a lo largo de estos intensos meses de escritura y encierro: Radio Futura y Los Secretos. De Radio Futura he tomado prestados los títulos de su primer álbum, *Música Moderna* (Hispavox, 1980), para encabezar y bañar con un nuevo significado las cuatro partes del libro. En cuanto a Los Secretos y su disco *Grandes Éxitos* (DRO,1996), confieso que sus inolvidables temas de amor y desamor cantados por Enrique Urquijo permean toda la historia, y que lo hacen de principio a fin. Junto a ellos, el pop británico de los ochenta también ha sonado mucho en mi casa y en mi coche, con especial abuso de Pet Shop Boys y Depeche Mode, como bien pueden confirmar mis muy sufridos amigos.

Por último, quiero agradecer a los festivales, librerías, ferias y bookstagrammers la calurosa acogida y el buen trato recibido a lo largo de estos tres últimos años. En cuanto a los lectores, a mi agradecimiento infinito se suma la necesidad de decirles que nada de todo esto sucedería sin ellos, y que ojalá esta nueva historia los conmueva de algún modo y les impida irse a dormir.